Jeux de dames

Du même auteur

Dans la série *Framboise et les extravagantes Mammas* (cosy mysteries) :

- La Folle Erreur de Don Cortisone
- Au service secret de Framboise
- Voir Venise et sourire
- Amour, poison et sombres mystères

Scannez le QR-code pour découvrir la page de la série sur Amazon.

Thriller road-trip aux Etats-Unis : *Hit the road, jack.*

Didier BERTRAND

Jeux de dames

Pour demander une autorisation ou pour toute demande d'information, n'hésitez pas, contactez l'auteur :

Courriel : didier@didierbertrand.com
Web : www.didierbertrand.com

Copyright © 2022 Didier BERTRAND
ISBN : 978-2-9581847-2-8
Dépôt légal : juillet 2022

Avertissement

Jeux de Dames est une fiction à suspense humoristique et érotique contenant des scènes de sexe explicites et destinées à un public adulte. Voilà qui est dit !

Toute ressemblance avec des personnages et des personnes existantes ou ayant existé ne pourrait être que la conséquence de la puissante imagination du lecteur, imagination que l'auteur lui envie, croyez-le bien. Ainsi, si la réalité parallèle de cette œuvre devait rencontrer notre réalité, il ne pourrait s'agir que d'une pure et jouissive coïncidence.

Par ailleurs, il existe une version tout aussi humoristique, mais non érotique de ce roman, intitulée *La Folle Erreur de Don Cortisone*. Vous pouvez y accéder en scannant le QR-code ci-dessous :

Chapitre 1

« Frères et sœurs, nous sommes aujourd'hui réunis en la maison du Seigneur pour accueillir parmi nous la petite Kassia, accompagnée de son père Ferdinand et de sa mère Isabelle, de son parrain Louis et de sa marraine Blanche. Au nom du Père, du Fils et du Saint-Esprit, reçois, Kassia, le sacrement du baptême. »

Kassia, quel nom ! Sainte Kassia, je ne connais pas, où va le monde ? pensa Innocent, le vieux prêtre de la famille en déversant nonchalamment une louche d'eau froide sur la tête de l'enfant. Kassia entra en hurlant dans la maison du Seigneur avant que la foule de parents et d'amis n'en sorte pour aller prendre un verre chez Marcel au Café de l'Église, sur la petite place aux platanes centenaires.

À vingt-quatre ans, Kassia détestait toujours autant l'eau froide, à la notable exception des glaçons qui agrémentaient ses cocktails. Au fil des années, ses cheveux d'enfant blonds, fins et raides, s'étaient épaissis et ondulaient en vagues, affichant une jolie couleur châtain virant sur le roux qui embellissait sa peau claire. La jeune femme possédait un corps de rêve. Au point d'en être parfois gênée. Les regards remontaient le long de ses jambes fuselées pour fixer sa chute de reins arrogante et ceux qui parvenaient à dépasser sa taille fine bloquaient sur sa magnifique paire de seins. Peu d'hommes réussissaient à discuter avec elle et à maintenir le contact avec ses yeux vert clair sans, à un moment ou à un autre, lorgner un peu plus bas. Cela constituait un atout certain jusqu'au moment où elle déclarait s'appeler Kassia. Un fin sourire se dessinait alors sur les lèvres des beaux mâles qui relevaient la tête et cherchaient ses yeux pour vérifier s'ils avaient bien compris. Elle répondait à son tour par un sourire désarmant qui les mettait KO, tout en contenant son irritation.

Dans cette époque où les femmes n'hésitaient plus à dénoncer leurs harceleurs à coups de hashtags et où les tabous se brisaient les uns après les autres, ses idées farfelues et ses croquis libérés et revendicateurs, comme son diffuseur d'huiles essentielles en forme de clitoris qu'elle avait dessiné pour Lolita Lempicka, avaient toujours fait sensation et été bien acceptés. Ils lui avaient permis d'entrer dans une des meilleures écoles d'art et de design. Seule contrainte, elle avait dû quitter sa Provence natale pour l'Italie, mais habiter à Milan lui avait donné son indépendance. Son parcours d'étudiante lui avait prouvé que la capitale de la Lombardie savait ce qu'était la création.

Quoiqu'il soit parfois permis d'en douter. Chez le fabricant de jouets pour adultes dont elle développait avec originalité la gamme depuis deux ans, les deux patrons semblaient toujours un peu réticents à ses innovations. À chaque nouvelle idée, elle s'épuisait à les convaincre sans obtenir beaucoup de soutien de ses collègues. Elle espérait que ce ne serait pas encore le cas en ce jour.

Kassia inspira une grande bouffée d'air climatisé pour neutraliser son stress et poussa la porte du comité *Innovative toys for new pleasures*[1]. Tous avaient déjà pris place sous les néons autour de la grande table blanche aussi lisse qu'une boule de geisha. Une pointe d'inquiétude vint lui compresser la poitrine et elle se demanda s'ils avaient voulu l'exclure en avançant l'heure de la réunion sans le lui dire. Ses yeux verts balayèrent la petite assemblée. Leonardo, le patron et seul homme présent, braqua son regard sombre sur son corsage rouge tendu sur sa poitrine et son jean noir mettant en valeur

---

[1] Des jouets innovants pour des plaisirs nouveaux.

ses jambes fuselées tandis que les autres filles se renfrognaient et que Stella, la nouvelle, décroisait et recroisait ses jambes.

Kassia les dévisagea les uns après les autres, hésitante, puis décida qu'il n'y avait pas lieu d'attendre plus longtemps et rompit le silence :

« Que penseriez-vous de renforcer notre ligne de jouets en silicone souple et coloré avec une nouvelle gamme de luxe en bois précieux ? »

Les visages consternés la fixèrent tandis qu'une chape de plomb semblait s'être abattue sur la salle. *Quoi ? À ce point-là ? Ce n'est pas si dingue !* La pression des regards lui crispa le ventre.

« Quoi, vous ne voyez pas ? Cela fera ethnique chic et opérera le virage de la marque vers une image plus nature, bien dans l'esprit des nouvelles préoccupations des consommateurs. Et le potentiel ! On peut même envisager un partenariat avec un peuple natif, les Navajos par exemple, ils sont renommés pour leurs sculptures sur bois. Après tout, pourquoi pas ? Cela serait vendeur, non ? Nos clientes vont adorer. Tenez, je vous ai préparé des esquisses. »

Pendant que les dessins au pastel passaient de mains en mains, Leonardo avait jeté un regard en coin vers Stella. La jolie brune s'était trémoussée sur son siège, puis devant les yeux insistants du boss avait arrondi ses jolies lèvres peintes en rouge pour commenter d'une moue dédaigneuse :

« Ça ne marchera jamais, ton truc !

— Bien sûr que si ! Vous savez que l'on a trouvé des jouets érotiques en bois datant de trois mille ans ? Et cela ne vous gêne pas de promouvoir des godemichés en silicone fabriqués à partir de résidus de pétrole ? Un matériau qui traverse la moitié de la planète en cargo depuis la Chine pour un bilan carbone désastreux ! Et je ne vous parle pas du recyclage en fin de vie, alors que le bois verni est éternel ! Non, cela ne vous fait rien ?

— Oh, mais si ! Le silicone fonctionne très bien sur moi », ironisa Stella avec un fin sourire.

Kassia lui jeta un regard furieux :

« Je ne parle pas de ça ! Vous ne voulez pas jouir bio et éthique ? Et puis, pensez au positif ! Essayez de visualiser l'affiche, s'enthousiasma Kassia. Un mannequin en corsage et mini-short jean, portant chapeau de cow-boy et bottines de cuir rose dans le décor de Monument Valley, avec un petit gode en bois Navajo dépassant de son sac à main à franges. Le tout sur un fond de soleil couchant !

— C'est du délire, conclut froidement Leonardo. J'en ai assez entendu. Pour vous rassurer, Stella m'a déjà proposé un projet que je vous exposerai bientôt. »

La belle brune en tailleur avait recroisé ses longues jambes se terminant par de brillantes, mais si classiques, chaussures à talon vernies, avant de jeter un regard troublé vers Kassia. Cette dernière lâcha un « et vous autres ? Vous n'avez rien à dire ? » Elle claqua la porte en se mordant les lèvres de frustration. Toujours la même chose : elle se pointait avec les projets les plus audacieux et les plus porteurs, et se faisait dégager comme une malpropre par cette pimbêche de Stella. D'où sortait-elle, d'ailleurs, celle-là ? Arrivée depuis quelques semaines à peine, la brune arborait une coupe à la garçonne façon années 1920, des lunettes fines et oblongues et ses chemisiers laissaient systématiquement deviner sa lingerie. L'archétype de la secrétaire sexy. La nouvelle avait tout de suite tapé dans l'œil de Leonardo, mais cette fois, Kassia n'allait pas rester sans réagir. Elle serra les poings.

Son projet possédait un énorme potentiel, sa vision du monde et sa compréhension des besoins de chacun éclairaient son esprit d'un grand panneau clignotant : « Jouissance nature, orgasme du futur. » Tout concordait : l'évolution de la société et des mœurs, l'ambiance de fin du monde qui portait tous les regards vers le bio et la sauvegarde de la planète, l'envie de tous de baiser pour vaincre la mort et de jouir pour oublier ce climat délétère. Les consommatrices adoreraient se faire plaisir en pleine conscience avec un jouet ethnique. Mince ! Le marché du sextoy était en pleine croissance et brassait vingt-cinq milliards de dollars par an, elle devait à tout prix convaincre sa direction.

Kassia prit l'escalier, escalada les marches deux à deux en faisant résonner la barre métallique à coups de poing, oubliant la crispation dure dans sa poitrine, et accéda au plateau supérieur réservé aux patrons, les frères Michelangelo et Leonardo, les deux papes de l'orgasme à l'italienne. Dans cette bonne ville de Milan, personne ne plaisantait avec la tradition et encore moins ces deux frileux qui se reposaient sur leur réputation. *Ce doit être leurs prénoms, ils ont vraiment pris la grosse tête*, songea-t-elle en s'avançant à pas feutrés sur la moquette vers le bureau du chef.

Kassia longeait en silence la cloison de verre qui, alternant bandes opaques et translucides, la séparait de l'immense bureau de Leonardo, quand elle aperçut les escarpins noirs et vernis derrière la vitre. *Oh non ! Stella ! Que fait-elle dans le bureau ?* Les chaussures gisaient sur le sol, de toute évidence éjectées sans précaution des pieds de leur propriétaire. Elle s'accroupit sur la moquette verte du couloir.

Leonardo était renversé sur le canapé de cuir rouge, la tête en arrière et les yeux mi-clos. Le pantalon baissé à mi-cuisse, sa main gauche reposait sur la tête de Stella qui s'activait entre ses jambes. Il se redressa, son autre main plongea dans le corsage déboutonné pour en extraire un sein pointu qui se balançait en douceur et Kassia observa ses doigts courir avec nonchalance autour du téton brun dressé. Les cheveux coupés court de la belle brune ne laissaient aucune place à l'imagination. Sa langue naviguait le long de la verge raide, puis ses lèvres rouges se refermèrent autour de l'extrémité gonflée. L'homme contempla la scène avec un rictus et sa main appuya sur la tête de la jeune femme. Kassia vit le membre dur disparaître dans la bouche de Stella, puis réapparaître luisant de salive avant d'être englouti de nouveau. Leonardo observait la fille agenouillée, ses doigts crispés marquant son sein de croissants de lune rouges. Il eut un frémissement et ferma les yeux. Kassia songea qu'il n'allait plus tarder à jouir et que, à la place de Stella, elle augmenterait le rythme. Elle se releva, une sensation de chaleur trouble dans le bas-ventre. Qu'est-ce qui pouvait inciter Stella à prodiguer une telle gâterie ?

Elle jeta un dernier coup d'œil sur la scène... et plongea son regard dans celui du boss. Kassia se figea. Leonardo avait ancré ses yeux dans les siens et la dévisageait à travers la cloison d'un air insondable. Stella accéléra enfin son va-et-vient puis s'immobilisa. Kassia tourna les talons et disparut aussi silencieusement qu'elle était venue. *Merde !* Elle grimaça et serra les poings. Si Stella avait pris le chef par les couilles, ses chances à elle se réduisaient à peau de chagrin. Mais elle parviendrait peut-être à convaincre son frère Michelangelo.

Elle n'eut jamais l'opportunité de lui présenter son projet. Deux jours plus tard, elle découvrit que son badge d'accès aux locaux avait été désactivé quand les portillons refusèrent de s'ouvrir devant elle. L'employé à la sécurité en bas de l'immeuble lui apprit qu'elle ne faisait plus partie des effectifs.

Réfugiée dans son appartement, Kassia hurla : « Ils n'ont jamais rien compris à ce que je fais ! » Elle s'empara du phallus en verre de Murano sur la table basse et le balança contre le mur blanc, avant de pousser d'un coup de balai rageur les débris colorés contre le mur. Elle s'affala dans son canapé de cuir rose et se prit la tête à deux mains. Que Leonardo s'amuse avec Stella s'il le veut ! En revanche, comment pouvait-il autant manquer de sens du business et de vision commerciale ?

Les jours suivants lui parurent durer une éternité. Rester chez soi au lieu d'aller au bureau constituait une expérience étrange. Une sensation de flotter hors du monde. Elle se traînait dans son petit deux-pièces et ingurgitait mug après mug d'infusions exotiques réputées énergisantes : les cocktails de gingembre, guarana, maté, maca, açaï et baies de goji n'agissaient absolument pas sur son tonus ni sur sa libido malgré des rêves peuplés de bouches goulues avalant des membres en érection. Des pulsions destructrices l'envahissaient sans prévenir et Kassia se surprenait à frapper subitement du poing sur les murs ou à shooter dans les pieds de chaises.

Après avoir fait disparaître la photo de ses anciens patrons en la brûlant dans un saladier, elle avait saisi « recruter un tueur à gages à Milan » dans son navigateur web et déclenché une alerte chez les carabiniers. Ruminant sa vengeance, elle avait surfé sur le Net pour découvrir comment fabriquer une bombe et déclenché une alerte à la cellule antiterroriste. Le troisième jour, la rage au corps, Kassia avait refait le monde : annihilation du plus grand massacre de l'histoire, victoire des Amérindiens et défaite des très catholiques et trop coincés conquistadors. Plus de morale restrictive, tout le monde possède son gode aztèque ! Et hop, sur la paille, le Michelangelo et le Leonardo ! Enfin apaisée, elle avait passé le quatrième jour à dormir, rêver et se masturber. Et à sa table du petit déjeuner, une semaine après son éviction, Kassia tout excitée avait bondi sur ses pieds en renversant son café. Elle jubilait :

« Je suis une battante ! S'ils ne veulent pas se lancer, je vais les faire, moi, ces godes Navajo ! »

L'après-midi même, elle s'était rendue avec un épais dossier dans un petit bureau sur la rue où un employé égrillard avait caressé la cicatrice qu'il portait à la joue et enregistré sa marque *IndianVibes by Kassia*. D'un coup de tampon, il avait certifié Kassia comme la créatrice et propriétaire intellectuelle de ces nouveaux outils du plaisir révolutionnaires, une certification garantie par la pile de dessins de jouets intimes qu'elle lui confiait.

Cette première étape réalisée, Kassia cogitait toujours. *Si je veux faire des objets ethniques*, avait-elle conclu, *autant être ethnique d'un bout à l'autre de la chaîne, du dessin au matériau et à la conception. Il faut aller à la source de la sculpture Navajo ! Et l'origine de cet art, c'est l'Amérique.* C'est du moins ce que répondaient sans complexe ses étudiantes voisines de palier quand elle leur demandait ce qu'évoquaient pour elles des godemichés indiens en bois vernis.

Kassia n'en démordait pas : l'affiche particulière dont elle rêvait et qui ne lui sortait pas de la tête devait être celle de Monument Valley et rien d'autre. En un petit tour sur *Google Map*, elle découvrit que le célèbre parc national se situait, bien à-propos, en plein territoire Navajo et que, si elle voulait les rencontrer, elle devait se rendre à Window Rock. *Si tout se goupille bien, je pourrai même m'associer avec le peuple Navajo ! Ce serait génial !* Elle envoya aussitôt un message à contact@navajotribe.org :

Amis Navajos, je vous salue ! Je m'appelle Kassia et j'aimerais vous parler. J'ai une proposition de business à vous faire. J'arrive dans deux ou trois jours à Window Rock et j'ai très hâte de vous rencontrer. Que le plaisir vous emporte !

À très bientôt,

Kassia

Quand elle comprit qu'elle devait prendre un vol pour Phoenix, Arizona, elle prit conscience que le hasard n'existait pas et que les dieux étaient avec elle. Dans une ville comme Phoenix, elle ne pouvait que renaître de ses cendres.

Vingt-quatre heures plus tard, elle sautait dans un taxi pour l'aéroport. En l'apercevant, un frémissement parcourut le policier en planque devant chez elle depuis que ses recherches sur le web avaient sonné l'alarme. La photo fournie par ses anciens employeurs ne rendait pas justice à cette fille sublime et rayonnante d'énergie. Il fonça jusqu'à sa Fiat 500 banalisée en songeant que si la justice allait plus vite, ils l'auraient déjà mise sous surveillance électronique et qu'il n'aurait pas à cavaler comme ça pour savoir où elle allait. Il la suivit jusqu'au terminal un de Milan Linate puis se résigna à appeler en premier le commissaire Placebo pour signaler l'avancée de l'enquête. Enfin, il saisit en hâte son portable personnel pour composer un numéro à Gênes :

« Luigi ? La fille que tu m'avais demandé de surveiller, elle s'est enfin décidée à sortir. Elle prend un vol pour Phoenix.

— *Tu sais pourquoi ?*

— D'après son ancien chef qui m'a refilé la photo, elle avait un projet de gadgets sexuels en bois. Avec des Indiens d'Amérique, t'imagines ? C'est peut-être là-bas qu'elle va.

— *D'accord. Bon boulot. Nous allons gérer la fille. Je ferai en sorte que Don ne t'oublie pas.* »

Luigi raccrocha en soupirant. Il se serait bien passé de ce problème, mais l'ancienne employée avait surpris Leonardo et cette curieuse de Stella en train de batifoler. Il composa sans attendre un numéro aux États-Unis.

À Milan, au volant de sa Fiat, le flic arborait un grand sourire. Voilà une mission comme il les aimait : le commissaire Placebo brassait beaucoup de vent, il devait être content, il pourrait enfin annoncer une avancée en salle de débrief et lui venait d'augmenter sa fin de mois avec la promesse d'une belle enveloppe.

Chapitre 2

À neuf mille kilomètres de là, bien loin de se préoccuper d'orgasmes éthiques et de tribu indienne, Melody Wilson se prélassait dans un *onsen*[2] à une demi-heure de footing du centre de Nikko, une petite ville de montagne à cent dix kilomètres au nord de Tokyo. Jaillissant au pied d'un énorme bloc de granit dans la forêt, la source chaude, légèrement soufrée, pétillait naturellement. Le bassin était alimenté en eau gazeuse par un tuyau de cuivre où la jeune femme s'était désaltérée après sa course. Pour une fois que l'eau minérale pétillait naturellement sans adjonction de CO_2, il fallait en profiter. Les occasions de goûter à l'authenticité devenaient rarissimes. Elle avait grimacé en découvrant, désappointée, que l'authenticité avait usurpé sa réputation : l'eau sulfurisée à 32 °C possédait un goût abominable. Comment pouvait-on boire ce bouillon puant ? Melody espérait que, au moins, ses vertus étaient bonnes pour le cœur, le foie, la rate, la souplesse de la peau, la circulation des énergies, les articulations, la brillance des cheveux et la libido, comme l'affichait la petite pancarte en anglais clouée à l'écorce d'un grand chêne.

Elle avait déposé ses vêtements sur un banc de bois et dissimulé d'un sparadrap couleur chair le petit tatouage d'oursin qu'elle s'était fait faire au creux des reins à Bali deux années auparavant. Elle aimait bien les oursins : une boule d'épines noires et luisantes cachant en son centre un œil bleu mystérieux et insondable. Elle les voyait comme une beauté dangereuse et se plaisait à penser qu'ils étaient à son image. Elle avait masqué le dessin pour ne pas risquer d'ennui. Au

---

[2] Source d'eau chaude en plein air.

Japon, être tatoué signifiait appartenir à un clan yakuza, et même si la mafia locale inspirait la crainte, les employés n'hésitaient pas à chasser des *onsen* toute personne portant un tatouage.

Maintenant, elle flottait, nue comme le veut la coutume, dans le bassin enclos d'orgues de basalte réservé aux femmes. Sa tête reposait sur une ardoise noire et luisante et ses longs cheveux bruns flottaient en corolle dans l'eau chaude autour de ses seins qui affleuraient. Paupières closes, elle écoutait le murmure des bulles qui pétillaient sur sa nuque et dans son dos. Ses épaules crispées s'apaisèrent, elle vida ses poumons en une lente expiration, se laissant envahir par la plénitude du massage de l'eau sur ses reins, ses fesses et l'arrière de ses cuisses. La source avait probablement usurpé son caractère potable, ce devait être un sale coup de l'office du tourisme, en revanche elle était parfaite pour délasser un corps stressé.

Si Nikko était réputée dans le monde entier pour ses cent trois temples de l'époque d'Edo, classés au patrimoine de l'UNESCO, Melody ne se trouvait pas là pour les temples, les dragons sur les tuiles, les paysages de montagne, le folklore et les vapeurs d'encens. Elle visait d'autres vapeurs plus addictives. De Glasgow à Londres jusqu'à Amsterdam, et d'Europe en Asie, elle avait remonté la piste de la beuh, du shit, de la ganja, du haschisch, de la marijuana ou de la weed. Bien sûr, il restait toujours le Maroc, le fournisseur canal historique. Mais depuis quelque temps, l'aiguille de la boussole pointait vers l'est. Quel que soit le nom qu'on donnait aux feuilles de cannabis ou à sa résine, tout indiquait la direction du Soleil-Levant. Son enquête sur la déferlante de marijuana qui inondait le monde l'avait finalement conduite à Tokyo et, étape ultime, espérait-elle, à Nikko.

Melody avait conscience que sa mission s'éternisait et elle n'aurait pas dit non à un retour dans son Écosse natale pour écluser une bonne Guinness dans un pub et glisser sa main sous le kilt d'un fier gaillard. Elle soupira. Le cannabis l'inquiétait moins, personnellement, que la cocaïne, l'héroïne ou les nouvelles drogues de synthèse qui apparaissaient chaque mois à la périphérie des grandes villes. Bon, puisque de toute façon son enquête l'avait conduite à Nikko, autant profiter de l'*onsen* isolé et savourer les charmes de l'endroit.

Ici comme ailleurs, rares étaient les touristes à faire un pas hors des chemins balisés. Ils préféraient tourner autour des temples, prendre quelques photos et repartir le soir même avec un car pour Tokyo. Les Occidentaux du moins. Melody avait pu constater avec intérêt que les Japonais montraient plus de ferveur. Les temples bouddhistes resplendissaient et cliquetaient du bruit des piécettes lancées en offrande. Amis et familles faisaient la queue au pied des marches des édifices sacrés pour donner leur obole. Mais avant d'honorer la statue de Bouddha, il fallait puiser à la fontaine l'eau purificatrice à l'aide de louches à manche gigantesque, la boire et s'y laver les mains.

La boutique d'amulettes tenue par les moines subissait les assauts des fidèles. Ces derniers, à force de méditation, avaient trouvé toutes les solutions. Quelles que soient les craintes, on pouvait être sûr de dénicher dans la cahute en bois une réponse spirituelle : dans de jolis petits sachets de tissus colorés, les moines avaient rédigé des prières favorisant amour fou, fortune insolente, jouissance providentielle, santé éclatante, chance de folie, relation de couple épanouie, sexe triomphant ou réussite professionnelle. Un condensé de désirs. Du moins, ce que désiraient la Japonaise et le Japonais lambda. En revanche, Melody n'avait rien vu pour donner du sens à sa vie, comprendre ses émotions, développer l'empathie ou donner et pardonner.

Bien que ses doigts sachent se montrer habiles, elle avait malgré tout failli se laisser convaincre par *sexe triomphant* et *jouissance providentielle*, mais s'était finalement tournée, faute de partenaire, vers un petit sachet orange pour convoquer une chance de folie. Dans son métier, la chance constituait une denrée périssable qu'il était toujours bon d'avoir en stock. Il fallait garder la prière secrète dans son écrin de coton sous peine de voir son effet bénéfique disparaître. Melody se demandait si elle trouverait vraiment une bénédiction à l'intérieur et pas un simple morceau de papier vierge. Mais elle voulait croire à la magie et avait résisté à l'envie de découper le sachet. Pour ceux qui souhaitaient des vœux moins formatés, de petites plaquettes de bois que l'on suspendait à un râtelier, déjà surchargé, pouvaient également s'acheter afin d'y inscrire sa propre prière personnalisée. Puis elle avait fait comme tout le monde : elle avait plongé son visage dans les fumées d'encens qui flottaient pour emporter esprits néfastes et pensées négatives vers le ciel. À l'odeur pieuse de l'encens se mêlaient les effluves sucrés des petits gâteaux fourrés à la pâte de haricot rouge tout juste sortie de presse. Il en allait de l'équilibre du monde que de nourrir à la fois le corps et l'esprit. Dans cette ambiance de kermesse empreinte de dévotion, personne n'avait fait attention à elle. La vie se concentrait autour du Bouddha et de ses temples.

Elle s'était éloignée par pure curiosité sur un sentier adjacent, pour voir où cela menait – son instinct de fouineuse, aurait relevé sa mère –, Melody n'avait pas hésité à abandonner la foule. La curiosité était une qualité : elle se retrouvait maintenant seule pour profiter du merveilleux jacuzzi naturel.

Si elle publiait tout ce qu'elle savait sur les filières du cannabis dans le monde, elle gagnerait à coup sûr le Pulitzer. Elle n'ignorait pas que, avec son métier, elle resterait toujours dans l'ombre. À défaut de gloire et de reconnaissance, elle satisfaisait son sens moral et son souci du bien collectif.

Elle réfléchissait. *Pourquoi est-ce que mes deux batteries au cadmium lithium, censées durer mille ans, sont tombées en panne en même temps ? Totalement improbable, une vraie tuile ! Ce doit être encore la conséquence d'une économie de bouts de chandelle ou le recours à un fournisseur chinois. Pff... La poisse !* Elle avait rangé son téléphone satellite sécurisé sous une latte du plancher de son auberge traditionnelle, qu'on nommait ici un *ryokan*, et s'était débrouillée pour passer ses deux appels vers l'Europe sur des portables prépayés grand public.

Les jours suivants, peut-être un effet de l'inquiétude ou d'une paranoïa grandissante, elle avait cru deviner des yeux dans son dos. Était-ce sa démarche féline, l'énergie qu'elle dégageait et sa sensuelle silhouette de liane – comme l'avait décrite un jour un ancien amant – qui avait donné aux mâles japonais l'envie de s'enrouler autour d'elle ou simplement sa grande taille d'Occidentale exotique qui la faisait ressortir de la foule dans les rues de Nikko ? Quoi qu'il en soit, elle marchait depuis lors en longs zigzags sur les trottoirs, jetant des coups d'œil dans les vitrines et les angles morts. Melody savait que ce sentiment d'être observée, les jours suivant ses appels imprudents, ne devait probablement rien au hasard. À force de travailler dans la clandestinité, elle avait fini par développer un sixième sens et appris à se fier à ses impressions.

Pourtant, elle n'avait pas pu garder pour elle sa découverte de plusieurs hectares de cannabis disséminés dans le relief tourmenté des forêts autour de Nikko, entre les monts Nantai et Nyoho. Alors oui, avait-elle conclu, malgré toutes ses précautions, il se pouvait bien qu'elle ait été écoutée. Avec le marketing ciblé, le traçage des consommateurs, la reconnaissance faciale et les dernières technologies civiles en matière de surveillance et d'espionnage, la capitale japonaise était bourrée d'électronique et de gadgets indiscrets. Elle ne pouvait écarter la possibilité que les yakuzas aient intercepté une de ses communications, une semaine plus tôt. Dans le doute, elle envisageait la pire hypothèse et partait du principe qu'ils devaient maintenant savoir qu'une agente étrangère était sur leur piste. À inonder chaque mois l'Europe et la côte ouest des États-Unis de centaines de kilos de résine de cannabis, s'ils avaient deux brins de jugeote, ils devaient de toute façon s'attendre à une réaction des agences antidrogue du monde entier.

Depuis, par prudence, Melody demeurait muette et elle avait préféré rompre toute communication avec son officier traitant à Glasgow. Elle avait coupé le cordon ombilical avec la maison mère, ce devait être l'affolement là-bas. Oh, un affolement mesuré. Melody se doutait bien que son silence ne créerait pas la panique. Ils en avaient vu d'autres ! De son côté, il s'agissait d'une grande première. Elle découvrait l'étrange appréhension du trapéziste qui travaille sans filet.

Une sensation de froid sur ses tétons, conséquence d'une brise légère, la rappela au réel. Melody ouvrit les yeux, soupira et se décida à abandonner la chaleur réconfortante de l'*onsen*. Elle s'ébroua, respira une dernière grande bouffée d'air soufré, puis fit quelques pas dans les feuilles, nue, en frissonnant pour retrouver ses vêtements. Elle enfila rapidement une de ses éternelles culottes de dentelle, son legging de sport noir et son T-shirt à imprimé cerisier en fleurs trouvé dans une boutique branchée de Shibuya avant de pencher la tête pour égoutter ses cheveux et se refaire une queue-de-cheval.

L'agente K5 repartit en footing léger vers la ville. Elle allait les mettre derrière les barreaux, ces dealers, elle n'en avait jamais été aussi près.

Chapitre 3

Kassia atterrit sans encombre vingt heures plus tard dans la capitale de l'Arizona. Dix-huit heures trente à Phoenix, la soirée commençait tout juste, mais à Milan, au même moment, on était au cœur de la nuit. Son corps était lessivé. Elle nota l'absence totale d'originalité de sa chambre d'hôtel avant de se glisser nue dans les draps blancs du grand lit moelleux.

Le lendemain, quand elle découvrit qu'une agence de location s'appelait Alamo et qu'elle pouvait louer pour deux cents dollars la semaine la même longue Cadillac rose que celle d'Elvis, Kassia y vit un heureux présage. Alamo, ce n'était pas un nom Navajo ? Et puis, Elvis, quand même ! Difficile de résister au King. *Un peu cher, mais autant se faire plaisir et entrer dans le mythe américain*, avait-elle conclu, *c'est un nouveau départ dans ma vie*. Elle démarra sur les chapeaux de roues sur les notes de *Jailhouse Rock*, laissant le jeune loueur stupéfait : « *Crazy sexy girl, so French !*[3] »

Kassia prit l'Interstate 87, ignora Apache Junction et les monts de la Superstition à sa droite, puis décida de ne pas faire le détour vers la Femme Couchée et les Tétons, mais de traverser tranquillement la vallée des Étoiles, suivie un peu plus loin de la vallée du Soleil. Elle adorait le pittoresque des noms que les pionniers avaient donné aux lieux qu'ils découvraient. En milieu d'après-midi, elle arriva à Window Rock, une arche percée à travers la roche. Elle avait presque atteint son but, plus que deux miles sur l'Indian Route 112 pour arriver à Fort-Defiance. Là, elle avait rendez-vous avec les Navajos.

---

[3] Déjantée et sexy, une vraie Française !

Le paysage resplendissait et les mesas au loin écrasaient la plaine de leur présence imposante. L'air était sec et empli d'un nuage de poussière derrière la Cadillac. Fort-Defiance se révéla être un lieu perdu dans le désert. Conditionnée par ses lectures d'enfance, Kassia s'était imaginé trouver des tipis, mais en arrivant au village, elle découvrit des hogans de terre et de bois, un ensemble de petites habitations coniques posées sur la terre nourricière telles d'opulentes mamelles.

Dans l'une d'entre elles, elle rencontra le jeune chef Ours-à-Miel. Elle le laissa la mater sans broncher – encore un qui éprouvait de la difficulté à la regarder en face – jusqu'au moment où elle le vit écarquiller les yeux en écoutant son discours.

« Vous avez parcouru dix mille kilomètres pour fonder une entreprise de… godemichés navajos ? Faut que je réfléchisse… » déclara-t-il avec un imperceptible sourire avant de retourner se balancer dans son rocking-chair en lorgnant ses jambes.

Elle le dévisagea, interdite, avant de s'inquiéter devant l'apathie du type. Le Navajo n'avait vraiment aucune vision du futur et son projet le laissait sans réaction. Son sourire s'éteignit et un pli dur barra son visage.

« Mon projet peut bénéficier à toute la communauté, non ? s'exclama-t-elle, toute dépitée. Tout le monde aime le sexe ! Vous n'aimez pas le sexe, vous ? »

Cet homme lui semblait vraiment étrange, comment pouvait-il être aussi aveugle ? Il lui donna l'impression qu'il allait sortir de sa léthargie, ses lèvres se plissant comme s'il allait entamer la discussion, mais non, il se renfrogna et le soufflé retomba.

Heureusement, si Ours-à-Miel avait le cerveau aussi pétrifié que celui d'un chien de prairie dans la gueule d'un coyote, sa femme fit preuve de bien plus de vivacité. Petite-Fraise-des-Bois et Kassia s'étaient tout de suite trouvées des atomes crochus. Une fois la surprise passée, la Navajo, emballée par l'idée, avait immédiatement conçu un plan. Les jeunes hommes de la tribu fourniraient le bois de frênes ou de merisier très présent dans les canyons, les maîtres ébénistes sculpteraient les godes et Petite-Fraise-des-Bois et les autres femmes prendraient en charge le polissage pour assurer un toucher naturel, sensuel et garanti sans écharde. Le tout serait ensuite expédié à Milan avec les avions d'Air Estsanatlehi. Avec un nom signifiant « la femme qui change », Estsanatlehi, déesse créatrice du peuple navajo, ne pouvait être qu'un signe de bon augure. *La femme qui change et qui fait changer, mais c'est moi !* avait modestement pensé Kassia. Encore un signe du destin ! Quoi qu'il en soit, destin ou pas, il fallait que les sextoys soient vernis en Italie avec un produit bio hypoallergénique garanti sans phtalate pour bénéficier du label *Made in Italia* qui excitait tant les touristes chinoises et japonaises.

Kassia, très satisfaite de son business plan, souriait à présent béatement sur la peau d'ours, observant à travers l'ouverture ronde du toit du hogan des nuages aux formes phalliques défiler sur un ciel bleu cristallisé comme de la meth[4]. Puis elle s'endormit sous l'effet du calumet au pavot qu'elle venait de partager avec Ours-à-Miel pour sceller le pacte. « Les traditions ne se perdent pas », avait-elle alors remarqué naïvement.

Petite-Fraise-des-Bois se réjouissait, elle aussi. Voilà une affaire qui lui arrivait toute cuite dans la marmite de marmotte ! Elle se frottait les mains. Ce ne serait pas des millions comme pour les autres trafics qu'elle gérait déjà avec ses amis italiens, mais elle ne disait jamais non à du cash supplémentaire. Après tout, les petits ruisseaux font les grandes rivières. Et pour une fois, c'était légal. Totalement immoral et mal acquis, mais légal, et surtout sans risque. L'opération

---

[4] Méthamphétamine : drogue de synthèse pouvant se présenter sous forme de cristaux.

« godemiché navajo » était un projet jouissif où elle pourrait se faire plaisir.

Elle prit son téléphone satellite et appela l'Italie :

« Allô ? Michelangelo ? Oui, Luigi m'a prévenue, j'ai vu ta Kassia. Tu avais raison de te méfier, elle est bien venue ici. Quoi ? Oui, oui, j'ai photographié tous ses dessins, c'est tout bon. Nous pouvons nous lancer, ça va aller vite. Avec nos stocks de bois et votre main-d'œuvre à disposition, vous allez bientôt avoir de jolies vitrines labellisées "Avec de l'authentique bois navajo". Elle a des idées intéressantes, la petite. Dommage que vous l'ayez virée, si tu veux le fond de ma pensée. Et n'oubliez pas, les frérots, que ma tribu prend tous les risques et contrôle la matière première. Votre merisier et votre frêne, c'est du Navajo bio pur jus qui cautionne le concept. Donc, pas d'entourloupe, et si le projet aboutit nous partageons cinquante-cinquante, comme promis. »

Petite-Fraise-des-Bois raccrocha. Sous son innocente apparence se cachait un esprit pervers et calculateur. Les gens ne l'apprenaient jamais assez tôt. Elle avait hâte que Kassia reparte. *Franchement, Petite-Fraise-des-Bois, quel nom à la noix ! On dirait celui d'une héroïne de dessins animés pour gamins attardés !* Elle n'avait qu'une envie, l'abandonner pour reprendre son joli nom de baptême : Ortie-Sauvage.

Quelques heures plus tard, Kassia se réveilla sur la peau d'ours dans le hogan, heureuse, reposée et vaguement nauséeuse. La faute au décalage horaire, doublé de l'effet habituel du pavot sur les corps non initiés. Mais comment aurait-elle pu refuser de partager le calumet qui scellait leur pacte ? Par le passé, elle n'avait jamais ressenti l'envie de prendre quoi que ce soit, elle se savait suffisamment dopée au naturel. Pas même un joint ou une cigarette. En revanche, un cocktail, un verre de vin ou le shoot de sérotonine après l'amour, elle ne disait pas non. Elle se leva et se fit un café instantané chauffé au micro-ondes posé sur une table de camping.

En sortant du hogan, elle trébucha sur le chien galeux qui gisait sur le flanc dans la poussière du seuil de la porte. Il bondit en glapissant et fila dans le désert sur le sable rouge avant de disparaître dans le soleil couchant.

« Comme c'est beau ! », s'écria-t-elle.

Cela fera une belle affiche. Il faut bien reconnaître que, en ce monde, peu de choses ont autant de charme qu'un coucher de soleil à Monument Valley. Ces godes ethniques, quelle idée du tonnerre !

« J'adore ! Vraiment trop beau », répéta-t-elle.

Dans son fauteuil à bascule face aux mesas dorées inondées de lumière, Ours-à-Miel ouvrit un œil. Ce devait être les derniers effets de la drogue ou les brumes du réveil : Kassia lui trouva l'œil vif et un peu trop éveillé.

« Oui, ben, on s'y fait, grogna Ours-à-Miel.

— Eh bien, pas moi, rétorqua Kassia. Il est magnifique ce paysage. Je me croirais au Far West ! Où est Petite-Fraise-des-Bois ?

— Elle cuisine la marmotte. Vous restez dîner avec nous, vu l'heure ? »

Kassia dansa d'un pied sur l'autre. Tout son projet lui revenait en tête et l'impatience la tenaillait. Elle devait vite rentrer en Italie. De nombreuses tâches l'attendaient : réceptionner les objets à Milan, trouver un entrepôt, monter une équipe dédiée au vernissage, les former à ses modèles et à la qualité, conditionner les sextoys dans des boîtes élégantes et discrètes...

D'un autre côté, elle n'avait jamais goûté de la marmotte. Il y en avait plein les Dolomites, mais elle n'aurait jamais pensé à les manger. Alors elle concéda, curieuse :

« Je serai très heureuse de partager le repas avec la tribu ce soir, mais demain, je file à l'aube pour attraper mon avion. Il faut bien lancer ce business, pas vrai ? Mon entreprise ne va pas se créer toute seule ! Je suis tellement impatiente. Je suis sûre que le moment est venu, c'est dans l'air du temps. Je ne voudrais pas que quelqu'un me vole l'idée. »

Lorsque Kassia leur avait soumis l'idée d'une gamme de jouets intimes en bois, sa proposition leur avait paru être une nouvelle fois encore une belle absurdité. Un sextoy italien de chez MA & L se devait d'être en silicone vert, blanc ou rouge avec une finition exceptionnelle, point final. Michelangelo et Leonardo n'en pouvaient plus de toutes ses idées farfelues qui mettaient la tempête dans les esprits et transformaient les réunions *Innovative toys for new pleasures* en débats houleux. Qu'elle s'en aille, la Kassia, avec ses idées tordues !

Et puis, Stella avait apporté une belle idée elle aussi, en plus d'apporter un corps de rêve et sa langue agile. À la pensée de la jolie brune, Leonardo eut un vague regret et soupira. Quel dommage que les caméras l'aient surprise à fouiller dans les tiroirs un soir après la fermeture. Un vrai gâchis ! Mais la contrepartie à travailler avec Don Cortisone était une sécurité à toute épreuve. Sinon, c'est lui qu'on aurait repêché dans le port de Gênes et pas cette fouineuse de Stella. Il se demanda pour quelle agence de renseignement elle bossait, car il doutait que ce soit pour la concurrence. Peut-être que Cortisone avait réussi à la faire parler ? N'empêche, ce ne serait pas demain la veille qu'il retrouverait une fille aussi belle, aussi fraîche et aussi... dévouée. Stella n'avait pas hésité à donner de son corps pour remplir sa mission. En voilà une qui avait été motivée et à qui sa hiérarchie devait mettre la pression, ou qui ne voulait pas rater sa prime sur objectifs. Il soupira encore une fois. Il n'aurait pas dû tant tarder pour la baiser. Stella avait eu un cul splendide, bien qu'il n'arrive pas à la cheville de celui de Kassia.

Sentant venir l'érection, Leonardo allongea une main vers sa braguette et afficha un visage chagrin. La jeune employée avait eu un

CV en or et les idées qu'elle avait apportées avaient souvent permis de développer le chiffre d'affaires au fil des années. Même son diffuseur d'huile essentielle pour Lolita Lempicka, du temps où elle était étudiante, n'avait échoué qu'à un cheveu de la première marche du concours lancé par la parfumeuse parisienne. La jeune femme n'avait simplement pas pris en compte le fait que le flacon gagnant devrait être produit en masse, et un clitoris de cristal, en plus d'une fragilité intrinsèque, possédait une forme un peu trop alambiquée pour être usinée facilement. Son idée avait tout de même reçu une mention spéciale pour son esthétique et sa créativité qui collait à l'actualité.

Alors, si Kassia avait raison cette fois encore ? s'était demandé Leonardo. Son frère et lui en avaient discuté et avaient décidé de contacter Luigi pour préparer le terrain. Puis, comme à chaque fois qu'ils devaient prendre une décision d'importance pour MA & L, ils avaient appelé Don Cortisone. Il fallait faire du chiffre, mais sans faire de vagues. Évidemment, Michelangelo et Leonardo n'avaient pas parlé sexualité. La réputation de violence du parrain ne plaidait pas en sa faveur et mieux valait éviter tout sujet trop intime. Non, ils avaient plutôt abordé investissement et gros sous, import-export et matières premières, et échanges transatlantiques. À l'évocation de Kassia, Don Cortisone, après s'être exclamé « quoi encore ? Une autre fouineuse ? » s'était vite tu et avait écouté en silence avant de raccrocher. « Je vous rappelle », avait-il déclaré.

Michelangelo avait aussitôt branché son portable et appuyé par petites touches sur le bouton latéral. La barre du volume s'était affichée sur le petit écran jusqu'à ce que le curseur arrive en butée au niveau maximum. La dernière chose qu'il souhaitait était de rater l'appel de Don Cortisone. Le parrain avait réfléchi quelques minutes. Le projet des deux vendeurs de gadgets sexuels, qu'est-ce que cela pouvait lui rapporter ? Il leur fallait du bois ethnique, made in USA, et il avait traduit : une bonne couverture pour des transports internationaux et une filière de transit sous façade légale. Débouchés commerciaux ? De toute évidence énormes. Tout le monde se branlait, ce que prouvait bien le chiffre d'affaires de vingt-cinq milliards du secteur, ce qui signifiait injection de cash et blanchiment d'argent. Cette affaire pouvait se tenter et sans risque de surcroît.

À Milan, Michelangelo s'était étranglé avec son infusion rooibos banane quand son portable avait sonné.

« *Vous avez mon autorisation, vous pouvez lancer le projet,* lui avait annoncé le parrain. *Je vous mets en relation, j'ai des contacts.* »

Don Cortisone avait abruptement coupé la communication et Michelangelo et Leonardo s'étaient frotté les mains. Le patron avait dit oui ! Le cash allait arriver vite.

« Tu te souviens des esquisses que Kassia nous avait montrées, avait rappelé Leonardo. Il nous les faut. Si le concept tient ses promesses, nous allons gagner des millions ! »

Chapitre 4

À Milan, Kassia rongeait son frein. Postée à la fenêtre de son petit appartement, elle n'en pouvait plus d'attendre et avait envie de hurler. Deux jours qu'elle appelait sans cesse Petite-Fraise-des-Bois et deux jours que cela sonnait dans le vide. Qu'est-ce qui pouvait retenir la Navajo ?

De son côté, l'affaire était maintenant bien engagée. Elle s'était démenée pour dénicher un bel entrepôt en bois à la sortie de la ville, avait négocié durant des heures pour en faire baisser le loyer et avait rendu visite à chacune des « Mammas », comme elle les appelait.

Les Mammas, c'était un peu sa famille. Gina, bien sûr, que Kassia, depuis toute petite, surnommait Tata Mortadelle, et ses six copines Anna, Claudia, Monica, Ornella, Silvana et Sofia. Elles connaissaient les choses de la vie et n'étaient pas nées de la dernière averse. Surtout, Kassia savait qu'avant d'être des petites vieilles, elles étaient avant tout des femmes dures à la tâche qui avaient eu, pour certaines, des vies incroyables : Sophia, prof de philo dans un village de montagne ; Silvana séductrice impénitente collectionneuse d'hommes ou même, pour toutes les autres, superhéroïnes coordonnatrices de projets logistiques géants, devant gérer au quotidien enfants, écoles, sorties de classe, organisation des vacances, anniversaires, suivi des vaccins, rangements, courses et nettoyages, lessives, repas, inertie et insouciance du mari avec en sus la double casquette de coach en développement personnel et d'accompagnante en thérapie familiale. Les sociologues appelaient ça « femme au foyer », comme si elles se cantonnaient à rester toute la journée au coin du feu.

Ces Mammas-là, Kassia les regardait avec admiration comme des survivantes des tragédies de l'Histoire. Elle avait pensé que son projet de sextoys ethniques pourrait bien les toucher. Une jeunette qui se rebelle ne pouvait que les séduire et les faire rêver, pas vrai ? Sur ce coup-là, elle avait vu juste. Voir leurs têtes à l'annonce du projet l'avait bien fait rire. Elle avait répondu aux exclamations, aux regards curieux et aux sourires émoustillés. « Faut vivre avec son temps ! » avait déclaré Gina, et Silvana s'était même trémoussée sur son fauteuil avant d'oser demander « Et on pourra essayer ? » Ce à quoi Kassia avait rétorqué : « Le plaisir n'a pas d'âge, voyons ! » Un vote à main levée avait consacré sa petite entreprise. Elles voulaient toutes en être. Plutôt les *dildos* que le *minestrone* et l'*eccitazione* que le *panettone*, semblaient penser ces dames.

Elle leur avait montré les esquisses, les vernis et le grand entrepôt. Elles avaient manipulé en rougissant des jouets siliconés de chez MA & L, échantillons glanés au fil des ans par Kassia, et réceptionné des sachets de satin et d'élégants boîtiers. Posé la déco et installé des canapés pour le coin repos. Fait briller les vitres et lustré le plancher. Kassia avait établi les premiers contacts avec des distributeurs et embauché un webmaster pour sa marque *IndianVibes by Kassia*. Deux semaines intenses s'étaient écoulées et toutes étaient dans les starting-blocks, excitées comme des puces. Il ne manquait plus que la matière première. Mais en l'absence de réponse de Petite-Fraise-des-Bois, son entreprise semblait maintenant au point mort avant même d'être née.

Bon, il est temps d'arrêter de me morfondre et de tourner en rond dans cet appartement. Je sors prendre l'air !

Kassia claqua la fenêtre, attrapa ses clés et dévala l'escalier vers la rue. Après une centaine de mètres dans l'avenue Leopardi, elle ne put se retenir d'appeler encore une fois la réserve navajo. Elle piétinait d'inquiétude sur un trottoir de Milan, son téléphone à la main. Toujours pas de réponse de Petite-Fraise-des-Bois ! Un sentiment de catastrophe imminente l'envahit et une boule d'angoisse lui tordit l'estomac. *Faut que je me calme, faut que j'aille prendre un truc et que je réfléchisse !* Elle se dirigea à pas rapides vers le prochain bar et resta bouche bée devant dans la boutique des plaisirs MA & L en découvrant le panneau *Sunset at Monument Valley*, la fille sexy et le sac à main d'où dépassait un charmant sextoy en bois doré. Sa gorge se dessécha et elle déglutit avec difficulté, les yeux écarquillés sous le choc. En plus des modèles de silicone habituels aux couleurs de l'Italie, la vitrine déployait sur un piédestal les tout nouveaux modèles *Bison*, *Totem* et *Petite Flèche* de la gamme *Désirs Indiens*.

Kassia desserra les dents et rougit de colère : « T'avais qu'à pas te trouver à côté d'un échafaudage, sale voleur ! » hurla-t-elle en se saisissant d'un tube de métal gris posé au sol. D'un geste puissant, qui n'avait rien à envier à celui d'un batteur de base-ball, elle fracassa la vitrine à grands coups rageurs. Les godes apparurent soudain pris comme des insectes dans une toile d'araignée de verre. Son cœur palpitant à cent à l'heure, elle observa les dégâts, rayonnant à travers la vitrine, murmura un « Oh, la vache ! » et sa main tremblante laissa échapper la barre de fer qui retomba sur le trottoir avec un *klang* assourdissant. Elle tourna la tête, ne vit personne et s'enfuit à toute vitesse, quittant le boulevard pour se perdre dans les petites rues.

Quelques allées plus loin, haletante, elle s'assit au sol et s'effondra en larmes. Kassia sanglotait quand un matou efflanqué vint ronronner contre sa jambe. Sous l'effet des caresses, l'ocytocine neutralisa l'adrénaline et Kassia s'apaisa. Puis elle reprit du poil de la bête.

« Je ne vais pas me laisser faire comme ça ! grogna-t-elle en bondissant sur ses jambes. T'es une battante, Kassia, pas vrai ? Alors, *pronto prontissimo*, bouge-toi ! »

Elle se dirigea à grands pas vers l'office des brevets et dépôt de marques. Michelangelo et Leonardo, elle allait leur faire bouffer leur chemise au tribunal ! Arrivée devant la vieille demeure lombarde, elle poussa la lourde porte de bois. Le hall était désert. Elle fonça jusqu'à un petit guichet tout au fond de la vaste salle d'accueil :

« Je viens faire une copie certifiée de mon dépôt de marque.

— *IndianVibes by Kassia*, vous dites ? Avec des esquisses au pastel et des fusains ? Je n'ai rien de ce nom dans ma base.

— Mais, *signor*, ce n'est pas possible ! Il y a quelques jours, j'étais là, avec vous, j'ai enregistré mon label *IndianVibes* et les dessins originaux de mes... sextoys. Des beaux dildos en bois, des sexes dressés ! Ne me dites pas que vous ne vous en souvenez pas, je vous ai vu sourire et vous avez même jugé que mes dessins étaient intéressants !

— Non, mademoiselle, je ne m'en souviens pas, mais alors pas du tout », répondit l'homme en grattant la cicatrice de sa joue gauche.

Il leva la tête du formulaire qu'il avait devant lui :

« Vous avez le récépissé ?

— Où est-ce qu'il est ? Mais où est-ce qu'il est, ce papier ? »

Kassia fouillait fébrilement dans son sac à main à franges de cuir mauve et en sortit une feuille pliée en quatre.

« *Yes !* Le voici, le récépissé, vous voyez bien !

— Vous avez raison, oui... Attendez, je vais vérifier. »

Quelques minutes plus tard, l'employé, dont l'étiquette épinglée sur la poitrine affichait Tonio Cortisone, revenait vers elle :

« Je suis désolé, mademoiselle, vraiment, absolument, désolé, mais je n'ai rien trouvé à votre nom. Il faut d'ailleurs que je vous informe qu'à la suite d'une erreur de manipulation, votre récépissé est passé dans la broyeuse. »

Kassia le regarda avec des yeux ronds. *Une erreur de manipulation ? Comment était-ce possible ?* Son cœur se serra avant de s'affoler et l'angoisse lui noua l'estomac.

« Mais ce n'est pas...

— Dans votre propre intérêt, je crois que vous devriez partir maintenant, lui intima l'homme à la cicatrice d'un air glacial en la fixant droit dans les yeux.

— Mais vous... Vous êtes un...

—Vous ne voudriez pas passer dans la broyeuse vous aussi, n'est-ce pas, mademoiselle ? »

Kassia en eut le souffle coupé et ne put articuler un mot. L'homme lui souriait en lui dévorant la poitrine de ses yeux pervers. Elle tressaillit, gênée. Puis elle vit un pli dur s'inscrire sur son front et son doigt parcourir la cicatrice de sa joue.

« La broyeuse, mademoiselle, pensez-y. Alors, n'oubliez pas de gonfler vos beaux poumons et partez. »

Kassia reprit son souffle, anéantie et, quittant le hall en silence, trop consciente du regard de l'homme sur ses reins, rejoignit son appartement tel un zombie. Tout se mettait en place dans son esprit. L'absence de nouvelles de Petite-Fraise-des-Bois, la livraison qui n'arrivait pas et, manifestement, Michelangelo et Leonardo qui frayaient avec la mafia. Merde, qui était ce salaud à l'office des brevets ? Et surtout, surtout... Les godemichés en bois qu'elle avait vus dans la vitrine étaient si magnifiques qu'on aurait pu les exhiber sur le buffet familial. Rien qu'à les voir, on avait envie de les caresser et de... Kassia se mordit la lèvre et eut un rictus désespéré : son idée tenait si bien la route qu'on la lui avait volée !

Les sept Mammas l'attendaient chez elle, le journal de la veille à la main. Le visage grave, Gina pointa du doigt un article :

« Tu la connaissais, cette Stella ? »

Kassia s'assombrit. Elle ne pouvait plus penser à Stella autrement qu'avec la queue de Leonardo dans la bouche.

« Oui, je la connais. Une ancienne collègue. Pourquoi ?

— Oh ma pauvre ! s'exclama Ornella en la prenant dans ses bras.

— Quoi ?

— Ta collègue Stella est morte, ma chérie. Elle s'est noyée dans le port. »

Kassia demeura silencieuse. *Stella, noyée ? Avec une météo aussi bonne, alors qu'elle ratait souvent les pauses du midi pour faire des longueurs de piscine ? Se peut-il qu'il y ait un lien avec le fait que je l'aie surprise avec*

Leonardo ? Gina claqua des mains et Kassia sortit de sa torpeur. Un frisson glacé descendit le long de son dos.

« Bon, on commence ? lança Silvana. C'est qu'on est impatientes de se mettre au travail, nous !

— Je suis désolée, les filles, mais la peinture sur bois va devoir attendre un peu », annonça Kassia.

En l'écoutant raconter la trahison de Petite-Fraise-des-Bois, Monica coucha le roi noir sur l'échiquier déployé devant elle et clama :

« Kassia nous avait donné un rêve et les Cortisone nous l'enlèvent ! Nous ne pouvons pas ignorer cette provocation !

— Le sang des Mammas crie vengeance !

— La mafia ne passera pas par nous !

— Oui, mais si nous suivons ce chemin, nous allons toutes trépasser…

— Et alors, Anna, tu ne te sens pas plus vivante, maintenant ? s'enthousiasma Ornella.

— Oui, plus vivante aujourd'hui, mais plus morte demain !

— Tu n'as pas assez vécu ? Les chaussettes, les genoux, le *minestrone* et le *panettone*, tu veux continuer de vivre ainsi jusqu'à ta mort ?

— Vous avez peut-être raison, les filles. Je suis vieille, il est vrai, mais aux âmes bien vieillies, la valeur ne compte pas le nombre des ennuis. Sus à l'ennemi ! » glapit Anna.

Le petit appartement de Kassia, au cinquième étage, bouillonnait d'excitation, la révolution grondait. Kassia, tapie dans son coin, se mordait la lèvre en essayant de contrôler ses larmes. L'homme des brevets, la mort de Stella, tout ce stress… Elle se ressaisit et redressa la tête. Avoir une équipe pareille pour l'épauler lui faisait chaud au cœur. Ces vieilles dames, loin d'être encroûtées, possédaient de l'énergie à revendre.

« Nous ferons comme Kassia ! Nous allons prendre des barres de fer et fracasser les vitrines de ces salauds de Leonardo et Michelangelo ! clama Gina, la plus motivée.

— Non, non, attendez ! » s'écria Kassia.

Mais il était déjà trop tard. Les sept Mammas s'entassaient dans l'ascenseur.

L'homme dissimulé sous un porche sur le trottoir d'en face les regarda s'éloigner toutes guillerettes.

Le lendemain matin, le *Corriere della Sera* publiait pleine page : *Vague d'attentats contre les sex-shops MA & L. La mafia a encore frappé ! Une histoire de racket ?*

Dans son appartement, Kassia s'arrachait les cheveux :

« Mais vous êtes folles, vous avez fait quoi ?

— Nous t'avons vengée, Kassia. Tu te sens mieux, hein ? affirma Gina avec un grand sourire.

— Oui tata, mais quand même... Personne ne vous a vues au moins ?

— Bien sûr que si ! Tu sais, à nos âges, nous ne courons plus comme des lapins. Ne t'inquiète donc pas, il n'y a pas plus innocent qu'un groupe de vieilles dames faisant du lèche-vitrine.

— Et quelles vitrines ! Cela donne envie, gloussa Silvana.

— Œil pour œil, dent pour dent, mais c'est la vendetta ! Vous avez songé à ce que la mafia va nous faire ? » s'affola Kassia.

Chapitre 5

À cent cinquante kilomètres de là, à Gênes, dans le grand salon qui lui servait de quartier général et où il gérait toutes ses affaires, le commandeur, Don Cortisone, un petit homme replet au visage rond et aux cheveux gris de plus en plus rares sur les tempes, piétinait son tapis rouge *Lorenzo Lotto* aux fines arabesques jaunes. Il avait trouvé intéressant d'accrocher en miroir au mur une petite reproduction de Lotto, le *Portrait de Giovanni della Volta* le montrant avec sa femme, ses enfants et son fameux tapis. Mais en cet instant, il ne les supportait plus. Il avait envie de secouer ces personnages aux visages trop sérieux et figés et de les faire sortir de leur léthargie. Énervé, il tournait en rond comme un lion dans sa cage autour du bureau en marqueterie Boulle, puis il s'avança dans la pièce et fit rebondir violemment la boule noire, numéro huit, sur la bande du billard américain. Il claqua la canne sur le plateau vert et se retourna pour faire face au portrait de Lucrèce Borgia par Bartolomeo Veneto. Lucrèce le fixait avec une moue moqueuse. Il inspira à pleins poumons, se sentant légèrement ridicule, et détailla une fois de plus la fascinante dentelle blonde des cheveux de la jeune femme. L'artiste avait réalisé un chef-d'œuvre. Curieux comme l'art l'aidait à s'apaiser.

Il réfléchissait. Il passait sa vie à maintenir un équilibre entre le territoire de Cosa Nostra, sa Famille, et ceux des autres Familles : la Camorra, la Sacra Corona Unita et la 'Ndrangheta. Sans se faire grignoter sa part. Son boulot consistait à préserver les intérêts des siens. Il pensait avoir trouvé un terrain d'entente, établi une base de travail saine, et voilà que Tonio l'informait pour la seconde fois que la cocaïne calabraise de la 'Ndrangheta se retrouvait à la vente dans les rues de Milan, à un prix défiant toute concurrence. Les sudistes essayaient de s'implanter dans le Nord et empiétaient sur son territoire. Qu'est-ce que ça voulait dire ? L'accord ne tenait plus ? Qu'est-ce qu'il faisait, Salvatore, à balancer sa coke sur Gênes, Turin et Milan ? S'il voulait la guerre, il allait l'avoir. Mais il allait tout foutre par terre.

« Il a oublié qui je suis, hein, il a oublié ! cria-t-il à Lucrèce, imperturbable, qui le dévisageait en exhibant un sein provocateur. Corti le Dingue, je vais lui rafraîchir la mémoire, moi, je vais lui rappeler Mamie Cocaïne ! »

Giovanni Cortisone n'était pas parvenu au sommet de la pyramide mafieuse en étant gentil. Il avait compensé sa petite taille par une intelligence retorse et quelques actes d'une sauvagerie barbare qui avaient marqué les esprits. Dans les Familles, les plus anciens n'avaient jamais oublié les deux têtes décapitées exhibées sur des chaises devant la cathédrale de la Nativité à Syracuse.

Quelques jours plus tard, la bombe incendiaire lancée dans le restaurant de Mamie Cocaïne lui avait valu le surnom de Corti le Dingue. Mamie Cocaïne, transformée en torche avec quelques clients, n'était jamais ressortie de son restaurant en flamme. Les journaux s'étaient emparés du sujet en mettant la pression sur le gouvernement et Giovanni Cortisone avait bâti le socle sur lequel construire sa légende. À la suite de ces exploits, le chemin pour succéder à Luciano, le patriarche historique, s'était brusquement ouvert devant lui. Corti le Dingue faisait peur, même à son père.

Giovanni avait toujours été la dernière roue du carrosse, le cadet des cinq frères, une quantité négligeable.

« Giovanni, c'est une fin de race, il est petit et malingre, qu'est-ce que tu veux que j'en fasse ? » avait un jour commenté Luciano au téléphone, sans se soucier que Giovanni soit dans la même pièce que lui.

Giovanni s'était avachi sous le choc, ses épaules s'étaient effondrées et un terrible malaise avait envahi son ventre. Les années suivantes, il avait absorbé tout ce qu'il pouvait sur le métier, et enfin, un jour, il avait repris le contrôle d'un quartier et était devenu Corti le Dingue.

Pour fêter sa victoire, il avait sélectionné deux étudiantes sur un site d'escortes et les avait conviées à venir ripailler avec lui. Milena, une blonde scandinave à la peau blanche, était apparue moulée dans une petite robe rouge flamboyante rehaussant sa poitrine et montée sur de hauts talons noirs mettant en valeur ses jambes interminables. Son déhanché avait capturé tous les regards mâles de la salle jusqu'à l'entrée de Yasmine, son second choix, une petite brune lumineuse au corps mince, à la peau mate et aux lèvres parfaitement peintes en rouge. La voyant cintrée dans un tailleur gris et un bustier blanc tendu sur sa poitrine, Giovanni en avait oublié son repas. Sous les yeux désapprobateurs ou jaloux, il avait aussitôt pris les deux filles par le bras pour les guider vers sa chambre.

Là, il avait lâché d'un ton sec à Yasmine « Toi, déshabille-la ! » en désignant Milena. Yasmine, à genoux, avait détaché les escarpins noirs de sa compagne puis s'était relevée pour faire glisser la petite robe rouge au sol. Milena avait passé sa langue sur ses lèvres en rivant ses yeux dans les siens. « Vire-lui ce soutif ! » avait presque crié Giovanni. Yasmine avait baissé d'un coup sec le soutien-gorge, les lourds seins blancs de Milena avaient sailli de la dentelle noire, puis elle avait descendu le tanga aux chevilles. Les yeux de Giovanni avaient parcouru le sexe épilé de la grande blonde puis il avait éructé :

« J'ai demandé que ce soit doux. C'est doux ?

— Oui, c'est...

— Pas toi, elle ! Vérifie tout ! »

Alors Yasmine avait caressé la fente lisse, immiscé son doigt dans l'intimité de sa compagne et confirmé en hochant la tête. Puis Mila à son tour avait mis à nu la petite brune aux seins ronds et à la fente tout aussi douce. Giovanni avait maté ces deux corps contrastés en se palpant l'entrejambe, puis, devant les deux filles en attente, il avait annoncé :

« On va jouer à pile ou face. Qui choisit quoi ?

— Face », avait répondu Milena.

Giovanni avait lancé la pièce et s'était levé en ricanant :

« T'as perdu ! Pas de bol. Toi, allonge-toi sur le lit, sur le dos, la tête vers moi, avait-il indiqué à Yasmine. Et toi, à quatre pattes au-dessus d'elle, jambes écartées et cambre-toi, je veux voir ton beau cul blanc. »

La blonde et la brune, obéissantes, s'étaient mises en position en jetant un œil vers l'enveloppe pleine de billets qui les attendait sur la table basse. Giovanni avait déboutonné son jean et sorti son barreau rigide, l'avait placée contre le petit anneau sombre au milieu de la chair pâle avant de lancer à Yasmine « regarde bien ». Puis il s'était enfoncé d'un seul mouvement lent jusqu'à la garde. Milena avait gémi et serré les dents. Il avait pilonné la Scandinave qui avait plongé sa tête entre les cuisses de sa compagne. Puis Giovanni s'était retiré, avait écrasé les fesses de Milena sur le visage de Yasmine dont le rouge à lèvres écarlate était venu s'étaler sur la fente rose de la grande blonde. Il avait basculé Milena sur le lit, avait scruté la peau mate de Yasmine, ses hanches étroites et avait jeté :

« Je t'ai menti. T'as rien gagné. J'espère que t'as bien observé parce que, maintenant, c'est ton tour. Faut que tu mérites ton fric toi aussi. »

La petite brune avait incliné son visage maculé de rouge et esquissé un sourire résigné en tendant ses fesses.

« Je suis là pour ça, mon chou » avait-elle soufflé, la tête dans l'oreiller alors que Milena empochait sa part des billets.

Yasmine avait plaqué ses mains sur son cul qu'elle avait ouvert pour lui faciliter le passage, Giovanni l'avait embrochée avec force et lorsqu'il avait longuement joui entre ses reins, il s'était écroulé sur son dos, resserrant ses doigts sur un sein en tordant un téton brun. Yasmine avait réprimé un hurlement.

Quand il avait resurgi au domicile familial, les couilles et le portefeuille allégés, le nouveau maître du quartier ouest, au lieu de voir le respect dans les yeux de son père, n'avait vu que dégoût et effroi. En revanche, le ministère de la Justice, sous le feu des projecteurs des journaux, avait pris Giovanni Cortisone au sérieux et s'était vu contraint de réagir en créant une police spéciale antimafia.

Inutile de dire que les parrains dans les Familles avaient peu apprécié, et Luciano avait été obligé de se retirer temporairement des affaires. Contrôler une zone et ne pas contrôler son fils ? Plus personne ne lui faisait confiance. Afin de calmer le jeu, Giovanni avait fait profil bas et s'était mis au vert pour quelque temps en Ligurie, le temps que la pression retombe. Deux ou trois fidèles l'avaient suivi comme les rémoras suivent le requin. Ce qui devait être une planque provisoire avait duré vingt-cinq ans et Giovanni Cortisone était devenu Don Cortisone, le parrain du nord.

Don Cortisone attrapa son portable sur la console pour téléphoner à Tonio. Il piétinait son tapis, s'énervant au téléphone en s'arrachant le peu de cheveux qu'il lui restait :

« Et Tonio, encore un truc. C'est quoi l'histoire avec les sextoys ? Les deux pornographes, Mich et Léo, ils viennent de m'appeler avec une histoire de fou. C'est la panique à Milan ou quoi ? Tu peux m'expliquer ? D'abord cette Stella, et maintenant l'autre ! C'est qui, cette Kassia ?

— *Aucune idée. Une pauvre fille, je ne comprends pas...*

— T'as intérêt à comprendre comment une pauvre fille peut fracasser les douze boutiques de Milan en une nuit !

— *Je vais aller lui demander*, répondit Tonio, qui souriait à l'idée de lui arracher son corsage.

— Je m'en fous des boutiques, mais ceux qui savent que j'y lessive mon fric vont rigoler si je ne fais rien. Tu sais comment ça marche. Le moindre signe de faiblesse et certains vont prendre la grosse tête en s'imaginant que les Cortisone se ramollissent. Déjà que Salvatore tape l'incruste ! Règle-moi ça définitivement ! Et putain, dis-moi pourquoi c'est à moi de gérer ce bordel ? Hein, pourquoi ? T'es à Milan, c'est ta zone, c'est ta ville, c'est toi qui gères ! Je te paie bien assez pour ce boulot, non ? Et envoie un homme chez ces deux hystériques de Michelangelo et Leonardo, avant qu'ils ne rameutent la presse. Dis-leur que Don Cortisone s'occupe de tout, qu'ils se la bouclent un peu pour une fois.

— *Oui, Don, OK, Don, ne t'en fais, je vais régler le problème, tu n'en entendras plus parler.* »

Tonio raccrocha d'un coup sec. Il n'en pouvait plus :

« Personne ne peut me s'adresser à moi comme ça ! Personne ! Je suis son fils, merde, la Famille, pas un larbin à son service ! J'ai bien fait le job avec Stella, non ? »

Cette pensée lui soutira un sourire. La jolie brune avait déployé tous ses charmes avant d'aller nourrir les poissons. Il claqua la porte de son appartement d'un coup de talon et, dévalant l'escalier, s'en alla chercher cette dingue, briseuse de vitrines. Pas très compliqué. En déposant sa marque *IndianVibes*, Kassia avait aussi déposé son adresse. Tonio se gara devant chez elle et l'attendit en bas de son immeuble avec deux balèzes. Enfin, il la vit sortir, sonnant ses bottines sur le pavé. La sangle du sac croisé sur son petit haut bleu sombre à bretelles faisait jaillir sa poitrine et son jean rose pâle, moulé sur ses jambes fuselées, soulignait une croupe à damner un saint. Le sifflement admiratif de Tonio resta inaudible dans le grondement du moteur de la grosse berline. Kassia secoua son épaisse chevelure qui lui tombait en vagues sur les épaules, passa la main sur sa nuque pour rétablir l'équilibre de ses mèches et s'en alla telle une lionne. Les deux gorilles surgirent de l'ombre, s'approchèrent en silence et catapultèrent la jeune femme sur la banquette arrière avant de s'engouffrer à sa suite. Kassia poussa un hurlement, vite étouffé par le claquement de la portière. Tonio démarra en trombe, bien trop troublé par le sex-appeal de la fille pour prêter attention à la moto derrière lui.

Les veines battant à tout rompre, gorgée d'adrénaline, Kassia reconnut tout de suite en Tonio Cortisone l'employé qui avait enregistré puis volé ses dessins et comprit tout aussi vite qu'elle allait passer un peu plus qu'un mauvais quart d'heure. Elle se souvenait trop bien de la broyeuse et de son regard avide sur ses seins. Ils voudraient qu'elle commente les vitrines en miettes ; elle ne voudrait pas. Ils allaient l'attacher, la frapper, la torturer, peut-être même la violer. Qu'avaient-ils fait subir à Stella ? Elle imaginait le pire, mais le pire serait bien de dénoncer les Mammas. Kassia était prête à donner sa vie pour éviter ça. Elle devrait tout faire pour résister et ne pas parler. À coup sûr, elle allait au clash, mais parfois dans la vie, certaines situations ne sont pas négociables. Quand elle avait été précipitée, la tête la première, dans la voiture, elle avait aussitôt aperçu une petite bouteille de chloroforme médical au pied des sièges, aussi, ni une ni deux, elle attrapa le mince flacon et se le déversa sur la tête. Le liquide transparent ruissela sur son visage. Qu'ils essayent donc de la faire parler ! Les deux sbires, estomaqués, en étaient restés bouche bée.

Kassia s'effondra comme une masse sur la banquette arrière et plongea dans un profond sommeil chloroformé. Tonio avait freiné sec avant de se garer en double file quelques centaines de mètres après l'appartement de Kassia, avait ouvert la fenêtre pour évacuer les vapeurs soporifiques, pas question de s'endormir au volant, et avait prononcé la sentence :

« Elle est complètement tordue cette fille ! Elle aurait pu nous jeter le chloroforme au visage ! Et vous deux, vous êtes vraiment des boulets ! Bon, tant pis, c'te nana, c'est juste une petite épine à retirer, on va s'en débarrasser en douceur. Don sera content. Qu'est-ce qu'elle nous aurait raconté, de toute façon ? Elle a pris son petit vélo, pédalé de boutique en boutique et tapé dans les vitrines de MA & L avec sa louche de cuisine ? »

Les deux hommes de main rigolèrent, soulagés. Tonio prenait leur dérapage à la cool. Au volant, le mafioso fila sud-ouest sur l'A7 en direction de Gênes, dévalant du Piémont vers la côte. Un motard à toute allure le doubla et Tonio pensa qu'il existait quelques dingues qui aimaient encore plus la vitesse que lui. En quelques minutes, il laissa Pavie sur sa gauche, puis passa Marengo et sa célèbre bataille où Bonaparte avait bien failli perdre des plumes avant que la cavalerie arrive en renfort comme dans *Lucky Luke*, muant sa déroute en victoire.

Une heure et demie plus tard, l'homme à moto abandonnait son engin dans une ruelle de la marina, piquait combinaison néoprène, masque, palmes et tuba en train de sécher dans la cour d'un club de plongée et volait un scooter des mers attaché à un ponton. Si les Cortisone procédaient selon leur habitude, il avait encore une petite chance de sauver la jeune femme.

Peu de temps après, Tonio se garait près de la capitainerie sur le port de Gênes et y retrouvait son frère Luigi. Ils traînèrent Kassia hors du véhicule et la déshabillèrent, toujours inconsciente. Soutenue par les deux hommes de main, la tête de cette dernière retombait sur sa poitrine, ses cheveux sombres contrastant avec sa peau claire.

« Elle est jolie la garce, quel gâchis ! », s'exclama Luigi en contemplant les seins fiers et les tétons roses.

Son regard descendit vers la courte toison rousse et il soupira. Tonio caressa le flanc de la captive avec des yeux brillants et bredouilla, la voix rauque :

« Oh putain, jamais vu un cul pareil ! »

Ses doigts imprimèrent la marque rouge de ses ongles dans la chair blanche, mais Luigi l'arrêta :

« On n'a pas le temps ce soir. Et tu n'es pas seul », murmura-t-il en lorgnant les deux sbires.

Ils fourrèrent les vêtements dans un grand sac-poubelle avant de l'embarquer nue sur un petit hors-bord, laissant les deux sous-fifres avec la puissante voiture de luxe. S'ils voulaient la revoir, pas question d'abandonner la luxueuse berline sans surveillance.

À courte distance de la côte, Tonio stoppa les moteurs à l'endroit habituel, là où circulait un courant froid qui emmenait au large. Au loin, Gênes allumait ses lumières. Il faisait déjà sombre, un vent léger soufflait et l'embarcation se balançait dans la houle. Kassia, les pieds ligotés à deux parpaings par une corde, avait été réveillée de son sommeil artificiel par deux bonnes gifles. Tonio avait des principes lui aussi : il désirait que ses victimes soient conscientes et se voient mourir. Pendant quelques secondes, elles avaient le temps de réfléchir à leurs bêtises. *Défier la mafia, franchement, faut être stupide !* pensait-il toutes les fois qu'il se débarrassait d'un gêneur en mer.

Luigi le laissait faire. Aucune envie de se prendre la tête sur ce point avec son frère. Après tout, les réveiller pour qu'ils se voient partir pouvait être assimilé à un geste miséricordieux, on disait qu'au moment de mourir toute la vie défilait en images. Cela aurait été dommage de les priver de cette intime et ultime séance de ciné. Tonio était plus tordu : lui espérait toujours une petite rébellion de dernière minute, cela rajoutait parfois un peu de piquant à une tâche fastidieuse. Il aimait frapper. Mais ce jour-là, sa victime se tenait bien tranquille. Kassia était recroquevillée sur elle-même, nue dans le vent frais, transie de peur et de froid et n'avait plus aucune envie de révolte. Sa dernière heure était venue. *C'est trop bête,* pensa-t-elle, *mourir pour des godes en bois...*

Sans un mot, Tonio et Luigi la soulevèrent et la jetèrent à la mer.

Chapitre 6

Melody était venue du nord. Au nord, une zone uniquement peuplée d'anciens volcans éteints, de barres rocheuses et de rivières à sec ; le relief était bien plus minéral que de l'autre côté près de la ville. La route la plus proche se situait à dix kilomètres et les trafiquants comptaient sur ces étendues caillouteuses et sans intérêt pour éloigner les indésirables. Au sud se trouvait Nikko, sa source d'eau chaude avec son goût de soufre, ses chemins de randonnées en sous-bois longeant les rivières Inari, Tamozawa et, surtout, le sentier des cascades remontant le long de l'Arasawa.

Parfois, les touristes adeptes de petites promenades écarquillaient des yeux ravis en voyant les convois de bois de chauffage descendre des hauteurs et tentaient de faire des selfies avec les petits ânes des montagnes. Les hommes de main, chargés d'acheminer, dans de grands paniers d'osier, les ballots de résine de cannabis dissimulés sous le petit bois, souriaient en faisant les innocents et frappaient la croupe des bêtes de secs petits coups de baguette pour qu'elles accélèrent. Les ânes pressaient le pas, têtes ballantes, poussant les curieux hors du sentier, et c'est ainsi que la drogue rejoignait Nikko aux yeux de tous.

Quatre jours plus tôt, en flânant de cascade en cascade, inspectant d'un œil expert son nouveau terrain d'investigation, Melody avait découvert que toutes ces pistes forestières qui rayonnaient au sud depuis Nikko étaient surveillées. Le hasard avait bien fait les choses. Un rayon de soleil sur la lentille d'une caméra, cachée dans les arbres, lui avait tapé dans l'œil. Elle avait finalement déniché sur une branche d'érable le petit disque brillant qui avait attiré son regard et trouvé la caméra avec étonnement. Melody avait poursuivi sa balade dans la forêt, la tête en l'air, guettant d'éventuels reflets. Elle avait continué sa recherche en s'éloignant de la lisière du chemin avant de découvrir une deuxième caméra miniature. Leur présence était intrigante et bien suffisante pour confirmer qu'il y avait là, enfin, quelque chose à se mettre sous la dent pour passer à l'action. Au bout du chemin, en s'aventurant plus avant vers les montagnes, il devait certainement y avoir un site à protéger. Car, des caméras pour les randonneurs en balade, cela n'avait aucun sens.

Elle avait donc poursuivi sa route vers l'amont, remontant le cours d'eau de plus en plus étroit. Sur les branches basses des arbres se balançaient des papillons de papiers blancs, des bandelettes où les Japonais inscrivaient leurs prières et qu'ils nouaient ensuite délicatement sur les tiges les plus minces. En s'éloignant des temples, l'aura du Bouddha faiblissait et les confettis de papier se raréfiaient jusqu'à disparaître.

Soudain, tandis que le sentier s'évasait en entonnoir sur un banc à sec de la rivière, une zone de sable, de lamelles de basalte et de galets granitiques, trois types avaient surgi, agitant les bras et clamant je ne sais quoi en japonais, mais qui clairement signifiait « demi-tour ». Melody avait simulé la touriste fofolle qui ne comprend rien et avait continué d'avancer. Un des gars lui avait alors pris le bras et l'avait raccompagnée d'où elle venait. Elle avait protesté et braillé comme s'il commettait un crime de lèse-majesté, mais le type ne cessait de sourire bêtement en lui faisant rebrousser chemin. Le message aurait été clair même pour une demeurée. Melody jubilait, elle avait peut-être trouvé le prochain maillon dans sa traque des routes du cannabis.

D'un pas léger, elle avait rejoint son *ryokan* où tout n'était qu'ordre et beauté, luxe, calme et... une absence de volupté qui la désolait. Mais le boulot d'abord, le plaisir ensuite. L'atmosphère paisible et feutrée de l'auberge n'était troublée que par le frou-frou des petits pas des dames de service enserrées dans leur *yukata*[5] et par le claquement des chaussons sur le parquet. Décidément, le Japon était le pays des chaussons et des portes coulissantes. Chaussons rouges dans le hall, chaussons verts dans les toilettes dignes d'une navette spatiale, chaussons blancs sur la natte de sa chambre et chaussons égarés et dépareillés devant les élégantes cloisons de papier translucides sur treille boisée, ces panneaux coulissants qui s'ouvraient sur la salle à dîner, le sas de l'entrée, le sas de la chambre, le placard à futons et les arbres de la cour intérieure. Curieuse façon de voir le monde, plutôt maligne, avait conclu Melody. En Europe, on construisait des murs épais et des donjons pour y cacher les secrets. Ici, on meublait l'espace de panneaux transparents permettant de détecter les murmures et les ombres malvenues.

Le deuxième étage du *ryokan* était consacré aux salles de bains communes. Melody avait revêtu son *yukata*, un grand kimono de coton blanc à imprimés indigo, et était descendue aux bains. Ce jour-là, elle avait eu droit au bassin de marbre noir. En cette fin d'après-midi, la salle de bois et la pièce d'eau qu'elle abritait avaient été réservées aux *gentlemen*. À 21 h 30, permutation. Melody s'était déshabillée et douchée avant d'entrer en douceur dans les 38 °C de l'eau du bassin sous le regard souriant d'un Bouddha de bois sombre. Elle s'était assise sur les dalles noires, appuyant son dos sur la pierre chaude, écoutant le son cristallin de l'eau fumante qui s'écoulait d'un bambou. Tout en massant ses plantes de pieds sur les doux galets ronds et lisses qui tapissaient le fond de l'eau, elle avait commencé à réfléchir à sa stratégie. Il fallait absolument qu'elle découvre ce que ces hommes l'avaient empêchée de voir au bout du chemin.

Une jeune employée, tout sourire et silence, était entrée dans la pièce pour lui offrir une petite tasse de thé qu'elle avait déposée sur le

---

[5] Léger kimono d'été en coton.

rebord de pierre et s'était relevée en ouvrant son peignoir. Melody avait suivi avec surprise le long vêtement de bain glisser sur ses épaules comme s'il s'agissait de la chose la plus naturelle du monde, puis la jeune Japonaise avait fléchi les jambes pour plier précautionneusement son kimono qu'elle avait placé sur un banc de bois. Melody avait trempé les lèvres dans le petit bol raku noir en ne quittant pas des yeux la jeune femme nue sous la douche. Le thé vert de printemps était si parfumé et puissant qu'il lui avait semblé boire de l'herbe fraîchement coupée. Une boule d'énergie s'était déployée dans son ventre.

La fille s'était lentement savonnée face au mur, insistant sur sa nuque, ses reins tatoués d'un papillon noir et le sillon des fesses. Melody avait frémi quand elle s'était retournée, constatant qu'un deuxième papillon ornait son bas-ventre. Une toison sombre taillée en longueur simulait le corps de l'insecte. Est-ce que la Japonaise appartenait à un clan yakuza ? Elle l'avait regardée frotter doucement sa poitrine pointue, ses mamelons bruns se dressant alors qu'un doigt savonneux venait nettoyer le pli sous chaque sein. La jeune femme l'avait observée, elle l'étrangère, d'un air ingénu et curieux, puis s'était accroupie, sa main mousseuse descendant sur son ventre pour disparaître entre ses jambes fléchies. Melody l'avait imitée. Le thé vert et cette fille avaient anéanti l'effet relaxant du bain chaud et une tension ténue lui avait enfiévré le corps. Entre ses cuisses, ses doigts se firent plus précis. La jeune employée s'était frotté l'entrejambe sans se départir de sa curiosité naïve pour la grande et belle Occidentale dans son bain, puis pénétra dans le bassin à son tour. Elle s'était plantée nue devant Melody, avait esquissé un sourire tout en glissant son index dans sa courte toison. Melody l'avait observée, intriguée, avait baissé les yeux sur le papillon aux ailes déployées puis lui avait souri en retour en la voyant s'immerger un peu plus loin dans le bassin. Elle en était ressortie quelques minutes plus tard, s'était séchée, avait renfilé son *yukata* et s'était inclinée poliment vers Melody avant de repartir aussi silencieusement qu'elle était arrivée.

Melody avait incliné la tête, lui rendant un salut crispé, puis, à son tour, avait balayé doucement ses seins ronds en sentant ses mamelons durcir. Son souffle s'était accéléré. Sous l'eau, un toucher de l'index l'avait fait tressaillir ; elle s'était cambrée. Elle avait eu besoin de relâcher la pression. On ne pouvait pas faire ce métier sans jamais décompresser. Le lendemain s'annonçait une journée chargée. Elle avait enfoncé ses doigts. Si au moins elle avait eu son vibromasseur préféré ! Elle s'était emparée d'une longue pierre de marbre douce et lisse et l'avait plaquée sur son clitoris en alerte. Le contact chaud et dur du galet lui avait arraché un gémissement. Elle l'avait fait aller et venir sur son sexe palpitant, alternant avec les touchers précis de ses doigts agiles, et avait joui en quelques minutes sous l'inamovible sourire moqueur du petit Bouddha.

Le jour suivant, une bonne heure avant le lever du soleil, Melody s'était glissée dans ses affaires de sport. Rien n'aurait pu les distinguer de vêtements classiques, mais tous avaient été conçus par Shipolivskaya dans le laboratoire de Glasgow : son legging en fibres élastiques résistait à des tractions de cent cinquante newtons – ce qui signifiait que, à condition de ne pas dépasser cent cinquante kilogrammes, deux personnes pouvaient s'y suspendre sans crainte comme à une corde – et son T-shirt contenait un gel durcissant et réchauffant qui se diffusait dans les fibres quand on appuyait sur l'étiquette *Laver à 30 °C*. Cette dernière renfermait une plaquette métallique qui, une fois pliée, libérait une minuscule onde de choc qui avait pour conséquence de solidifier le gel en dégageant de la chaleur. Le T-shirt se transformait alors en une légère et chaude carapace protectrice permettant de traverser un glacier pendant deux heures ou de tenir une heure dans de l'eau à deux degrés.

Dans ce monde hypermasculin de l'espionnage écossais où Melody acceptait sans rechigner les vestes informes, les treillis et les boots montantes, la seule concession qu'elle faisait à sa féminité, sans nuire à l'efficacité en mission, était les culottes de dentelle. Les sous-vêtements sexy demeuraient sa seule fantaisie, mais elle y tenait. Un jour, Melody avait perdu conscience lors d'un entraînement en traversant un marais boueux et, glacée, en hypoglycémie, elle s'était réveillée dans un lit à l'infirmerie.

Shipo était venue la voir. C'était une belle femme bien charpentée aux formes généreuses et bien dessinées qui se déplaçait tout en douceur. Son visage rond aux traits fins jaugeait chaque situation en arborant un sourire énigmatique, à la Mona Lisa, et ses yeux trahissaient l'empathie et une intelligence hors norme. Quand elle avait rendu visite à la seule femme du service action et découvert la culotte *Falbala's Mysteries* séchant sur la chaise de métal de l'infirmerie, Shipo avait tout compris. La jeune ingénieure touche-à-tout, poussée par un élan de solidarité féminine, avait alors spécialement conçu pour Melody dans son laboratoire la dentelle XtremLace. Les créations de Shipolivskaya pour Melody, féminines et sexy, réunissaient de multiples fonctions. Elles pouvaient faire cage de Faraday, si l'on y déposait un mobile, empêchant ainsi les communications et la localisation GPS. Le fin réseau maillé du XtremLace pouvait également servir de filet à krill en cas de dérive sur un radeau dans l'océan. Enfin, si Melody débrodait la dentelle, elle pourrait en retirer un fin câble d'acier capable de transformer ces légères culottes en fronde ou même de cisailler une gorge. Depuis ce jour, elle ne portait plus que du XtremLace et vouait une reconnaissance et une admiration sans borne à l'ingéniosité et au talent de Shipolivskaya.

Revêtue de sa tenue pro, Melody avait étalé sur son futon le matériel dont elle pourrait avoir besoin : couteau multifonction, dague de chasse, corde fine et grappin repliable en kevlar carbone, jumelles, appareil photo et téléobjectif, lampe de poche, trousse de maquillage spécial camouflage, des allume-feu et quelques barres vitaminées, puis avait fourré le tout dans son sac à dos de running très ajusté.

Juste avant l'aube, discrète, elle s'était faufilée jusqu'à la rue, sans même un tressaillement de la jeune femme au papillon somnolente à la réception du *ryokan*. Là, elle avait rejoint facilement le sentier des cascades et n'avait pas croisé âme qui vive. Dans les *guesthouses* de Nikko, le petit déjeuner était encore loin d'avoir commencé. Aussitôt sous les arbres, elle s'était enfoncée dans les broussailles pour attendre deux longues heures comme un lézard, dissimulée derrière un bloc de granit, que le soleil chauffe la terre et rende d'éventuelles caméras thermiques inopérantes. Rien de tel que le halo vert fluo d'un corps à 37 °C sur un écran noir pour se faire repérer. Au moins, sous le soleil, il lui semblait plus simple d'échapper dans les sous-bois à la surveillance d'objectifs plus classiques. Après tout, ces derniers n'avaient aucune raison d'être braqués sur les broussailles.

Enfin, elle s'était mise en marche, se frayant un chemin dans la forêt à une quinzaine de mètres de la rivière, évitant le sentier trop surveillé. Le problème des rivières à cascade résidait dans le dénivelé. Quand l'eau chutait, le terrain aussi. La cassure de pente ne se cantonnait pas au lit de l'Arasawa, mais s'étendait loin, de part et d'autre de chaque rive. Par deux fois, Melody avait dû utiliser son grappin pour se hisser en haut des blocs rocheux. Mais tous ces efforts avaient fini par payer.

En débouchant au sommet de la deuxième paroi, elle avait trouvé une vue dégagée sur le massif volcanique. Allongée sur un roc au soleil, elle avait sorti les binoculaires et scanné le relief, sans trop savoir à quoi s'attendre. Il ne lui avait pas fallu longtemps pour identifier comme plantation de cannabis le grand rectangle vert vif dont la couleur tranchait au milieu des feuillus. Adossé à la pente montant vers la crête du volcan, un petit bâtiment avec un toit de tôle était dissimulé par un bosquet de bouleaux. Elle pesta, ces foutus arbres lui enlevaient toute visibilité ! Mais s'approcher plus avant dans la vallée, de plus en plus resserrée, lui semblait délicat et risqué. Face à l'ennemi, entre deux parois, se cacher ou fuir devenait difficile. Elle avait jugé plus prudent de rebrousser chemin. Dans les jours qui avaient suivi, elle avait étudié la carte, cherché un itinéraire bis, décortiqué les courbes de niveau et le relief, visualisé les pentes et répété mentalement le trajet. Un soir, elle avait pris sa décision. Pour cette seconde incursion en territoire hostile, elle viendrait du nord.

C'est pourquoi, en ce jour, elle progressait dans la rocaille et la lande. De ce côté-ci, la forêt, bien moins dense, rendait la marche d'approche plus facile et bien plus risquée. Melody, qui ne bénéficiait plus autant du couvert des arbres, s'était barbouillé le visage de noir, de vert et d'ocres sombres, en évitant tout tracé trop régulier.

« Le cerveau humain est programmé pour reconnaître les formes. La capacité à identifier rapidement un visage dans la jungle et les branches est un trait évolutionnaire positif, un gage de survie. Alors, si vous devez vous camoufler, éviter les lignes régulières, faites du Pollock, pas du Kandinsky » lui avait un jour appris un instructeur militaire.

Longtemps avant d'atteindre la plantation, Melody avait bifurqué dans les pierriers et commencé à gravir la pente vers le cratère du Nantai. Elle progressa haut vers le sommet, dessinant une trace en zigzag, traversant les coulures rouges d'oxyde ferreux où ni les pierres ni les herbes ne parvenaient à s'accrocher, ignora un vague chemin indiqué par un petit cairn puis dévia hors-piste. Les feldspaths cristallins blanchâtres, le basalte et les quartz roulaient et cliquetaient sous ses chaussures comme un tas de lames de xylophones au rebut. Enfin, elle aperçut au loin la tache verte qu'elle cherchait. Les plants de cannabis brillaient d'un vert vif au milieu des feuillages sombres. Spécialiste des contre-jours comme un chasseur à l'affût, Melody s'était plaquée au sol, le soleil dans le dos, avant de sortir ses jumelles.

Le bâtiment entrevu lors de sa première visite apparaissait cette fois bien visible. À l'arrière, du côté de Nikko, devaient se trouver les stalles et la paille pour les ânes. Un grand plan de travail avait été posé sur des tréteaux. Elle tourna la bague de son téléobjectif et l'image grossit dans le viseur, révélant trois femmes et deux hommes. Des petites mains. Devant eux, des balances et des bacs d'inox, de grands plats à four rectangulaires remplis d'une masse brune. *De la résine de cannabis!* jubila-t-elle, son doigt collé au déclencheur. Tout en discutant, le petit groupe découpait au coutelas de gros blocs de résine, les pesait et les emballait dans de la cellophane. Melody mitraillait la scène. Elle posa l'appareil et se releva. *Fini le travail, bon boulot, j'ai tout ce qu'il me faut.* Elle s'empara du flacon de démaquillant spécialisé, se nettoya le visage, détacha ses cheveux et rangea dans son sac l'énorme téléobjectif pour fixer un objectif 18-55 mm plus innocent. Elle repartit sur le volcan en se disant que le retour vers le lac Chuzenji ferait une belle balade. L'appareil photo en bandoulière, elle entama sa descente vers les rives très touristiques du lac de montagne.

Chapitre 7

L'eau lui parut si glacée que Kassia en eut le souffle coupé. Vu sa situation, voilà qui tombait bien. Même si, point de vue poumons, elle était très joliment équipée pour la surface, en immersion ils ne lui étaient pas d'une grande utilité. La mer, pour elle, c'était plus la plage et les mojitos que les coraux.

Elle coulait à toute vitesse. Elle s'enfonçait dans les profondeurs, les lèvres pincées et le regard trouble. Ses oreilles bourdonnaient et la pression dans sa poitrine allait la faire exploser, quand son corps se fit soudain tout léger, flottant entre deux eaux, devenu insensible à la gravité. Ses cheveux châtain-roux ondulaient derrière elle comme un voile dans l'eau froide. Elle ne percevait même plus le poids des parpaings sur ses chevilles. *C'est la fin, mon âme se détache de mon corps, je ne sens plus rien,* conclut Kassia en notant vaguement une ombre indistincte qui tournait autour d'elle. Puis des lèvres vinrent se plaquer sur les siennes pour forcer sa bouche avant qu'un faible souffle d'air jaillisse dans ses poumons exsangues. *Saint-Pierre est un coquin,* pensa-t-elle en fermant les yeux. *C'est donc ça la mort, cette sensation de légèreté et un baiser volé ? Pas besoin d'en faire toute une histoire !*

À mesure que l'oxygène pénétrait dans son corps et irradiait son cerveau, Kassia prit conscience du plongeur en néoprène qui lui enserrait amoureusement la taille et la propulsait vers la surface. Le couple jaillit des eaux comme un manchot bondit sur la banquise après une plongée trop profonde. Son mystérieux sauveur retira son masque.

« Ours-à-Miel ? » croassa Kassia en cherchant sa respiration.

Elle recracha une grande gorgée d'eau salée, toussa et écarta une mèche de sa figure.

« Ours-à-Miel des Navajos ? C'est vraiment vous ? » haleta-t-elle en reprenant son souffle entre deux vagues.

Pas de doute, l'homme était bien celui qu'elle avait rencontré en Arizona. Mais il s'agissait d'un Ours-à-Miel musclé et souriant, un Ours-à-Miel rajeuni, à l'œil vigilant et alerte. Rien à voir avec le type avachi à l'œil terne et au cerveau éteint de la réserve Navajo.

« Faut pas traîner. Dans votre état de stress, l'espérance de vie pour une fille nue dans une eau...

— Oh, mon Dieu, je suis nue ! »

Kassia, ayant refermé ses bras sur sa poitrine, disparut aussitôt sous la surface. Ours-à-Miel la remonta d'un bras ferme et solide :

« Désolé, mais pour les conventions, nous verrons plus tard. Votre espérance de vie dans une eau à 10 °C n'est plus maintenant que de trente-sept minutes. Vos vaisseaux sanguins sont en phase de vasoconstriction pour diminuer la déperdition de chaleur. Vous allez déclencher un réflexe frisson pour vous réchauffer, mais vous allez dépenser pour ça une très grande énergie. »

Il se redressa et scruta l'obscurité au-dessus de la mer. Le scooter des mers était invisible. Malgré l'ancre flottante, l'engin devait avoir dérivé, emporté par la brise de nuit.

« Nous devons vite nager jusqu'à la côte à un kilomètre. Vous avez compris, Kassia ?

— Vouiiii... Non... J'crois pas... Fait froid...

— C'est pour ça qu'il faut nager. Allez, courage ! »

Ours-à-Miel plaqua sa main large sur la fesse de Kassia, sentant les muscles fermes jouer sous ses doigts, et tenta de la pousser vers les lumières de Gênes. Kassia faillit protester, puis ravala ses mots dans sa gorge : l'homme venait de la soulever au-dessus d'une vague. Puis il la dépassa et la tira par le bras, la propulsant vers l'avant en l'encourageant du regard. Enfin, après avoir manqué par dix fois être submergés, ils prirent pied sur les galets battus par les vagues. Kassia tituba et se redressa, la lueur farouche de la victoire dans les yeux. Elle aurait voulu surgir des eaux avec la grâce d'une *James Bond Girl*, mais elle trébuchait et claquait des dents comme Flipper le dauphin. Ours-à-Miel la prit dans ses bras et la frictionna si fort que son dos rougit. Elle percevait la chaleur de son corps à travers le néoprène et réussit enfin à empêcher sa mâchoire de jouer des castagnettes. Elle sourit. Au moins, elle ne tomberait pas dans les pommes.

« Merci, Ours-à-Miel, tu m'as sauvé la vie, déclara-t-elle avec une pauvre grimace.

— Je ne m'appelle pas vraiment Ours-à-Miel. Ours-à-Miel c'était bon pour les Navajos.

— C'est quoi ton vrai nom, alors ?

— Je ne donne pas mon nom. C'est plus prudent. »

Elle le regarda d'un air sombre en serrant la mâchoire puis lâcha : « Ah bon ? Je connais le nom de tous les hommes qui m'ont vue à poil, rétorqua Kassia en plaquant sa main sur la bosse qui tendait le néoprène à l'entrejambe, et ceux dont j'ignore le nom, je leur coupe les couilles. »

Ses doigts refermèrent leur prise et l'homme s'écria en riant : « C'est bon, c'est bon ! Mon nom est McIntosh, Jazz McIntosh, nom de code K6.

— Cassis ? Ça, alors ! Moi, c'est Kassia.

— Je sais ! Nous nous sommes rencontrés en Arizona, tu te souviens ? Et c'est K6 avec un K.

— Cassis avec Inca ? Tu es péruvien ?

— Non, écossais, pourquoi ? »

Jazz la regarda avec attention, inquiet. Elle avait beau faire la fière et ne pas chercher à dissimuler son corps de rêve, son cerveau semblait en berne et elle grelottait. Pour le moment, elle tenait le choc, mais pour combien de minutes encore ? Il fallait absolument éviter l'hypothermie. Il enleva à la hâte masque, palmes et tuba, la prit par la main et l'entraîna dans les ruelles de la vieille ville. Sur la jetée, il stoppa quelques secondes pour s'emparer du grossier rideau d'une devanture qu'il enroula autour de son corps gelé, pour la protéger du vent, du froid et des regards curieux. Kassia, serrant très fort la main de Jazz, restait accrochée à l'homme qui venait de la sauver. Alors qu'elle avait la chair de poule, la main de Jazz demeurait chaude, sèche et rassurante. Ils couraient à faible allure. Elle perdit vite le compte des virages et des ruelles. Enfin, Jazz poussa la porte d'un immeuble. Kassia s'arrêta, tremblante :

« Ours-à-Miel, Jazz, je ne sais pas... Qu'est-ce que tu fais là ? Pourquoi tu n'es pas chez les Navajos ?

— Je suis un agent. J'enquête sur le trafic de drogue depuis longtemps. J'ai établi une connexion entre la mafia de Gênes et les Navajos. Et maintenant, il y a une connexion entre toi, la mafia et les Navajos. Mon enquête stagne un peu, je crois que tu peux m'aider, alors je t'ai suivie en Europe. J'étais là quand tu as été kidnappée à Milan. Ce n'était pas bien compliqué de deviner ce qui allait se passer ; j'ai pris de l'avance à moto. Et puis... Tu claques des dents, je t'expliquerai tout quand tu te sentiras mieux, OK ? Ne t'inquiète pas. Faut que tu te mettes au chaud. »

Quelques minutes plus tard, essoufflés par leur course et la montée des escaliers, ils parvinrent à la planque, un petit appartement cossu qui donnait sur les toits au sixième et dernier étage. Kassia pénétra directement dans le salon, laissant des traces humides sur le parquet. Son regard passa sur une table indienne et bloqua sur le mur du fond. Le panneau rouge devait être un Rothko et le bleu un Klein. Ils encadraient une reproduction sur toile de *La Lamentation sur le Christ mort* de Mantegna. Pendant quelques instants, stupéfaite, elle en oublia le froid et les gouttes glacées qui dégoulinaient de ses cheveux. *Ils sont authentiques ? Comment a-t-il fait pour se les offrir ? Prise de guerre, peut-être ? Et ce Christ, waouh ! Impressionnant, mais étrange...*

— Ce n'est pas un peu morbide ce tableau ? Exposé de cette façon au milieu du mur dans le salon ?

— Le point de vue est extraordinaire. Mantegna a eu une idée de génie. Tu en connais d'autres des tableaux avec cette perspective ? À chaque fois que je le regarde, je pense à ne pas oublier de considérer chaque situation sous tous les angles possibles. Maintenant, Kassia, file sous la douche te réchauffer », lui intima gentiment Jazz en la poussant vers la petite salle de bains.

Derrière la porte, Kassia laissa choir la toile rugueuse qui la couvrait et cria :

« Jazz, c'est trop mignon ici. T'as vu le petit ange ? Et le miroir piqué ?

— Tu aimes ? C'est un angelot en cartapesta et un miroir vénitien du dix-huitième siècle, expliqua Jazz. Content que ma déco te plaise. »

Jazz se mit à l'aise et se débarrassa de la combinaison néoprène qui lui collait à la peau et qui risquait de tacher le parquet d'Aremberg. Il la déposa sur le minuscule balcon, puis vérifia que le cheveu à la jointure des deux tiroirs du haut de l'armoire anglaise était toujours à sa place. Personne ne semblait avoir fouillé le meuble. Alors, il ouvrit le tiroir, en sortit son boxer préféré, un simple boxer blanc mettant en valeur sa peau mate, et enfila le peignoir de soie bleu cobalt qui pendait dans l'armoire. Après le néoprène, le contact de la soie chaude sur sa peau le fit frissonner de plaisir.

L'eau coulait toujours dans la douche. Kassia laissait le jet brûlant glisser sur ses cheveux et ranimer sa peau. Elle se répétait en boucle qu'elle avait été sauvée par un espion plutôt beau gosse qui s'appelait Jazz. Cela lui semblait totalement irréel, comme si tout cela était arrivé à quelqu'un d'autre. Kassia fredonnait :

Volare ho ho
Cantare ho ho ho ho,

Nel blu dipinto di blu,
Felice di stare lassù... [6]

L'eau chaude balayait le savon et ses inquiétudes. Elle esquissa un pas de danse et un petit rire joyeux monta dans sa gorge. Elle ressentait un terrible instinct de vie électriser son corps de la tête aux pieds, contrecoup de la bonne blague qu'elle avait faite à la mort.

« Pourquoi pas ? » chuchota-t-elle.

Jazz appuya sur la télécommande posée sur la table basse indienne à damier coloré. Dans la petite pièce, les premières notes de piano s'élevèrent et le sax ténor lâcha un cri plaintif. Bientôt la voix suave de Melody Gardot envoûta le petit salon :

Your eyes may behold but the story I'm told is your heart is as black as night

Your lips may be sweet such that I can't compete but your heart is as black as night

I don't know why you came along at such a perfect time

But if I let you hang around I'm bound to lose my mind... [7]

---

[6] *« Voler... oh, oh ! / Chanter... oh, oh, oh, oh ! / Dans l'azur, teinté de bleu / Heureux d'être là-haut »*

Extrait de *Nel blu dipinto di blu*, Franco Migliacci et Domenico Modugno, 1958.

[7] *« Tes yeux sont peut-être agréables, mais l'histoire qu'on me raconte c'est que ton cœur est aussi noir que la nuit / Tes lèvres sont peut-être si douces que je ne peux rivaliser, mais ton cœur est aussi noir que la nuit / Je ne sais pas pourquoi tu es arrivé à un moment aussi bien choisi / Mais si je te laisse traîner par là je vais finir par perdre la tête »*

Extrait de *Your Heart is as Black as Night*, Melody Gardot, 2009.

Le bruit de l'eau cessa. La porte s'entrouvrit doucement sur Kassia qui regarda Jazz, hésitante. Nue et encore fumante de vapeur, elle traversa la petite pièce et s'avança d'un pas incertain sur le fin tapis persan. Jazz leva la tête. Des pépites dorées filèrent telles des comètes dans ses yeux noirs qu'il riva dans les siens. Un sourire se dessina sur son visage et, d'un signe de doigt, il lui ordonna de s'approcher. Il la vit, frémissante, inspirer une grande bouffée d'air et se mettre à rire sans raison. Elle esquissa un pas de danse, ses seins arrogants se soulevèrent et ses reins se cambrèrent encore un peu plus. Jazz dénoua lentement la ceinture de son peignoir. Kassia se mordit la lèvre en devinant un sexe prometteur, moulé et déjà bien tendu sous le fin boxer blanc puis remontait vers ses pectoraux. Lui regardait ses cheveux châtains, la souplesse des boucles, leurs reflets caramel et ses yeux gris-vert. Il détaillait la courbe du cou, le grain de beauté et le hâle du décolleté s'estompant sur les seins fiers, blancs et clairs, et s'attarda sur les mamelons roses braqués sur lui. Il dériva vers le ventre doux et abaissa son regard, s'ancrant sur la courte toison rousse.

Kassia s'immobilisa devant lui, proche à le frôler, et prit l'encolure de soie bleue entre ses doigts. Elle écarta les pans du peignoir, dévoila la force des épaules et, glissant la soie dans son dos, se laissa tomber lentement le long de son corps. Elle ralentit sur les fesses rondes et bien dessinées, caressa le doux tissu du boxer, les yeux à hauteur du membre dur, cherchant à s'en libérer, puis continua sa descente le long des jambes puissantes.

Le regard de Jazz accrochait les boucles sur sa nuque, dévalant le long du dos jusqu'à l'étroiture de la taille s'ouvrant sur l'arrondi des fesses blanches et leur césure sombre. Il la laissait faire, contenant son envie de la plaquer contre lui. Ce n'en serait que meilleur.

Kassia déposa le peignoir au sol d'un geste doux et délicat et se redressa en un lent mouvement. Ses mains glissaient sur les jambes, dévièrent vers l'intérieur des cuisses, frôlèrent le fin tissu tendu, qui dévoilait maintenant plus qu'il ne cachait, puis ses mains s'écartèrent et se rejoignirent autour du nombril. Elle pressa doucement et devina la force des abdos tapis derrière la peau souple du ventre. Elle se releva, ses seins se cabrèrent quand elle souda ses mains derrière la nuque de Jazz. Elle effleura des tétons sa poitrine dure avant d'écraser ses seins ronds et denses contre lui et l'embrassa, ravie en observant les lucioles dorées de ses pupilles s'affoler.

Elle détacha ses lèvres et se cambra. Les larges mains tannées de Jazz se posèrent sur ses fesses blanches, fermes et musclées. Des doigts s'égarèrent, attirés par le mystère du sillon plus sombre. Puis ils se déployèrent, pressant sa chair claire pour mieux la saisir. Il la plaqua contre lui et son ventre vint se presser contre sa verge dure. Une main chaude se faufila entre ses fesses et l'autre recouvrit son sexe roux, ses courts poils doux et bouclés, puis deux doigts intrépides s'immiscèrent dans sa fente humide en pleine éclosion. Ils s'enfoncèrent lentement en elle. Coincée entre ces mains hâlées, Kassia ondula, écarta ses cuisses pâles et se posa sur ses doigts. Elle haleta, la joue sur la poitrine de Jazz.

Sa main décidée l'effleura, caressant le ventre de l'homme, toujours plus bas, jusqu'à faire sauter l'élastique du boxer et que ses doigts s'emparent de lui, glissent le long de sa colonne chaude et l'entourent. Elle fit aller et venir sa main sur sa barre, la sentant pulser dans sa paume, bâton de chair vibrant et dur. Sans le lâcher, elle se dégagea et le guida vers la porte ouverte, vers la chambre. Elle le repoussa et tous les deux basculèrent sur le lit. Sur le dos, Jazz se cambra, Kassia le cala dans sa main et s'empala sur lui. Sa chair s'ouvrit, elle gémit comme la tige chaude et vivante la pénétrait et elle commença à danser. Il tendit ses mains, s'empara des seins blancs qui oscillaient en le défiant et pressa un téton entre ses doigts. Les yeux mi-clos, Kassia poussa un petit cri et accéléra sa danse. Et dans le petit appartement discret du sixième et dernier étage qui donnait sur les toits, la voix suave chantait :

« ...don't know why you came along at such a perfect time
But if I let you hang around I'm bound to lose my mind... »

*
**

La boîte aux lettres du siège de MA & L était, comme à son habitude, bourrée de prospectus pour le supermarché tout proche. Leonardo avait trié les papiers, balancé à la poubelle toutes les pubs, sans se soucier le moins du monde de leur nature recyclable, et avait mis de côté les magazines *Godes et Décorations*, *Jouissances du monde* et le journal professionnel *Le Quotidien du plaisir* avant de trouver la grosse enveloppe blanche. Leonardo avait retourné l'enveloppe, lu la mention au stylo *Avec les compliments de DC* et l'avait ouverte à la hâte. Les dessins de sextoys, des formes fuselées tout en courbes tracées au fusain ou au pastel sur papier Vinci, s'étaient déversés sur la grande table de verre noir. Tout était là. Leonardo ne voulait surtout pas savoir comment il avait fait : Don Cortisone s'était procuré toutes les esquisses de Kassia. Cela tombait à pic : les modèles en vitrine, réalisés de mémoire par l'équipe ou inspirés des photos maladroites d'Ortie-Sauvage, étaient pauvres et peu variés, et il fallait absolument enrichir la gamme *Désirs Indiens* qui frôlait la rupture de stock tant elle avait de succès.

Une fois les dessins en leur possession, les entrepôts de MA & L avaient tourné à plein régime et les modèles de Kassia avaient pris vie sous l'effet des mains expertes des artisans locaux convertis aux plaisirs ethniques. L'argent injecté dans l'entreprise par le parrain avait permis de payer le grand photographe britannique, John Artie Bentham, célèbre pour ses photos de paysage, afin de réaliser la merveilleuse photo de Monument Valley nécessaire pour concevoir l'affiche. Leonardo avait d'abord craint qu'il ne se laisse pas convaincre. L'artiste engagé pour la planète était réputé très sélectif dans ses choix, mais quand il avait appris qu'il s'agissait d'un projet soutenu par le peuple Navajo, il avait exigé pour lui-même un exemplaire de chaque modèle et signé sans plus poser de questions. Dès lors, les boutiques de Milan, Gênes, Turin et Rome avaient très vite été en rupture de stock. Ces jouets intimes flirtaient avec l'œuvre d'art et, à peine arrivés sur les présentoirs, les fabuleux sextoys repartaient dans de jolies boîtes orange comme un coucher de soleil, suspendues au bras des belles Italiennes dans des sacs MA & L. Si la tendance se maintenait sur l'année, les deux frères prévoyaient des rentrées en cash par dizaine de milliers d'euros et, d'ores et déjà, Don Cortisone lessivait son argent sale en doublant la mise.

Si Leonardo profitait de cette manne sans compter, Michelangelo avait mauvaise conscience. À ce niveau-là de *cash-flow*, ils auraient peut-être pu partager un morceau du magot avec Kassia. Après tout, la jeune femme avait une fois de plus démontré la justesse de ses idées.

Chapitre 8

Le soleil brillait depuis longtemps quand ils se réveillèrent. La tête de Kassia reposait au creux de l'épaule de Jazz.

« Parle-moi un peu de toi, Jazz...

— Moi ? Oh, je suis un gars à qui on a trouvé un métier qui correspond justement à tout ce qu'il a toujours su faire. J'ai eu de la chance. J'ai grandi à Sighthill dans les faubourgs d'Édimbourg. Sighthill, ce n'est pas vraiment le coin où tu croiseras les touristes. C'est la zone des ouvriers, des épiceries, des bars et des petits trafics en tout genre. Les gens se débrouillent comme ils peuvent. Je vivais avec ma mère dans une petite maison de briques au milieu d'une cinquantaine d'autres petites maisons absolument identiques. Lorsque j'allais chez un copain, je connaissais déjà tout ce qu'il fallait connaître : l'emplacement du poêle pour réchauffer nos mains gelées l'hiver et où trouver les toilettes. Je n'ai jamais vraiment connu mon père, il s'est barré avec la voisine quand j'avais trois ans.

— Non ? Quel salaud !

— Écoute, non, je ne crois pas. J'y ai beaucoup réfléchi. Tu sais, nous vivions tellement les uns sur les autres. Quand quelqu'un criait à côté, nous entendions tout. Avec le chômage, les gens traînaient dans la rue et se rendaient visite pour tuer le temps. À force de se côtoyer, des histoires comme celle de mon père, il y en a eu plusieurs. D'une certaine façon, c'était inévitable. Il revenait parfois à la maison, me serrait dans ses bras, et donnait quelques billets à ma mère avant de repartir. Et puis, un jour, j'ai eu douze ans et je ne l'ai plus jamais revu.

— Et tes parents écoutaient du jazz ? Jazz, ce n'est pas un prénom banal pour un Écossais.

— Ah non, ça, c'est une autre histoire. Je passais beaucoup de temps dans la rue à l'époque. Un formidable terrain de jeu. J'étais tout le temps dehors, à me bagarrer, à prendre ou à donner des coups. J'étais rapide, j'avais un bon jeu de jambes et je balançais de ces châtaignes ! Un ouvrier m'a vu un jour me castagner sur le trottoir avec un type qui voulait me racketter et il a voulu regarder le spectacle. Il a lâché une vanne sur mes coups de poing, sur mes swings, comme il disait. En me voyant improviser, de swing en swing donc, il a fini par m'appeler Jazz. Le surnom m'est resté. En fait, j'aime bien. Jazz McIntosh sonne mieux que Kenny McIntosh, non ?

— Tu t'appelles Kenny ? Je préfère Jazz, ça te donne un côté mystérieux... et sexy ! »

Jazz sourit et serra la main de Kassia. Il continua, pris par son récit :

« La rue, c'est aussi là que j'ai appris à courir, sauter, grimper, escalader tout ce que je pouvais, à m'infiltrer en douce dans le seul cinéma du quartier qui ne diffusait que des vieilles comédies de Lubitsch et Wilder. Tu as déjà vu *The Shop around the corner* ? J'avais beaucoup aimé.

Je faisais aussi des courses pour ma mère. J'étais malin, je trouvais toujours une combine pour ramener plus que prévu à la maison et j'étais plutôt bon à l'école. Le prof était un type bien, qui faisait ce qu'il pouvait pour civiliser les sales gamins que nous étions. Son seul problème, c'est qu'il éclusait un peu trop bien le whisky. Sur le mur, au fond de la classe, était affichée une grande carte du monde, avec un trou à Édimbourg. Le papier s'était déchiré à force d'y poser le doigt. Je passais beaucoup de temps devant cette carte, elle nous faisait rêver avec les copains, on s'inventait des histoires. »

Jazz était plongé dans ses souvenirs. Kassia écoutait sans bouger, la main sur sa cuisse.

« Un matin, en entrant dans la classe, un grand type sportif avec un col roulé était assis sur une table. Son job était de recruter pour l'armée. Il nous a vendu l'esprit d'entraide, le sport, la rigueur, le dépassement de soi, l'aventure et les voyages. Il nous a surtout dit que, pour ceux qui ne voulaient pas devenir épicier, livreur ou ouvrier, il restait deux voies : soit devenir gangster, soit devenir soldat.

Quand j'ai eu dix-huit ans, j'ai dit au revoir à ma mère et me suis rendu au bureau de recrutement. Cette décision a changé ma vie. J'ai appris tout ce qu'on apprend à l'armée : la discipline, le sport, la solidarité et la compétition, les armes, la stratégie militaire et je suis même devenu nageur de combat. Je peux te dire que c'est un boulot de dingue. La mer est glaciale et agitée au large d'Édimbourg… »

Kassia se redressa pour le regarder dans les yeux.

« Un jour, nos entraîneurs nous ont enfermés dans une maison à demi inondée avec pour mission d'en sortir en moins d'une demi-heure. Je pataugeais au rez-de-chaussée, l'eau à la taille, avec cinq autres gars, alors, bien sûr, nous sommes montés à l'étage. En haut de l'escalier, nous avons découvert quelques pièces banales, mais aucune fenêtre et un sacré toit en béton. Après avoir rapidement exploré les lieux, nous sommes redescendus. À ce moment-là, heureusement, Bill a perçu un léger courant sur sa jambe ; c'est là que nous avons compris que l'eau avait commencé à monter et pourquoi nous n'avions qu'une demi-heure pour sortir. Mais on n'y voyait rien et tout était submergé. Chacun de nous a plongé à tour de rôle jusqu'à ce que finalement nous découvrions, à ras du sol, dans un coin, l'entrée d'un vasistas, comme ceux que l'on fait pour les caves à charbon. Mais l'eau continuait de monter et, plus les minutes passaient, plus il nous fallait nager profond et longtemps. J'avais la trouille, mais…

— Tu avais la trouille, toi ? »

Il hocha la tête avec un sourire piteux.

« Ça ne servait à rien d'attendre, alors j'y suis allé en premier. Ils nous avaient tout de même laissé un couteau et une corde fine, et l'un d'entre nous a eu l'idée de faire comme Thésée dans le labyrinthe. J'ai disparu sous la surface, déroulant la corde pour guider les autres, tel un fil d'Ariane. L'eau était glacée. Tu ne peux pas imaginer ce que ça fait de t'enfoncer sous l'eau, dans un tunnel obscur, sans savoir s'il débouche quelque part. Très vite, tu dépasses le point de non-retour, tu n'as plus assez d'air pour reculer, t'es obligé de continuer. Il ne faut surtout pas paniquer, pour ne pas griller ta réserve d'oxygène. Finalement, à bout de souffle, je suis sorti du tunnel. J'étais dans la mer, à dix mètres de la rive battue par les vagues.

— Jazz, ton histoire est incroyable ! Ils sont fous de vous donner ce genre d'épreuve ! Et si quelqu'un se noie ?

— En réalité, nous étions filmés, je l'ai découvert plus tard. Si l'un d'entre nous avait été en danger, de l'autre côté du tunnel, un plongeur en bouteille serait intervenu immédiatement. Après cette épreuve, un officier a pris contact avec moi et m'a demandé si ça m'intéresserait de faire du renseignement. Il paraît que, sur les caméras, j'avais été identifié comme un élément moteur et fédérateur. Peut-être parce que j'avais trop la trouille d'attendre et que j'avais voulu passer en premier pour ne pas me dégonfler.

— Moi, j'ai du mal à croire que tu puisses avoir la trouille. Et donc, après ces entraînements, tu es devenu espion ?

— Oui, et là, ma vie a vraiment changé. Avant, j'étais un bon soldat, redoutable même, opérationnel et efficace. Mais je n'avais qu'un physique très solide et des connaissances de soldat. Je n'avais pas fait beaucoup d'études. En entrant dans le renseignement, je suis revenu sur les bancs de l'école. À vingt-deux ans, j'ai découvert un nouveau monde, j'ai découvert que j'aimais apprendre. J'avais des cours de géopolitique, de géographie et d'histoire. D'histoire des sciences aussi. Nous discutions de l'origine des inventions et des hasards heureux qui avaient permis les découvertes. J'avais des cours de physique des matériaux et des cours de chimie. J'ai appris à faire des explosifs. J'avais même des cours de culture générale, de civilisation et d'histoire de l'art. Être un agent de renseignements, c'est être capable de jouer beaucoup de rôles différents. J'ai continué à m'entraîner. On peut être agent de renseignements en photocopiant les dossiers des gros clients dans une banque d'un paradis fiscal. Un travail tranquille. Moi, avec mon passé de soldat, j'étais destiné au service action, et c'est comme ça que j'ai intégré les SOCISS : *Scottish Officers, CounterIntelligence, Straightness and Sacrifice*[8]. Pour valider notre formation, les instructeurs nous ont demandé de pénétrer de nuit dans le château d'Édimbourg, sans nous faire repérer évidemment, et de les retrouver au matin dans l'ancienne chambre du roi. Un grand moment, ils nous attendaient avec du champagne ! »

À ce souvenir, Jazz sourit. Il se tourna vers Kassia :

« Depuis quelques années, je traque des méchants dans le monde entier... et je sauve les jolies filles.

— Et tu en as sauvé combien ?

— En réalité, une seule. J'ai eu de la chance, la seule fille que j'ai réussi à sauver est très jolie et plutôt maligne, déclara-t-il en la fixant si bien dans les yeux que le sang monta aux joues de Kassia.

— Et avant que tu ne sauves cette jolie fille, tu faisais quoi dans la réserve indienne, à faire semblant d'être le chef ?

— Oh, je n'ai jamais été le chef. Mais Ortie-Sauvage a pensé...

— Ortie-Sauvage ?

— Ah, c'est vrai. Petite-Fraise-des-Bois, si tu préfères.

— Petite-Fraise-des-Bois s'appelle Ortie-Sauvage ! Ça alors, je comprends mieux. Comment faire confiance à une femme qui porte un nom pareil ?

— Elle a pensé qu'un poids mort comme moi, présenté comme chef, t'enverrait directement vers elle et que tu ne perdrais pas ton temps avec un type aussi obtus. Et que tu préférerais traiter avec une femme pour discuter de jouets intimes. Et moi, je ne souhaitais

---

[8] Officier Écossais, Contre-Intelligence, Droiture et Sacrifice.

qu'une chose : que tu partes de là-bas avant que ça ne tourne mal pour toi. Je n'avais pas intérêt à t'aider, c'est clair.

— Et comment es-tu entré chez les Navajos ?

— Officiellement, j'étais ethnologue, chargé d'étudier la persistance et l'adaptation des rites anciens à la société moderne. En réalité, je les surveillais. J'essayais de récolter des informations. Cela fait un moment que nos services savent que la tribu a des contacts avec les cartels mexicains et la mafia sicilienne, mais nous n'avons pas suffisamment de preuves. Je suis très content que tu sois venue. Cela fait deux mois que je me déguise, que je me vieillis et que je joue l'universitaire pas très futé et un peu alcoolo, c'est d'ailleurs la norme dans la tribu, et ce double jeu est un truc qui me tape sur les nerfs. Tôt ou tard, j'aurais fini par me trahir. Mais grâce à toi, nous avons maintenant un angle d'attaque.

— Alors, je suis un angle d'attaque...

— Tu es pour moi bien plus qu'un angle d'attaque, Kassia. D'ailleurs, le mot angle n'est pas tout à fait celui que j'emploierais pour te décrire », précisa-t-il en louchant vers sa poitrine.

Elle eut un sourire taquin et attrapa sa main qu'elle posa sur son sein. Il s'arrêta en pleine inspiration et rencontra ses yeux moqueurs alors que le téton dardait sous sa paume et que des doigts curieux se nichaient entre ses jambes.

« Bon, OK, je t'ai vue te jeter dans la gueule du loup, je savais que tu aurais des ennuis alors je t'ai suivie en Italie et voilà ! »

Il se jeta sur elle et l'embrassa. Elle le repoussa, à bout de souffle.

« Oh Jazz...

— J'ai un problème, Kassia, ajouta Jazz. J'ai besoin de support. J'ai besoin d'aide dans cette affaire. Mais tous les Double Zéros sont à la recherche de James, personne ne sait s'il est captif de Spectre ou en train de prendre du bon temps avec une fille. Jack n'a que vingt-quatre heures pour gérer une alerte à la bombe à Los Angeles, Jason a perdu la mémoire et OSS est à Rio. Et depuis deux jours, il ne répond plus.

Je suis seul... sauf si tu veux bien être ma partenaire. Je ne te le cache pas, ce que nous avons à faire est dangereux. »

Kassia posa sa main sur les pectoraux de Jazz.

« Tu me recrutes ?

— Oui, si tu le veux bien.

— Mais je n'y connais rien ! Il faut faire quoi ?

— Je n'ai pas encore de plan très précis, mais mon objectif est de mettre fin au règne des Cortisone, et au passage, peut-être que j'aurai l'occasion de récupérer ta marque et tes modèles. J'ai vu les vitrines fracassées et je me suis un peu renseigné sur tes sextoys. Beaux objets ! Faudra que tu me montres comment tu t'en sers ! »

Kassia enserra sa verge qu'elle sentit aussitôt gonfler dans sa paume.

« Hum... Si tu veux... Mais avec ce que j'ai dans la main, je n'en ai pas besoin. Tu sais, Jazz, depuis un mois, j'ai été licenciée, j'ai monté une microentreprise, fumé du pavot, vandalisé une vitrine et été jetée à la mer par la mafia. J'ai nagé un kilomètre en pleine nuit, couru nue dans la rue et fait l'amour avec un espion. Et par-dessus tout, je suis une battante. Il est hors de question que je laisse la mafia me baiser sans rien faire ! Alors oui, je veux bien bosser avec toi. À nous deux, nous sommes invincibles. »

Elle roula sur lui pour l'embrasser. Jazz vit son sexe fourmillant réagir au quart de tour et se dresser pour venir se caler entre les fesses de Kassia. Cette dernière lui susurra à l'oreille :

« Je ne vais pas laisser la mafia me baiser sans rien faire, mais toi...

— Assez parlé, souffla-t-il. Tu veux que je te baise ? Action ! »

Jazz la bascula d'un geste sur le dos et se mit à genoux, lui releva les jambes vers la poitrine, ses mains chaudes pressant l'arrière de ses cuisses blanches, exposant les courbes gonflées de sa vulve. Il baissa les yeux et déglutit. Kassia mata ses larges pectoraux et sa belle verge raide exhibée, mais Jazz ne le remarqua pas. Il planta alors ses yeux dans les siens, puis s'enfonça en elle d'un mouvement long et puissant. Il la pilonna, accélérant peu à peu, caressant son petit bouton et guettant sa jouissance et, quand il vit ses yeux se voiler et qu'elle poussa un râle, il se retira et se répandit sur son ventre avant de s'écrouler sur le lit.

Quelques instants plus tard, sous la douche, encore shooté d'ocytocine, de sérotonine, de dopamine et de toutes sortes d'autres endorphines en *ine*, Jazz songeait que sous son air un peu fofolle, Kassia possédait une ligne de force qui la maintenait aussi droite que son modèle *Totem*. Elle avait prouvé qu'elle avait des ressources insoupçonnées et la capacité de passer à l'action. Sa créativité pourrait être un atout en introduisant l'inattendu dans ses stratégies d'attaque.

Quand Jazz sortit de ses pensées et de la salle de bains, un sourire aux lèvres, Kassia se prélassait encore, étalée nue sur le lit. Elle le détaillait sans vergogne avec un grand sourire coquin. Il nota une fois de plus, émerveillé, qu'elle possédait une crinière de lionne, un cul à faire bander un saint et une poitrine qui défiait la pesanteur. Et un regard appuyé de ses yeux verts mutins suffisait pour lui donner une belle érection. D'ailleurs, s'il attendait un peu... Il revint à lui et :

« Kassia, un peu de sérieux. Faut s'habiller ! Nous devons préparer la mission et commencer ta formation. »

Kassia grimaça et se redressa sur ses coudes :

« Eh, Jazz, avec quoi tu veux que je m'habille ? Quand tu m'as sauvée, j'étais toute nue. Je ne pense pas que tu aies oublié. »

Jazz eut un coup au cœur en la voyant offerte ainsi sur le lit et résista à l'envie de venir embrasser sa jolie toison rousse. Il tressaillit avant de se ressaisir.

« Tu as raison, je vais faire les courses. Toi, il vaut mieux que tu restes là. La mafia rôde à Gênes comme à Milan et tu es censée être morte. Ne sors pas surtout. »

Jazz appuya sur la case vert bronze du damier de la table indienne. Un petit bourdonnement se fit entendre. Il souleva le fin tapis persan usé – un motif classique du paradis en Islam, avec fontaine, paons et arabesques végétales – et découvrit la trappe ouverte dans le plancher. Il en sortit un tube métallique, une courte matraque de métal noir, ayant à son extrémité un fin rectangle vitré.

« C'est un scanner portatif. Je vais te scanner et faire un enregistrement 3D de ton corps. Je vais avoir toutes tes mensurations envoyées sur mon portable et, avec l'appli *Habille ta Meuf*, je saurai exactement dans quelles boutiques me rendre et ce qui te convient le mieux. »

Kassia fronça les sourcils et pinça les lèvres.

« Oui, je sais, pardonne-moi, ce n'est pas très élégant. Mais il faut bien vivre avec son temps, ce n'est pas moi qui ai fait l'époque tordue dans laquelle nous vivons. Quand toute cette histoire sera finie, je t'emmène faire les boutiques à Paris.

— Jazz, ce n'est pas ce que je voulais dire… Je suis sûre qu'il n'existe pas d'appli *Habille ton Mec*. Les femmes n'ont pas besoin de ça pour faire preuve de goût ! Et je crois bien que je ne pourrai jamais te scanner. »

Jazz éclata de rire :

« Si nous avons le temps, tu pourras me scanner ce soir. Bon, viens là ! »

Jazz fit circuler le scanner autour du corps de Kassia qui tourna sur elle-même, les bras levés. Ses mensurations se transférèrent automatiquement vers l'application mobile de son portable via une liaison Bluetooth. Puis il lui donna un petit baiser, une caresse sur les fesses et partit faire du shopping.

Chapitre 9

Kassia pensa bien se recoucher, mais l'inquiétude la minait. Elle comprenait à quel point elle avait perdu en assurance et en confiance en elle. Elle se savait miraculée d'être en vie. Que Jazz l'ait suivie en Europe après son court passage chez les Navajos était une aubaine providentielle. Il lui avait bien affirmé que sa venue constituait une ouverture et une nouvelle approche pour enfin faire tomber le clan Cortisone, mais tout de même, de là à la suivre en Italie ! Il fallait absolument qu'elle raconte ça à Gina. Tout excitée, elle s'empara du vieux téléphone à cadran sur la console près de la fenêtre et porta le combiné à son oreille. Il ne s'agissait pas que de déco, ce truc fonctionnait encore ! Elle entendait le *tut, tut, tut* l'invitant à composer.

« Allô, Gina, c'est Kassia.

— *Tout va bien, ma petite ? Tu te sens mieux depuis...*

— Gina, Gina, j'ai été kidnappée !

— *Quoi ?*

— J'ai été kidnappée par les Cortisone, ils ont voulu me tuer, mais...

— *Tu es où, là, Kassia ? Je fonce !*

— À Gênes dans...

— *À Gênes ? Mais tu n'es pas à Milan ? Bon, écoute, je vais me débrouiller, nous arrivons...*

— Mais attends ! Tu ne sais même... »

Gina raccrocha. Le combiné de bakélite faisait de nouveau *tut, tut, tut...* Kassia secoua la tête et soupira pour évacuer une pointe d'agacement. Tata Mortadelle était vraiment trop impulsive, elle lui raconterait ses aventures plus tard.

À Milan, Gina avait son téléphone collé à l'oreille :

« Anna ! Kassia a été kidnappée ! Elle est à Gênes ! T'as toujours ton appartement là-bas ? Il n'est pas loué en ce moment ?

— *Kidnappée ? Mais par qui ? Qui voudrait kidnapper Kassia ?*

— T'occupes ! Et ton appart, alors ? Nous pouvons y aller ?

— *Euh oui... Mais ce n'est...*

— Super ! Merci, Anna, je t'adore ! »

Une fois de plus, Gina raccrocha sans attendre. Il y avait urgence, sa Kassia avait des ennuis ! Elle la rappela sur le numéro inconnu qui s'était affiché plus tôt :

« Kassia, Anna vient avec nous et nous prête son appartement. Génial, non ? Tiens bon, accroche-toi, ma petite, ne te laisse pas faire, nous fonçons, les Mammas viennent te sauver ! »

Kassia n'eut même pas le temps de répondre. Elle inspira une grande goulée d'air pour calmer la pointe d'agacement qui montait en elle. Oh là là ! Sa tata Mortadelle ne changerait jamais : quand Gina avait quelque chose en tête, elle se jetait dans l'action comme une locomotive lancée à toute vapeur. Elle devait déjà faire la tournée des copines avec le vieux combi Volkswagen et Kassia imaginait facilement les valises de cuir s'entasser sur la galerie. Il n'y avait plus qu'à attendre que la pression retombe. Elle rappellerait.

Les minutes passaient et elle s'ennuyait. L'appartement de Jazz était mignon et joliment décoré, et les tableaux impressionnants, mais le regard ne pouvait pas s'attarder longtemps sur les carrés rouge et bleu de Rothko et de Klein. Quant au corps blême du Christ de Mantegna, à la longue, il devenait déprimant et lugubre.

Dans la cuisine, elle tira le rideau pour se protéger d'un éventuel vis-à-vis et trouva un reste de café moulu pas trop éventé. Pendant que la petite cafetière italienne de métal gris chauffait sur le gaz, Kassia écarta un coin du tissu pour jeter un coup d'œil discret par la fenêtre. Tout en bas, dans la rue déserte, un magazine *Godes et Décorations* tout neuf dans son emballage gisait sur le pavé, lui faisant de l'œil. Elle regarda de nouveau par la fenêtre. Toujours personne. Alors, Kassia enfila le grand peignoir de soie bleue de Jazz, le noua autour de sa taille et dévala les escaliers. Elle ouvrit la porte, passa la tête et observa la rue déserte. Pas âme qui vive. Elle fit deux pas sur le trottoir et ramassa le magazine. En un éclair, elle fit demi-tour et gravit les six étages en courant. Dans l'appartement, elle s'écroula sur le canapé, à bout de souffle, avant d'aller se servir un peu de café et de s'allonger sur le lit.

Kassia feuilletait les pages en papier glacé du *Godes et Déco*. Elle étudiait les dernières innovations new-yorkaises et les luxueux manoirs de Toscane aux inspirations antiques. Ses objets de plaisirs en bois de merisier et de noyer ne dépareraient pas sur les buffets de ces belles demeures décadentes. Elle nourrissait son petit grain de folie créative. Les germes de nouvelles idées naissaient, elle se promettait de les noter. Page vingt et un, la journaliste dissertait sur les dernières idées disruptives, lampes industrielles, fauteuils en carton et tendances ethniques qui envahissaient même le domaine de l'intime. *Ah non ! L'auteur parlait de Michelangelo et Leonardo !* Elle claqua le magazine, mais c'était plus fort qu'elle, il fallait qu'elle lise :

Si les fauteuils en carton et les armoires indiennes plaisent tant, c'est que les mentalités changent. De nos jours, la concentration urbaine, l'accélération des technologies et autres gadgets déshumanisés connectés à des machines poussent de plus en plus les citadins à se tourner vers des activités et des produits nature. Cette tendance de fond investit même le domaine de la sexualité et des plaisirs solitaires. Penchons-nous sur les splendides godemichés d'inspiration amérindienne de MA & L.

Godes et Décorations *a rencontré les frères Michelangelo et Léonardo dans une de leur boutique de Rome, au pied de leur célèbre affiche* Sunset at Monument Valley, *devenue en quelques jours une icône emblématique de la marque :*

« Nous sommes les premiers surpris », racontent les deux créateurs. « Nous savions que c'était une bonne idée, mais nous ne nous attendions pas à un tel succès. C'est un vrai bonheur, économique bien sûr, mais aussi solidaire, car nous collaborons pour confectionner nos produits avec une authentique communauté navajo guidée par une femme exceptionnelle, Petite-Fraise-des-Bois. »

Il est probable que cette réussite économique restera un cas d'école. Dans un marché où l'offre est supérieure à la demande, s'appuyant sur leurs savoir-faire et des chaînes de production agiles, les deux artisans du plaisir ont démontré en un temps record la capacité de l'innovation à foudroyer toute concurrence. Apple l'avait déjà fait dans le monde technologique ; Michelangelo et Léonardo l'ont prouvé à leur tour dans l'intime et le luxe. Les deux frères, si l'on compare à la même période l'an dernier, ont en quelques jours triplé leur chiffre d'affaires pour un résultat net mensuel qui devrait frôler le million d'euros. Ils ont déjà douze boutiques à Milan, sept à Gênes, treize à Turin et une quinzaine à Rome et comptent en ouvrir d'autres dans toute l'Italie. MA & L a pu procéder, grâce à ce succès, à une levée de fonds de trente et un millions d'euros.

Kassia enrageait et pleurait : tout ce tapage aurait dû être pour elle, c'était son idée, son argent et sa réussite qu'ils lui avaient volés, ces deux pourris ! Elle l'avait toujours su, elle y avait toujours cru, à son idée de sextoys en bois. Elle aurait dû être riche. Avoir un grand appartement au centre de Milan, des ateliers avec des lampes industrielles et des meubles en carton et d'autres trucs disruptifs – puisque maintenant les journaux appelaient disruptif n'importe quoi d'un peu malin et original – et des ouvrières qu'elle paierait largement, car sans elles, rien n'aurait pu se faire. Elle aurait pu aider les Mammas, financer des projets associatifs et sauver les forêts. Aaaahhh, c'est elle que *Godes et Décorations* aurait dû venir interviewer ! Au lieu de ça, elle se terrait dans un appartement qui n'était même pas le sien.

Le seul point positif dans tout ça était sa rencontre avec Jazz. Un type fort et rassurant, expert en combat, connaissant tous les trucs pour se sortir de n'importe quelle situation et, en même temps, cultivé et pas trop bête. Et côté sexe, il avait su s'y prendre pour la faire jouir en rafale. Un vrai bon coup ! Avec lui, cette histoire de sextoys devenait plus facile à avaler. L'incroyable était qu'il allait peut-être pouvoir l'aider à récupérer son brevet et à montrer au monde que les dildos en bois étaient son invention, du Kassia pur jus.

Posté en sentinelle dans la rue où il connaissait tout le monde, le jeune garçon notait, comme des dizaines d'autres dans la ville, tout ce qui sortait de l'ordinaire. Tous les soirs, les petites vigies convergeaient vers le port et y retrouvaient le capo du quartier, à peine plus âgé qu'elles, pour leur rapport journalier. Une fois par semaine, elles voyaient même le Don. Il prit son petit calepin et son Bic noir et écrivit :

10 h 30 – Femme inconnue au 6, Vico di Santa Rosa (jamais vue, 1,70 m, 25-30 ans, mince, jolie, cheveux marron, yeux clairs) – Nue dans un peignoir bleu – Magazine par terre.

Il avait été précis, le capo et Don Cortisone seraient contents.

Chapitre 10

Quand Jazz revint une heure plus tard et qu'elle entendit tourner la clé dans la serrure, Kassia cacha vite le magazine sous l'oreiller.

« Tu as été long, dis donc ! Tout s'est bien passé ? demanda-t-elle.

— Regarde tout ce que je t'ai ramené, j'espère que ça va t'aller. Comme je ne connais pas tes goûts pour les fringues, je me suis fait plaisir et j'ai pris ce que j'avais envie de te voir porter. Ça te plaît ? »

Jazz était chargé de sacs aux logos Roberto Cavalli, Prada, D & G et Versace. Des tenues de soir et des vêtements de ville bien plus *casual*. Malgré l'appli *Habille ta meuf*, la mission lui avait semblé compliquée. Il n'était pas coutumier des boutiques de luxe et les jeunes vendeuses empressées qui l'avaient suivi comme son ombre dans les allées des magasins l'avaient enquiquiné plus qu'elles ne l'avaient aidé. Pour les autres activités, qui s'annonçaient plus clandestines et sûrement plus sportives, Jazz avait visé les magasins de sport, de running et des boutiques de pêche sur le port.

« Jazz, tu es fou ! s'exclama Kassia, quand elle déballa robes et corsages. Tu n'aurais pas dû, ça a dû te coûter une fortune... Oh, et ces chaussures, j'adore !

— T'en fais pas. Pour une fois que le budget de la maison est bien employé ! Et je t'ai pris un maillot de bain, au cas où t'aurais encore envie de faire un peu de natation ! »

Pour Kassia, c'était Noël avant l'heure. Elle continuait de fouiller. Son sourire disparu quand elle trouva la cordelette, deux téléphones, le couteau de chasse et le pistolet.

« Il est aussi pour moi tout ce matériel ?

— C'est à cause de lui que j'ai été un peu long. Il n'y a pas de boutique pour la sorte de pistolet dont j'avais besoin. Je vais t'apprendre à t'en servir. C'est un Walter P22Q, un petit pistolet léger et fiable, sans trop de recul.

— Et tu l'as trouvé où, alors ?

— Oh, dans une cité... »

Trouver le flingue n'avait pas été bien difficile. Jazz savait d'expérience où trouver presque tout ce qui était illégal. Il n'avait pas grandi dans les quartiers pauvres en gardant les yeux dans sa poche. Les prostituées, il fallait les chercher près des grands hubs de communication, les gares ferroviaires, les voies périphériques et les gares routières et, bien sûr, le port. Certains voyageurs solitaires avaient besoin de réconfort. Pour le haut de gamme et les *escort girls*, mieux valait se diriger du côté des quartiers chics et les halls des grands hôtels, ou chercher sur Internet. Les produits de contrebande, le high-tech et les cigarettes s'échangeaient du côté des gares de fret et dans les bars installés près des conteneurs de la jetée. La drogue, c'était bien simple, il y en avait partout. Il suffisait de se rendre sur une place un peu centrale et fréquentée de n'importe quelle ville et de piétiner sur le béton quelques minutes en jetant des coups d'œil à droite, à gauche. Immanquablement, un gamin surgissait de nulle part et vous proposait du haschisch ou de la cocaïne. Et pour les armes, il fallait viser les quartiers pauvres et les barres des cités. L'idéal était un terrain vague où des ados jouent au foot ou au basket.

Dans le taxi, il avait demandé au chauffeur :

« Vous connaissez une cité-dortoir avec des barres de béton, un terrain vague et une sale réputation ? »

L'homme l'avait regardé avec insistance dans le rétroviseur pour s'assurer qu'il avait l'air réglo et lui avait demandé de payer la course d'avance. Ce client, ce serait juste un largage rapide avant de filer. Ils avaient roulé vingt minutes vers les quartiers nord, jusqu'aux collines surplombant l'autoroute. Dans les années 1970, des architectes avaient trouvé malin d'y bâtir quatre grandes tours d'habitation. Des monolithes de béton blanc posés sur la terre, percés d'une enfilade de petites ouvertures rectangulaires pour des habitants troglodytes qui verraient peu la lumière. *Style populaire, autrement dit aucun style, une époque où les mots inclusion et mixité sociale n'avaient pas encore été inventés,* avait songé Jazz, se souvenant de son enfance à Sighthill. Aujourd'hui, les tours étaient grises de pollution et taguées et les ascenseurs si défectueux que plus personne n'osait les emprunter. Les dealers et les graffeurs zonaient au bas des marches et seuls les habitants pouvaient, sans danger, entrer dans la cage d'escalier. De toute façon, qui d'autre aurait eu envie de se taper jusqu'à vingt et un étages à pied ?

À deux cents mètres des tours, le chauffeur avait refusé de s'engager plus avant. Il s'était retourné :

« Je vous laisse ici, ça vous convient ?

— Exactement ce qu'il me faut », avait répondu Jazz.

La portière avait à peine claqué que le taxi redémarrait en trombe. Jazz avait longé le parking, passé les BMW, Audi et Mercedes des petits dealers. Quand il avait vu l'état des autres véhicules, vingt ans d'âge en moyenne, il avait compris l'attrait que *les grands frères* exerçaient sur les jeunes : belles caisses, argent facile, filles faciles, plein de temps libre...

Jazz avait finalement trouvé le terrain de sport, écrasé par l'ombre de deux bâtiments. Ici, on jouait plus au basket qu'au foot, même si des paniers il ne restait plus qu'un anneau rouillé. Les jeunes joueurs avaient complètement ignoré Jazz, mais un gars à peine plus âgé, adossé au grillage, la vingtaine à vue de nez, avait relevé la tête. Jazz lui avait rendu son regard, avait fait un signe du menton et s'était éloigné en lui tournant le dos. Jazz avait senti le type le suivre :

« Eh mec ! T'es pas chez toi, ici ! Qu'est-ce que tu cherches ?

— Un flingue. Un petit, pour une femme. En bon état. »

Le gars l'avait toisé de la tête aux pieds :

« T'as de quoi payer ? »

Jazz avait sorti une liasse de billets ; le type avait sorti son portable. Trois minutes plus tard, deux autres gars avaient débouché de l'arrière d'une tour pour les rejoindre.

« Aboule le fric !

— Le pistolet d'abord, avait répondu Jazz tranquillement. Je veux voir la marchandise. »

Le petit gars sur sa droite, le doigt dans la gâchette, avait balancé le Walter P22Q au bout de son index.

« Il est entretenu ? Graissé et numéro limé ? avait demandé Jazz.

— Tu nous prends pour qui ? T'en fais pas, mec, on les soigne nos bébés.

— Si je lui trouve un défaut, je reviens.

— C'est ça ! Tu veux la garantie aussi ? Bon, tu files le fric ou on se casse ? »

Jazz leur avait donné la liasse.

« Merci, mec, allez, barre-toi. »

Ils étaient repartis en lui tournant le dos, le pistolet à la main. C'est là que la situation avait dérapé. Jazz avait soupiré. Tous les mêmes, ces gosses, pas une once de jugement.

« Vous n'oubliez pas quelque chose ?

— Allez, dégage !

— La question n'est pas de savoir si je vais récupérer le flingue, la question est de savoir si vous serez encore capables de rentrer à la niche quand je l'aurai récupéré, avait déclaré doucement Jazz, qui souriait en montrant l'immeuble du doigt. Vingt et un étages, ça fait beaucoup de marches à monter à quatre pattes. »

Les trois jeunes avaient échangé un regard, s'étaient retournés en élargissant les épaules et gonflant les pecs pour s'aligner devant l'inconnu.

« Mec, t'es con ou quoi ? Quelque chose ne tourne pas rond chez toi ? T'es seul et on est trois ! Allez, allez, casse-toi, on te dit ! »

Jazz avait hoché la tête d'un air blasé. Minces, plutôt sportifs dans leur survêtement, probablement rapides ; il lui avait fallu faire vite. Ce qui n'avait pas été un problème : il connaissait tous les coups tordus ; il avait grandi dans la rue et l'armée lui avait enseigné deux ou trois trucs utiles. Il avait facilement identifié le chef du groupe ; c'est toujours celui qui parlait. Les deux autres n'avaient été que des suiveurs. Faire tomber le meneur d'abord, voilà le premier truc à savoir. Et là, il avait eu le flingue, raison de plus pour commencer par lui. Les trois jeunes types ne s'étaient pas assez méfiés. *Trop nonchalants, un peu trop sûrs d'eux*, avait remarqué Jazz. *Ces jeunes gars des cités, ils s'attendent toujours à ce que ceux qui ne sont pas du milieu jouent selon les règles, même dans l'affrontement.* Mais Jazz savait depuis longtemps que la règle dans la rue, c'est qu'il n'y a pas de règle. Les combats de rue, ce ne sont pas des rings de boxe avec arbitre. C'est le plus vicieux qui gagne. Un deuxième truc à savoir : ne pas donner de préavis. Attaquer cash, direct, sans avertissement.

Jazz avait donc fait deux pas rapides en avant, tourné sur lui-même, était revenu en arrière et avait propulsé violemment son coude dans la tempe du meneur de jeu. Sans attendre, il était reparti sur sa droite, avait donné un grand coup de boule au deuxième gars qui s'était effondré aussi sec, comme un poids mort, le nez explosé. Il n'avait eu aucune chance : une tête de six kilogrammes qui vous percute le visage à dix mètres par seconde, c'est se prendre une boule de bowling en pleine face. Aucun cartilage n'y résiste. Le leader du groupe, à quatre pattes, groggy, avait tenté de se relever. *Deux hommes à terre, reste un.*

Le dernier gars debout lui avait attrapé le bras, s'apprêtant à cogner. Troisième truc : l'énergie cinétique et la force d'impact proviennent de la masse et de l'accélération du coup porté. Alors Jazz n'avait pas cherché à esquiver, au contraire : il avait contré en se rapprochant de son opposant. Le coup qu'il avait reçu, sans élan, sans force, l'avait à peine bousculé. Jazz avait donné un bon coup de genou dans l'entrejambe, et le jeune s'était plié en deux. Il avait enchaîné avec une série d'uppercuts rapides, trois coups secs au carrefour des nerfs, au plexus solaire, et le type avait roulé au sol. *Trois gars à terre.* Sur le terrain de basket, les ados avaient arrêté de jouer, guettant l'issue du combat. Jazz avait fouillé les poches, récupéré ses billets, le pistolet et s'était éloigné d'un pas hâtif. Il n'avait eu aucune envie que les jeunes basketteurs s'en mêlent.

Dans l'encoignure du hall d'entrée de la tour sud, une petite sentinelle avait noté dans son carnet à spirale :

12 h 30 – Homme mince, sportif, sait se battre, 3 contre 1, cheveux foncés, 1 m 80, 30-35 ans, cherche une arme.

Assise sur le lit, les sacs de vêtements à ses pieds, Kassia regardait Jazz :

« C'est la cité qui t'a fait cette bosse ? Qu'est-ce qu'il t'est arrivé au front ? On dirait que tu t'es pris un mur. »

Jazz grimaça :

« Oh, ce n'est pas un mur, juste un nez. Le propriétaire du pistolet a voulu jouer au plus malin... »

Kassia tournait et retournait le petit pistolet dans ses mains :

« Il est rayé.

— Oui, il a déjà servi, une belle petite occasion. Mais il est *intraçable*. Tu pourras tuer tous les méchants, personne ne pourra remonter jusqu'à toi. »

Purée, s'avisa Kassia, *mais dans quoi je me suis engagée ? Je ne veux pas finir en légume. Je ne veux tuer personne, moi.* Elle observa Jazz d'un œil nouveau. L'espion était charmant, fort et sexy. Mais aussi violent et sombre. Il vivait dans un monde dont elle doutait qu'elle veuille mieux le connaître. Jazz se retourna et nota l'expression inquiète de Kassia. Il s'approcha et la prit dans ses bras :

« Je blague, tu sais. Tu n'auras à tuer personne. Ce pistolet est là pour te protéger et te permettre de t'enfuir si besoin, et pour donner l'alerte également. Je préfère que tu ne t'en serves pas. N'oublie pas, tu es mon support et mon back-up, ça signifie que tu ne seras pas en première ligne. Je m'occuperai d'arrêter les Cortisone, ce n'est pas à toi de le faire. Je les veux vivants devant un tribunal, pas morts.

— J'ai peur, tu sais. Je ne sais pas si je suis prête pour ça.

— Oh si, tu es prête, répondit Jazz. Tu es comme une liane, souple et incassable. Tu es forte, Kassia. Tu le sais déjà. Seulement, tu ne sais pas encore à quel point. »

Kassia afficha un triste sourire, se leva, dansa quelques secondes d'un pied sur l'autre, incertaine, et observa encore une fois le pistolet avant de le jeter sur le lit.

« J'espère que tu as raison. Je commence quand alors ? demanda-t-elle, soudain impatiente de jouer les Mata Hari.

— Nous mangeons d'abord. Dans mon métier, on ne sait pas toujours si et quand on va pouvoir manger. Donc, j'essaye de ne pas sauter les repas. Regarde ici tout ce que j'ai ramené : du *panettone*, du café, de la mozzarella di buffala, du basilic et du *prosciutto*. J'ai de l'huile d'olive dans la cuisine. Et pour ce soir, une bouteille de *prosecco* et une autre de *barolo*. Tu connais le *barolo* ? Il paraît que c'est le roi des vins et qu'il est originaire de la région. »

Après le brunch, Jazz plongea directement dans le vif du sujet :

« Dans le monde du vivant, chez les animaux, il y a trois grandes façons de réagir face aux méchants : fuir, se cacher ou contre-attaquer. Nous allons voir ces trois façons l'une après l'autre. Juste les bases.

— Jazz, ton nom de code K6, il signifie quelque chose ?

— ...

— Jazz ?

— Le K est un code pour *kill*[9]. J'ai l'autorisation de tuer, s'il le faut. Comme les 00 au MI6. J'évite autant que je peux. Tuer est un échec : je me suis fait repérer, une situation dégénère... Et tu n'imagines même pas la quantité de rapports que je dois faire ensuite, en plus des séances obligatoires avec le psy. Et le chiffre "6", c'est tout simplement parce que je suis le sixième. Les cinq premiers ont eu... des accidents. K1 a eu la colonne brisée, K2 est mort au Pakistan en chutant à skis, K3 s'est fait mitrailler en Corée du Sud. Pour K4 : codex. Elle est morte au milieu des poules dans une ferme du Yucatan avec le rarissime codex maya qu'elle voulait sauver. Elle s'est fait rattraper par les narcos de Sinaloa. Et K5 a disparu. »

---

[9] Tuer.

Chapitre 11

Redescendue du mont Nantai, l'agente K5 avait simplement attendu pendant deux jours que les petits ânes chargés de bois et de drogue débouchent de la forêt.

Le premier jour, allongée à quelques dizaines de mètres du chemin dans la mousse et les feuilles, Melody avait failli attraper la crève sur le sol humide. Ras-le-bol des mille-pattes et des petits scarabées noirs ! C'est pourquoi le second jour, elle avait piqué un chevalet, des feuilles de papier dans la salle de conférences de son ryokan et joué les Cézanne devant la Sainte-Victoire avec des marqueurs. Elle s'était installée au milieu des arbres telle une peintre naturaliste. Heureusement pour elle, personne n'avait eu le désir de voir l'artiste en action. Alors, quand la caravane des *Narco Polo* se pointa, il lui fut facile d'observer le transbordement des ballots de cannabis dans un petit fourgon. Moins de cinq minutes plus tard, la porte arrière de la camionnette blanche claqua en un grand *bang* de tôle légère, qui fit vibrer la vitre. L'engin avait manifestement des kilomètres au compteur.

Melody abandonna en hâte le chevalet et les marqueurs pour courir à travers les arbres vers sa 125 cm3, une petite moto de location qu'elle conservait depuis Tokyo. Elle suivit discrètement le véhicule des trafiquants jusqu'au gigantesque port autonome de la capitale. La filature prit bien deux heures, mais fut bien moins délicate que ce qu'elle aurait pu imaginer, tant les conducteurs japonais semblaient sages. Elle se demanda quelle enfance il fallait avoir eue pour que tous soient aussi raisonnables sur la route. Apparemment, même chez les truands, la rigueur de l'éducation japonaise avait imprimé sa marque et laissé des traces. Le conducteur du fourgon, discipliné ou prudent, respecta scrupuleusement toutes les limites. Seuls les embouteillages à l'arrivée dans Tokyo furent chaotiques. Trop régulièrement, tous les feux passaient au rouge et une foule d'employés dévoués en costume et tailleur, regards neutres et rythmes mécaniques, se déversait aux intersections en flux croisés. En conséquence, les véhicules et les bus jouaient de l'accordéon.

De l'autre côté de la ville, à l'entrée de la zone portuaire, le chauffeur devant elle pointa son badge vers un lecteur magnétique et la barrière se leva. Une centaine de mètres derrière, Melody gara respectueusement sa moto à l'emplacement prévu le long du trottoir – on n'est jamais trop prudent –, puis elle entra dans le port comme dans un moulin, en se faufilant sous la barrière au moment où un trente-huit tonnes obstruait la vision du garde dans sa guérite. En se glissant dans l'angle mort de la caméra, tout de même. Pour ce genre d'intrusion, Melody ne réfléchissait même plus : c'était la base du métier d'un agent du service action.

Le port industriel de Tokyo, fait de remblais à l'embouchure de la rivière Sumida et de terre-pleins industriels bâtis sur les marais, avait repoussé la ligne de côte pour grignoter prétentieusement quelques mètres sur la mer. *Où vont se loger l'ambition et la fierté?* remarqua Melody. À porter au crédit des constructeurs, il fallait bien reconnaître que, comme toujours, les industrieux Japonais avaient réalisé un chef-d'œuvre d'organisation : zone des bureaux et d'administration du port, zones des marchandises conventionnelles, zone de l'acier et zone du bois et zone des chalutiers qui déversaient chaque matin des tonnes de poissons pour que tous puissent se régaler de sushis et de sashimis.

L'air de rien, elle s'approcha d'un véhicule de service. *La confiance dans le respect des règles, le civisme et le code d'honneur, c'est formidable quand même*, constata Melody en repérant les clés sur le contact. Un coup d'œil de chaque côté et elle sauta à la place du conducteur. À demi plein, le réservoir ne poserait aucun problème : tout roulait comme sur des roulettes. Longuement, elle patrouilla dans le port à la recherche de la camionnette blanche, dans ce labyrinthe à ciel ouvert de soixante-quinze hectares que constituait l'aire de déchargement et de stockage des conteneurs. Penchée vers le pare-brise de sa voiture jouet, petit insecte de métal, elle observa avec effarement les montagnes métalliques de boîtes géantes de ferraille bleue, verte ou rouille empilées jusqu'au ciel, des pyramides de briques multicolores amoncelées comme un jeu pour les enfants des dieux.

En bas dans les travées, le soleil ne descendait pas et elle roula dans l'ombre des parois d'acier. L'endroit lui apparut fabuleux : les immenses portiques de métal rouge et blanc sous lesquels stationnaient les cargos semblaient mus d'une vie propre, organisant un ballet volant de conteneurs, jusqu'à ce qu'elle distingue enfin, à plus de soixante mètres de hauteur, les pilotes dans des cabines blanches minuscules accrochées aux bras démesurés des grues. Dans les grondements des moteurs et des sirènes, dans les éclats orange des gyrophares de signalisation, ils soulevaient les cubes de métal comme des plumes pour les déposer sur les gigantesques navires ou les insérer au millimètre près à l'arrière des camions à vide qui se relayaient sans cesse au sol.

Toujours à la recherche de la camionnette, elle frôlait le désespoir quand elle l'aperçut enfin au bord de l'eau ; ridicule et fragile petit engin de tôle blanche, écrasé par la muraille d'acier d'un cargo à quai. Melody poussa un long soupir de soulagement : elle l'avait retrouvée ! Trois hommes, tatoués du cou jusqu'aux poignets, cintrés dans des gilets de sécurité jaune fluo, la déchargeaient à un rythme soutenu. La drogue s'empilait peu à peu dans des malles métalliques. Un quatrième type, un géant costaud, les cadenassait, puis les traînait sur le béton avant de les enfourner dans un conteneur vert de vingt pieds de long. Conteneur numéro DCGI-302312-25G1, nota Melody au stylo dans la paume de sa main gauche.

Les doubles portes claquèrent, les doubles barres d'acier s'enclenchèrent pour verrouiller le coffre de fer. Là encore, un des tatoués posa des cadenas. Il se retourna et leva la tête vers l'opérateur du portique géant. Melody le vit faire un grand signe du bras. Le câble d'acier tressé descendit, le treuil gronda. Des griffes métalliques se saisirent bientôt du grand conteneur vert qui décolla pour en rejoindre des milliers d'autres qui déjà s'entassaient sur le pont du cargo. On l'aurait cru aussi léger qu'une boîte d'allumettes. Le pilote l'inséra avec adresse comme une brique dans un jeu de Tetris à l'avant du *Forever Claudette*, un géant des mers battant pavillon panaméen. *Merdouille*, grinça Melody. *Ces salopards de Panaméens verrouillent tout avec leur paradis fiscal, ça va être coton pour choper les infos !*

Elle reprit la voiture et fila vers la sortie.

Une heure plus tard, dans un café internet près de la gare de Ueno, au centre de Tokyo, elle consultait *marinetraffic.com*. Il semblait bien que tous les navires du monde, cargos, pétroliers, vraquiers, rouliers, tankers, paquebots et même yachts soient à tout instant traqués par satellite. La base de données était énorme. Dans la barre de recherche, Melody rentra *Forever Claudette*. Les résultats s'affichèrent sur l'écran : 285 mètres de long, 40 mètres de large, 63 000 tonnes. Actif, sorti des mégachantiers navals d'Ulsan, Corée du Sud, en 1999. Mais rien sur sa destination ni sur la date de son appareillage. Alors elle cliqua sur le bouton orange *Get Vessel Plus* et choisit l'option *Essai gratuit pendant sept jours*. Bingo ! Le *Forever Claudette*, arrivé deux jours auparavant de Singapour, prendrait la mer dans trois jours pour Los Angeles. Équipage de vingt-deux personnes, plus un capitaine, deux officiers et deux cabines passagers. Des passagers ? Melody se mordit la lèvre et frappa des pieds sur le sol. Et si elle embarquait sur le *Forever Claudette* ? Sur *Freighttravel* et *Globoship*, il restait une cabine de disponible. Elle sortit sa carte bancaire et paya sa place.

Dans un bureau d'un petit immeuble en brique de Glasgow, à neuf mille trois cents kilomètres de là, Arnold McCoy, data-analyste, hacker et cyberspécialiste chez les Scottish Officers, fit un bond sur sa chaise : la sublime agente K5 refaisait surface ! Ou du moins, sa carte bancaire... Sur l'écran de son poste, l'alerte clignotait en orange : un débit de trois mille cent dix-sept dollars venait de tomber sur la ligne de crédit attribuée à K5, un paiement à une agence de voyages spécialisée dans les trajets en cargo. Apparemment, K5 prévoyait un petit tour en mer. Mais pour où ?

McCoy se mit à fouiller le net. Deux minutes plus tard, il avait le nom des deux associés de l'agence et leur date de naissance. Facile à trouver, rien de secret là-dedans, il suffisait de consulter le registre des sociétés. Au Japon, tout était accessible en ligne. Restait à pénétrer dans la base de données de l'agence. Il essaya leurs noms, prénoms, dates et lieux de naissance, celui de leur compagne, juxtaposa, combina, abrégea. Échec total. Le logiciel ne cessait d'afficher *Mauvais mot de passe. Réessayez.*

« Bon, passons aux grands moyens », soupira McCoy.

Il lança en ligne de commande sur l'ordinateur de l'agence un petit programme qu'il avait développé lui-même et qui combinait tous les prénoms japonais avec des dates comprises entre 1930 et 2020, en utilisant, bien sûr, le fabuleux code porte-bonheur 7777 ainsi que les classiques 0000 et 1234 qui ouvraient tant de portes. Il était rare que la combinaison *prénom + date* ne donne rien.

McCoy patientait devant l'écran : le programme montrait un petit chat joueur tournant sur lui-même, courant après sa queue. *Bien plus sympa que le petit cercle ou la barre de progression habituels*, pensa-t-il comme à chaque fois qu'il tentait de casser un code. Mince ! Son programme venait de lui afficher avec un petit miaulement plaintif un *Mot de passe non trouvé. Réfléchis encore un peu !*

Les réseaux sociaux représentaient également une mine d'informations. McCoy ouvrit les pages personnelles des deux entrepreneurs et c'est là qu'il découvrit la photo avec le petit chien accompagné d'un commentaire en japonais. Il lança une traduction en ligne. La légende signifiait *Jouant avec mon chien Riku*. Il tapa *Riku2008*, l'épagneul japonais était né en 2008. Le prompt afficha de nouveau : *Mauvais mot de passe. Réessayez.* McCoy frappa du poing sur son bureau, faisant tressauter son clavier. Il repoussa violemment sa chaise à roulettes, se leva, monta d'un pas lourd au dernier étage de l'immeuble et tourna en rond sur la terrasse en laissant glisser un œil vide sur Glasgow. L'astuce consistait à se mettre dans la peau de l'utilisateur.

Il redescendit vite vers son bureau et demanda à afficher une carte de Tokyo, passa en vue satellite et, finalement, se mit en mode *street view*. Sur l'écran de son ordinateur se dévoila la vitrine de l'agence de voyages. Derrière la vitre, une étagère ou un banc – McCoy ne distinguait pas bien – était recouvert de chats porte-bonheur, de personnages des studios Ghibli et de peluches Pokémon. Au premier essai, il tenta *chat porte-bonheur*. Son écran afficha : *Mauvais mot de passe. Réessayez.* Deuxième essai : *Maneki Neko*, le nom japonais du félin. *Mauvais mot de passe. Réessayez.*

« Aaaahhhh ! »

McCoy rugit de frustration. En dernier ressort, il lança une série basée sur les personnages du studio Ghibli : *Totoro, Pompoko, Porco Rosso, Ponyo, Arrietty, Kiki, Nausicaa, Mononoké*. Il enchaîna avec les noms des Pokémons les plus connus : Salamèche, Dracaufeu, Reptincel, Carapuce, Bulbizarre, Pikachu. « Bip ! » miaula l'écran en affichant *Yokoso Pikachu !* La base de données souhaitait la bienvenue à Pikachu.

« Yeaaaaahhhh ! » hurla McCoy, qui sauta de sa chaise avant de s'écrouler sur son clavier.

Enfin ! Il venait de se connecter au système de données de l'agence tokyoïte. L'administrateur devait être un fan de Pokémon, avec un mot de passe comme Pikachu. *Hallucinant le nombre de personnes qui utilisent leur héros préféré pour sécuriser leur compte.* Il faudrait quand même que quelqu'un leur dise, un jour, que cela ne valait rien. Il interrogea la base avec une requête bien ciblée et les colonnes s'affichèrent. Il scanna des yeux les départs et les noms. Voilà, il l'avait ! Prix : *trois mille cent dix-sept dollars* ; mode de paiement : *carte bancaire* ; origine : *Tokyo,* destination : *Los Angeles* ; date d'arrivée : *21 juin* ; navire : *Forever Claudette.* Bingo ! McCoy se dirigea à pas rapides vers le bureau de Franck Forth, le directeur des SOCISS.

Chapitre 12

À Gênes, Kassia et Jazz se perdaient dans les petites ruelles de la vieille ville. L'espion formait sa coéquipière. Il lui apprit l'art de la filature et les arrêts surprise pour refaire un lacet ou pour se recoiffer devant une vitrine. Il lui expliqua les démarrages brusques, les demi-tours impromptus et lui conseilla d'éviter le métro, une vraie trappe où il était si facile de se faire piéger. Il lui parla des magasins de mode où l'on pouvait se changer en un éclair dans les cabines d'essayage en abandonnant ses anciens vêtements. Il lui montra les portes cochères et les immeubles donnant sur deux rues et lui apprit à reconnaître les zones blanches, ces zones du dehors en limite de copropriété ou de quartier, tous ces lieux qui n'appartenaient plus à personne, ces no man's land en déshérence où l'on pouvait se planquer quelques jours sans que personne s'en soucie. Surtout, il lui apprit le regard :

« Plus personne ne se regarde vraiment. Les regards ne se croisent plus, ne s'accrochent plus. Aux yeux d'un observateur aux aguets, ton regard peut te trahir, Kassia. Ton regard en alerte, vigilant, mobile, à l'affût, sans repos. C'est d'ailleurs ce qui va les trahir aussi. Si à un moment ton regard en accroche un autre, tu laisses tomber tout ce que tu fais, tu bouges, tu fuis. Il n'y a plus que les gardiens, les vigiles, les policiers en civil et les petites sentinelles de la mafia qui regardent les gens dans les yeux.

— Il y a toi aussi...

— Oui, il y a moi aussi... Mais tu sais pourquoi. »

Elle sourit :

« Pourquoi donc ?

— Parce que je ne voudrais surtout pas qu'il t'arrive quelque chose. Parce que tu m'impressionnes. Parce que je n'ai pas envie que tu t'éloignes de trop. Parce que...

— Cela fait beaucoup de parce que, murmura-t-elle à son oreille en se collant contre lui.

— Parce que tu m'excites et que penser à ton corps m'électrise, souffla-t-il encore.

— Ah oui ? Hummm... »

Mutine, Kassia posa sa main sur la braguette de son jean : « C'est vrai, dis donc. »

Jazz se plaqua contre elle, l'embrassa puis leva le bras pour appeler un taxi.

« Allez, viens, je t'emmène.

— Nous allons où ?

— Un stand de tir. Il faut bien que tu apprennes à te servir du pistolet. »

Le stand de tir, situé au sud, en périphérie de la ville, le long de la côte, occupait un vaste hangar agricole reconverti. Le propriétaire avait simplement divisé l'espace en de longs couloirs insonorisés avec de la laine de verre, des plaques de plâtres et du béton gris.

Pour ses premiers essais, plutôt qu'une silhouette, Jazz avait préféré choisir pour Kassia une cible ronde et jaune comme un soleil. Un smiley grincheux serait moins impressionnant. Il l'avait épinglé au crochet suspendu au plafond puis avait appuyé sur la télécommande. Dans la petite cabine, le moteur avait ronronné, éloignant la cible le long du rail. Elle se balançait maintenant à dix mètres devant eux. « Bien suffisant pour un début », avait assuré Jazz. Après qu'il lui eut montré comment désarmer le cran de sûreté et qu'elle eut ajusté le casque sur ses oreilles, Kassia se campa sur ses pieds, pointa le canon du Walter P22Q vers la cible et tira. Sa balle transperça le faux plafond avec un *tchoff* sourd avant d'achever sa course dans ce qui devait être un tuyau métallique, d'après le *cling* qui retentit.

« J'espère que tu n'as pas détruit la clim, remarqua Jazz en souriant. Vas-y, réessaye. Tiens ton bras plus souple, moins raide. »

Kassia se remit en position. Elle tira, son bras trembla et la balle passa un bon mètre à côté de la cible.

« Beaucoup mieux. Au moins cette fois, tu n'as pas visé les étoiles...

— Hé Jazz, tu crois que c'est facile ? » répliqua-t-elle en se remettant en position de tir.

Jazz s'approcha d'elle et se colla contre son dos. Il l'enveloppa dans ses bras. Joue contre joue, ils regardaient la cible.

« Cale-toi bien contre moi », murmura-t-il.

Kassia se laissa aller en arrière et se blottit contre son buste solide. Il enlaça sa taille de son bras gauche.

« Maintenant, redresse-toi un peu et tends le bras, voilà, c'est parfait, repose-toi sur moi. Quand tu te sens prête, tu tires. »

Kassia pressa la gâchette. Lui resta imperturbable, les yeux fixés sur le cercle jaune au fond du couloir. Il appuya sur la télécommande et le smiley se déplaça vers eux deux, guidé par le rail au plafond. Un trou noir venait d'apparaître trente centimètres au-dessus du centre de la cible.

« Non, mais t'as vu ce que j'ai fait ? J'ai réussi ! cria Kassia.

— Je n'en ai jamais douté ! Tu aurais vu mes premiers entraînements. Je touchais tout, sauf la cible. Tu vides encore quelques chargeurs, d'accord ? »

Un quart d'heure plus tard, Kassia tirait suffisamment bien pour que n'importe quelle cible à vingt mètres ait plus envie de courir ou de se cacher que de la regarder en rigolant. Au mieux, elle ferait mouche, au pire elle ferait siffler les oreilles.

« Bon, maintenant nous passons à la troisième partie et ensuite nous rentrons, annonça Jazz.

— La troisième partie ?

— Tu vas voir... »

Jazz héla un taxi, qui les emmena dans un petit bois sur les hauteurs. Avec la cordelette, il lui apprit à faire des nœuds. Les nœuds pour ligoter et contraindre, les nœuds qui bloquent et qui assurent, ceux qui resserrent leur étau à la traction et ceux qui se libèrent si l'on sait sur quel brin tirer. Il lui montra comment grimper à un arbre en lançant une corde comme un grappin vers une branche basse et solide et quel nœud faire pour effectuer une descente en rappel. La première fois que Kassia se laissa glisser au sol, elle comprit que ce n'était pas bien compliqué.

« Ce qui est dur, cria-t-elle à Jazz au pied du grand chêne, c'est de basculer dans le vide. Après, quand je me balance en descendant, je m'amuse... »

Jazz lui montra aussi comment se déplacer en silence sans faire craquer ni branche ni feuille. Enfin, il lui demanda de s'asseoir sur un grand tronc mort.

« Kassia, nous allons rester là, à attendre sans rien faire et nous allons écouter la forêt. Je veux que tu apprennes à écouter le silence, je veux que tu tendes ton esprit vers les bruits qui nous entourent. Tu verras, il y en a beaucoup. Savoir attendre, patienter, se mettre à l'affût et écouter en silence est une expérience assez incroyable. Ouvrir ses oreilles, c'est parfois vital. »

Jazz avait fermé les yeux. Kassia n'entendait rien. Peu à peu, elle prit conscience du souffle léger de Jazz à ses côtés, puis de son propre souffle. Dans le silence du sous-bois, le chant des oiseaux reprit. Les bruissements des ailes invisibles dans les branches. Les petits craquements des feuilles mortes et des brindilles, les minuscules pas des insectes et le flottement de la feuille qui tombe et se pose au sol.

« Tu entends, demanda Jazz ?

— Oui, c'est magique, répondit-elle dans un murmure.

— Tu vois, tout le monde entend, mais écouter est quelque chose qui s'apprend. Si un jour tu t'introduis de nuit dans une maison, tu seras attentive au moindre son et tu repenseras à ce moment. »

Le taxi les déposa devant le 6, Vico di Santa Rosa. Dans la rue, un garçon nota :

18 h 50 – *Inconnue revient avec homme mince, sportif, cheveux foncés, 1 m 80, 30-35 ans.*

Puis il fila dans la direction du port rendre compte de ses observations au capo du quartier.

Dans l'appartement, Kassia s'affala dans le canapé :

« Ah, je suis crevée ! Je ne suis pas sûre d'être faite pour courir et sauter et grimper dans la jungle. Je ne suis pas Mowgli, moi ! »

Jazz rigola :

« Ce n'était pas vraiment la jungle ! Et moi, je te vois plus comme la panthère que comme Mowgli... »

Il prit deux belles flûtes en cristal et ouvrit la bouteille de *prosecco*.

« Tiens, trinquons, célébrons tes débuts d'espionne. »

Les verres sonnèrent. Kassia sentit avec délectation couler dans sa gorge le liquide frais et piquant et prit conscience de sa soif. Jazz lui tendit un long gressin au sésame. Sur le canapé, Kassia se pencha et l'attrapa du bout des lèvres, esquissant un sourire. Une lueur traversa le regard de Jazz et le biscuit apéritif se brisa sous ses doigts. Il tourna la tête, s'observa dans le petit miroir et fit la grimace :

« Je file sous la douche. Régale-toi, j'arrive. »

Les bulles d'alcool explosaient doucement sous son palais et faisaient voler en éclat les inquiétudes de Kassia. Ses muscles fébriles se détendaient peu à peu. Sa vie venait de prendre un virage à cent quatre-vingts degrés. Elle n'oublierait jamais la menace des Cortisone, les parpaings aux pieds et l'eau glacée. S'ils découvraient qu'elle avait survécu, elle deviendrait une fugitive traquée, sinon pire. Une fièvre étrange habitait son ventre, faite d'angoisses et de questionnements face à l'inconnu. Se savoir en danger de mort lui donnait le vertige. Elle aurait dû être anéantie, mais elle ne s'était jamais sentie aussi vivante, et ses entrailles frémissaient d'une agitation interne, une exacerbation, un vibrato inhabituel. Jazz la protégerait. Une excitation trouble la saisit. Cette première nuit avec Jazz... humm... C'était à refaire.

Kassia remplit son verre de nouveau : le vin irriguait ses veines, son corps pétillait d'impatience, vif et ardent comme jamais. Ses yeux se portèrent vers la table indienne où reposait le tube du scanner métallique. C'est vrai que ce serait amusant de recréer un petit Jazz en 3D et de le faire danser sur le PC avec sa figurine à elle. Deux petites silhouettes enlacées et virevoltant sur un écran...

Elle pensa à Jazz nu sous la douche et cria :

« Jaaaazz, n'oublie pas notre programme de ce matin, quand tu sors, je te scanne ! »

Elle sauta sur ses pieds : il fallait qu'elle se change ! Elle revêtit la longue robe vert clair vaporeuse de chez Cavalli qu'il lui avait achetée, déposa sur ces épaules les fines bretelles de ce magnifique voile de soirée ne cachant rien de ses omoplates et de son dos et enfila sa délicate culotte de dentelle vert opale. Elle savait que le vert sombre se mariait bien avec les reflets orangés de son bas-ventre. La large échancrure du dos l'avait dissuadée de porter un haut. Kassia sourit ; elle savait que, à ce niveau, elle n'avait besoin de rien. Un instant, elle hésita à mettre de belles chaussures à talons, pour accentuer la cambrure de ses reins, puis elle y renonça. Pour ce qui allait suivre, elle préférait être à l'aise et toucher la douceur du parquet sous ses pieds.

Elle prit la télécommande et navigua dans le menu de la petite chaîne hi-fi. *Light my fire* des Doors : un bon crescendo, mais un rythme un peu rapide. Non. Elle voulait la lenteur et ressentir le désir l'envahir comme la marée qui monte. Elle adorait la tension qui naissait de *Back to black*. Cette chanson était un pincement de cœur, une corde prête à rompre, l'appel d'une louve solitaire abandonnée. Ce tempo qui allait en s'accentuant les ferait vibrer tous les deux, mais elle craignait que les paroles crues ne brisent l'instant.

Kassia tournait dans le petit salon à la recherche de la musique idéale, les pans de sa robe flottant et balayant ses chevilles. Le léger courant d'air qu'ils provoquaient remontait sous la robe et taquinait l'intérieur si sensible de ses jambes. Elle pensa un moment à Nina Simone et *Feeling good*, un choix quasi parfait, puis elle découvrit *Fever*. La fièvre qui la tenait et la faisait tressaillir, c'était ça, aussi. Les claquements de doigts, cet agacement subtil, ce tempo insistant, ce serait magique. Play. La voix de Peggy Lee emplit l'appartement :

« Never know how much I love you
Never know how much I care
When you put your arms around me
I get a fever that's so hard to bear
You give me fever, you give me fever, when you kiss me
Fever when you hold me tight, you give me fever
Fever... in the mornin'
Fever all through the night.[10] »

Kassia dansait, dansait, domptant le vibrato qui pétillait dans ses veines, valsait sur le parquet en faisant tournoyer sa robe qui volait haut sur ses cuisses. Elle aperçut la poignée silencieuse de la porte de la salle de bains s'abaisser et le battant s'entrouvrir. Une étincelle fiévreuse s'alluma en elle quand elle comprit qu'il allait venir à elle... nu. Elle aurait dû s'en douter ; elle lui avait fait le coup. Jazz avait passé la tête, lui avait souri, était sorti, puis s'était retourné pour fermer la

---

[10] « *Tu n'as jamais su combien je t'aime / Tu n'as jamais su combien je tiens à toi / Quand tu mets tes bras autour de moi / La température monte, c'est si dur à supporter / Tu me rends fébrile (tu me rends fébrile) quand tu m'embrasses / Fièvre quand tu me serres (tu me donnes la fièvre) / Fièvre... au matin / Fièvre toute la nuit.* »
Extrait de *Fever*, Peggy Lee, 1958.

porte. Elle avait alors, forcément, maté les belles formes de son fessier rond. Elle aimait ça chez les hommes : des fesses bien remontées, solides et musclées. Jazz avait aussitôt perçu ses yeux insistants, élargi son sourire et lui avait fait face d'un mouvement souple. Amusée, elle avait observé son sexe voltiger. *Quand même, comment font les hommes pour vivre avec ça entre les jambes ?* se demanda-t-elle. Elle, elle appréciait ses plis secrets et la douceur des lèvres de son sexe roux.

Jazz avait planté son regard dans le sien, ne l'avait plus lâché et s'était avancé. L'atmosphère s'était soudain épaissie. Elle n'avait pas détourné les yeux, elle l'avait observé venir tandis qu'un sourire coquin se dessinait sur ses lèvres. Il avait l'air si sérieux. Il s'était arrêté à un petit mètre, bien campé sur le tapis persan. Yeux dans les yeux, les secondes avaient passé. Kassia et Jazz prenaient conscience des lignes de désir qui reliaient leurs ventres. Il y a une heure encore, elle avait oublié qu'elle avait un sexe, mais en cet instant, une boule chaude irradiait tout son être depuis son bas-ventre. Des filaments électriques brûlants rayonnaient dans ses cuisses, traversaient son ventre et grimpaient vers ses seins. Enfin, Kassia avait réussi à décrocher ses yeux de Jazz pour le scruter de la tête aux pieds. Elle se délectait d'être habillée face à lui, face à son corps d'homme exhibé.

Elle voyait la souplesse de ses cheveux bruns, les reflets dorés de son regard, ses pectoraux bien dessinés et son sexe lourd entre ses cuisses musclées. Elle se délectait de le voir ainsi, avec ses jambes légèrement écartées et les pieds bien ancrés au sol, stable, fort, indestructible. Ses yeux remontèrent sur les mollets, jusqu'à ses cuisses. Plus haut encore. Drôle de chose qu'un sexe d'homme. Agité de petits tressaillements, Kassia le voyait pulser, prêt à se déployer, tout prêt de l'envol.

« Ça fait quoi ?

— Ça fourmille, répondit Jazz d'une voix un peu trop sèche. Ça chatouille... mais sans chatouiller. Ça se contracte doucement, puis ça se relâche...

— Partout ? Jusqu'au bout ?

— Partout. Mais surtout dans les couilles. »

Jazz se retenait pour rester immobile, pour ne pas la plaquer sur le canapé, lui arracher sa robe et s'emparer de ses seins. Mais Kassia semblait fascinée de le voir ainsi et lui était fasciné et surpris de la fascination qu'il lisait dans ses yeux. Alors, il ne bougeait pas. On aurait cru voir deux statues envoûtées, immobiles, face à face, dans une éternité électrifiée. Tout le corps de Jazz commença à vibrer. Enfin, après un temps infini à se dévorer des yeux, Kassia se décida à agir. Elle tendit la main. Elle avait envie de se coller contre lui et de lui caresser la poitrine, de tourner autour de son nombril, d'aller plus bas, de le prendre dans sa paume, dans sa bouche, d'entourer son sexe de ses doigts et de ses lèvres et de le sentir grossir. Elle voulait savourer le pouvoir qu'elle avait sur lui. Le faire craquer. Briser son immobilité. Jazz paraissait hypnotisé par ses doigts fins qui s'avançaient. Ses pieds demeuraient cloués au tapis, mais il avait poussé son bassin vers l'avant, pour l'aider. Mais elle se retint, recula sa main.

« Plus tard. Je veux te scanner. Au fait, Jazz, ça fourmille chez moi aussi. Les vagues montent... »

Kassia avait finalement décollé ses pieds du sol et commencé une lente spirale autour de ce corps nu qui l'aimantait. Mais le scan dans sa main pointait vers le sol. Son regard scrutait la peau de Jazz. Élastique. Chaude. Elle réfrénait son envie de la toucher, de la caresser, de la pincer pour en mesurer la souplesse. Elle réfrénait son envie de se toucher, de se caresser, de passer un doigt sur ses lèvres secrètes. La marée montait en elle. Elle se savait chaude et moite. Pourtant, toujours, elle observait l'homme. Une fine cicatrice plus claire sous l'omoplate. Les muscles dessinés. Le creux du dos, puis le cul bombé. Elle leva le tube de métal, scanna sa poitrine, ses pectoraux, ses épaules larges et ses dorsaux. Elle effleura sa nuque de la pointe du scan et le chatouilla le long du bras jusqu'à sa main bronzée, jusqu'au bout de ses doigts qui se replièrent gentiment sous la caresse du cylindre froid. Elle passa alors au bas du dos et balaya le scan sur ses fesses. Elle revint face à lui, fit descendre l'extrémité du tube noir sur sa poitrine, sur son ventre, jusqu'à son nombril, atteignit les boucles brunes et frisées et contempla son sexe gonfler, croître et grandir pour se dresser devant elle :

« C'est drôle, quand même. Il est à l'horizontale, maintenant. Tu fais une belle équerre. Attends, ne bouge pas. »

Kassia se baissa, son décolleté laissant entrevoir ses seins en poire qui oscillaient. Jazz ne put résister, sa main plongea et se plaqua sur son sein gauche, lourd et gonflé d'excitation. Son mamelon rose si sensible se durcit au contact de ses doigts sur sa peau et elle frémit :

« Attends, Jazz... Un instant encore.

— Argh, mais tu veux ma mort ? Je vais te donner le numéro de mon cardiologue ! »

En riant, elle passa les mains sous sa robe, se tortilla et trémoussa des fesses pour encore mieux l'aguicher. Puis elle se redressa, sa robe vint se suspendre à sa poitrine tendue et lorsqu'il vit la culotte enroulée sur ses doigts, Jazz se mordit la lèvre pour ne pas lui sauter dessus.

« Voilà, on va l'accrocher là. »

Kassia suspendit la dentelle verte à son membre raide.

« Voyons, on va la mettre où ? Tout au fond dans tes poils frisés ou tout au bout en équilibre ? Non, je vais la mettre là, en plein milieu, badina-t-elle en faisant glisser la dentelle sur la peau fine de sa verge gonflée.

— Kassia, si tu veux encore jouer avec le scan », dépêche-toi, souffla Jazz d'une voix rauque.

Elle continua de tourner autour de lui, plus vite, scannant les pieds, le tibia et les mollets fermes. De l'autre côté, sa queue dressée soulevait haut la petite culotte et exhibait ses couilles. Dans son dos, elle s'amusa à glisser le tube du scan entre ses cuisses pour les soupeser. Elles se balancèrent. Jazz tressaillit. Kassia se frotta la poitrine. Le contact de sa robe sur ses seins agaçait, excitait ses tétons roses qui pointaient à travers le tissu léger.

« Il est beau. Je vais le scanner maintenant, susurra-t-elle en baladant ses doigts le long de son sexe pour enlever sa culotte qu'elle jeta sur le canapé. Mais pourquoi est-ce que le scan clignote ? »

Jazz se mit à rire :

« Il bogue. Il ne peut scanner que des objets parfaitement immobiles. Cela se balance un peu là, en bas, expliqua-t-il en montrant sa verge tendue qui semblait vouloir encore prendre de l'ampleur.

— Je ne peux plus attendre… Tant pis ! » souffla-t-elle.

Elle reposa le scan en hâte sur la table basse.

En deux pas vifs, il se rapprocha d'elle et d'un geste impérieux fit glisser ses bretelles de ses épaules. La robe verte tomba au sol en corolle, soulignant la beauté de son corps pâle. Jazz fixa ses poils roux orangé qui rayonnaient avant de bondir vers elle. Sa barre dure vint buter contre son nombril. Il plaqua ses mains sur ses seins et la repoussa sans ménagement vers le canapé. Ses jambes heurtèrent contre les coussins et Kassia bascula sur le dos. Jazz s'allongea sur elle :

« Je veux te baiser les yeux dans les yeux, lui murmura-t-il à l'oreille. Je veux voir ton plaisir monter, je veux voir tes yeux se voiler et ton corps se cambrer, je veux voir ta poitrine se gonfler et tes seins se tendre. T'as un putain de corps fait pour baiser, Kassia ! Plus tu jouis, plus je prends mon pied. »

Jazz écrasa sa bouche contre ses lèvres et se redressa, haletant.

Kassia détailla son corps musculeux et sa puissante queue dressée, le fixa des yeux et écarta lentement les cuisses, provocante.

Il s'empara de son dard, le fit vagabonder sur les grandes lèvres empourprées de désir et ses yeux troublés scrutèrent la fente tiède, juteuse et parfumée qui ouvrait ses pétales. Kassia ferma les yeux et se concentra sur son désir. Elle se savait profonde, elle voulait le sentir pénétrer en elle et l'envahir, elle voulait l'engloutir et se combler, faire exploser son désir et assécher la marée, elle voulait s'élargir pour l'accueillir avant de se resserrer sur lui et de le presser sur toute sa longueur et l'encaisser, calé bien au fond, et l'y maintenir pour capturer sa pulsation, sa vibration. Mais Jazz, à son tour, jouait avec elle, prenait sa revanche et la faisait languir. Son bout violacé glissait à l'orée de son sexe béant, s'insinuait et l'abandonnait. Il naviguait le long de sa fente mouillée, accueillante et rose, puis elle le vit descendre bas, trop bas, entre ses fesses, jusqu'à sa plus petite porte, son entrée secrète qu'elle ouvrirait pour lui. Il s'immobilisa. Elle retint son souffle. Puis le mouvement repris, il remonta, parcourut sa chatte avide, rousse et brillante de son plaisir, pulsante, poursuivit plus haut encore jusqu'à caresser et rendre fou son petit bouton raidi de désir. Kassia sentit une onde la traverser, elle devint liquide, une fontaine sur le point de jaillir, une vague, un flot. Elle poussa un râle et se cambra, ses seins tendus se soulevèrent, les mains de Jazz les enveloppèrent, coinçant ses tétons roses, pressant doucement les bouts excités. Ses yeux se voilèrent. Alors Jazz plaça sa queue devant son entrée, à sa porte, prêt à la harponner d'un long coup de reins...

«Viens! Maintenant!» supplia Kassia. Elle planta ses ongles dans ses fesses et...

Dziiiinnng... dziiinng... La sonnette aigrelette retentit dans le petit appartement. Kassia écarquilla les yeux de détresse.

«Noooooon!» feula Jazz.

Chapitre 13

Dans son cerveau entraîné, la petite mécanique implacable s'était enclenchée. *L'appartement est vide, aucun habitant n'est déclaré, c'est une planque. Qui sonne ? Personne ne sait que nous sommes là.*

« Attends ! » grimaça Jazz en se relevant à contrecœur.

Il fonça vers la télécommande, coupa la musique en ignorant la porte et son œilleton traître qui n'aurait servi qu'à confirmer sa présence aux intrus en s'assombrissant. Il courut nu jusqu'au buffet et alluma le petit écran du moniteur de contrôle. Sur l'écran de surveillance, le visage de Tonio Cortisone s'affichait en gros plan. Jazz bascula sur la caméra n° 2. Elle montrait la rue, le bas de l'immeuble et deux hommes en pardessus.

« *Shit, shit, shit* », murmura Jazz.

Il revint vers le canapé et se pencha sur Kassia qui levait vers lui de grands yeux interrogateurs. Elle attrapa son sexe et commença à faire coulisser sa main autour de son membre qui retrouva immédiatement de sa vigueur. Jazz l'embrassa goulûment puis détacha ses lèvres.

« Les Cortisone, annonça-t-il à voix basse en plaquant sa main contre la bouche de la jeune femme pour étouffer son cri affolé. Derrière la porte et à l'entrée de l'immeuble. »

Il libéra son sexe des doigts crispés de Kassia.

« Vite, file t'habiller, nous devons fuir par les toits. Mets une tenue de sport. Prends le petit sac, le pistolet, le couteau et des affaires de rechange. »

Kassia courut vers la chambre.

« Kassia ! l'interpella Jazz avant de saisir ses fesses pour la coller contre lui et l'embrassa de nouveau. Ce n'est que partie remise. Faut qu'on file, pas de souci, ne t'en fais pas. Je connais un moyen. Allez, transforme-toi en espionne ! Je me prépare et on se sauve. Les toits de Gênes nous attendent, tu vas voir comme c'est beau ! »

Sur le palier, Tonio Cortisone tambourinait sur la porte d'entrée. La porte blindée résonnait sous ses coups et il se mit à crier :

« C'est l'assurance de l'immeuble ! Vous ne pouvez pas rester ici si vous ne payez pas l'assurance habitation ! »

Quelques instants plus tard, Kassia jaillissait de la chambre en sweat-shirt et en legging de sport. Jazz saisit son sac et lança :

« Parfait ! On nous prendra tous les deux pour un couple de sportifs. Allez, viens, il faut qu'on dégage d'ici. »

Escaladant le lavabo, Kassia le suivit à travers la fenêtre de la salle de bains. Elle le talonna, s'accrochant aux barreaux rouillés des échelons qui grimpaient le long d'une cheminée de briques.

« Jazz, nous sommes bientôt en haut ? Parce que je crois que je ne suis pas faite pour jouer la mère Noël. J'ai la nuque toute crispée à force de regarder tes fesses !

— Kassia, chut. Tu parles trop fort. Attends, nous y sommes presque. Et le père Noël aurait bien aimé lutiner la mère Noël au lieu de crapahuter dans la nuit. Tiens, voilà, on arrive. »

Jazz et elle débouchèrent sur une petite plateforme de ciment clair au milieu du ciel.

« C'est bon, on peut souffler maintenant. Tout va bien ? Regarde, la vue est magnifique. »

Kassia prit une grande inspiration et sentit ses épaules se relâcher :

« Toutes ces lumières, j'adore.

— Tu as une idée de comment ils ont pu nous trouver ?

— Eh bien...

— Tu n'es pas sortie, au moins ?

— Je suis descendue avec ton peignoir chercher un magazine par terre dans la rue. Mais j'ai mis moins d'une minute.

— Kassia ! »

Jazz posa doucement sa main sur son épaule. Un éclair traversa ses yeux noirs qui se plantèrent dans ceux de la jeune femme.

« Je sais que tu n'as rien demandé, mais que tu le veuilles ou non, tu es entrée dans la cour des grands. Toi et moi, nous nous en sommes plutôt bien tirés jusqu'à maintenant, il faut que nous tenions encore un peu et pour ça j'ai besoin que tu m'écoutes. Je ne sais pas si ton passage dans la rue explique que nous ayons été repérés, et de toute façon, ça n'a plus d'importance, mais sortir était une erreur. Ne sous-estime pas les Cortisone. C'est une famille de brutes pas très malignes, mais c'est une famille qui dure et ça signifie deux choses : ce sont des tueurs qui font peur et ils ont un bon réseau d'informateurs. Tu es prête, on repart ? »

La nuit recouvrait Gênes, une ville indécise et brouillonne que Jazz appréciait de plus en plus au fil de ses visites. Port marchand et escale touristique des croisiéristes, palais du Cinquecento et ascenseur de verre de Renzo Piano, tout s'y mêlait : les vacanciers venaient s'encanailler dans les rades avec les marins au long cours et se perdre dans le filet des venelles entrelacées où des étudiants en architecture jouaient les pizzaïolos pour payer leurs études. Comme tous les soirs, le port s'embrasait et les paquebots de croisière au mouillage s'allumaient comme des lampions. Les grues du chantier naval se découpaient sur la mer en des entailles plus sombres. Derrière eux, les hauteurs de la ville se fondaient dans l'obscurité.

Prise entre collines et mer, Gênes n'avait pas su choisir : les toits de la ville étaient un assemblage hétéroclite de plans inclinés, obliques et montagnards, et de plateformes terrasses méditerranéennes, tout à la fois espaces de stockage, buanderies et lieux de romance. Partout, les toits d'ardoises blanches et les façades un peu décrépites des immeubles de la vieille ville disparaissaient dans l'incognito de la nuit.

Malgré leur étroitesse, les ruelles du cœur historique ne se rejoignaient jamais dans les étages, politesse des cimes, et Jazz et Kassia avaient déjà dû par deux fois sauter d'un toit à l'autre. Juste un petit mètre bien crispant qu'elle avait franchi le cœur battant. Kassia nota qu'ils marchaient dans le ciel et que, sur ces crêtes, il n'était pas bien raisonnable de jouer à la marelle. Ils s'agrippaient aux briques ou aux ailes des anges, car même en ces hauteurs, les artisans qui avaient bâti la ville au seizième siècle avaient laissé des traces : leurs initiales, un blason, une rosace ou un ange protecteur.

Ils progressaient l'un après l'autre dans les gouttières d'étain comme au bord d'un ravin, inclinés vers le faîtage, appuyant leurs mains sur les ardoises en pente. Ils s'étaient attachés l'un à l'autre avec une petite corde d'escalade. Jazz avait insisté, mais elle n'en voyait pas l'utilité. Si l'un d'entre eux tombait, il ne ferait qu'entraîner l'autre dans sa chute. Alors elle avançait, concentrée sur sa tâche : ne pas trébucher, assurer ses pas, ne pas crier et suivre Jazz. Le bel espion était sa planche de salut. Quand elle repensait à tout ce qui s'était passé depuis leur rencontre... Qui aurait pu croire que le vieil Ours-à-Miel se métamorphoserait en super SOCISS ? Elle cessa d'observer ses pieds pour profiter un peu de la vue... et traversa un velux. La cordelette lui cisailla la taille et lui coupa le souffle. Sur le toit, Jazz se plaqua de tout son poids sur les tuiles, pieds bloqués dans la gouttière. Quand elle reprit ses esprits, elle se trouva suspendue au plafond d'une chambre d'enfant dans un appartement et deux petits garçons immobiles la fixaient, yeux écarquillés et bouches prêtes à gober les mouches. Sur le sol gisait un tapis d'éclats de verre.

« *Scusi, scusi*, euh... Je suis une fée, j'étais partie chercher des câlins de nuages et j'ai dérapé sur un courant d'air. Je reviens un peu plus tard avec les nuages pour les câlins, mais *chut*, hein ? C'est un secret entre vous et moi, d'accord ? Et faites bien attention au verre...

— Kassia, ce n'est pas le moment de discuter ! haleta Jazz, cramponné aux tuiles. Essaye de remonter, je te tracte. »

Elle tendit les bras, réussit à se hisser par l'ouverture en pédalant dans le vide et reprit pied dans la rigole d'étain.

Jazz vit la tension diminuer autour de sa taille, retrouva son souffle et demanda :

« Tu vas bien ? C'était vraiment, vraiment juste cette fois.

— Oui, ça va. Finalement la corde, tu avais raison, ça sert.

— Alors, comme ça, tu es une fée ? lâcha Jazz en rigolant. Tu es ma fée à moi, mais je ne pense pas qu'ils t'aient crue.

— Les enfants veulent toujours croire à la magie. Tu aurais dû voir leurs yeux s'écarquiller...

— Peut-être. J'espère qu'ils diront qu'une fée est passée par le toit. Le temps que les parents démêlent l'histoire, nous serons loin. Et je prends un ticket pour un câlin de nuages ! »

Ils continuèrent à se faufiler sur les toits, gagnant un bloc après l'autre, en équilibre sur les faîtes, s'accrochant aux gouttières et aux échelles de ramoneurs.

« Nous ne sommes plus très loin maintenant », chuchota Jazz alors qu'ils se reposaient dissimulés derrière une grande citerne d'inox placée sur une petite terrasse au quatrième étage d'un immeuble d'habitation. Par une porte-fenêtre entrebâillée, la voix du présentateur des informations du soir murmurait :

« *Après la politique, notre reportage quotidien. Ce soir, rencontre avec les créateurs milanais Leonardo et Michelangelo, les trublions des plaisirs qui révolutionnent les tendances avec leurs sextoys ethniques et leurs godemichés en bois :*

— Léonardo, bonsoir. Alors, d'où vous est venue cette idée géniale de virer vers le sexe ethnique et le bois ? C'est un pari osé...

— Eh bien, dans mes années de jeunesse, j'ai eu la chance de faire un voyage dans l'Ouest américain et de rencontrer des Navajos. Ils m'ont initié à leurs plaisirs, à leurs jeux et à leur culture. Le sexe est beaucoup plus naturel chez eux que chez nous. Depuis ce temps, l'idée de jouets intimes en bois, des quasi-œuvres d'art, me trotte dans la tête. J'ai attendu que le monde soit prêt

pour cette révolution et, il y a quelques semaines de ça, il m'a semblé que le temps était venu. Les gens ont envie de produits naturels et de commerce équitable.

— Cette semaine, vous avez vécu une nuit de cristal. Toutes les vitrines de vos boutiques à Milan ont été brisées. Est-ce que l'enquête avance ? Pouvez-vous nous en dire plus sur cette affaire ?

— Hélas, non. Tout ce que je peux dire, c'est que la police a une piste, j'ai bon espoir que les coupables seront retrouvés prochainement. Vous savez, la réussite, le talent, le génie font des jaloux. »

Kassia jeta un œil désespéré vers Jazz, le teint blême. Elle enfouit sa tête dans son épaule et mordit sa polaire pour ne pas crier. Jazz la pressa contre lui :

« Ils vont payer pour ça aussi, tu sais. Plus haute la gloire, plus fortes la chute et la honte. Ils n'oseront plus sortir de chez eux, crois-moi. Tu es prête pour la suite ? Il faut que nous descendions sur le toit du Palazzo Rosso. Tu connais ? C'est un musée. T'imagines un peu ? Comme si on arrivait au Louvre ou au British Museum en passant par le toit ! s'enthousiasma Jazz, tout excité. Nous allons faire un peu de rappel. Tu te souviens de la technique ? La corde en diagonale dans ton dos, elle passe sous ta cuisse, ressort entre tes jambes et là tu la coinces avec ta main, tu la laisses filer entre tes doigts. Voilà, je viens d'arrimer la corde à la balustrade. J'y vais en premier, je t'attends en bas et je t'assure. »

Jazz disparut dans la nuit. Kassia, seule sur la terrasse, soufflait doucement comme pour accoucher, pinçant les lèvres sans bloquer sa respiration. La colère refluait et le stress montait. Une descente en rappel... en pleine nuit ! Elle l'avait déjà fait depuis un grand chêne quand Jazz l'avait emmenée en forêt, mais ce soir, ce n'était pas un examen, c'était la vraie vie. *Tu peux le faire*, pensa-t-elle, et elle se répéta son leitmotiv : « *Kassia, t'es une battante !* » Un peu d'automotivation ne faisait jamais de mal.

Elle passa par-dessus la rambarde et s'assit, les jambes pendantes face au vide, agrippée aux barreaux. Elle regarda entre ses pieds. Dix mètres plus bas, Jazz faisait de grands moulinets des bras. Elle se cambra pour que ses fesses glissent dans le vide, la corde lui cisailla la cuisse et elle se retrouva à faire le balancier juste sous la terrasse. Elle attendit que le mouvement pendulaire cesse et laissa la corde lui filer entre les doigts, se brûlant la main. Après dix secondes de descente qui lui semblèrent une éternité, elle atterrit dans les bras de Jazz.

« Tu es une femme exceptionnelle, tu le sais, Kassia ? murmura-t-il en décrochant la corde.

— Ta femme exceptionnelle, elle a la main arrachée par la corde et la cuisse en feu, tu sais !

— J'ai ce qu'il faut dans mon sac, je vais pouvoir m'en occuper bientôt. Suis-moi. Je pense que ça devrait te plaire. »

Sur le toit du Palazzo Rosso s'ouvraient les petits rectangles des fenêtres d'anciennes chambres de bonne reconverties en réserves du musée. Jazz marchait précautionneusement sur les tuiles grises. Il s'arrêta à l'arrière du bâtiment, sortit une pince de son sac et força les carreaux.

« Viens ! Et à partir de maintenant, silence total. »

Ils pénétrèrent tous les deux dans le palais. Kassia tendait l'oreille, vigilante, se souvenant de la leçon en forêt. Ils avançaient dans un étroit couloir à l'étage supérieur. Jazz stoppa devant une armoire électrique et brisa d'un geste sûr la serrure du fin panneau de métal gris. Le responsable du musée avait fait du bon travail : les disjoncteurs étaient tous étiquetés. Jazz passa sur *Lumières 1er étage*, *Accueil*, *Grande galerie* et trouva ce qu'il cherchait, l'étiquette *Caméras*. Il abaissa le coupe-circuit. Les caméras n'étaient que de simples enregistreurs, le musée n'étant pas gardé la nuit. Lorsqu'il l'avait découvert, sans hésitation, il avait choisi cet itinéraire de fuite via les toits. Il referma soigneusement l'armoire, prit Kassia par la main et rejoignit les larges dalles du deuxième étage, occupé jadis par l'aîné des deux frères Brignole-Sale, un étage noble dont les immenses fenêtres laissaient passer les lueurs de la rue. Jazz descendit l'escalier qui menait vers l'atrium et stoppa au niveau de la mezzanine. Il entraîna Kassia vers une petite pièce couverte de grandes étagères à dessin. Autour de l'îlot central où s'étalait une vieille carte des Indes orientales, de petits canapés et des fauteuils de cuir capitonnés permettaient aux visiteurs de s'imprégner de l'atmosphère des lieux.

« Où est-ce qu'on est ? chuchota Kassia.

— Dans la collection cartographique. Nous allons dormir ici cette nuit. Ce n'est pas extraordinaire ? Nous allons dormir au milieu des cartes qui ont fait rêver Christophe Colomb. Tu sais qu'il était Génois et qu'il a probablement marché sur cette mezzanine ? »

Kassia, distraite, l'écoutait à peine. Elle s'inquiétait :

« Et comment allons-nous sortir d'ici demain ?

— Pour le moment, aucune idée précise. Nous devrons nous glisser parmi les visiteurs du musée, je pense... Nous improviserons. Allez, viens dormir sur le canapé, le sommeil est une force et la nuit porte conseil. »

Kassia fut prise d'un frisson et expira longuement. Ses émotions à fleur de peau, la décompression et le stress accumulé tendaient sa nuque et son dos. Chez elle, elle se serait caressée pour relâcher la pression, mais ici, elle avait Jazz. Elle admira ses épaules larges et ses fesses moulées dans sa tenue de sport. Cet espion était beau et lui faisait tourner le sang.

« Nous n'aurions pas quelque chose à finir d'abord ? »

Kassia leva les bras pour retirer son sweat-shirt, puis son petit haut et fit glisser son legging au sol.

« Il ne nous manque que le *prosecco* », ajouta-t-elle en dégrafant son soutien-gorge.

Elle s'avança vers Jazz, plongea sa main dans son boxer et enroula ses doigts autour de son sexe. Devant son regard surpris, elle haussa les épaules :

« Laisse-toi faire ! Ce doit être l'émotion d'avoir couru sur les toits et traversé une vitre. Tu n'as pas l'air de dire non, de toute façon », ordonna-t-elle en sentant son membre gonfler dans sa main.

Kassia tomba à genoux et fit coulisser sa bouche sur la verge de son amant. Quand sa langue perçut que sa queue était dure à point, elle se releva, se dirigea vers le canapé en tortillant du cul dans sa culotte de coton et lâcha :

« S'il te plaît, baise-moi, Jazz chéri. Cette petite mise en bouche m'a ouvert l'appétit. Dépêche-toi ou je hurle. »

Cette fille est absolument parfaite, remarqua Jazz, étonné en la voyant prendre appui sur le dossier pour se cambrer.

Chapitre 14

Le lendemain, debout dans la pénombre devant la carte, à l'instant où le soleil pointait à travers la lucarne, Kassia s'exclama :

« Jazz, je sais comment sortir d'ici. Je vais appeler les Mammas ! Je suis sûre qu'elles sont arrivées.

— Les Mammas ?

— Oui, tu sais, mes couturières, mon équipe de choc qui a brisé toutes les vitrines.

— Ce sont de vieilles dames... et nous jouons un jeu dangereux, tu le sais, quand même ? Tu n'exagérerais pas un peu ?

— Elles s'ennuient, Jazz. Elles ne se sont jamais senties aussi vivantes que cette fameuse nuit où elles ont tout cassé. Je vais les appeler, elles vont faire le spectacle et concentrer les regards sur elles. Tu verras, ce sont de grandes actrices, elles ont passé leur vie à jouer les femmes au foyer et elles ont toutes su garder un jardin secret. Avec elles, nous pourrons nous esquiver discrètement. Personne ne fera attention à nous. Anna, Claudia, Gina, Isabella, Monica, Ornella, Sofia et Silvana seront nos mousquetaires. Nous aussi, nous avons notre armée ! »

Kassia saisit son téléphone et appela Gina :

« Tata Mortadelle, c'est Kassia...

— Ô Maria piena di grazia ! Mamma mia, ma Kassia ! Mais tu es vivante ! Tu es où ? Tu vas bien ? Que s'est-il passé ? Tu sais que nous nous sommes réunies avec les filles ? Nous sommes toutes à Gênes maintenant, chez Anna. Elle a un appartement... immense ! On avait décidé de monter une expédition contre les Cortisone pour venger ta mort. Pas question de te laisser kidnapper et disparaître sans rien faire. Nous voulons faire une embuscade et réduire en purée ce Tonio Cortisone. Anna a la louche en fonte de sa grand-mère, Claudia le tisonnier de sa cheminée, moi j'ai mes aiguilles à tricoter,

Monica son rouleau à pâtisserie. Tu sais, les gros en bois qu'on ne trouve plus...
ils étaient bien pourtant. Ornella, elle a la canne de Marcello, et Sofia un grand
couteau, et Silvana...

— Gina, Gina, je suis vivante ! Je vais bien ! Je suis avec Jazz, il m'a sauvé.

— *Jazz ? C'est qui ce Jazz ? Et c'est quoi, ce nom ? Il n'est pas du pays, lui, tu joues dans l'exotique, ma petite ! Kassia... Tu me caches des choses ! Nous, nous faisons la révolution et toi tu fais ta colombe ? Dis-moi, il est bien fait, le ragazzo ?*

— Pas trop mal, répondit Kassia en lorgnant vers Jazz qui surveillait discrètement la rue derrière une tenture. Écoute, Gina, je te raconterai, tu sauras tout. Promis. Mais là je t'appelle parce que j'ai besoin de toi et de la troupe. Tu crois que tu pourrais réunir les filles et faire un petit scandale à l'entrée du Palazzo Rosso, pour l'ouverture des visites à 10 heures ?

— *Un petit scandale ? Ouh, ça a l'air amusant ! Bien sûr, je vais te mitonner quelque chose avec les filles, mais tu es où ?*

— Dans le *palazzo*, justement. J'y ai passé la nuit avec Jazz.

— *Oh oh, eh bien dis donc, comme c'est romantique tout ça ! Je t'ai raconté la nuit que j'ai passée dans...*

— Tata ! Là ce dont nous avons besoin c'est de quitter le musée sans nous faire voir. Alors, sortez le grand jeu, faites-vous plaisir et nous, nous filerons pendant ce temps-là, ni vu ni connu. Tu comprends ?

— *Mais oui,* ragazza *! Fais-nous confiance, tu ne seras pas déçue. »*

Dans la pénombre du petit matin, le cabinet cartographique prenait l'allure d'une chambre secrète. Kassia détaillait les cartes sépia de la Méditerranée des dix-septième et dix-huitième siècles en attendant l'ouverture du musée. À la fois précises et inexactes, elles ressemblaient à des cartes au trésor et reflétaient l'état de la science et des connaissances d'une époque. Longtemps, décrire un monde en trois dimensions sur un plan à deux dimensions avait été un obstacle insurmontable. Sur certaines, des géographes inconnus avaient même indiqué les sirènes d'Ulysse et Charybde et Scylla.

« Maintenant avec les vues satellites, tout est plus simple », murmura Kassia pour elle-même.

De son côté, Jazz regardait les vieilles cartes de Gênes. Les venelles y serpentaient du port aux belvédères des collines en zigzaguant entre les larges blocs rectangulaires des palais, identifiés par leurs blasons. Encore plus qu'aujourd'hui, les passages étroits au dix-huitième siècle formaient de vrais coupe-gorges, un véritable labyrinthe où avaient dû s'égarer les marins ivres. Sur le port, l'ancienne capitainerie était devenue un hôtel particulier.

Il ne lui avait pas fallu longtemps, à son arrivée à Gênes, pour découvrir que le bâtiment était notoirement connu pour être le fief de Don Cortisone, le parrain et mafioso en chef de toute l'Italie du Nord. Jazz, affecté à la cellule de lutte contre le crime organisé, suivait tout ce que les Cortisone faisaient depuis deux ans. Au fil du temps, il avait mis à jour rackets, trafics de drogues et de tabac, extorsion et proxénétisme. Don Cortisone était bien plus qu'un puissant malfrat, il dirigeait une organisation criminelle avec des ramifications internationales.

Pénétrer dans la capitainerie ne serait pas une mince affaire, songea Jazz. Les murs d'enceinte en pierre, destinés à l'origine à protéger les parties habitables du vent marin et des embruns, en faisaient une véritable forteresse. D'un côté la mer qui s'écrasait sur les fondations, de l'autre un profond fossé qui entravait l'accès. Ce dernier donnait sur la ville et s'emplissait comme une douve lors des tempêtes.

Un tracé sur le plan intriguait Jazz : deux lignes parallèles, à demi effacées et en pointillé, traversaient la capitainerie de part en part, débouchant en pleine mer à gauche côté et aboutissant à un vieux colombier distant de deux cents mètres sur la droite.

« Kassia, tu peux venir voir ? Qu'est-ce que tu penses de ces lignes ? Tu crois que c'est quoi, selon toi ?

— Ce ne serait pas un tunnel ? Qui mènerait à ce bâtiment qui est...

— ... la capitainerie. Ou du moins, qui l'était. Maintenant, c'est le manoir de Don Cortisone.

— Le manoir de Cortisone ? Tu veux y aller ? Par le tunnel ? Mais c'est de la folie, Jazz ! Tu vas te jeter dans la gueule du loup.

— Écoute, il faut bien faire sortir le loup du bois pour le capturer...

— C'est plutôt nous qui devrions sortir d'ici avant de nous faire capturer ! J'entends du bruit, j'ai l'impression que le musée se réveille. Nous devrions aller nous cacher. Les Mammas ne devraient plus être longues. »

À deux rues de là retentissait un concert de klaxons furieux. Les conducteurs italiens faisaient honneur à leur réputation et s'énervaient vite. Il faut dire que cette fois-ci, leur colère pouvait se justifier : un surprenant cortège bloquait la rue. Trois petites vieilles en jupe de toile et corsages fleuris en poussaient trois autres dans des fauteuils roulants, et une autre encore, menant la procession, clopinait en tête en portant un panneau *Une vie à l'ombre, la retraite au soleil*. Les passants, intrigués, observaient sans comprendre cette étrange manifestation. Beaucoup souriaient en espérant que les têtes des vieilles soient moins brouillées que leurs messages énigmatiques. Des banderoles sur les fauteuils ajoutaient : *Après les fourneaux, le Museo* et *Qui s'y frotte s'y pique* et *Pasta pour tous, culture pour toutes !* Dans les fauteuils, toutes guillerettes, Ornella, Sofia et Silvana saluaient la foule qui grossissait, bénissant *urbi et orbi* les spectateurs.

Quand des familles à poussette, des désœuvrés et des anarchos gauchistes se greffèrent au cortège en scandant « Solidarité avec les vieilles », Gina se sentit un peu dépassée. Elle avait vu grand, mais pas aussi grand que ça. Enfin, il n'y avait plus rien à faire pour empêcher la foule de rejoindre leur petit défilé, dix heures venaient de sonner au clocher de la cathédrale et, à une centaine de mètres de là, le Palazzo

Rosso ouvrait ses portes aux premiers visiteurs, un couple de Japonais et une famille d'Allemands.

Derrière les vitres à l'intérieur du musée, Kassia et Jazz surveillaient la placette à l'entrée donnant sur la rue. Ils ne savaient pas comment interpréter le son diffus des klaxons et l'agitation inhabituelle. Quand on est traqué, un rien inquiète. Alors, lorsque Kassia vit Gina et son équipage entrer dans la cour, elle étouffa un rire de soulagement :

« Je t'avais bien dit qu'elles viendraient ! Elles ont un talent pour semer la pagaille. Exceptionnel, je te dis ! Regarde un peu le monde qu'elles ont ramené ! »

Plus bas, devant la caisse au pied de l'escalier monumental menant au portique d'entrée du palais, Gina expliquait :

« *Buon giorno, signor*, nous venons visiter. Il nous faudrait sept billets. Vous proposez des réductions pour les seniors, je suppose ? demanda-t-elle en fouillant dans son sac à main.

— C'est que... Le musée n'est pas équipé d'ascenseurs, balbutia l'employé dont le regard passait du grand escalier d'entrée aux trois petites vieilles en fauteuil roulant. Dans le palais, vous devrez emprunter des escaliers aussi...

— J'veux pas le savoir ! Vous comptez faire quoi ? Ce musée est un lieu public ou pas ? Vous avez quelque chose contre les vieux ?

— Mais non, mais non, j'adore les vieux...

— Alors, comme ça, vous adorez les vieilles ? Mais vous êtes tordu, mon ami, lui lança Gina avec un clin d'œil salace.

— C'est que je ne peux rien faire ! s'étrangla le guichetier en s'épongeant le front. Vous connaissez la date de construction du Palazzo Rosso ? Il n'y avait pas d'ascenseur au dix-septième siècle, mamie, voyons !

— Mamie ? Vous m'avez appelée mamie ? C'est quoi cette familiarité ? Nous sommes des citoyennes ! Et nous payons des impôts, non ? Ce n'est pas pour construire des ascenseurs ? Nous avons droit, nous exigeons des ascenseurs ! »

Elles sont folles, elles sont folles... pensa l'homme. Dans la cour du palais, une foule de plus en plus dense rigolait sous cape. Le rassemblement attirait les curieux de passage qui, espérant une visite gratuite et la journée portes ouvertes, venaient grossir le groupe des spectateurs.

« Le Palazzo Rosso n'est pas accessible aux personnes à mobilité réduite. Adressez-vous au maire pour vous plaindre, déclara l'homme.

— À mobilité réduite ? Et ma canne, elle est à mobilité réduite, ma canne ? cria Ornella en faisant tournoyer la canne de son défunt mari Marcello d'un geste menaçant.

— Nous sommes ici par la volonté du Pape et nous ne sortirons que par la force des balayettes ! cria Silvana.

— La volonté du peuple et la force des baïonnettes plutôt, lui souffla Claudia.

— Hein ? C'est pareil, chipote pas ! Tu vois, il comprend !

— Regardez, regardez la cour ! cria Monica. Ils sont venus, ils sont tous là, dès qu'ils ont entendu nos cris, elles vont mourir, les Mammaaaas...

— C'est sûr, *veni, vidi*, et si pas *vici*, alors nous allons mourir ici ! renchérit Sofia. Tiens, j'y pense d'ailleurs, *morituri te salutant*, tu t'en souviens aussi de celle-là, jeune homme ? Tu veux avoir nos morts sur la conscience ? »

Un routard australien, qui arrivait de Rome en short et en tongs et qui, la veille, avait visité le Colisée guidé par un sans-papiers sénégalais, se mit à rire en entendant le *morituri te salutant*. Il avait bien retenu la leçon : il leva son bras sans hésiter, dressant le pouce en l'air.

« Grâce, grâce, cria-t-il en encourageant la foule autour de lui. Implorez leur grâce ! »

À cet instant, Anna se mit à entonner un air qui passait sur toutes les radios. D'une voix chevrotante d'excitation, elle commença à chanter :

Feel the magic in the air
Allez, allez, allez
Levez les pouces en l'air
Allez, allez, allez...

La foule oscilla comme un champ de tournesols sous le vent. Un bras bleu en émergea, se dressant au-dessus des visages étonnés. Du poing fermé un pouce se détacha, pointant vers le ciel. L'homme au pardessus bleu tourna la tête, observant ses voisins. La femme au sac à main jaune lui sourit et leva lentement son bras. Puis une jeune fille les imita à son tour, et la femme à la poussette, et encore un autre. Les pouces se levaient, un par un pour, les Mammas.

Jazz observait la scène en rigolant depuis la fenêtre de la salle des cartes :

« Ce sont des catalyseurs de folie, tes copines ! s'exclama-t-il en prenant la main de Kassia. Tout simplement la meilleure diversion que j'ai vue de ma vie. Viens, on file, c'est le bon moment. »

Ils dévalèrent l'escalier de marbre vers l'atrium désert. Les gardiens avaient abandonné leur poste et rejoint le guichet dans la cour au pied des marches. Les deux fugitifs se fondirent dans la foule agglutinée à la porte du Palazzo Rosso et se faufilèrent à travers une forêt de pouces levés. Jazz se coulait entre les corps, déplaça une poussette, heurta la cigarette roulée d'un homme comme il se retournait sur Kassia. Le type en colère cria : « eh ! Tu devrais en prendre une aussi, ça détend ! » Jazz ne frémit même pas.

Ils partirent tranquillement à petites foulées vers le belvédère Castelleto, comme deux sportifs du dimanche. Avec sa chanson, Anna avait retourné la foule qui entonnait maintenant avec elle :

Feel the magic in the air

Allez, allez, allez
Levez les pouces en l'air
Allez, allez, allez
Comme d'habitude on est calé
Comme toujours ça va aller...
On sème l'ambiance à gogo
Tous ensemble on fait le show...[11]

Le guichetier dans sa guérite n'entendait plus rien. Pendu au téléphone, il essayait en vain d'alerter les carabiniers. Il ignorait que la ligne venait juste d'être sectionnée par un vieux syndicaliste un tantinet rebelle. Ce dernier l'avait toujours répété aux camarades ouvriers : avoir une tenaille sur soi est un impératif civique ! Les gardiens, eux, savouraient leur journée. Ces vieilles folles brisaient la routine ! Ils avaient ouvert en grand les portes du Palazzo et déroulé sur les marches le tapis rouge des grandes occasions. Puis, redescendus en courant, ils avaient soulevé le fauteuil de Silvana et l'avaient portée jusque dans le vestibule. Ils avaient recommencé avec Sofia et Ornella. Anna, Claudia, Gina et Monica s'étaient alignées comme si elles se produisaient à la Mostra, avaient salué les spectateurs, envoyant des baisers à la foule. Enfin, clopin-clopant, elles avaient monté les marches et rejoint les copines dans le Palazzo.

---

[11] Extrait de *Magic in the Air*, « Magic System », 2014.

Chapitre 15

Melody rencontra, au matin, son contact à l'entrée de la zone portuaire : un petit Japonais obséquieux, raide et aux cheveux courts noir de jais. La jeune femme lui trouva l'air mutique et un peu coincé. Elle faisait parfois cet effet-là aux hommes. Celui-là, elle le dominait d'une bonne tête, c'était peut-être ça son problème. Il l'avait néanmoins conduite de l'autre côté du port, dix longues minutes de voiture au travers des docks labyrinthiques et encombrés. Puis il la laissa devant le porte-conteneurs.

« Miss Fortouna Darwin ? Good travel trip ! » lui souhaita-t-il avec une courbette et un accent à couper au katana avant de repartir aussitôt sans pouvoir cacher son soulagement.

Melody adorait son nom d'emprunt sur son faux passeport, maintenant usé par les missions et les années passées. À l'époque, elle y avait longuement réfléchi. Le nom de Darwin avait surgi comme une mauvaise herbe, impossible de s'en débarrasser. Un choix évident. Quoi de plus approprié pour un agent de renseignements que le nom du théoricien de la survie par l'évolution et l'adaptation ? Pour le prénom, cela avait été plus compliqué. Melody avait voulu quelque chose d'exotique avec du sens et pas trop loufoque non plus. Finalement, elle avait opté pour Fortuna, la déesse de la chance. La chance, elle en aurait toujours besoin. Son identité choisie, le service reprographie du SOCISS lui avait fabriqué un joli passeport qui, depuis, avait gagné quelques estafilades.

Elle observa le mur d'acier vert sombre du cargo et se décida à grimper la passerelle. Arrivée en haut, sur le pont, elle frémit : l'officier japonais qui l'accueillit arborait des tatouages aux poignets et à la base du cou. Un des types qui avaient transbordé le cannabis ?

Elle le scruta attentivement. Il ne céda pas à son regard et la fixa en retour sans ciller, puis, après un silence, la conduisit vers le pont supérieur rencontrer le second, un grand blond à la mâchoire carrée et aux cheveux coupés ras du crâne. Melody lui tendit son passeport.

« Bienvenue à bord, mademoiselle Darwin. Suivez-moi jusqu'à votre cabine », la salua l'homme avec un fort accent russe.

Ils traversèrent les corridors étroits, se perdirent dans un labyrinthe de coursives et montèrent encore d'un étage en faisant sonner les marches d'un petit escalier de métal. Le second poussa une épaisse porte, couleur sable, et s'écarta.

« Ce n'est pas une cabine, ça, c'est un palace ! s'exclama Melody.

— Content qu'elle vous plaise, mademoiselle. »

La chambre était immense, de la taille d'une suite dans les meilleurs hôtels de Glasgow. Un grand lit à deux places occupait tout un angle de la pièce. Le long du mur, une table de nuit, un coin télé et un fauteuil, plus un bureau accolé à une porte qui donnait sur une minuscule salle de bains moderne et fonctionnelle. Rien n'y manquait et tout brillait.

« Petit déjeuner à 7 h 30, déjeuner à 12 h 30, dîner à 17 h 30, l'informa le Russe. Je vous laisse vous installer maintenant. »

La routine se mit en place très vite. Melody avait décidé de faire une cure de sommeil et dormait comme un loir. Conséquence : une fois sur deux, elle ratait le petit déjeuner. Le midi, elle mangeait seule à la table des passagers, sauf quand Henrik, le capitaine, un Danois rondouillard et jovial au visage rose rasé de près, casquette bleue à ancre de marine posée sur le crâne, l'invitait à la table des officiers avec Dimitri, le second, le Russe qui l'avait accueillie. Le deuxième officier, le Japonais, Hayato, qu'elle avait surnommé « Le Tatoué », l'observait à longueur de temps sans jamais prononcer un mot. Elle se demandait ce qu'il pensait ou s'il savait même parler anglais. Ses profs le lui avaient assez répété à Glasgow au centre de formation : les regards croisés ne sont jamais innocents, et avec Le Tatoué, les regards ne cessaient de se croiser.

On mangeait bien sur le *Forever Claudette*, même si le cuisinier indien avait parfois la main un peu lourde sur le piment. Les plats étaient bons et copieux et Melody se régalait de poulet masala et korma.

Henrik lui raconta un midi comment, un an auparavant, le navire avait été attaqué au crépuscule par des pirates dans le détroit de Malacca. Les assaillants, arrivés dans le soleil couchant à toute vitesse dans de petits hors-bord, avaient usé de la même technique que dans les films *Pirates des Caraïbes*, balançant les grappins et escaladant les échelles de bambous. Ils s'étaient hissés à bord, sans sabre et mousquet, mais avec des armes automatiques. L'équipage du cargo, vingt-deux hommes, tous originaires des îles Samoa, s'était bien défendu. Henrik avait couru ouvrir le coffre et sorti les armes. Il y avait eu quelques coups de feu échangés, les gars avaient tiré des fusées de détresse sur les attaquants et avaient réussi à les repousser. Hélas, l'assaut avait tout de même fait un mort. Un des marins s'était pris une balle en pleine poitrine dans les premiers instants de l'assaut.

« C'est la vie, avait conclu Dimitri, fataliste.

— Et vous avez fait quoi du mort ?

— Oh, j'ai organisé une belle cérémonie, lui assura Henrik. L'équipage a entonné des chants de chez eux. En tant que capitaine, j'ai dû dire quelques mots et une petite prière chrétienne. Et nous avons jeté le corps à la mer.

Melody lui lança un regard incrédule et Henrik reprit.

— Qu'est-ce que vous vouliez qu'on en fasse ? Ses copains ont descendu le cadavre au bout d'une corde, ils ont immergé le corps et voilà.

— Mais qu'a dit sa famille ?

— Vous savez, Miss Darwin, ces types ne voient leur famille qu'une fois par an, intervint Dimitri. Ils enchaînent quatre tours du monde dans l'année, gagnent mille dollars par mois qu'ils envoient quasiment en intégralité à la famille, sauf ce qu'ils gardent pour une fille de temps en temps et les clopes. Maintenant, les paiements ont cessé et quelque part aux Samoa, sur une des îles, des gens ont compris qu'il était mort. Et beaucoup d'autres ont dû vouloir prendre sa place. C'est la vie ! »

En dehors des repas et des anecdotes de pirate, en plein Pacifique, coupée du monde à trois mille kilomètres de Tokyo et à plus de six mille kilomètres de Los Angeles, Melody s'ennuyait ferme. D'où pouvait venir la légende heureuse des voyages en cargo ? Le navire, stable comme un immeuble, se traînait sur l'océan. Elle passait le temps en regardant les couleurs changeantes de la mer et du ciel. Les vagues scintillaient telle une boule à facettes, renvoyaient en miroir les ombres des nuages, moutonnaient d'écume baveuse ou au contraire restaient lisses comme une pastèque, et les couchers de soleil étaient tous magnifiques, ronds et orange, mais le spectacle était un peu court.

De la passerelle supérieure, elle voyait de haut les presque trois cents mètres du navire. Gare aux petits bateaux qui croiseraient la route du super porte-conteneurs et se trouveraient à l'avant de sa trajectoire ! Du poste de pilotage, Henrik ne pouvait les voir, là-bas, tout au bout, derrière les murs d'acier, et de toute façon, pour freiner ou dévier un navire pareil, il fallait plusieurs kilomètres. Si un iceberg pointait le bout de son nez, même cent mètres devant l'étrave, elle était bien certaine que le *Forever Claudette* jouerait au *Titanic*. De là-haut, elle jetait souvent un œil vers le conteneur de drogue. Le cube DCGI-302312-25G1 était un peu devenu le sien, avec son cannabis à l'intérieur.

La veille, Hayato Le Tatoué l'avait emmenée faire le tour des équipements de sécurité. L'emplacement des extincteurs, des haches brise-portes et des gilets de sauvetage n'avait plus de secret pour elle, et Melody commençait même à connaître quelques raccourcis d'un pont à l'autre. Hayato, dans un anglais hésitant, avait également insisté pour qu'elle monte dans le canot de sauvetage orange. Melody était restée plus que méfiante. Si elle suivait le raisonnement qu'Aristote avait fait avec Socrate, cela donnait : les yakuzas sont tatoués, Hayato est tatoué, donc Hayato est un yakuza. Pourquoi irait-elle s'enfermer dans une barque avec lui ? Si ça se trouvait, en plus, le type avait flashé sur elle, car il n'arrêtait pas de la reluquer. Mais Hayato avait insisté :

« La sécurité, la sécurité, disait-il. Il faut aller voir pour la sécurité. »

Melody, sur ses gardes, s'était finalement obligée à le suivre. Elle n'avait eu aucune bonne raison de refuser. Un canot de sauvetage était le couteau suisse de la mer, avait-elle découvert alors. Dans la chaloupe se trouvaient une pharmacie, du ravitaillement sous forme de boîtes de conserve, des instruments de navigation et même un petit moteur qu'elle avait dû apprendre à démarrer.

Dans la matinée du quatrième jour, Melody décida d'aller faire un tour. L'espace demeurait restreint, mais le *Forever Claudette* restait totalement en libre accès. L'appareil photo en bandoulière, elle avait pris la direction des ponts inférieurs, dans les entrailles du cargo. Dans les coursives, elle croisait parfois un des Samoans en route pour la salle des machines. Dimitri lui avait recommandé de ne pas faire de bruit. À tout moment, des hommes dormaient après leur quart.

Elle avança vers l'avant du navire dans l'entresol, traversa une passerelle, grimpa un escalier puis déboucha sur le pont où quelques très rares et fines travées avaient été préservées pour faciliter la surveillance de la cargaison. Elle s'orienta dans les étroits couloirs de métal, prit quelques photos au hasard pour fignoler sa couverture et arriva près de sa cible, le coffre vert bourré de cannabis. Il dominait le pont, empilé là-haut sur trois autres blocs d'acier, mais elle zooma sur la plaque CSC, le certificat de conformité établi par la Convention internationale sur la Sécurité des Conteneurs. Il en était des conteneurs comme de n'importe quelle autre activité à risque : il avait fallu créer une norme pour préserver les vies et la façade de respectabilité de l'industrie. Il est vrai qu'à force de se prendre des blocs de fer sur le coin de la figure, à force d'accidents et las de retrouver des dockers écrabouillés sous du métal rouillé, les acteurs de l'industrie du fret commençaient à sentir le roussi. Ceux qui avaient créé la norme étaient les plus malins : ils s'enrichissaient en obligeant tous les acteurs du secteur à payer des certifications de conformité. Sous la traditionnelle mention *Approved for Transport under Customs Seal*[12] se trouvait le numéro de classification que portait chaque conteneur et, encore plus bas, le numéro d'approbation, le *CSC safety approval*.

Melody photographia le tout, on ne savait jamais, cela pourrait toujours servir. Elle raccrochait la sangle de l'appareil à son épaule quand Hayato surgit à la croisée des travées. Il leva le bras en s'avançant vers elle et cria : « Miss, pas rester ici. Dangereux. » Melody se demanda ce qu'il faisait là. Il la prit par le bras pour la raccompagner vers un escalier qui redescendait dans le navire avant de s'éclipser. Pour la seconde fois, un tatoué se pointait et l'obligeait à faire demi-tour.

En rentrant dans sa cabine, Melody claqua la porte d'un coup de pied et s'immobilisa : une amaryllis en pot la narguait sur le bureau. Elle balaya la pièce du regard, rien d'autre ne semblait avoir bougé. Elle s'approcha, posa son appareil à côté du pot et toucha la terre bien réelle. Elle devait reconnaître que les belles fleurs de plastique rose, magnifiquement imitées, avaient de la gueule. Un petit drapeau japonais dessiné au feutre rouge sur un carré de papier placé sur la terre identifiait le généreux donateur. Elle soupira et hocha la tête. Elle préférait que Hayato craque sur elle plutôt que sur l'argent facile

---

[12] Approuvé pour le transport sous scellé douanier.

de la drogue. Sur le cargo, les hommes vivaient en vase clos. La moindre femme devait faire chavirer les cœurs.

Le cinquième jour, elle rajeunit d'une journée et recula dans le temps. Tout commença par un message du capitaine au haut-parleur, dans sa cabine, lui demandant de le rejoindre au poste de pilotage :

« Vous voulez voir quelque chose d'étonnant ? Nous allons passer la ligne internationale de changement de date. Dans quelques instants, nous allons reculer d'un jour. L'unique moyen sur Terre de remonter le temps. Regardez ce cadran. »

Le GPS indiquait un peu plus de cent soixante-dix-neuf degrés, le 17 juin. Soudain, l'écran afficha cent quatre-vingts degrés.

« Et voilà ! s'exclama Henrik.

— Et alors, demanda Melody ?

— Et alors, nous ne sommes plus le 17 juin, mais le 16 juin. Demain, ce sera de nouveau un 17 juin. Vous êtes plus jeune d'une journée, mademoiselle Darwin ! »

Si Melody avait bien gagné une journée de vie, chaque jour, depuis Tokyo, le *Forever Claudette* perdait une heure. Tous les soirs, le haut-parleur grésillait dans sa cabine et annonçait que dans la nuit une heure disparaîtrait. Le décalage horaire augmentait. Elle dormait n'importe quand et essayait de fuir aussi vite que le temps. Il fallait se lever chaque jour une heure plus tôt pour le petit déjeuner. Elle ne supportait plus de se réveiller en pleine nuit et de faire des siestes. « *Ô temps ! suspends ton vol* », suppliait-elle comme le poète.[13] Onze jours de traversée allaient devoir combler les dix-sept heures de décalage horaire entre Tokyo et Los Angeles. Elle arriverait complètement épuisée aux États-Unis.

---

[13] Célèbre vers de Lamartine dans son poème « Le Lac ».

Le 20 juin, dans son bureau vitré de Glasgow donnant sur Clyde river, Frank Forth décrocha son téléphone sécurisé et appela son homologue au Pentagone :

« Willy, c'est Frank, j'ai un service à te demander.

— *Ah, mon ami des SOCISS. Que puis-je faire pour toi ? Dis-moi tout. Tu sais bien que depuis... mais chut hein... que ton agente, là, Shipo machin...*

— Shipolivskaya.

— *Oui, celle-là. Depuis qu'elle m'a fait ces boxers à ramage de tungstène et diffuseur de... Enfin, tu sais, pour avoir un peu plus de vigueur, eh bien, tout se passe beaucoup mieux avec ma femme. J'ai l'impression d'être Iron Man et je ne te parle pas que du tungstène. Tout ça pour dire que cette fille est un trésor, ne la laisse pas te filer entre les doigts. Bon, mais fini de parler de moi, vas-y, raconte, il consiste en quoi ce petit service ?*

— J'ai une agente dont on avait un peu perdu la trace à Tokyo et dont j'ai de sérieuses raisons de penser qu'elle pourrait débarquer demain à Los Angeles, d'un cargo, le *Forever Claudette*. Comme je sais aussi que vous faites régulièrement voler des drones depuis l'Edwards Air Force Base en Californie, j'apprécierai beaucoup un petit vol de reconnaissance, basse altitude, demain au-dessus de L. A., pour identification. Tu pourrais m'organiser ça ? Quitte à faire des vols d'entraînement pour tes pilotes, autant qu'ils me soient utiles.

— *Elle pourrait débarquer, tu dis ? Une femme ? M'étonne pas ! Bon, tu m'en demandes beaucoup là...*

— Après ça, nous serons quittes, Willy.

— *C'est si important que ça ?*

— Très important.

— *OK, collègue ! Je vais trouver quelque chose. T'en fais pas, je vais m'arranger. Compte sur moi.* »

Willy raccrocha et appela le standard.

« Passez-moi le colonel Sparrow, à l'Edwards Air Force Base. »

Chapitre 16

Depuis son repaire sur le port de Gênes, Don Cortisone administrait son empire et faisait le point. Ses deux fils, Tonio et Luigi, n'avaient pas hérité du cerveau acéré de leur mère, et même si Luigi s'en sortait plutôt bien, Giovanni Cortisone ne croyait pas qu'il ait les épaules suffisamment larges pour gérer cette pluie de millions. Le trafic de drogue lui en rapportait plusieurs chaque mois et chaque euro entrait dans les livres de comptes. Un sacré business, constatait-il chaque jour, avec une marge opérationnelle exceptionnelle. Son retour sur investissement était fabuleux, de quoi faire passer les entreprises du luxe pour des minables.

En réalité, le trafic de drogue consistait en une activité bien moins excitante que certains pouvaient l'imaginer. Il soupira : une bonne partie de son temps était consacrée à faire de la comptabilité, à aligner des chiffres dans des colonnes et à essayer de diminuer les postes de dépenses. Il fallait entretenir tout un réseau de microentreprises qui blanchissaient l'argent et le réinjectaient dans l'économie locale.

Il déléguait une partie de cette tâche à Luigi, chargé de remettre dans le droit chemin tous les petits patrons du réseau qui profitaient de ses largesses et qui grappillaient sur les bénéfices. Il y avait aussi ceux qui oubliaient d'où ils venaient et à qui ils devaient leur réussite, ceux-là qui finissaient par le prendre d'un peu trop de haut en croyant avoir inventé la pierre philosophale, alors que le philosophe, c'était lui, Don Cortisone.

De temps en temps, il devait adopter des mesures correctives et calmer ceux qui sortaient du rang. Alors, Corti le Dingue reprenait vie, tel un monstre jailli du passé, et un promeneur ne tardait pas à retrouver quelques corps démembrés dans la forêt. Lui avait arrêté ces folies, c'est Tonio qui s'en chargeait. Au moins, toutes ces horreurs restaient en famille. Ça ne garantissait pas la qualité de service, mais il n'avait pas d'inquiétude à se faire sur la confidentialité.

Il fallait aussi veiller à arroser policiers, magistrats, administrations et journalistes. Et à garder le compte des enveloppes refilées de la main à la main. Qui avait-on payé, quand, combien devait-on verser ?

Heureusement qu'il avait Flavia, sa femme, pour cette partie ressources humaines et microfinance. Sans elle et son regard critique, qu'est-ce qu'il ferait ? Depuis Al Capone, il savait bien qu'avoir des livres de comptes représentait un risque, mais devant la déferlante de cash que ce business générait, c'était hélas devenu une corvée indispensable. Il avait rencontré Flavia, cela devait bien faire vingt-sept ans maintenant, dans un bar de Gênes où il jouait les seigneurs avec l'argent de ses premiers rackets. Il avait tout de suite succombé à sa drôlerie et à l'énergie qu'elle dégageait. Mais ce qui l'avait vraiment séduit était son intelligence. Avec elle, il avait découvert à quel point la vivacité d'esprit pouvait rendre quelqu'un sexy. Elle n'avait pas été facile à conquérir, Flavia. Elle n'aimait pas les grandes gueules et, pour l'avoir, il avait dû s'apaiser.

Tout avait bien fonctionné entre eux deux, elle avait pris sa part dans son *entreprise d'import-export*, jusqu'à ce qu'elle se ferme comme une huître, quatre ans auparavant, au moment où il avait dû éliminer quelques Marocains ayant tenté de créer leur propre circuit de revente de cannabis. Malgré les enveloppes que touchait le rédac chef d'un quotidien, un journaleux avait réussi à sortir un papier rapprochant les vieux exploits de Corti le Dingue avec les corps méconnaissables retrouvés dans les bois. Il avait réagi, réduit l'écrivaillon au silence et repris peu après le contrôle de la filière marocaine. Il avait même racheté les champs près de Tanger. C'est alors que Flavia était devenue distante. Il ne pouvait plus la toucher et avait envie de hurler quand elle se raidissait si par hasard il l'effleurait dans un des couloirs de la grande maison. Elle restait tout de même sa femme, non ? Oh, elle continuait de gérer sa partie à la perfection, autonome et discrète, très professionnelle. Mais cette histoire de Corti en était trop pour elle. La complicité avait disparu et, désormais, un mur s'élevait entre eux. Flavia n'avait jamais soulevé le sujet, mais au fond de lui il savait. Il savait qu'elle savait, pour Corti. Pour une raison qui lui demeurait mystérieuse, elle ne l'avait pas quitté. Il ne cherchait pas à creuser, il avait besoin d'elle, de moins en moins pour les finances qu'il avait appris à maîtriser, mais pour gérer la maisonnée et la vie courante, pendant que lui se consacrait au reste. Au business. Au fric. Au cash. Et pour le sexe, il lui restait toujours les escorts.

Une part non négligeable de ses revenus provenait de la taxe qu'il prélevait pour autoriser les autres familles à exercer leurs activités sur son territoire. À la limite, il n'aurait même pas eu besoin de toucher à la drogue pour devenir multimillionnaire. Vous vouliez vendre du shit à Gênes ? Mettre des filles sur les trottoirs de Milan ? Pas de problème, mais il fallait payer la taxe : 8 % pour la drogue, 10 % pour les filles. Vous ne vouliez rien vendre en Italie, mais juste traverser le secteur, pour écouler la marchandise chez les Suisses ? Pareil ! *T'achemines ta came à travers mon territoire, alors tu raques, c'est comme ça.* En réalité, il avait compris, un jour, que son métier consistait surtout à contrôler des zones, un quartier, une ville et des points d'accès.

Depuis l'arrivée de la méthamphétamine et des autres drogues de synthèse, le business avait pris de l'ampleur. Au début, tout le monde s'improvisait chimiste. Des labos naissaient sur les toits, dans les caves et dans des cabanes en forêt. Comme il avait fait le ménage ! Aujourd'hui, il n'y avait plus d'indépendant, il avait mis la main sur presque tous les labos en proposant sa protection, fait appel à Corti et provoqué quelques incendies pour les plus récalcitrants. L'argent que rapportaient ces nouvelles drogues était tout simplement inimaginable. Et il s'agissait encore d'une affaire de contrôle de zone :

les saloperies chimiques qui se transformaient en Vanilla Sky, en ecsta, en spice ou en miaou miaou, il fallait bien les livrer. À ce titre, le port de Gênes représentait une mine d'or stratégique.

Depuis peu, la 'Ndrangheta, avec cet enfoiré de Salvatore, s'était mis en tête de vendre de la cocaïne à Milan sans payer la taxe et sans l'en avertir. Où est-ce qu'il se croyait, le Calabrais ? Qu'il pouvait arriver chez lui sans être invité, sans rien demander, sans même prévenir, et qu'il ne verrait rien ? Une infraction aussi évidente aux règles entre familles le troublait. Il y avait de quoi s'inquiéter. Pour être honnête, il savait bien que sa famille déclinait et que Cosa Nostra avait déjà perdu la guerre économique. Quatre-vingts pour cent de la drogue parvenait en Europe par la Calabre, contrôlée par la 'Ndrangheta. Un analyste économique de renom avait estimé les profits du trafic à cinquante-trois milliards de dollars par an. Quel imbécile ! La réalité dépassait d'au moins deux fois ces estimations. Alors quoi, Salvatore voulait toutes les parts du gâteau, maintenant ? Bon, qu'en disait-on dans la rue ? Il n'était pas devenu Don Cortisone uniquement en déchaînant la violence cachée de Corti. Il avait compris très tôt l'importance cruciale d'écouter la rue en prêtant l'oreille aux rumeurs de la ville.

Il referma son cahier de compta dans un claquement, quitta son bureau et descendit les escaliers de pierre. Il avait comme à son habitude rassemblé ses troupes dans le soubassement de la capitainerie. Chaque semaine, il convoquait ses principaux lieutenants et son bataillon de petits guetteurs dans la grande salle voûtée semi-enterrée qui soutenait la vieille bâtisse. Les enfants étaient les plus faciles à fidéliser : un mot gentil, des félicitations et des récompenses en argent de poche suffisaient à les motiver, et ils repartaient errer dans les rues en espérant chaque semaine recevoir un regard reconnaissant du grand chef. Il les aimait bien, ces gamins, ils lui rappelaient sa jeunesse perdue à faire les quatre cents coups à Syracuse. Il finançait les études de certains, payait le médecin quand il le fallait et dépannait les parents avec des microcrédits. Bref, en tant que parrain du Nord, il représentait l'État à la place de l'État. Cela lui valait une armée de fidèles et des informateurs partout dans la ville.

Don Cortisone monta sur une palette, minuscule estrade, et regarda l'assemblée d'une quarantaine de mômes qui lui faisaient face :

« Alors, quoi de neuf cette semaine ? Les Calabrais continuent de refourguer leur came ? »

Un gamin, dix ans ou onze ans, leva la main :

« Oui, Monsieur Cortisone, ils continuent. Ce matin, j'ai vu une Mercedes grise livrer des sachets aux points habituels.

— T'as le numéro ? » demanda Luigi.

Le gamin sortit son carnet.

« Je l'ai noté là, c'est AW-327-FX.

— Très bien, petit, félicita Don Cortisone, bien joué. Tonio, va falloir que nous nous occupions de ça. Je crois que quelques disparitions s'imposent. Ces types au coin des rues, je ne veux plus en entendre parler. Au fait, Tonio, t'as réglé l'histoire avec cette fille de Milan qu'avait fracassé tous les sex-shops ?

— Oui, Don, c'est bon, on l'a emmenée faire un petit tour en bateau.

— Les guetteurs, autre chose à signaler cette semaine ?

— Ben, j'ai aussi vu ce type, là, qui est allé chercher un flingue. Il voulait un petit pistolet pour dame, on a essayé de lui faire le coup habituel, mais il a démoli les gars. À trois contre un, il les a quand même explosés !

— T'as sa description ? Tu crois que c'est un flic ?

— Non, non, trop bon pour un flic, Monsieur !

— Rien d'autre ?

— Si, moi j'ai vu une fille nue ! cria un autre garçon.

— Quelle fille nue ?

— Une fille nue sous un peignoir qui a déboulé dans la rue, a ramassé un magazine et est repartie dans un immeuble. J'en ai parlé à M'sieur Tonio.

— Tonio ?

— Rien à dire, Don. Je suis allé voir l'appartement en faisant le coup classique de l'assurance, mais rien. Personne n'a ouvert. J'ai laissé tomber, je n'allais pas démolir la porte juste pour faire connaissance avec une nouvelle dans le quartier, ça la fout mal.

— M'sieur, M'sieur ?

— Quoi, encore, autre chose ? »

Don Cortisone haussa les sourcils.

« Oui, oui ! Il y a eu une émeute au Palazzo Rosso. Des petites vieilles ont forcé l'entrée. »

Le parrain le regarda avec étonnement, un sourire aux lèvres.

« Des vieilles ont forcé l'entrée du Palazzo, tu dis ?

— Oui, elles étaient en fauteuil roulant et elles ont mis tellement le bazar que les gardes ont fini par les laisser entrer. Ils ont même porté leurs fauteuils en haut des marches. J'ai vu plein de monde, on aurait dit une manifestation. »

Don Cortisone sentit un frémissement le prendre. Il n'était pas devenu le parrain en ignorant les signes de la rue. Son instinct lui soufflait que toute cette agitation n'était pas bien catholique et qu'il y avait du louche, mais qu'est-ce que cela voulait dire ? Il détestait les coïncidences.

« Bon, reprenons : les Calabrais en Mercedes, un type fracasse trois de nos jeunes pour un pistolet, une fille nue sort dans la rue, de vieilles dames font une manif pour visiter le musée... Bizarre, bizarre. Il ressemblait à quoi le gars ?

— Trente ou trente-cinq ans, environ 1 m 80, grand, brun, sportif, répondit l'enfant en consultant son carnet de notes. Ah, cheveux foncés aussi.

— Et la fille, elle était comment ?

— Vingt-cinq, trente ans, mince, jolie, cheveux un peu ondulés, un peu rousse, peau assez blanche... »

À ces mots, Tonio et Luigi échangèrent un regard entendu.

« Quoi, qu'est-ce qu'il y a, vous deux ?

— Rien, Don, c'est juste que...

— C'est juste que quoi, nom de Dieu ?

— C'est juste que cette fille ressemble beaucoup à cette Kassia... mais ce n'est pas possible. Il peut y en avoir plein d'autres, des filles, comme ça ! »

Luigi s'approcha de son père et lui murmura à l'oreille :

« Je te jure, je l'ai vue, de mes yeux vue, couler avec des parpaings aux pieds, elle n'avait aucune chance de s'en sortir.

— Vous me retrouvez cette fille, d'accord ? Et vous vérifiez que ce n'est pas cette Kassia. Quel nom stupide ! Bon, les garçons, vous pouvez y aller, vous retournez dans les rues et vous ouvrez grands les yeux. Si l'un d'entre vous revoit la fille ou le grand gars, vous n'attendez pas la semaine prochaine, vous revenez directement ici, OK ? Je vous donnerai une petite récompense », promit Don Cortisone en froissant des billets entre ces doigts.

Aussitôt, les gamins s'égayèrent sur le port comme une nuée de rapaces en chasse.

Chapitre 17

Fortuna Darwin, Fortuna Darwin, rendez-vous de toute urgence au poste de commandement ! crachèrent les haut-parleurs. Le *Forever Claudette* avait coupé ses moteurs à proximité de la côte. Le grand navire avait cessé de vibrer. Le haut-parleur retentit de nouveau dans la cabine et Melody jaillit de sa sieste en plein après-midi comme sous l'effet d'une douche glacée.

« Venez vite, on veut vous voir. Vite ! » grésilla la voix de Henrik. Melody tituba jusqu'au poste de pilotage en s'efforçant de chasser les abeilles ivres qui se baladaient sous son crâne. Deux douaniers américains trituraient son faux passeport Fortuna Darwin dans tous les sens :

« Qui êtes-vous ?

— Mel... Fortuna Darwin.

— D'où venez-vous ?

— De ma cabine... Enfin, de Tokyo...

— Pourquoi voyagez-vous en cargo ?

— Parce que je trouve ça exotique.

— Vous trouvez ça "exotique" ? » répondit le douanier en balayant d'un geste le poste de pilotage.

Melody haussa les épaules. Henrik et Dimitri observaient la scène d'un air inquiet. La procédure d'immigration bloquait le cargo qui attendait pour décharger ses douze mille conteneurs. Le deuxième douanier, silencieux, étudiait les réactions de la jeune femme. Son collègue reprit :

« Vous transportez des armes ?

— Non.

— Vous avez de la drogue ?

— Non, assura-t-elle en pensant au conteneur DCGI-302312-25G1.

— Vous avez des pommes ?

— Des pommes ? Non, pas de pomme.

— Des fruits, des litchis, un durian ?

— Un durian ? Ça ne va pas la tête, vous êtes fou ! C'est une bombe ce truc !

— Mademoiselle Darwin, vous êtes en train d'insulter un représentant des forces de l'ordre des États-Unis d'Amérique et vous avez bien prononcé le mot "bombe" ? »

Les douaniers se jetèrent un regard entendu.

« Non, non, non, je dis juste que ce serait pure folie de ma part de transporter dans mon sac à dos un fruit aussi nocif que le durian.

— Hum... Vous avez plus de dix mille dollars sur vous ?

— Non, je ne crois pas, affirma Melody, lassée en retournant ses poches.

— Vous ne croyez pas ou vous êtes sûre ?

— J'en suis certaine.

— Vous avez de quoi vivre aux États-Unis ?

— J'ai ma carte bancaire

— Vous êtes une terroriste ?

— Non.

— Vous projetez de faire un attentat sur le territoire des États-Unis ?

— Ce n'est pas dans mes plans, pas encore. »

Le douanier se raidit :

« Vous avez donc l'intention dans un futur proche de commettre un attentat sur le sol des États-Unis ?

— Non, non, je ne projette pas de faire un attentat sur le territoire américain, ni maintenant, ni dans aucun futur, ni dans aucun autre endroit du monde. »

Le douanier la fixa quelques secondes et, d'un geste lent et solennel, abattit enfin son tampon sur le passeport. Dans la cabine, tous soufflèrent de soulagement.

« Nous sommes le 21 juin. C'est l'été. Bienvenue aux USA, mademoiselle Darwin. »

Tandis que Henrik pilotait le *Forever Claudette* jusqu'au terminal numéro six, des oreilles aux aguets auraient peut-être pu déceler le bourdonnement discret des rotations d'un drone MQ9-Reaper volant mille cinq cents mètres au-dessus du navire comme un vautour au-dessus de sa proie. Melody fit un dernier tour parmi l'équipage, salua les marins des Samoa, Henrik le Danois, Dimitri le Russe et Hayato Le Tatoué qui la fixait des yeux encore une fois. De l'index, elle lui effleura la joue d'un geste léger.

« Merci pour les fleurs, Hayato. »

L'homme baissa le regard.

Elle descendit prudemment la passerelle métallique avec son gros sac sur le dos et rejoignit le quai alors que les premiers conteneurs la survolaient déjà, pincés dans les étaux des grues.

Dans un bunker de la base de Edwards, le pilote du drone assis à sa station de contrôle transmit une instruction à l'énorme engin de plus de deux tonnes, vingt mètres d'envergure et onze mètres de long. L'antenne émettrice, dans la tour de contrôle, envoya la commande à travers les airs. L'onde électromagnétique se propagea à la vitesse de la lumière, aussitôt captée par le drone. L'ordinateur de bord traita la demande et la caméra embarquée à l'avant du MQ9-Reaper zooma sur la femme au sac à dos. L'opérateur se propulsa sur sa chaise à roulettes jusqu'à la console voisine et appuya sur un bouton rouge. Au Pentagone, les images en noir et blanc s'affichèrent sur un écran du bureau du général Will McCormack. Elles apparurent également à Glasgow, avec un léger décalage.

« C'est bon, tu reçois ? questionna Will.

— La liaison est bonne, quatre cent trente-sept millisecondes de délai, annonça McCoy.

— C'est qui, lui ?

— Pas de souci, Willy, c'est Arnold, mon data-analyste et l'officier traitant de la fille en bas, répondit Frank Forth.

— Vous pouvez confirmer que c'est la bonne fille ?

— Pas encore. Son visage n'est pas en visuel. »

Melody s'éloignait sur le quai, évitant les camions grondants, et se retourna pour jeter un dernier regard sur le *Forever Claudette*. Henrik et Dimitri lui firent un petit salut, Hayato avait disparu. Elle contourna une pile de conteneurs, fit mine de s'en aller, puis rebroussa discrètement de quelques pas à l'ombre des plaques de métal. Elle déposa son sac sur le sol. Pas question qu'elle quitte le port sans voir ce qu'il allait advenir de la drogue. Serait-elle déchargée ici ou continuerait-elle son voyage ?

Dans le bureau de Glasgow, McCoy s'étonnait :

« Mais qu'est-ce qu'elle fait, cette fille ? *Zoom in, zoom in.* »

Au Pentagone, le général Will McCormack répéta : « *Zoom in, zoom in.* » À l'Edwards Air Force Base, le pilote du drone « zooma in », « zooma in ». Le beau visage de Melody emplit l'écran.

« C'est elle. C'est bien K5. Identification confirmée. Encore une minute et on décroche, annonça McCoy.

— Et avec tous mes remerciements, Willy », rajouta Frank.

Sur le port, le conteneur numéro DCGI-302312-25G1 venait de se poser au sol et deux dockers en descellaient les portes.

« Je fais ouvrir ce conteneur pour vous, mademoiselle Darwin », lui murmura une voix à l'oreille.

Melody sursauta et pivota sur sa jambe gauche. Hayato détendit son pied, sa chaussure de sécurité percuta le genou de Melody et elle hurla en s'effondrant au sol. Des mains enserrèrent son cou, la soulevèrent. Elle s'efforça de se dresser sur ses jambes, pour diminuer la pression, mais son genou gauche ne la portait plus. Melody tenta un coup de tête arrière, des coups de coude. Échec. Les mains puissantes du marin l'étranglaient et maintenaient la pression sur sa carotide. En perdant connaissance, elle eut le temps de penser qu'Aristote avait raison et qu'il fallait toujours se méfier des tatoués, surtout quand ils sont japonais.

Hayato la prit sous les bras, la traîna sur le sol vers le conteneur et la projeta dans le bloc d'acier. Il courut jusqu'au sac à dos, sortit un couteau de sa poche, déplia la lame et éventra le sac d'un coup sec.

Sur la base de l'Air Force, le pilote du drone de combat ne bronchait pas, insensible. Son quotidien consistait à envoyer des missiles ou des tirs ciblés sur les terroristes des zones tribales en Afghanistan ; il était blindé. Il téléguidait la mort avec son joystick comme dans un jeu vidéo ; il regardait la scène du port comme une série à la télé. Mais au Pentagone et à Glasgow, la stupeur avait figé les visages. McCormack, Frank Forth et McCoy observaient l'homme fouiller dans les affaires de Melody. Il palpait le sac et découpait les fibres. Ils le virent s'emparer d'une petite trousse noire et repartir vers le conteneur. Il y balança le sac déchiré d'un geste nonchalant. Un signe aux dockers : les portes d'acier se refermèrent sur l'agente K5.

« Vous avez vu ça ? bredouilla McCoy. Salopards, je vais leur coller un satellite au cul, ils ne vont pas l'emmener bien loin. »

Arnold McCoy quitta le bureau de Forth en furie, dévala les escaliers, ouvrit une porte magnétique avec son badge et courut jusqu'à sa chaise à roulettes. Il se mit à pianoter comme un fou sur son clavier. La sublime K5 était en danger.

« T'en fais pas, ma belle, j'arrive à la rescousse. Accroche-toi, Melody ! » souffla-t-il.

Dans le souterrain de la base aérienne de Edwards, le pilote orienta la caméra vers le visage de l'homme tatoué.

Au Pentagone, McCormack reprit la parole :

« Il te dit quelque chose, ce type ?

— Aucune idée, répondit Frank. Mes équipes vont se renseigner. Maintenant, au moins, nous avons sa photo. Tu peux nous la transmettre ?

— Non, Franky, je suis désolé, mais ça sort de ma juridiction. Faut que tu passes par la voie officielle. CIA ou FBI si le gars est de chez nous.

Chapitre 18

Attablés à la terrasse, chez Don Paolo, un petit glacier à quatre cent cinquante mètres du Palazzo Rosso en haut du belvédère Castelletto, Kassia et Jazz savouraient un *ristretto* et des *cornettos*.

« Bon, qu'est-ce qu'on fait maintenant ? demanda Kassia.

— Il faut un endroit où nous poser, un quartier général. Il faut qu'on réfléchisse à la suite.

— Je sais, on n'a qu'à aller chez Anna, elle va nous héberger. Il paraît qu'elle a un appartement immense pas très loin d'ici.

— C'est qui exactement, cette Anna ?

— Une copine de Gina.

— Et Gina, c'est...

— Ah, Gina, c'est Gina, tu verras ! Tu sais, une des Mammas qui a mis le souk au Palazzo Rosso en venant nous aider à sortir. Telle que je la connais, je suis sûre que c'est elle qui a organisé toute cette agitation. Elles ont bien dû rigoler, toutes les sept.

— En tout cas, je m'incline, c'était grandiose. Une magnifique diversion. Un peu trop grosse, même. Franchement, le coup des fauteuils roulants n'était pas nécessaire.

— Tu trouves ? Grâce à eux, elles ont capté toute l'attention, et puis elles ont raison, les handicapés aussi ont droit à la culture. C'est une honte que Vito Grimaldi ne s'occupe que des riches ! Tous les quartiers pauvres ont pourtant voté pour lui, avec ses belles promesses. Il les a bien embobinés, avec son sourire de requin et ses cheveux gominés. Le stade de foot, c'est bien joli, mais il n'y a pas que le pain et les jeux dans la vie, faudrait sortir de l'antique !

— Eh, dis donc, tu t'emballes là ! Si on allait chez ta Gina ?

— OK, allons voir Tata Mortadelle.

— Tata Mortadelle ? Drôle de nom.

— Ah, je ne t'ai pas expliqué. Gina est ma tante, c'est Tata Mortadelle. Quand j'étais petite, à chaque fois que j'allais chez elle, elle m'offrait des tranches de mortadelle à la pistache... »

Tandis que Kassia et Jazz redescendaient la colline vers la piazza Arsenio Lupini, Tata Mortadelle se tordait le cou avec ses copines pour admirer les anges joufflus et les nymphes des fresques de De Ferrari au plafond de la grande salle du printemps du Palazzo Rosso.

« Regardez ! Le plafond est magnifiquement lumineux avec ces bleus et ces jaunes ! Tenez, vous n'avez qu'à faire comme moi, suggéra Monica, qui s'y connaissait en musée et en plafonds ornés et s'allongeait sur le sol.

— Bonne idée ! s'écria Gina en s'étendant à ses côtés sur le parquet, bientôt imitée par Claudia et Anna. C'est sûr, je vois bien mieux comme ça. Là, je ne risque pas le torticolis !

— Mais tu risques le lumbago ! Brrr, il fait froid là-dessus, râla Anna.

— Faut savoir ! Tu la veux en panoramique ou en kaléidoscope, ta fresque ? s'enflamma Monica, connue pour son ton vif et son caractère volcanique.

— Et nous, alors ? »

Nous, c'était Ornella, Silvana et Sofia coincées dans leur fauteuil.

« Et, ne vous plaignez pas, vous faites toute la visite tranquille bien assises sur vos fesses, rétorqua Gina. Vous pouvez encore bouger la tête ! Vous en pensez quoi de la fresque ?

— Pas mal, les nymphes, commenta Monica. Un peu grassouillettes, mais jolis visages. Vous voyez comme la beauté varie avec les époques. Enfin d'autres silhouettes que ces fils de fer à grosses poitrines qu'on voit sur Rai Uno. Vous avez vu les reliefs en trompe-l'œil ?

— Encore vous, mesdames ? Tout va bien ? les interrompit le gardien en arrêt devant les quatre petites vieilles allongées têtes à têtes en étoile sur le sol. Vous faites quoi ? L'étoile de mer ?

— Chut, andouille, tu ne vois pas que j'admire et qu'on se fait mousser la beauté dans les yeux ? répondit Monica.

— On change notre point de vue sur le monde, on ouvre nos horizons, on élargit notre regard, on modifie l'observateur façon Adam Smith, on réaligne la perspective, on se la joue Michel-Ange dans la Sixtine, on redessine la posture de l'artiste, on...

— Tu peux arrêter, il a compris, là, je crois, la stoppa Anna.

— Quoi, j'explique ! maugréa Claudia à qui des années de philo dans des villages de montagnes avaient appris la patience et la pédagogie.

— Moi je me lève, j'ai mal au dos », grommela Anna.

Elle se redressa péniblement. Le gardien, en gentleman, se précipita pour l'aider.

« Oh là, pas touche, le bellâtre ! Je ne suis pas celle que vous croyez ! cria Anna. Non, mais pour qui il se prend, comme si je ne pouvais pas me mettre debout toute seule ! Bon, vous venez, les filles ? Ces vieilles baraques, elles sont bien sympathiques, mais il fait un peu frisquet. »

De salle en salle, les commentaires fusaient :

« C'est qui le beau gosse ? demanda Silvana.

— C'est Jésus ! s'exclamèrent Gina et Monica devant le tableau de Van Dyck.

— Jésus ? Mais il est trop beau. Il a l'air en forme. C'est sûr que ça enlève la peur de mourir si c'est pour aller rencontrer un type comme lui.

— Silvana ! s'indigna Sofia. T'as pas honte ?

— Eh bien, quoi ? Jésus ce n'est pas Dieu descendu sur terre et fait homme ? Pour partager nos peines et souffrances, d'après les beaux discours des curés ? Moi je dis que p'tet il partageait des petits plaisirs aussi, non ? Dieu ne fait pas les choses à moitié. Les hommes, tu sais bien qu'ils sont un peu obsédés de la chose. Donc, moi, je suis prête à parier que Dieu s'est fait homme complètement et que Jésus fonctionne bien de partout. Manquerait plus que ça ! Jésus impuissant... Pff ! »

Monica se mit à rigoler :

« Tu nous refais le concile de Nicée ? Tu devrais écrire un bouquin sur l'art. Je suis sûre que t'aurais du succès.

— Bon, là je crois qu'il faut que nous partions, lança Gina, sinon les gardiens vont nous renvoyer. Et moi, je commence à avoir faim. »

Depuis ce fameux coup de fil qui, deux ans auparavant, avait vieilli sa mère instantanément et détruit le pétillement de ses yeux gris clair, Nicolo Venturi avait la rage. Elle était venue l'extraire de l'école un matin et, dans la voiture qui les avait amenés à l'hôpital Galleria, elle avait simplement annoncé que son père avait eu un accident. Arrivés aux urgences, ils avaient tous deux erré dans les couloirs. Sous les néons du grand bâtiment blanc, personne n'avait fait attention à eux. Ils avaient fini par trouver son père dans la chambre dix-sept, allongé sur un lit étroit, encore endormi sous l'effet de l'anesthésie. Un jeune interne était entré dans la petite chambre, les avait pris à part et avait sorti un catalogue. Toute sa vie, Nicolo se souviendrait de ces mots :

« Vous prendrez quelle sorte de fauteuil roulant ? J'ai deux modèles...

— Mais qu'est-ce qu'il a ? avait crié Nicolo en chancelant sous le poids de sa mère qui s'affaissait.

— Personne ne vous l'a dit ? Un conteneur s'est décroché et lui est tombé dessus. Il lui a broyé le bassin. Il est paralysé sur toute la partie inférieure, il ne pourra plus jamais marcher. Il a eu de la chance, il aurait pu se le prendre sur la tronche. Et là, *splach* ! Et vous savez quoi ? Vous ne devinerez jamais, mais je suis un malin, moi, je me suis renseigné sur ce qu'il y avait dedans. Il s'agissait du conteneur DCGI-200666-33G1, ajouta-t-il avec un clin d'œil en lisant le post-it jaune qu'il avait préparé pour eux dans la poche de sa blouse, et à l'intérieur il y avait... des fauteuils roulants made in China ! Directement du producteur au consommateur, ah ah ah... »

L'interne avait hurlé sous le coup de pied de Nicolo et avait fui dans le couloir. Un vigile avait surgi, Nicolo l'avait regardé avec de grands yeux humides et interrogateurs tel un chat qui quémande. Le garde avait repris le chemin de l'accueil et Nicolo avait hurlé sa colère et sa douleur. Son père, docker sur le port, ne verrait plus jamais la mer. Et de quoi allaient-ils vivre maintenant ?

Depuis ce jour, son vieux avait passé ses journées devant la télé, enfermé dans le petit appartement familial, au troisième étage d'un immeuble décrépi sans ascenseur. Une fois par semaine, le dimanche matin, les voisins le descendaient dans son fauteuil, pour la messe à la cathédrale Santa Maria di Misericordia. Nicolo ne savait pas si son père appréciait la parole du Seigneur tout-puissant qui n'avait rien fait pour freiner le conteneur en chute libre. En revanche, ce qui semblait sûr, c'est qu'avec les copains après l'office il aimait bien boire, un peu trop même, quelques verres de *vino blanco* avec la *coppa* au bar du coin. En semaine, pendant que son père avait maté les programmes idiots de la première chaîne, sa mère, elle, avait travaillé dix heures par jour dans un atelier de confection à coudre des boutons sur des chemises. Lui, Nicolo, séchait l'école.

Quelque temps après l'accident, un homme avait frappé à la porte de l'appartement et remis une enveloppe de billets à sa mère :

« Pour vous aider, de la part de Don Cortisone. Il a appris ce qui était arrivé à votre mari. Vous avez un fils, je crois ?

— Nicolo, tu peux venir ? avait crié sa mère.

— Bonjour Nicolo, avait salué l'homme en lui tendant la main. Tu pourrais rendre un service à Don Cortisone.

Il lui avait montré l'enveloppe que tenait sa mère.

— Tu connais Don Cortisone ? Un homme très bon, très puissant aussi. Ce que je demande est bien simple, ne vous en faites pas, *signora*. Nicolo, je suis sûr que tu passes du temps dehors, dans la rue, à jouer avec des copains. Ce qui ferait plaisir à Don Cortisone, c'est que tu gardes les yeux ouverts, et si tu vois quelque chose d'étrange, des bagarres, des vols, n'importe quoi d'inhabituel, tu viens le lui dire. D'accord ? »

Nicolo avait regardé sa mère qui avait regardé l'enveloppe avant de hocher la tête. Il avait répondu :

« D'accord, monsieur, je ferai attention.

— Excellente décision, mon garçon. Et n'oubliez pas, Don Cortisone veille sur vous. »

L'homme s'en était allé, non sans avoir déposé un billet sur le guéridon de l'entrée en déclarant « Un petit bonus de bienvenue », et avait tiré doucement la porte derrière lui.

C'est ainsi que, depuis deux ans, Nicolo était devenu un guetteur, ou une sentinelle, comme les appelait souvent Don Cortisone. Car il avait vite découvert qu'il n'était pas le seul à garder les yeux ouverts. Il avait maintenant douze ans et vouait une fidélité sans borne au Don. Quand sa mère était tombée malade, une mauvaise grippe, c'était encore Don Cortisone qui avait payé pour compenser la semaine non travaillée.

En cette fin de matinée, pendant que d'autres apprenaient Rome et l'Empire en cours d'histoire, Nicolo dégustait tranquillement un cornet de glace stracciatella. Très concentré sur les copeaux de chocolat, il balançait ses jambes, assis sur un muret devant le musée. Depuis deux heures qu'il lorgnait la porte du Palazzo Rosso, après la folie déclenchée par les vieilles dames et leur disparition dans le musée, il n'avait vu sortir qu'une famille d'Allemands et un couple de

Japonais qui avait posé pour un selfie. Et les gardiens qui avaient replié le tapis rouge. Au bout d'une heure d'attente, il n'en pouvait plus, il s'ennuyait à mourir. Alors, il avait pris le risque de s'éloigner. À la *gelateria* du coin de la rue, il avait dépensé un peu de son argent de poche pour s'acheter une glace. Puis il avait filé aussi vite qu'il pouvait, cornet en main, retrouver sa place sur le muret. Son copain Enzo, lui, n'avait pas osé sécher le rendez-vous hebdomadaire dans les sous-sols de la capitainerie. Mais qu'aurait-il pu dire de plus à Don Cortisone qu'Enzo ne dirait pas ? Le Don serait, de toute façon, informé de l'incident créé par les vieilles dames au musée. Nicolo avait de l'ambition, il voulait du concret, de la vraie information, du scoop et de la *breaking news*. Un sourire s'afficha sur son visage. Elles étaient vraiment gonflées ! Elles l'avaient bien fait rire, surtout quand l'une d'elles avait fait tournoyer sa canne en braillant dans son fauteuil. Il avait décidé d'attendre qu'elles ressortent pour voir. Elles allaient peut-être refaire un petit scandale rigolo ? Tiens, justement, la porte du musée s'ouvrait ! Nicolo sauta sur ses pieds. Deux gardiens transportaient à bout de bras une des vieilles dans son fauteuil. Ils remontaient chercher les deux autres lorsque Claudia s'écria :

« Mais ils ont enlevé le tapis rouge !

— Faut pas exagérer, *signora*, rétorqua un gardien. Vous avez eu le tapis rouge pour la montée des marches. Il nous a donné du travail, le tapis.

— Faut pas exagérer, Claudia, renchérit Gina. Ces pauvres garçons nous ont bien aidées, déjà. Allez, que dites-vous de rentrer à l'appartement, les filles ? Vous ne sentez pas comme un petit creux, par-là ?

Elle pointa son ventre de l'index.

— *Ciao ciao*, les chéris ! » cria Silvana aux deux gardiens en agitant la main depuis son fauteuil.

Elles partirent toutes ensemble et toutes guillerettes chez Anna, cahin-caha, poussant les fauteuils sur les trottoirs, s'amusant comme des gamins avec des caddies de supermarchés. Nicolo leur emboîta le pas. Cinq cents mètres plus loin, il faillit laisser échapper son cornet de glace quand Sofia quitta son fauteuil.

« Attends, je vais t'aider, la roue bute contre les pavés. Aaaahhhh, ça fait du bien, grimaça-t-elle en s'étirant.

— T'as raison, je sors de là-dedans. On ne dirait pas, mais l'air de rien, je me fatigue à rester assise sur mes fesses », commenta Ornella.

Nicolo écarquilla les yeux de surprise et vit, ébahi, Ornella et Silvana se lever elles aussi. Il pensa à son père, qui lui ne pourrait jamais se relever. Enzo avait tout raté du scoop, il aurait vraiment dû rester. Il envisagea de foncer chez Don Cortisone. *C'est tout de même suffisamment hors du commun, non ? Cela vaudrait bien le coup de déranger le parrain.* Il faillit décamper à toute vitesse vers le port, puis il s'imagina faire son rapport et les questions du Don :

« Pourquoi ont-elles fait ça ? Tu as une idée ? Quel est leur intérêt ? »

Alors, Nicolo estima qu'il valait mieux trouver ces réponses plutôt que de se faire clouer le bec par Don Cortisone et il continua sa filature.

Dans le bistrot au bas de l'immeuble d'Anna, Kassia finissait son deuxième cappuccino et Jazz commençait à vibrer sous l'effet des cafés serrés. Il releva la tête. Enfin, les voilà ! Il ne voyait rien encore, mais *Magic was in the Air*. Il guetta le bout de la rue. *Les Mammas ne sont pas discrètes, c'est le moins qu'on puisse dire,* pensa-t-il en les observant approcher dans un brouhaha de voix et le concert de klaxons des voitures qu'elles ralentissaient. Il pouvait même apercevoir un gamin qui séchait l'école et n'avait rien de mieux à faire que les suivre en flânant.

« Pas de panique ! Patientez donc un peu, râla Gina en levant les bras vers un automobiliste. Nous sommes les Mammas, vous n'allez pas bousculer les Mammas, tout de même ! Nous sommes chez nous ici. Bon, les filles, vous venez toutes à la maison ? Allez, on monte !

— Eh, Gina, qu'est-ce que nous faisons avec les fauteuils ? Faut les rapporter au loueur, rappela Anna.

— Et toi, jeune homme, approche ! cria Gina.

— Moi ?

— Oui, toi, voyons, tu vois quelqu'un d'autre ? »

Nicolo se demanda s'il devait fuir ou affronter la vieille, mais depuis l'accident de son père, il ne fuyait plus devant grand-chose. Il s'avança vers Gina.

« Moi, c'est Nicolo, vous êtes qui ?

— Oh, le petit matador ! T'es occupé, là, Nicolo ? Que dirais-tu de gagner vingt euros ? »

Ben, si tu savais à quoi je suis occupé, tu rigolerais moins ! songea Nicolo.

« Je dois faire quoi ?

— Tu rapportes les fauteuils à la pharmacie de viale Martiri della Foce, tu sais où elle se trouve ?

— Mais pourquoi vous les avez loués, d'abord ? Vous pouvez marcher, j'ai vu vos amies se lever.

— Tu as vu ça, toi ? C'est un miracle, jeune homme, c'est un miracle. Et une bonne blague, nous avons bien rigolé. Mais ce ne sont pas tes affaires. Alors, tu nous aides ou pas ?

— Mais comment je fais pour les rapporter tous les trois ? Si vous voulez un poulpe, faut aller à l'aquarium. Moi je n'ai que deux bras ! Et ce sera dix euros par fauteuils, je vais devoir faire au moins trois trajets.

— Dix euros par fauteuil ! T'es gonflé, toi. T'as une affaire qui te tombe toute cuite dans le bec et tu négocies ? Si saint Pierre t'appelait, tu le snoberais pour exiger Jésus ?

— Vous n'êtes pas exactement une sainte, avec votre arnaque au fauteuil ! Trente euros ou rien ! Sinon, si vous êtes potes avec saint Pierre, faut lui demander à lui, hein.

— Mais c'est qu'il a la langue bien pendue, le môme ! Avec Gina, il n'y a pas d'arnaque, petit ! Et t'es vraiment un voleur ! Tu les auras tes trente euros.

— Dix euros d'abord et le reste ensuite, si vous voulez. Je les mets où les chaises roulantes, en attendant ?

— Dans l'entrée, là, à côté des boîtes aux lettres.

— Et comment je fais, moi, pour venir prendre les deux autres ?

— Le code c'est C-C-1-4-9-2, chuchota Gina.

— Christophe Colomb 1492 ? Facile à retenir !

— Mince alors, je suis tombée sur un petit génie ! s'exclama Gina. Les filles, ce gamin est trop futé !

— Salut, Nicolo, lâcha Ornella.

— Tout marche comme tu veux ? s'inquiéta Monica. Tu n'as besoin de rien ? Tu veux grignoter quelque chose ? Vraiment rien ? Tu es sûr ?

— Peut-être qu'il veut une glace ? » ajouta Sofia.

Nicolo resta les bras ballants, dansant d'un pied sur l'autre. Il n'avait pas vraiment l'habitude des compliments et de la gentillesse. Il était pourtant bien normal d'essayer de bien faire et de se débrouiller seul, pas de quoi s'extasier.

« Et vous habitez où ? lança-t-il fièrement.

— Pourquoi tu veux le savoir ?

— Faut bien que je vienne récupérer mes vingt euros pour les deux derniers fauteuils.

— Tu penses vraiment à tout, toi, pas vrai ? J'habite au deuxième étage, porte gauche, avec le tapis *Alea jacta est*. Ne tire pas la chevillette, la sonnette est cassée. Frappe fort, car avec toutes les filles, je ne sais pas si nous allons t'entendre tout de suite. Allez ciao, prends ce billet et file, j'ai faim, moi ! »

Nicolo s'éloigna sur le trottoir en poussant le fauteuil roulant. Au coin de la rue, il tomba nez à nez avec Enzo qui le cherchait partout.

« Qu'est-ce que tu fais avec ça ?

— Oh, je le ramène juste à la pharmacie. C'est déjà fini ?

— Les réunions ne durent jamais très longtemps, tu le sais bien, rappela Enzo. Tu veux les consignes ? Faut trouver une jeune femme, une jolie un peu rousse, qu'est sortie toute nue en peignoir dans le *vico* di Santa Rosa, et un grand type dangereux qu'a piqué un pistolet dans les tours nord, et éventuellement des infos sur les vieilles dames folles. »

Nicolo enregistra tout dans sa tête. Il ne se retourna pas et rata de peu ceux que les sentinelles traquaient dans toute la ville quand, sortant du café non loin, Kassia et Jazz s'approchèrent du groupe.

« Coucou les filles, surprise ! clama Kassia. Tout va bien pour vous ?

— Kassia !

— Elle est vivante !

— Eh, lâchez-moi, lâchez-moi, tout va bien, je vous dis ! Promis, je vais tout vous raconter.

— Et voici donc le fameux Jazz », commenta Gina.

Elle le regarda de bas en haut en connaisseuse et se tortilla d'excitation :

« Beau spécimen !

— Tata ! cria Kassia.

— Gina, voyons, tiens-toi bien ! l'attrapa Anna.

— Bonjour mesdames, charmé d'enfin vous rencontrer. Et vous devez être Gina, en déduisit Jazz en souriant. Le spécimen vous remercie bien de cette appréciation très positive.

— Je, je...

— Elle rougit ! rigola Ornella

— Bon, allez, ça suffit ! On monte ou on prend racine ? » rétorqua Gina en haussant les épaules.

Quelques minutes plus tard, l'appartement de Gina bouillonnait d'effervescence. L'eau tiédissait dans la marmite et le four préchauffait pour les tartes. Monica rassemblait la pâte feuilletée, les épices, la ricotta et les œufs, Anna égouttait la mozzarella, Claudia découpait les tomates, Sofia lavait le basilic, Silvana fouillait les placards à la recherche du parmesan et des pignons de pins pour le pesto, Ornella frottait d'ail le pain grillé des toasts aux anchois, et Gina, cuillère en bois à la main, supervisait les copines dans la grande cuisine telle un chef d'orchestre autrichien le jour du Nouvel An.

Kassia et Jazz, un peu étourdis de tout ce remue-ménage, salivaient d'avance sur le canapé. Kassia avait glissé sa main dans celle de Jazz et fermait les yeux. La fuite sur les toits, la nuit au musée et l'attente aux cafés l'avaient lessivée.

« Quand je les vois faire la cuisine, je comprends bien mieux leur efficacité, constata Jazz. Elles sont épatantes. Ce sont les sept mercenaires, tes Mammas.

— Oui, elles sont très fortes, je les adore. La façon dont elles ont investi le Palazzo Rosso était une idée géniale.

— Et, les jeunes, ne restez pas plantés sur le canapé, venez ouvrir les Colli di Luni et le Rossese di Dolceacqua.

— Ce sont des coquillages ?

— Mais il ne connaît rien ! C'est du vin, beau gosse. Vous aimez ça le vin, au moins ? Vous ne buvez pas que de la bière de barbare ? Eh... Quelqu'un frappe à la porte ! cria Gina. Lâche la main de Jazz et va ouvrir, s'il te plaît, Kassia. Ce doit être Nicolo qui vient chercher son billet. Tiens, donne-lui ses vingt euros. Et après, tous à table, il faut que vous nous racontiez vos aventures. Oh là là, je suis tout excitée... »

Quand Kassia ouvrit la porte en bois, Nicolo se figea, bouche bée, sur le palier. Lui qui s'attendait à voir une vieille dame trouvait une jeune femme, une jolie à la chevelure aux reflets roux, qui ressemblait diablement à la femme que Don Cortisone voulait trouver. Il resta planté là quelques secondes, dévisagea Kassia, lui chipa le billet de vingt qu'elle avait entre les doigts et détala à toute vitesse dans les escaliers.

« Mais qu'est-ce qu'il a ? murmura Kassia en claquant la porte. Gina, tu lui avais dit quoi, au petit ? Il s'est enfui dès qu'il m'a vue et m'a arraché le billet des mains.

— Laisse tomber, il n'y a rien à faire. J'espère juste qu'il va rapporter les fauteuils comme il l'a promis. Allez, les filles et Jazz, à table ! Kassia, tu nous racontes tout, hein ? »

Une heure plus tard, les Mammas, pour une fois, restaient silencieuses. Le récit des dernières journées de Kassia, qui avaient failli être ses dernières heures, les avait laissées sans voix. Don Cortisone avait réussi l'impossible : faire taire les vieilles dames.

« Tata Mortadelle ? » s'inquiéta Kassia, qui jamais ne l'avait vue plus silencieuse qu'à l'enterrement de Pavarotti.

Cling, clig, clong, clouc, clic, clanc, touc ! Six fourchettes et une cuillère en bois, à l'unisson, frappaient les verres et les mugs dépareillés sur la table du salon. *Cling, clig, clong, clouc, clic, clanc, touc ! Les Mammas se préparent à la guerre*, constata Jazz. *Ça va péter !*

« Roââââ... Mais ils n'ont rien compris ! mugit Gina. Vous pensez la même chose que moi, les filles ? À l'attaque, nous remettons le couvert ce soir. Mort aux abrutis, et en attendant, bouffez ! Faut des forces et du moral, et un ventre plein vaut mieux que deux tu l'auras. Et après, sieste !

— Non, une petite partie d'échecs digestive d'abord, répliqua Monica. Et après seulement, la sieste. Qui voudra jouer ?

— Pas moi, tu gagnes toujours. Et une guerrière reposée vaut mieux que deux gladiateurs fatigués, comme disait Sapho. Le sommeil, ça compte », grommela Sofia

Chapitre 19

La tête de Melody heurta le métal. Malgré les effets anesthésiants des émanations de cannabis, la douleur à son genou, ajoutée aux cahots et aux bruits de la route, acheva de lui faire reprendre connaissance. Il lui fallut quelques instants pour comprendre qu'elle n'était plus dans le cargo. D'un seul coup, tout lui revint en mémoire : l'arrivée à L.A., Hayato Le Tatoué, l'embuscade sur le port. Le conteneur ! Elle se trouvait dans le conteneur de drogue ! Sur un camion en route pour... Mince ! Où est-ce qu'on l'emmenait ?

Melody se dressa sur ses jambes et chancela. Elle s'appuya contre la paroi et fit jouer son genou, le replia, puis mit sa jambe gauche en extension. Mécaniquement son genou fonctionnait encore. Elle palpa sa jambe, gonflée et douloureuse à la pression. À coup sûr, un bel hématome et un petit épanchement. Son médecin lui conseillerait le repos, ce qui tombait bien, elle était coincée dans une boîte en fer.

Elle porta la main à son front et la retira luisante de transpiration. Il faisait chaud, elle étouffait. Elle reprit une inspiration sifflante et ses poumons s'affolèrent, il n'y avait pas assez d'air là-dedans ! Les conteneurs prévus pour la pleine mer étaient certifiés étanches, le certificat CSC qu'elle avait photographié en faisait foi. *Est-il vraiment possible qu'ils soient totalement hermétiques à l'extérieur ? Que la certification soit à ce point certifiante et radicale ?* De l'air, il fallait qu'elle trouve de l'air ! Elle s'allongea au sol, le nez à ras des portes et des jointures, à la recherche du moindre souffle. Elle mouilla son doigt, ne sentit rien, aucune sensation de fraîcheur, et pas même une vibration de sourcil. Elle s'assit et frappa à la cloison avec son pied droit. *Boum, boum, boum... Boum, boum, boum... Boum, boum, boum.* Après quelques minutes qui lui semblèrent une éternité, le camion s'inclina enfin sur le bas-côté et les gravillons crépitèrent sur la carlingue. Dehors, des pas faisaient crisser les graviers. Le cadenas claqua, la porte s'ouvrit avec un grincement. *Aaaah...* Melody ferma les yeux en inspirant une grande bouffée d'air frais comme un alcoolique en manque boit son verre de whisky le soir au comptoir du premier bar. Elle ouvrit les yeux et les referma aussitôt, éblouie par la torche braquée droit sur son visage.

« Vous ne pouvez pas baisser cette torche, non ? »

L'homme dissimulé dans l'ombre baissa son bras. Pendant qu'elle gisait inconsciente, la nuit était tombée. Peu à peu, ses yeux s'accommodèrent à l'obscurité et les silhouettes s'affinèrent. Elle distingua le panneau routier réfléchissant de l'Interstate 40 indiquant une déviation vers Klondike, Siberia et Bagdad sur la mythique route 66 puis reconnut Hayato qui pointait nonchalamment vers elle un pistolet automatique, un Glock 17 embarquant dix-sept balles 9 mm parabellum, une arme prévue pour les forces armées et les pros. Elle-même en avait eu un, avant qu'elle ne change pour un G19, plus compact et moins lourd. Une belle arme fiable et robuste dont elle ne pouvait espérer aucune défaillance. Si Hayato savait s'en servir, et elle avait peu de doute là-dessus, elle n'avait aucune chance d'y échapper. Juste à côté de Hayato se tenait Henrik, torche en main, tout souriant et toujours aussi jovial d'apparence.

« Merde, merde et remerde ! Vous aussi, Henrik ? » s'exclama-t-elle.

Une chape glacée la recouvrit, elle posa ses mains sur ses tempes et inspira profondément en levant son regard vers le ciel. Ses doigts balayèrent son visage, elle observa les deux hommes. Saleté de boulot, elle ne pouvait jamais faire confiance à personne ! Cela lui apprendrait à relâcher la pression, c'est vrai qu'elle s'était un peu laissée aller et que le *Forever Claudette* avait été un intermède confortable. Le Tatoué lui avait toujours paru suspect, mais Henrik avait été insoupçonnable.

Pourquoi fallait-il qu'à chaque fois que la situation revenait à la normale, le sort lui joue un mauvais tour ? Le capitaine Henrik semblait las, avec une barbe naissante, et portait encore sa casquette bleue à ancre de marine. En même temps, il avait l'air heureux du bon coup qu'il lui faisait.

« Surprise, hein, Fortuna, ou devrais-je dire Melody ? la salua Henrik d'un ton bonhomme. Tu as beaucoup de passeports pour une seule femme.

— De l'eau, croassa Melody.

— T'es comme les autres, hein ? Tous ceux qui font un petit voyage avec nous vers le désert réclament à boire. Tiens, attrape, grommela Hayato en lui lançant une petite bouteille d'eau minérale. »

Melody vida la bouteille d'une traite et la lui balança à la tête. Hayato rigola en la saisissant au vol.

« Henrik, vous êtes ici ? Mais alors, qui est-ce qui pilote le navire ?

— Oh, mais Dimitri, bien sûr. Un bon gars, ce Dimitri, expliqua Henrik. Il a embarqué la relève, un Coréen et un Français.

— Pourquoi est-ce que vous faites ça, Henrik ? Vous vous rendez complice d'un kidnapping.

— Voyez-vous, ma chère Fortuna, j'arrive à un âge où tourner toute l'année autour du monde me fatigue. J'en ai eu ma dose de scruter la mer à la recherche de pirates au large de la Somalie ou dans le détroit de Malacca. J'ai en tête une petite île près des côtes danoises où je prendrais bien ma retraite. Il se trouve qu'elle est à vendre et que je suis tout près d'avoir réuni la somme qu'il me faut pour l'acheter. Transporter des milliers de conteneurs de cannabis, ça me fait un beau matelas de billets à la fin de l'année. Le cannabis, ce n'est pas si terrible. Ça rend tout le monde euphorique et paisible. Et puis, qu'est-ce que je m'amuse ! Je reconnais que ce petit jeu est fatigant et dangereux, mais depuis que je fais ce trafic, ma vie est devenue beaucoup plus intéressante.

— Votre vie risque de devenir beaucoup plus courte aussi. Des types comme lui, ils n'hésiteront pas à vous descendre, répliqua Melody en désignant Hayato.

— Hayato ? Oh, c'est un ami et il a une dette d'honneur envers moi depuis que je lui ai recousu le ventre l'an dernier après l'attaque des pirates. Vous devriez plutôt vous occuper de votre vie à vous, Fortuna. En fouinant partout, vous venez de beaucoup la raccourcir. Un vrai gâchis, soupira Henrik. Une belle jeune femme comme vous... »

Elle lança un regard rageur vers Henrik :

« Vous transportez des milliers de conteneurs de drogue, vous avez dit ?

— Vous n'avez pas idée, ma chère. Je suis le père Noël, j'en livre dans le monde entier. Tout le monde en veut. Vous êtes obnubilée par celui-ci, mais si vous saviez ! Il y en avait tellement d'autres sur le pont. Bon, assez discuté. Ce n'est pas trop inconfortable là-dedans ? Parce que nous avons de la route à faire, encore six ou sept heures. Hayato, donne-lui une autre bouteille d'eau. Comme vous l'avez remarqué, Fortuna, il n'y a pas beaucoup d'air à l'intérieur. Je vous conseille de rester allongée et de ne pas trop vous agiter. Économisez votre souffle. Nous allons nous arrêter de temps en temps, pour faire le plein. L'un de nous viendra ouvrir pour mettre un peu d'air là-dedans, nous n'avons pas envie que vous claquiez tout de suite, il y a quelqu'un, où l'on va, qui adore interroger les suspects, ajouta Henrik d'un air dégoûté. Et nous avons d'autres projets pour vous...

— Quels autres projets ?

— Suuurprise ! » s'exclama Hayato en lui jetant une autre bouteille.

Melody vit la porte se refermer sur elle et entendit le craquètement du cadenas. Adossée à la paroi d'acier, elle fut de nouveau plongée dans les ténèbres. Elle s'allongea pour réfléchir. Le sol de métal était dur et froid et l'air de la nuit avait dissipé l'odeur de l'herbe. Elle savait que le meilleur moment pour s'évader se situe toujours peu après la capture, quand les positions ne sont pas encore figées. Plus tard, tout se stabilisait, se verrouillait, et elle ne pourrait pas compter sur la cavalerie pour venir à son secours. Personne ne savait où elle se trouvait et dans ces opérations clandestines, c'était le plus souvent chacun pour soi. Elle devait agir vite, maintenant, en phase de transition, pendant le voyage. Elle avait eu le temps de voir qu'elle était au croisement entre la I-40 et la route 66. Elle se souvenait que les autoroutes paires traversaient les États-Unis d'ouest en est et les impaires du nord au sud. Elle devait donc se diriger vers l'est, vers le Colorado, et ça collait avec ce qu'elle connaissait de la route 66. Klondike, Siberia, Bagdad... Canada, Russie, Irak... À l'époque, cela avait dû être une jolie pagaille, la conquête de l'Ouest ! Des types qui venaient du monde entier pour se faire une nouvelle vie meilleure, mais qui ne pouvaient s'empêcher de nommer les lieux selon l'ancienne. Comme quoi, les racines, ça compte. *On ne fait jamais vraiment table rase du passé*, songea Melody qui adorait la sauvagerie du climat écossais et déballer de son papier journal *l'arbroath smokie*, le haddock fumé et beurré de son enfance. Elle commençait à avoir faim...

Elle avait également noté une autre information : Henrik connaissait ses deux passeports et son vrai nom. À part confirmer sa suspicion qu'elle appartenait à un organisme d'état, Melody ne voyait pas ce qu'il pourrait en retirer comme avantage. Avec ce que contenait son passeport, il ne pourrait remonter qu'à des informations sans importance : une fausse adresse bien réelle et un contrat de colocation avec un autre agent du service pour suggérer une vie amoureuse qui avait, quelques nuits, débordé du cadre de la suggestion. Un bel amant sur lequel on ne trouverait rien, sa légende de marin le faisant disparaître en mer, plus un employeur fictif, plus des relevés d'assurance authentiques simulant une vie normale et des contraventions de stationnement pour donner de l'aspérité et du réalisme à cette banalité de façade. Les SOCISS avaient veillé à couper toutes les pistes et fignolé cette légende, elle n'avait aucune inquiétude là-dessus.

Elle inspecta sa prison. Allongée dans la largeur, et même en tendant les bras au-dessus de sa tête, elle ne touchait pas les parois opposées. Debout, bras en l'air, elle ne touchait pas non plus le plafond. Elle sauta avec difficulté et toucha la tôle. Le conteneur devait faire à peu près deux mètres cinquante de hauteur. Elle commença à tâtonner à quatre pattes pour explorer sa prison.

À environ deux mètres de profondeur, elle buta sur un sac. Melody le palpa à tâtons et reconnut vite la texture de la toile synthétique et le porte-clés symbole de l'Écosse en forme de chardon. Hélas, Hayato ou Henrik, soupçonneux, avait complètement désossé son sac et en avait même arraché les coutures. Elle sentit les fils de nylon lui chatouiller la paume de la main. Le poinçon tranchant, la loupe, l'hameçon, le tire-bouchon, la lime à acier, la minuscule lampe torche, le câble scie, le coton-tige et la pince à épiler, tout avait disparu. La pochette noire n'était plus là. Elle engouffra son bras dans le sac à dos, il n'y restait que ses vêtements. En vrac. Une grosse boule de fringues. Melody détacha le haut ajustable de son sac, une poche à lanières qui fermait le grand compartiment et le convertit en petit sac à dos. Elle y fourra leggings, T-shirt améliorés, culottes XtremLace... et se maudit de n'y avoir pas pensé plus tôt. Melody fit une prière de remerciement à Shipo, un grand sourire sur son visage, et elle se demanda si ça allait marcher.

Elle ouvrit la ceinture de son pantalon, la dentelle XtremLace qu'elle portait se mit à luire dans le noir. Non seulement le modèle Laser lui fournirait de la lumière dans cette obscurité de trou de taupe, mais sa lingerie orange phosphorescente possédait aussi une arme secrète. Elle posa le doigt sur la couture latérale, sur la hanche, et en dégagea un tout petit tube, un microlaser à haute densité à identification digitale. Pour le moment, un simple tube inerte aussi petit qu'un crayon de papier IKEA. Melody apposa son petit doigt sur le capteur à la base du tube. Ce dernier valida l'empreinte. Le tube prit vie, un point rouge s'alluma. La LED de contrôle. Son pantalon aux chevilles, dans le faible halo lumineux projeté par sa dentelle phosphorescente, elle pointa le microlaser vers la paroi de métal et avec l'ongle de son index fit glisser l'interrupteur en position ON. La lumière polarisée jaillit à pleine puissance et commença à attaquer la paroi avec de minuscules étincelles bondissantes. Un sillon, telle une griffure, s'inscrivit dans l'acier. Vite, il fallait vite qu'elle perce la paroi avant que l'air ne se fasse trop rare dans le conteneur étanche ! Depuis que le camion s'était remis à rouler, sa respiration devenue plus ardue se rapprochait de plus en plus de celle d'un asthmatique en détresse. Henrik l'avait pourtant prévenue. Melody s'appliqua à tracer un cercle approximatif. Le laser attaquait tout doucement l'acier, grignotant la cloison.

« Allez, active, active, bouffe-le ce métal ! murmura Melody. Pourvu qu'il tienne, il a combien d'autonomie, ce laser ? »

Elle était incapable de s'en souvenir.

Elle savait que le voyage serait long, mais de combien de temps disposait-elle ? Elle n'avait absolument aucune envie de découvrir la surprise qu'on lui réservait, et qui raccourcirait sa vie, ni le pervers qui aimait interroger les fouineurs. Le camion poursuivait sa route, filant dans la nuit sans accroc. Elle n'avait perçu aucun ralentissement ni virage serré, aussi Melody supposait qu'elle se trouvait encore sur l'Interstate 40.

Elle travaillait dans le halo orangé de sa culotte de dentelle, concentrée. Le métal rougeoyait sous la puissance du laser, le sillon s'approfondissait. Soudain, le camion ralentit et s'inclina vers la droite. Melody sursauta. D'un glissement du doigt, elle mit le laser sur OFF, le fourra dans sa poche avant de remonter son pantalon et filer de l'autre côté. Quelques secondes plus tard, elle entendit cliqueter le cadenas et un battant de la porte s'ouvrit en grinçant. Les néons de la station-service illuminèrent son visage et Melody cligna des yeux. L'air frais de la nuit emplit le conteneur et elle s'exclama :

« Oh merci, qu'est-ce que ça fait du bien ! »

Le visage de Hayato apparut :

« Ça va là-dedans ? Soif ?

— J'ai besoin d'aller aux toilettes. »

Hayato soupira :

« OK, pas d'entourloupe, Darwin. Descends. »

Il lui tordit le bras dans le dos et la bouscula vers les toilettes publiques de la station Exxon Mobil. L'horloge lumineuse en chiffres rouges sur la façade de la *Seligman Gas Station* indiquait 2 h 50 min au milieu de la nuit et la prochaine ville s'appelait Crooktown[14]. Le camion se trouvait toujours sur l'I-40. Elle poussa la porte des toilettes et leva les yeux : pas de faux plafond ni de porte arrière ou de vantail latéral pour s'évader, comme dans les films. Une grosse ampoule diffusait une lumière jaune. Loin de l'idéal, mais un photon reste un photon, pas besoin qu'il vienne du soleil, et cela suffirait pour recharger le matériau phosphorescent que Shipo avait introduit dans sa lingerie. Elle enleva sa culotte et l'étala sur la faïence ébréchée du lavabo. Assise sur la cuvette, Melody se demanda ce qui avait valu à Crooktown de s'appeler ainsi. Une ville d'escrocs, ce n'était pas bien flatteur, le nom devait encore remonter à la conquête de l'Ouest, à l'époque où l'on enduisait les tricheurs de goudron et de plumes. Et ce Seligman avait-il un rapport avec Martin Seligman, le fondateur de la psychologie positive ? Elle réfléchit à l'idée d'attendrir Hayato en jouant de psychologie et songea qu'il y avait peut-être là une piste à exploiter, bien qu'elle n'ait jusqu'à présent perçu aucune prise sur son geôlier, qui ne laissait jamais rien paraître.

---

[14] Littéralement, « ville escroc ».

Elle tira la chasse, se rhabilla et sortit dans la nuit. Elle regarda autour d'elle. À cette heure, tout était désert. Personne à alerter.

« Eh, doucement ! Tu me fais mal ! »

Hayato lui avait saisi le poignet droit pour le plaquer dans son dos sous ses omoplates. Il la poussa sans ménagement jusqu'au camion.

« Au fait, t'as aimé ma blague ?

— Quelle blague ?

— Les fleurs. T'as cru que j'en pinçais pour toi, pas vrai ?

— Oui. Moche comme t'es, les femmes doivent te fuir dès qu'elles te voient.

— Les femmes je les achète, t'en fais pas pour moi. Tu connais ce que signifie l'amaryllis, chez les Japonais ?

— ...

— La timidité. Pour t'endormir un peu plus au cas où tu t'y serais connu en fleur. Allez, monte, Darwin, nous avons encore quelques heures à faire.

— J'ai faim... Vous avez quelque chose à manger ?

— C'est pas vrai...

— Où est Henrik ?

— Il dort. Maintenant, tu la boucles. »

Hayato referma la porte et s'éloigna. Melody entendit le claquement métallique du cadenas se verrouillant. Elle avait espéré une erreur, mais pour le moment Le Tatoué gardait son sang-froid. Quelques secondes plus tard, le cadenas craqua de nouveau et la porte se rouvrit.

« Tiens, attrape ! Et tu ferais mieux de dormir, tu vas avoir besoin de tes forces. »

La porte se rabattit sur elle et elle se retrouva encore une fois dans le noir. Le camion s'ébranla, accéléra et rejoignit l'autoroute fédérale. Melody baissa son pantalon et la dentelle XtremLace modèle Laser diffusa sa lueur orange. Elle regarda ce que le Japonais lui avait apporté : une canette de soda, deux donuts chocolat-fraise et des nuggets huileux dans une barquette plastique.

« Quel enfoiré ! pesta Melody. Qui peut manger ces saletés ? »

Elle s'assit et commença à grignoter du bout des lèvres. Le gras et le sucre lui donnèrent un coup de fouet et Melody se trouva gagnée par une énergie nouvelle :

« Allez, vite, faut que je m'y remette ! »

Elle trébucha sur son pantalon baissé, sa culotte luisant dans l'obscurité, puis elle se cala face au métal et réactiva le laser. Le faisceau lumineux fit crépiter l'acier, creusant l'entaille ébauchée plus tôt. Une heure plus tard, Melody contemplait son œuvre : l'air pénétrait maintenant à l'arrière, l'oxygène n'était plus un problème et une simple pression de la main au centre du cercle qu'elle venait de tracer pliait la paroi qui ne tenait plus que par pointillés. Elle n'allait pas bondir en marche, elle attendrait d'arriver à destination, quelle qu'elle soit, avant de faire sauter la plaque ronde. Sa mission s'achèverait quand elle aurait déroulé toute la pelote, du producteur au consommateur. Pas question d'ouvrir tout de suite non plus, Melody craignait que l'air qui s'engouffre, avec la vitesse, ne crée un sifflement et un effet de freinage qui alerterait au chauffeur qu'il y avait un souci.

Elle vérifia son petit sac à dos de fortune, y tassa le soda et le donut restant et, enfin, récupéra le porte-clés chardon qu'elle y accrocha. Ce n'était pas le trèfle irlandais, mais depuis les invasions vikings, le chardon avait toujours porté chance aux Écossais. Que se serait-il passé si cet envahisseur viking n'avait pas marché pieds nus sur un chardon et crié de douleur, donnant ainsi l'alerte ? Melody sourit. Peut-être que l'Écosse serait viking, qu'elle croirait en Thor et Odin et que sa mère lui aurait lu des sagas le soir pour l'endormir. Elle programma son esprit pour se réveiller au moindre changement de rythme du camion et s'allongea pour sommeiller. Le stress, la concentration et le découpage au laser l'avaient vidée. L'instant où elle avait quitté confiante le *Forever Claudette* lui semblait déjà très loin.

Les premières lueurs du jour pointaient à travers les ouvertures qu'elle avait percées quand les cahots de la piste la réveillèrent. Le véhicule avait considérablement réduit sa vitesse et roulait maintenant dans un désert de schiste, de falaises de grès et de sable dur. Des blocs de pierre percutaient la carlingue et le carter, et la tôle résonnait sous le coup des impacts. Melody se planta sur le sol en position de combat, bascula et décocha une série de violents coups de pied dans le disque prédécoupé. Le métal se déchira et le cercle de ferraille disparut au sol avec un bon gros *clong* qui se fondit parmi les autres chocs. Elle attendit quelques secondes : aucune réaction de la cabine à l'avant. Hayato et Henrik devaient être concentrés sur la piste. Elle arrima son sac sur son dos, aussi ficelé qu'un parachute, passa le buste par l'ouverture et s'agrippa aux rainures extérieures du conteneur, les doigts repliés comme des serres pour assurer sa prise. Elle se hissa d'abord à la force des bras, glissa les jambes au-dehors, prit appui sur la tranche de métal découpé et, avant qu'un coup d'œil du chauffeur dans le rétroviseur ne la trahisse, elle escalada la paroi aussi vite que possible pour s'allonger sur le toit.

Le camion roulait au fond d'un large canyon que des millénaires d'érosion avaient creusé dans le plateau. *Quatre cents mètres de large, à peu près*, estima Melody. Une coulée verte au cœur du désert. Sous le soleil rasant du matin, les parois hautes de trois cents mètres projetaient des lacs d'ombres au cœur de la faille. Le camion louvoyait d'îlots de lumière en taches d'obscurité comme sur la peau d'un léopard. Bras et jambes en étoile pour se stabiliser, Melody plissait les yeux dans la poussière. Soudain, au-delà d'un coude du canyon, un éclat lumineux attira son attention vers deux camping-cars blancs en enfilade. Couverts de poussière, les pare-brise protégés par un matelas d'aluminium. *Stationnement permanent*, conclut-elle. Un 4x4 Range Rover vert bronze et un pick-up Toyota blanc étaient garés côte à côte, un peu plus loin, et Melody eut juste le temps d'apercevoir le conteneur bleu-gris arrimé à la falaise avant que Henrik klaxonne pour signaler son arrivée.

Elle n'hésita pas, il était déjà presque trop tard. Elle bondit au sol, se réceptionna avec un roulé-boulé en rentrant la tête, retint un cri de douleur, son genou, et, bourrée d'adrénaline et le cœur battant, rampa vers les arbustes qui trouvaient refuge à l'ombre des parois. Cachée derrière un genévrier, elle observa le camion brinquebalant faire encore quelques mètres avant de stopper près des camping-cars.

Henrik et Hayato claquèrent les portières. Henrik s'étira et se dirigea nonchalamment vers l'arrière du camion quand il s'arrêta net. Il venait de voir le trou dans l'acier.

« Hayato ! Viens voir ça ! »

Henrik s'approcha et passa ses doigts sur la déchirure du métal. *Nom de nom, comment a-t-elle pu faire cette ouverture ? La ligne de coupe est tranchante et brûlée ! Ce n'est pas une lime ni une scie... De toute façon, on a dépecé son sac, qu'est-ce qu'on a loupé ? Pleine de ressources, cette Mlle Fortuna Darwin...* Sa disparition allait tous les inquiéter, mais le vieux Danois sourit pour lui-même. Il avait de l'admiration pour Fortuna, même s'il refusait de l'avouer. Il aimait les gens futés et débrouillards. Décidément, il s'amusait bien plus dans cette nouvelle vie.

« *Fuck* ! hurla Hayato. Bordel de bordel ! »

Il se précipita sur le cadenas, ouvrit les deux battants du conteneur.

« Merde, comment c'est possible, Henrik ? Son sac est toujours là. »

Hayato le secoua frénétiquement :

« Il est vide !

— Je ne sais pas comment elle a fait, mais c'est toi qui as découpé son sac et l'as emmenée aux toilettes sur l'aire d'autoroute. Il ne s'est rien passé de spécial ? rétorqua Henrik.

— Putain, non. Je l'ai emmenée, nous n'avons croisé personne, elle a pissé, elle est ressortie, je lui ai filé à bouffer, rien d'autre.

— Elle a dû mettre des heures à percer ça. Tu n'as rien vu à Seligman ?

— Que dalle, y avait rien. Après, c'était la nuit, y avait que la lumière des néons, mais si ce trou avait été là, je l'aurais vu !

— En clair, elle a pu sauter n'importe quand entre notre arrêt et maintenant. De toute façon, c'est fait, pas vrai ? »

Une fille avec autant de ressources, elle doit être tenace, pensa Henrik. *Je l'aime bien, mais va falloir se méfier...*

« Hayato, tu préviens les autres de garder les yeux grands ouverts. Elle n'est peut-être pas loin. Après, si elle est dans le désert, elle ne tiendra pas longtemps sans eau, les vautours nous la signaleront. »

Je tiens plus longtemps que tu ne crois dans le désert, imbécile. Je vois plein d'arbres ici, je peux trouver de l'eau. À cinquante mètres d'eux, Melody entendait tout. Le moindre son se répercutait, amplifié par les parois. Il faudrait qu'elle veille à ne faire aucun bruit. Ce n'était pas le moment de faire craquer une branche. Elle était surprise, aussi. Ce n'était pas la première fois que Henrik parlait à Hayato comme s'il était le chef. Jusqu'ici, elle l'avait plutôt perçu comme un vieil homme opportuniste qui voulait embellir sa retraite. *Il faut se méfier du vieux qui dort*, pensa-t-elle. Dans l'immédiat, elle avait des questions à résoudre : où était-elle, pourquoi conduire ici le chargement de cannabis, et pourquoi ce conteneur et ces camping-cars ?

Bien loin de là, Frank Forth et McCoy savaient exactement où se trouvait Melody, du moins à en croire la position du camion. Dans les minutes suivant le kidnapping, McCoy avait pris l'initiative de dévier la trajectoire du SSBS, le *Scottish Space Battle Ship*[15], le seul satellite-espion écossais, afin qu'il piste le trente-huit tonnes sur les routes américaines. Hors de question qu'il perde la trace de la charmante Melody, la seule agente active des *Scottish Officers*. Et si sexy, pour ne rien gâcher. Pour une fois qu'une femme était dans l'équipe ! Cela faisait du bien aux hommes de voir une stratégie axée sur la ruse plutôt que sur la force brute. Puis, penaud, il avait remonté deux étages à pied pour signaler sa prise de contrôle du satellite et officialiser son geste auprès de Forth. Heureusement, ce dernier avait validé sa demande sans rechigner. Avoir assisté à l'agression de K5 l'avait rendu plus souple :

« Ainsi, elle est dans le canyon de Chelly, ou le camion du moins ? l'interrogea Frank.

— Exactement. Il est arrivé ce matin très tôt à l'aube et, selon toute vraisemblance, K5 est toujours prisonnière à l'intérieur. Le camion s'est brièvement arrêté au niveau d'un bled qui s'appelle... »

McCoy consulta sa fiche :

« Voilà, un bled qui s'appelle Seligman, pour faire le plein, et il a roulé ensuite non-stop jusqu'à Chelly.

— C'est quoi ce canyon ?

— Juste un canyon sur le plateau du Colorado, comme le grand canyon, en plus petit c'est tout. Des parois de trois cents mètres quand même. Si K5 est bien là-bas, elle est coincée, il n'y a pas cinquante façons d'en sortir. Soit par la route par laquelle elle est arrivée au nord, soit en suivant le canyon pendant quarante kilomètres à travers la réserve navajo.

— La réserve navajo ? Ce n'est pas déjà là où est K6 ?

---

[15] Le vaisseau spatial de combat écossais.

— Il n'y est plus, il suit une piste en Italie, mais oui, c'est bien là. Le canyon de Chelly, Monument Valley, Fort Defiance, tous ces endroits font partie du territoire navajo.

— Un lien entre les deux affaires ?

— Le contraire serait surprenant. Après tout, K5 et K6 travaillent tous deux sur le trafic de drogue.

— Débrouillez-vous pour faire savoir à K5 que nous sommes là, McCoy, qu'elle sache qu'elle a du soutien.

— OK, chef. »

Comme Arnold McCoy quittait la pièce, Frank Forth l'interpella : « Une dernière chose...

— Oui ?

— Remettez-moi ce satellite sur les rails, avant que je me fasse rappeler à l'ordre par le Premier ministre. »

Chapitre 20

Les Mammas sortirent de leurs rêves vengeurs en fin d'après-midi. Gina ne décolérait pas. Elle tournait en rond dans l'appartement en fourbissant ses armes :

« C'est bon, les filles, nous avons tout ? Des rouleaux à pâtisserie, deux marteaux, une tenaille. Autres choses pour frapper ? La louche ?

— Je l'ai, je l'ai, confirma Anna, mais je ne sais pas si elle sera assez solide.

— Et si nous faisions comme Bansky ? proposa Claudia.

— Qu'est-ce que tu veux dire, Claudia ? demanda Silvana.

— Nous pourrions écrire sur les murs. Nous pourrions écrire les noms de ceux que nous détestons, ou des messages pour les avertir. Nous pourrions écrire sur les murs la force de notre colère, ou notre peur, sous forme de graffitis. Nous pourrions taguer les magasins d'un signe, notre signature. Nous pourrions, nous pourrions... faire un pochoir en forme de Kassia ! »

Jazz intervint :

« Je ne peux pas vous empêcher de faire votre expédition punitive, mais vous ne devriez pas signer avec un symbole Kassia. C'est trop simple, Kassia va avoir des ennuis, il est trop facile de remonter jusqu'à elle. Michelangelo et Leonardo pourraient simplement porter plainte contre une ancienne employée. En plus de la mafia, elle aurait la police à sa recherche. Je ne crois pas que ce soit une bonne idée de laisser des traces aussi flagrantes.

— Il a raison, dit Gina. Mais moi, j'aime bien l'idée du pochoir. Si nous nous y mettons toutes, nous pourrions en faire plusieurs, avec plein de fruits pour ne rien révéler d'évident. Il y a combien de boutiques MA & L déjà ?

— Onze, dit Ornella, après avoir pianoté difficilement sur les minuscules touches de son téléphone portable. Mais pourquoi MA & L ? C'est Cortisone qui en veut à notre Kassia !

Monica se prit la tête à deux mains.

— Mais c'est pourtant logique ! Comment crois-tu que les dessins de Kassia sont passés du bureau des brevets à MA & L ? C'est parce que Cortisone et MA & L sont de mèche !

— Et qu'au moins, les boutiques, on sait où elles sont, résuma Sophia. Nous faisons onze fruits, alors.

— Ce n'est pas un peu trop ?

— Mais non, dit Gina, je propose une pomme, une poire, une banane, un kiwi, un ananas, une fraise, une orange, un citron, un pamplemousse, un abricot, une pêche, du raisin, des cerises, une prune, une papaye, un avocat et des Kassias au milieu de tout ça. Nous avons le choix.

— Si vous voulez, soupira Jazz qui avait déjà compris que ce que Gina voulait, Dieu le voulait. Soyez prudentes, les Cortisone ne sont pas des rigolos.

— Franchement, moi je me sens revivre ! s'exclama Monica. Un peu d'adrénaline, ça me rajeunit ! »

Quelques minutes plus tard, elles étaient toutes rassemblées autour de la grande table rectangulaire. Monica dessinait au crayon sur les cartons d'emballage et les paires de ciseaux passaient de mains en mains pour découper soigneusement les pochoirs. Anna, descendue à la cave, avait constaté que Nicolo n'avait pas rapporté les deux autres fauteuils roulants puis était remontée avec un vieux pot de peinture noire et un gros pinceau plat. Elle avait pris Kassia à part :

« Je n'ai qu'une petite chambre d'ami, avec un grand lit. Toi et Jazz, vous... »

Elle avait tapoté ses index tendus, avant de les coller l'un contre l'autre. Kassia avait pris un air gourmand, confirmé d'un hochement de tête avec un petit sourire et tapoté elle aussi ses index :

« Merci pour la chambre, ça nous ira très bien. On peut utiliser ta douche aussi ? Cela fait deux jours que je ne me suis pas lavée...

— Bien sûr, bien sûr, acquiesça Anna avec un clin d'œil. Attention, à deux le sol glisse, crois-en mon expérience. Prenez des serviettes dans l'armoire. Mais au fait, vous n'avez rien à vous mettre !

— Tout est resté dans l'appartement là-bas. Et Jazz qui m'avait acheté de si jolies choses... »

Anna s'éloigna pour chuchoter à l'oreille de Gina et Gina se tourna vers la table.

« Alors, les filles, ces pochoirs, vous y arrivez ? Combien de fruits ?

— Plus qu'un, avait répondu Ornella qui tentait de dessiner une papaye.

— Monica, toi qui aimes l'aventure, tu voudrais bien aller chercher les affaires des jeunes ? Avec leur départ à la Peter Pan au-dessus des toits, ils n'ont plus rien à se mettre.

— Jazz, il est où ton appartement ? demanda Monica en relevant la tête.

— Au 6, Vico di Santa Rosa, entre la cathédrale San Lorenzo et l'église Santa Maria di Castello. Au sixième étage. Tu veux la clé ?

— Vas-y envoie, beau gosse ! T'inquiète pas, je trouverais avec la carte, pas de souci.

— Tu peux l'appeler Jazz, s'il te plaît », laissa échapper Kassia un peu vivement.

Monica sourit.

« Vas-y envoie, Jazz. Je vais y aller, je vous ramène un peu de tout. Quelque chose de précis en particulier ?

— Non, rien de précis, juste les fringues dans l'armoire, ça ira très bien.

— Ça marche, beau gosse ! »

Et elle fit un clin d'œil taquin à Kassia qui grimaça. Cette histoire avec Jazz, cela les émoustillait, les Mammas. Remarque que, elle aussi... à l'idée de se retrouver seule avec Jazz...

Quelques minutes plus tard, ses amies descendaient l'escalier avec leur petite laine pour la fraîcheur du soir et les cabas pour les marteaux, louches, rouleaux et pochoirs. Elles se scindèrent en deux groupes pour aller plus vite. Gina décida de prendre les fauteuils roulants, puisque, de toute façon, ce petit voleur de Nicolo ne les avait pas ramenés. Ils serviraient pour les coups de fatigue.

« Nous serons plus discrètes à trois qu'à six, expliqua Sofia.

— Nous formons un groupe sur Whatsapp ? suggéra Ornella. Si l'une d'entre nous a besoin de nous dire quelque chose, tout le monde sera au courant. Qu'est-ce que vous pensez de l'appeler *Les Raisins de la colère* ?

— Steinbeck ! répliqua Claudia aussi sec.

— Trop mou ! Je préfère *Les Fruits de la vengeance* », proposa Gina, très remontée.

Elles sortirent toutes leur smartphone au beau milieu du trottoir. Anna et Silvana se tournèrent vers les autres et demandèrent : « Mais comment ça marche ce truc-là ? Comment on fait ? » Finalement tout s'arrangea, elles se mirent à avancer vers Via Garibaldi tandis que Monica partait vers le *vico* di Santa Rosa.

Nicolo avait pris ses jambes à son cou en voyant Kassia et avait raté la dernière marche de l'escalier, se précipitant tête la première dans les fauteuils roulants entreposés à l'entrée. Il avait rebondi sur ses pieds et s'était rué dans la rue. Après avoir rejoint le Palazzo Rosso en courant pour récupérer son vélo, il avait ensuite pédalé de toutes ses forces vers la grande maison un peu à l'écart du port, dérapant sur les pavés de la vieille ville. Il avait sonné puis tambouriné sur la grande porte de métal brun jusqu'à ce qu'enfin on vienne lui ouvrir. Nicolo, qui participait régulièrement aux rapports hebdomadaires, reconnut le fils Cortisone. C'était Tonio, la brute. *Attention*, pensa Nicolo, *avec la brute, il faut toujours être prudent.*

« Qu'est-ce que tu veux, petit ?

— J'ai des informations pour Don Cortisone. Je sais que normalement c'était tout à l'heure, mais Enzo m'a dit qu'on pouvait venir si...

— OK, entre, et gare à tes fesses si tu nous racontes des craques », répondit Tonio, que Nicolo dérangeait au milieu de son émission préférée, *La Roue de la Fortune* sur Rai Uno – en fait, il adorait la présentatrice qui l'animait.

« Qu'est-ce que tu veux nous dire ?

— Je ne le dirai qu'à Don Cortisone, c'est pour lui mes infos, répliqua Nicolo d'un air bravache.

— Tu te fous de moi ? s'écria Tonio en levant un bras menaçant. Je suis le fils de Don, ce que tu peux lui dire, tu peux aussi le dire à moi. Allez, parle, ou je te file une trempe.

— Non, je ne parlerai qu'au Don, et si tu me frappes, je pars, et tu ne sauras jamais ce que je suis venu dire, et tu le regretteras, et c'est Don qui te filera une trempe quand il saura, et...

— Tonio, lâche ce gamin, qu'est-ce qu'il se passe encore ici ? » s'exclama Don Cortisone qui venait de surgir en bas de l'escalier.

Il jaugea son fils et son visage s'assombrit.

Tonio est un bon exécutant, mais il ne fera jamais un bon chef. Comment se faire respecter si on frappe un enfant ? Et cette balafre sur sa joue était vraiment trop distinctive. De nouveau une preuve qu'il n'était pas si malin...

« Don Cortisone, j'ai des informations pour vous, écoutez-moi, écoutez-moi...

— Vas-y, petit, je t'écoute.

— Enzo vous a raconté pour les vieilles dames au musée ?

— Oui. Je connais déjà tout ça.

— Je les ai attendues à la sortie du musée, je les ai suivies vers la piazza Arsenio Lupini, elles poussaient les trois fauteuils roulants, et à un moment, à cause des pavés, elles se sont toutes levées. En fait, elles peuvent marcher, elles ne sont pas si vieilles que ça, elles ne sont pas handicapées du tout !

— Tu es sérieux ? Elles marchent ? Et tu sais pourquoi elles ont joué cette comédie ?

— Je leur ai demandé, la chef s'appelle Gina et elle m'a dit qu'elles ont bien rigolé et que ça ne me regardait pas et que je pouvais gagner dix euros pour rapporter les fauteuils viale Martiri della Foce.

— C'est tout ?

— Euh non... J'y suis retourné pour rapporter les autres chaises roulantes, j'ai trouvé le paillasson *Alea jacta est* et, quand j'ai sonné à la porte, c'est pas une vieille, mais une jeune, qui ressemble drôlement à celle que vous cherchez qui m'a ouvert : des cheveux châtain roux, des yeux gris-vert... »

À ces mots, Don Cortisone regarda Tonio.

« Ça colle avec ta Kassia ?

— Oui, Don, mais je t'ai déjà dit, et je le répète, ça ne peut pas être elle, c'est impossible, on l'a t... tu sais bien, emmenée faire un tour en bateau. »

Tonio fixa son père puis Nicolo avec insistance.

« T'es toujours là, toi ? s'étonna Don en remarquant Nicolo. Allez, ouste, file. Tu as eu raison de venir, exactement le genre d'information que je cherche. Merci. Tiens, prends ça avant de partir. »

Don lui tendit un billet de vingt euros. Nicolo franchit le seuil de la capitainerie, enfourcha son vélo et rentra chez lui retrouver sa mère. La soirée commençait, elle devait déjà être inquiète.

Une fois le garçon parti, Don Cortisone ordonna d'un ton sans appel :

« Tonio, tu vas vérifier ! »

Tonio acquiesça et se rendit chez les vieilles en râlant. Il était pourtant évident que les petits crustacés avaient déjà commencé à bouffer la fille et lui allait rater la demi-finale de *La Roue de la Fortune*. D'ailleurs, il aurait bien kidnappé la grande blonde sexy qui présentait l'émission, pour son plaisir, mais le richissime patron de Rai Uno, Silvio Tortellini, veillait sur son harem et aurait aussitôt décroché son téléphone pour appeler les Familles. Et ça, ce n'était pas bon, pas bon du tout. Alors, il se tenait à carreau. Machinalement, Tonio frotta la cicatrice sur sa joue. C'est toujours ce qu'il faisait quand ses pensées le mettaient mal à l'aise ou qu'il était gêné. Heureusement pour lui, il ne pensait pas souvent. Il traversa la ville, agacé et frustré.

Chapitre 21

Dans l'appartement de la piazza Lupini, dès que la porte d'entrée eut claqué, Kassia s'exclama :

« Enfin, elles sont parties ! J'espère qu'elles ne vont pas trop faire de bêtises... »

Elle fouilla dans la colonne de CD, prit un best of d'ABBA et mis *The winner takes it all*[16]. Puis elle ouvrit le vaisselier pour attraper deux beaux verres ballon en cristal qu'elle remplit de Colli di Luni. « Tchin, Jazz ! » Et elle engloutit son verre d'un trait avant de lui reprendre le sien et de les reposer sur le sol, près du canapé. Elle se rapprocha avec un grand sourire et l'enlaça, se suspendant à son cou. Plaquée contre son torse, elle se hissa sur la pointe des pieds pour lui murmurer à l'oreille :

« C'est toi le *winner*, Jazz. Tu ne voudrais pas qu'on recommence ? J'ai envie. »

Jazz pensa qu'il avait sauvé une fille que la peur de la mort et l'aventure rendaient aussi chaude que la braise. Pas très surprenant de la part de Kassia qui assumait sans tabou sa féminité, ses désirs et son job de créatrice de sextoys. Il reposa son verre. Il la pressa doucement contre lui et se pencha sur elle. En l'embrassant, un flux complice passa de ses yeux gris-vert à ses yeux à lui, quelque chose d'indicible et de mystérieux qui fit pétiller de fines bulles dans son cerveau comme sous l'effet d'une coupe de champagne. Il ressentait avec intensité ses bras légers sur son cou et la pression de ses deux seins contre sa poitrine, le doux retrait du ventre, la cambrure du dos

---

[16] Le gagnant remporte tout.

et le renflement des fesses. Il caressa sa peau au creux de ses reins et finit par glisser sa main chaude sous l'élastique de son legging rouge sombre, s'infiltra dans sa lingerie et lui prit la fesse à pleine main. Sa queue réagit au quart de tour, il se plaqua contre Kassia pour qu'elle sente son désir et plaqua sa bouche contre la sienne. Sa langue força ses lèvres.

« Tu m'écrases et tu m'étouffes, Jazz », souffla Kassia qui le repoussa en voyant les taches dorées s'envoler dans ses yeux noirs.

Elle décrocha la main de sa nuque, descendit, vérifia comme il était dur dans son legging noir de running. Ses doigts le caressèrent, naviguèrent à travers le tissu le long de son sexe en érection. Kassia baissa les yeux. Moulé dans le fin Lycra, Jazz, tendu et raide, ne dissimulait rien de son désir. *Son excitation est tellement visible, c'est pire qu'une exhibition*, pensa Kassia en se mordillant la lèvre.

« Viens, on va sous la douche », proposa Jazz.

Lorsqu'elle leva les bras en l'air dans la petite salle d'eau, Jazz fit glisser polaire et T-shirt d'un seul mouvement par-dessus sa tête et les cheveux rougeoyants de la jeune femme se déployèrent en ondulant sur ses épaules. Kassia dégrafa son haut tout en plantant ses yeux aguicheurs dans ceux de Jazz, darda sa langue sur ses lèvres avec un regard rieur avant de caresser ses seins et de s'amuser à les faire danser en se trémoussant. Un petit rire lui échappa quand elle croisa ses yeux intenses fixés sur elle. *Ah, les mecs ! Le coup des seins, ça marche toujours*, pensa-t-elle.

« Tu me cherches ! » s'exclama Jazz.

Il posa ses mains sur sa poitrine, coinça les mamelons entre son index et son majeur avant de la plaquer contre le mur. Il écrasa ses lèvres contre les siennes, serra ses doigts, Kassia gémit sous la pression puis il se recula, essoufflé. Les seins de la jeune femme reposaient, pâles et lourds, dans ses paumes tannées par le soleil. Il y plongea la tête, embrassa les tétons, donna un petit coup de langue sur les bouts rosés et tendus et continua sa descente. Il saisit l'élastique du legging, de la culotte, et d'un seul mouvement brusque fit tout glisser jusqu'aux chevilles.

Kassia resta figée comme une statue. Jazz fixait des yeux la fine toison roux orangé et le sillon du milieu plus sombre, y enfonça son visage et respira son parfum de femme entêtant, moite et vivant. Sa langue s'insinua plus avant, força la fente suave, chaude et salée, mais Kassia l'agrippa par les cheveux et le releva.

« Attends, on va faire ça à ma façon. »

D'un coup de pied, elle se débarrassa de ses vêtements aux chevilles qui volèrent sur la tommette ocre.

« Enlève ton pull et ton T-shirt », ordonna-t-elle.

Jazz nota son visage sévère et remonta ses vêtements, dévoilant progressivement ses abdos et son torse. Kassia posa la main sur son ventre, apprécia les muscles longs et durs, et quand il eut la tête enfouie dans son pull, aveuglé, elle lui baissa d'un coup sec son legging noir et son boxer jusqu'aux genoux. Elle s'empara de la verge rigide, serra le barreau dur et chaud et retroussa la peau fine. Le gland gonflé, rose et luisant, apparut sous ses yeux. Son cœur s'enflamma et elle observa son bel espion. L'indécence personnifiée. Ni tête ni jambe. La statue romaine d'un gladiateur en train de bander sauvagement.

« Déshabille-toi ! Mets l'eau brûlante et lave-moi ! »

Jazz expédia son pull au sol, se débarrassa de son legging et tourna la pomme de douche en position brume. La vapeur monta dans la cabine. Les mains emplies d'huile de douche à la vanille, Jazz caressa le corps de Kassia, glissant sur la nuque, les épaules et les bras. Elle savourait les yeux fermés, se balançant légèrement. Il s'arrêta sur ses beaux seins en poire, dressés, les massa en de petits gestes circulaires jusqu'aux tétons excités, les souleva, lourds et luisants d'huile, puis descendit sur son ventre.

« Plus bas, Jazz, plus bas ! » s'agaça Kassia.

Il se déversa de l'huile sur le torse, les bras et les mains, et se mit face à elle. Il l'enlaça, se colla contre son corps et se laissa tomber vers le sol. Ses mains dévalèrent son dos, filèrent sur sa peau, insistèrent sur son fessier rond. Le cul ferme se contracta sous ses doigts.

Kassia sentit sa peau chaude caresser ses seins et son ventre, puis sa joue rêche mal rasée frôla son nombril avant de se poser sur sa toison. Accroupi devant elle, il caressa ses poils doux lustrés et brillants d'huile de douche. Il insinua la tranche de sa main glissante entre ses jambes et s'enfonça entre ses cuisses blanches sans s'arrêter, traversa, remonta sur le bombé des fesses avant de redescendre un doigt au creux du sillon, énervant la peau sensible. De fines gouttelettes chaudes emportaient l'essence de vanille le long de ses jambes. Il se redressa en enlaçant le corps de Kassia, son corps dur se frotta contre sa peau et sa queue raide s'immisça entre ses jambes, entre ses cuisses, jusqu'à buter, tout en haut. Elle ondula, cala ses lèvres roses entrebâillées contre sa barre dure alors que Jazz détachait la pomme de douche et intensifiait le jet pour chasser la mousse. Il dirigea le jet d'eau vers Kassia qui se trémoussa, puis sa main recouvrit le sexe roux, son majeur s'inséra dans la fente, coulissa dans la faille humide. Kassia eut un sursaut de plaisir électrique quand sa paume frôla son clitoris, elle écarta les cuisses, s'accroupit pour l'inviter à aller plus loin. Jazz s'enfonça puis retira doucement son doigt mouillé, massa les lèvres gonflées entre son pouce et son index glissants avant de pianoter autour de son petit bouton excité et saillant. Kassia se cambra, propulsa ses hanches vers l'avant. Des pulsations de plaisir traversaient son corps. Jazz stoppa.

« Non, ne t'arrête pas ! Continue...

— Non. »

Kassia rouvrit les yeux, la brume chaude formait un brouillard dense à la senteur tropicale. Les gouttes ruisselaient sur leurs corps.

« Quoi ?

— À toi de t'occuper de moi ! C'est ton tour. »

Elle le regarda sans le croire, incrédule.

« Salaud ! T'es un enfoiré, Jazz !

— La suite n'en sera que meilleure, ma chère. »

Elle se résigna à vider la bouteille d'huile vanillée, frotta rapidement les pectoraux et le ventre de Jazz, puis s'empara avidement de son membre tendu et fit coulisser sa queue dure sous ses doigts. Elle resserra sa prise. Son dard pulsa dans sa paume, puis elle posa sa bouche sur son bout lisse et satiné. Elle fit tourner sa langue autour de l'extrémité empourprée avant d'ouvrir ses lèvres et de l'engloutir. Après deux va-et-vient, elle conclut par un petit coup de langue qui fit gémir Jazz. Puis elle se retira et le lâcha.

« Voilà ! T'es content ? Prends-moi maintenant ! » supplia Kassia d'une voix voilée.

Elle se retourna pour s'appuyer sur le mitigeur. Penchée en avant, jambes écartées, elle tendit ses fesses vers Jazz. Elle creusa encore ses reins pour s'exhiber, exposant sa vulve sombre et rosée entre les deux globes blancs de son cul bombé. Jazz se rapprocha, ses mains bronzées sur la peau blanche saisirent la chair offerte, dévoilant la faille rose. Il se cambra légèrement, sa queue vint se positionner devant l'entrée, effleurant la peau douce et électrique de Kassia qui, sans attendre, fléchit les jambes et se laissa tomber sur lui, s'empalant sur son large pieu en s'ouvrant comme une fleur. Le sexe de Kassia se contracta sur sa colonne de chair palpitante de désir.

Jazz entamait un rythme régulier ; se retirait puis s'enfonçait en elle, pressé de pulsations sur son sexe. Kassia haletait, son souffle s'intensifiait, des ondes de jouissance la faisaient tressaillir, alors il se colla à son dos et attrapa un sein ballant. De l'autre main, il caressa son petit bouton, tapota, une succession de petites touches délicates, agaçantes et précises, faisant monter les vagues. Elle écarquilla soudain les yeux, trembla de tout son corps et jouit en inondant Jazz. Elle poussa un long râle et Jazz explosa à son tour. L'un dans l'autre, vacillants, ils se laissèrent glisser au sol dans l'eau chaude. Ils se recroquevillèrent, peau contre peau. Puis Kassia se dégagea et ils s'assirent, épaule contre épaule, adossés au carrelage frais dans la vapeur brûlante et les senteurs de vanille. Ruisselante, Kassia balaya une mèche de cheveux de son visage et illumina Jazz d'un sourire de contentement radieux :

« Oh, c'était bon... Tu ne voudrais pas couper l'eau ? Avant qu'on ne se noie ? »

Ils s'étaient séchés et pressés vers le lit où, blottis l'un contre l'autre, ils glissaient vers le sommeil, attendant que Monica revienne avec leurs vêtements, quand Kassia rompit le silence :

« Jazz, quand nous sommes sortis du musée...

— Oui ?

— Quand la cigarette du type est tombée par terre, je t'ai bien vu, tu as fait exprès de le bousculer.

— Il fumait du cannabis. Je déteste la drogue. Une vraie saloperie. C'est pour cette raison que je veux coincer Cortisone. »

Kassia vit son visage se fermer et devenir dur et distant. Elle lui demanda d'une voix douce :

« C'est quoi, pour toi, la drogue ?

— Je ne t'ai pas tout raconté... Tu te souviens de l'épreuve de la maison inondée, quand j'étais nageur de combat ?

— Bien sûr !

— Je t'ai déjà parlé de Bill, le premier à avoir remarqué le courant sur sa jambe. J'étais aussi avec Eddy, mon meilleur ami. Nous nous connaissions depuis l'école. Nous en avons fait des bêtises ensemble ! Et nous nous sommes engagés ensemble, ou presque. Lui d'abord et moi deux jours plus tard. Dans cette maison envahie par la marée, le seul moyen de sortir c'était le tunnel et Eddy savait que... »

Jazz se tourna vers Kassia, inspira profondément et lâcha :

« J'ai peur. J'ai peur des tunnels, des espaces fermés, étroits, obscurs. J'ai l'impression d'étouffer, je panique, je crois que je ne vais jamais en sortir, j'ai la sensation que les parois se resserrent sur moi et vont m'ensevelir et que tout va s'écrouler et qu'il n'y a plus d'air et...

— Jazz, Jazz... Tu as réussi pourtant. »

— Grâce à Eddy. Il me connaissait bien, Eddy. Le tunnel, l'eau qui monte, l'obscurité... Il a compris tout de suite et m'a poussé en avant. Il m'a raconté une blague, j'ai souri. Il m'a obligé à respirer bien fort pour me calmer et m'a lancé "Go ! Fonce", et j'ai su qu'il avait raison : si j'attendais plus, je ne pourrais jamais le faire. Alors, j'ai foncé et j'ai palmé autant que j'ai pu en fermant les yeux. Je tendais les mains devant moi pour détecter les parois et je palmais comme une brute pour sortir.

— Tu vois, Jazz, tu l'as fait malgré ta peur.

— Oui, mais Eddy n'est jamais ressorti.

— Non ! Il est...

— Il a paniqué et s'est réfugié à l'étage, respirant dans la poche d'air qui restait. Il a attendu que la marée redescende. Je dis qu'il a paniqué, mais en réalité je ne saurais jamais exactement ce qu'il s'est passé. Nos instructeurs ont déverrouillé la porte et sont venus le chercher. Le soir, j'ai tenté de le trouver pour lui parler, mais plus tard j'ai appris qu'Eddy s'était refroidi, au point de tomber en hypothermie, et qu'ils l'avaient conduit à l'infirmerie. Le lendemain, il a démissionné. Je ne l'ai plus revu. Il était en dehors de la base et moi confiné à l'intérieur. J'ai appris trois mois plus tard qu'il était mort. Il se droguait. Apparemment, il s'était mis à la cocaïne. Très régulièrement, mais seulement depuis quelques mois, d'après les médecins. Je sais bien, moi, quand il a commencé...

— Il a fait une overdose ?

— Non, il s'est pris une camionnette de plein fouet alors qu'il roulait à toute allure vers son fournisseur. Il était en manque. Il devait trembler au volant et a perdu le contrôle. Le chauffeur de la camionnette est mort sur le coup lui aussi. C'est pour ça que je dis que la drogue est une saloperie et que je veux faire tomber Cortisone. C'est un assassin. »

Kassia se blottit contre lui.

« La clé, ce sont les livres de comptes. Je sais qu'ils doivent exister, avec le volume d'affaires qu'il traite, sinon tout le monde le dépouillerait et personne ne le respecterait. Avec sa compta, je devrais pouvoir identifier et couper tous les tentacules de la pieuvre. Il faut que je pénètre dans la capitainerie et que je les trouve.

— Qu'allons-nous faire ?

— Nous ?

— Tu crois que je vais te laisser y aller seul ? Et mes dessins alors ?

— J'ai changé d'avis. Tu n'es pas assez entraînée. C'est bien trop dangereux, Kassia

— Tu auras besoin de moi. Tu ne peux pas tout faire tout seul. Tu auras forcément besoin de moi à un moment. Je suis ton back-up, ton support, ta base arrière, tu te souviens ? Et tu comptes faire comment pour entrer chez Don Cortisone ?

— Ça ne doit pas être plus dur que de pénétrer dans le château d'Édimbourg...

— Même si tu y parviens, il a ses hommes. Les deux grosses brutes qui m'ont jetée dans la voiture et les deux autres qui m'ont emmenée en mer.

— Luigi et Tonio. Les deux fils de Cortisone. Ils effectuent plein de petites missions pour leur père. »

Si les deux amants avaient passé un œil par la fenêtre, ils auraient aperçu le visage buté de Tonio attendant qu'un résidant entre dans l'immeuble, ce qui ne tarda pas à arriver. Tonio le suivit dans l'entrée.

« Ce petit voyou m'a raconté n'importe quoi, il n'y a aucun fauteuil roulant ici », constata Tonio.

Il monta au deuxième étage et s'arrêta devant le paillasson *Alea jacta est*. Il chercha la sonnette et commença à s'exciter sur le bouton défectueux. Il détestait qu'on l'ignore et que personne ne réponde à ses appels. Comme toujours quand on le laissait en plan, il s'énerva et s'activa à défoncer la porte à coups de poing en criant :

« C'est l'assurance habitation ! On a besoin de votre signature, il nous manque un papier !

— Encore ! s'exclama Kassia. Tu crois que...

— On dirait la même voix. Ne bouge pas, reste là, je vais voir. »

Jazz s'approcha de la porte :

« Oui ?

— Euh... vous devez signer un papier », hésita Tonio en se demandant qui était ce type.

Le gamin lui avait pourtant dit qu'il n'y avait que des vieilles et une jeune femme.

« Ouvrez !

— Glissez le papier sous la porte, je vous le renverrai, répondit Jazz.

— J'ai besoin de vous voir en personne, avec pièce d'identité et justificatif de domicile », s'énerva Tonio.

Jazz revint vers la chambre, attrapa un oreiller et chuchota :

« Kassia, je vais ouvrir, reste planquée. »

D'un coup sec, il ouvrit la porte à la volée. *Mince, c'est le balafré*, pensa Jazz en reconnaissant le fils Cortisone. Tonio recula d'un pas, surpris. Il se retrouvait devant un grand type musclé et à poil qui se planquait derrière un oreiller. Est-ce que ça pouvait être le gars que tout le monde recherchait ?

D'un geste vif, il saisit l'arme qu'il cachait dans son dos sous sa veste, entre ceinture et chemise, et la pointa vers l'homme. Jazz identifia aussitôt un pistolet automatique Beretta 92, chargeur quinze coups en 9 mm parabellum, probablement volé à l'armée ou revendu par un policier au marché noir. Une belle arme un peu lourde, mais qui n'avait plus rien à prouver. Si Tonio appuyait sur la détente, il ne pourrait rien faire. Jazz recula doucement dans la pièce, Tonio le suivit.

« T'es qui, toi ? demanda-t-il.

— Mon nom est Bond, Jazz Bond », répondit Jazz, d'un ton suffisamment fort pour alerter Kassia.

Il regarda Tonio dans les yeux. Si ce dernier devait tirer, sa décision se verrait d'abord dans ses yeux. Cela lui donnerait une microseconde de plus pour réagir.

« Te fous pas de moi, j'ai lu tous les OSS117 ! grimaça Tonio avec un air satisfait. Alors ?

— ...

— Elle est où la fille ? On m'a certifié qu'il y avait une fille ici. Dis-lui de sortir ou je te bute.

— Nous avons bien baisé, articula Jazz lentement avec un sourire provocant pour pousser Tonio à la faute. L'amour, ça creuse, elle est partie acheter à manger. »

Le rictus de Tonio s'accentua et il ne put s'empêcher de visualiser la présentatrice de la première chaîne. Il leva sa main gauche et frotta sa cicatrice. Son doigt se crispa sur la détente.

Dans la chambre, Kassia avait sauté du lit. Elle avait saisi son oreiller et observait la scène par la porte entrebâillée. Jazz, imperceptiblement, tournait dans la pièce, se déplaçait, téléguidant Tonio qui se maintenait en opposition. Les deux hommes se dévisageaient comme le Bon face à la Brute dans un western spaghetti. *Manque plus que la musique de Ennio Morricone*, pensa Jazz sur la même longueur d'onde. Tonio était maintenant dos à la chambre. Jazz dut user de tout son self-control pour ne rien laisser paraître quand Kassia s'avança souplement avec son oreiller dans la pièce, sur la pointe des pieds. Tonio dut percevoir sa présence. Jazz, qui ne le quittait pas des yeux, vit une étincelle de conscience traverser ses prunelles. Il pressentit que le malfrat allait se retourner et laissa tomber l'oreiller. Tonio stoppa son mouvement, ne pouvant s'empêcher de baisser les yeux vers le sexe de Jazz. Un processeur primitif se déclencha dans son cerveau masculin, établissant une comparaison. Il leva sa main gauche et frotta sa cicatrice. Kassia, profitant de cet instant de flottement, projeta des deux mains un violent coup d'oreiller dans la tête du tueur.

« Prends ça, connard ! hurla-t-elle. Tu y réfléchiras à deux fois la prochaine fois que tu voudras me balancer à la flotte ! »

La tête de Tonio bascula sur le côté. Jazz réagit en un éclair. Il décocha un coup de pied fouetté de karatéka dans le pistolet qui vola à travers la pièce ; enchaîna sur une série de coups de poing rapides au plexus, pour couper le souffle ; fléchit les jambes et remonta violemment, achevant par un puissant uppercut à la mâchoire qui propulsa Tonio au sol, inconscient. Un sourire illumina le visage de Kassia :

« Je l'ai bien eu, hein ? T'as vu le coup que je lui ai donné ? En plein dans sa sale gueule ! » trépigna-t-elle d'excitation.

Jazz la regarda en secouant la tête. Cette fille avait juste le brin de folie qu'il fallait pour le rendre dingue.

« Mais qu'est-ce qu'on fait maintenant ? demanda Kassia. Faudrait pas qu'il se réveille tout de suite.

— T'en fais pas, il en a pour un moment », la rassura Jazz tout en cherchant le Beretta dans la pièce.

Il le trouva sous un radiateur en fonte, enleva le chargeur, tira la culasse pour vérifier que la chambre était vide et mit la sécurité.

« C'est bien mieux comme ça », commenta-t-il en le posant sur la table.

Il se pencha sur l'homme inconscient et fouilla sa veste. Le portefeuille de Tonio ne contenait que quelques billets, une carte d'identité à son nom et à l'adresse de l'ancienne capitainerie sur le port. Dans la poche intérieure, un téléphone portable. Jazz alla dans la cuisine et ouvrit le tiroir sous le four. Il revint dans le salon et lia les pieds et les mains du mafioso avec la fine ficelle à viande, puis alla se rhabiller avec la seule tenue qu'il avait.

« Kassia, tu sais où est la clé de la cave d'Anna ? Je vais l'enfermer en bas. Une petite disparition, c'est un bon début pour une opération de déstabilisation. Don Cortisone va peut-être faire une bêtise.

— Tu vas faire quoi ?

— Je vais l'enfermer dans la cave durant quelques jours, ce sera notre otage. Un bon levier d'action, tu ne trouves pas ?

— La clé est accrochée derrière la porte d'entrée, mais...

— Ne t'inquiète pas. Je ne vais pas lui faire de mal et c'est une étape pour retrouver ton brevet et tes dessins, tu te rappelles ? »

Kassia hésita et sourit :

« Si tu es sûr... Si ça peut servir à ridiculiser Michelangelo et Léonardo et récupérer ce qui m'appartient, je suis totalement d'accord ! Et il ne faut surtout rien dire à Anna, elle n'accepterait pas ça ! »

Jazz hissa Tonio Cortisone sur son épaule et le descendit à la cave. Les murs de pierre, solides, résisteraient à la colère et aux cris de Tonio quand il se réveillerait. Il l'allongea au pied des étagères de boîtes de conserve, de confitures maison, de jambons secs et de saucissons. Avec les packs de bouteilles d'eau et quelques litres de San Pellegrino, Tonio ne manquerait de rien. Il referma la lourde porte de bois qu'il cadenassa sur son otage et remonta retrouver Kassia.

Chapitre 22

« Qu'est-ce qu'elle va faire, l'Indienne ? Elle ne va pas aimer, s'inquiéta Hayato.

— Ça, c'est sûr, c'est un problème », confirma Henrik.

À une vingtaine de mètres, à peine, Melody les regardait s'éloigner vers les camping-cars à travers les broussailles. Courbée en deux, elle s'efforçait de les suivre, sautant d'ombre en ombre et se terrant derrière les buissons. La terre au pied des arbres était poudreuse et sèche entre ses doigts et les feuilles craquantes. On avait beau être dans les premières heures de la matinée, il n'y avait aucune trace d'une éventuelle fraîcheur nocturne et pas un souffle de vent. La nature s'économisait pour affronter une journée qui s'annonçait écrasante de chaleur. Seuls quelques lézards rechargeaient leurs batteries après la nuit et flemmardaient déjà au soleil.

Elle leva la tête : le ciel d'un bleu cristallin et sans tache était de mauvais augure. Henrik avait raison, l'eau risquait d'être un problème. La déshydratation la guettait et elle allait devoir se préserver autant que possible. Melody ferma la bouche et s'appliqua à respirer par le nez. L'atmosphère sèche sentait la paille cuite au soleil et la marijuana. La porte du conteneur bleu sombre posé sur quatre parpaings grinça, Melody releva la tête. Trois hommes et une femme en sortirent en file indienne, luisants de transpiration. *Surréaliste, ça vaut le coup d'œil*, s'étonna-t-elle. Tous quatre portaient des sous-vêtements, caleçons pour les hommes, culotte soutien-gorge pour la fille. Le plus surprenant restait les masques à gaz équipés de part et d'autre de gros filtres latéraux. Elle les regarda enlever leur masque et éponger la sueur de leur front.

« Salut les gars ! Je me demandais où t'étais, annonça Henrik à la jeune femme.

— Tu vois, à l'intérieur. Même pas dix heures et je cuis déjà là-dedans !

— Relax, Ortie-Sauvage, je t'apporte une bonne cargaison de résine et de la feuille séchée », lança Hayato en lui massant le haut du dos.

La femme sourit en roulant des épaules :

« J'espère bien. Nous commencions à être un peu juste sur le stock. Et la fille ? Vous savez qui c'est ? »

Melody prenait photo sur photo en écoutant le murmure des voix. Dans un coin de sa tête, elle avait enregistré le nom, Ortie-Sauvage. Ce devait être une Amérindienne, forcément. Comanche, Apache, Navajo, Zuni ? Elle fouilla dans sa mémoire. Quelles autres tribus vivaient dans les environs ? Elle s'immobilisa, les trafiquants parlaient d'elle.

« Non, aucune idée, répondit Hayato. Nous la gardions pour toi...

— Vous me la "gardiez" ?

— Nous avons eu un petit problème, annonça Henrik. Vous n'allez pas me croire, le mieux serait que vous veniez voir. Nous en profiterons pour décharger le camion. »

Melody recula précipitamment dans l'ombre de la paroi du canyon. Elle piétina les feuilles qui crépitèrent sous ses pieds. Le groupe avançait, pieds nus sur le sable et les plaques de schiste beige.

« Ne me dites pas que vous l'avez laissée s'enfuir, déclara tout doucement Ortie-Sauvage. Rappelle-moi, Henrik, tu la veux toujours ton île ?

— Attends, Ortie-Sauvage, tu vas voir... Voilà, regarde un peu ce qu'elle a fait, exposa Henrik en pointant le bras vers le conteneur troué.

— Wow ! lança un des jeunes gars en passant le doigt sur la ligne de découpe. Elle a fait comment ?

— J'aimerais bien le savoir, gronda Hayato. Y avait un peu de matos dans son sac, j'ai tout pris...

— T'as loupé un truc ! lâcha Ortie-Sauvage d'un ton glacial. Tu m'expliques comment elle a pu faire un trou aussi énorme ?

— J'ai désossé son sac, t'as qu'à aller voir, y avait plus rien.

— Et tu l'as fouillée ?

— Évidemment ! Tu crois qu'elle cachait un chalumeau dans son slip, peut-être ! Débile d'Indienne, grommela Hayato pour lui-même.

— Hayato ? Je t'aime bien, mon petit chéri, mais rappelle-toi quand même que personne n'est irremplaçable et que dans mon territoire les vautours sont des alliés fidèles. Alors, modère ton langage », avertit la femme en se retournant brusquement vers lui.

Hayato ne pipa mot. Les yeux d'Ortie-Sauvage étaient devenus deux petites billes d'acier luisant, deux petits trous noirs un peu fous.

Melody, allongée à l'ombre derrière une souche, resta bouche bée. La femme, quasi nue dans ses sous-vêtements de coton blanc, parvenait à en imposer à cinq hommes. Impressionnant. Seul Henrik, immobile comme les autres, semblait conserver une petite lueur amusée dans le regard et un brin de recul sur la situation.

Ortie-Sauvage se planta devant l'ouverture découpée dans la cloison de métal et hocha la tête. Du beau boulot et difficile à anticiper. Au fond, elle n'avait pas grand-chose à reprocher à Hayato et Henrik. La grande question était de savoir qui était cette fille et, surtout, pour qui elle travaillait. Elle rompit le silence :

« Bon, vous déchargez. Je vais m'habiller. »

Melody vit Ortie-Sauvage se diriger vers l'un des deux camping-cars et Hayato lui emboîter le pas. Elle monta le marchepied et disparut dans le véhicule. Le Tatoué s'engouffra à sa suite et la porte blanche claqua derrière eux.

« Tu ne me parles pas de cette façon devant les autres ! siffla Hayato.

— Je vais me gêner ! Ce n'est pas toi qui restes bloqué des jours dans ce trou à rats avec trois jeunots à surveiller, répliqua-t-elle en dégrafant son soutien-gorge.

— Parce que tu crois que le cargo est une partie de plaisir ? »

Hayato lui chopa un sein et l'attira à lui. Il susurra :

« Question plaisir, on a du retard à rattraper, toi et moi.

— Pas tant que ça ! Figure-toi que les Navajos ont diversifié leurs activités, à mon grand avantage, se moqua-t-elle en sortant le godemiché modèle Totem de sa table de nuit.

— Ah, c'est comme ça ! Je vais te rappeler ce qu'est une vraie queue ! »

Ses doigts se refermèrent comme une serre sur son sein et il la projeta sur le lit. Ortie-Sauvage s'écroula sur le dos et rebondit sur le vieux matelas à ressorts.

« Allez, viens, baise-moi profond, ça te fera du bien ! cracha-t-elle. T'as besoin de te détendre, mon gros ! »

Hayato se jeta sur elle, lui arracha sa culotte de coton qu'il descendit jusqu'aux chevilles, glissa sa main dans son dos et la retourna sur le ventre. Il attrapa ses hanches et la souleva avant d'insinuer sa main entre ses cuisses, puis la remonta vers son nombril pour hausser sa croupe.

« Ton cul me manquait, l'Indienne, tu le sais, ça ?

— Moi, c'est ta grosse bite, sale Jap ! »

Hayato colla sa deuxième main sur le dos d'Ortie-Sauvage et appuya pour creuser ses reins. Elle enfouit sa tête dans le drap froissé et se cambra. Il s'empara de ses bras, les ramena vers lui et plaqua les mains de la femme sur ses fesses dressées. Son visage s'incrusta encore plus profondément dans le matelas. Alors il planta ses mains tatouées sur celles de l'Indienne, les écarta doucement et vit le cul tiraillé s'ouvrir en deux. Ortie-Sauvage exhibait ses orifices comme une offrande.

« Bouge pas, tiens la pose », ordonna Hayato.

Un son étouffé jaillit du drap. Hayato se déboutonna, déballa une longue queue raide qui vint frapper la croupe exhibée puis glissa son doigt entre les lèvres pulpeuses avant de s'exclamer :

« Tu en as envie, hein, salope ? »

Il lécha son doigt humide, cala son imposant membre rigide sur sa fente et s'enfonça en elle sans ménagement. Ortie-Sauvage émit un râle et se cambra encore.

« Si tu pouvais voir comme t'es bandante ! » haleta-t-il en la pistonnant.

Les mains de l'Indienne écartelèrent ses fesses encore un peu plus, Hayato aplatit sa main entre ses reins et son pouce vint pénétrer l'orifice libre. Les cuisses d'Ortie-Sauvage commencèrent à trembler. Hayato accéléra son va-et-vient, affermit sa prise sur le cul tendu et le camping-car se mit à osciller sur sa base.

« Je me demandais ce que ces deux-là complotaient, mais je crois que c'est clair, se murmura non loin de là Melody pour elle-même. Ortie-Sauvage et Hayato prennent du bon temps pendant que les autres bossent. »

Henrik avait déverrouillé les portes de métal et, après avoir balancé le sac éventré de Melody dans les broussailles, avait commencé à distribuer les caisses aux trois jeunes Navajos. Les bras chargés, ils s'en étaient allés lentement, contournant le bloc rocheux sur lequel reposaient les masques à gaz avant de disparaître à l'intérieur des parois de métal du vieux conteneur rouillé. Pendant plus d'une heure, une durée qui sembla interminable à Melody, les trois hommes ne firent que des aller-retour entre le fond de la gorge et le camion pour déplacer la cargaison.

Un soleil inflexible se tenait à la verticale du canyon, dissipant les ombres dans l'atmosphère brûlante. Melody avait rampé dans la poussière et les feuilles pour s'écarter du campement des trafiquants, délogeant scarabées, geckos et autres lézards à collier. Elle avait entendu le bruissement proche d'un crotale et était assise maintenant près de la paroi, dans une anfractuosité abritée sous le couvert d'un surplomb de la falaise. Elle partageait l'espace ombragé avec des araignées menues aux longues pattes fines aussi larges que la paume de sa main et de petits cafards dorés qui filaient au ras de la roche.

Elle avait soif et faim. Il lui restait de la nuit passée un donut et le soda que Hayato lui avait apportés. Le donut était tout écrasé et, à vrai dire, plutôt repoussant, mais, avec la boisson sucrée, il lui permettrait de tenir jusqu'au soir. Le problème c'était l'eau. Elle se souvint alors d'un de ses cours théoriques qu'on lui avait dispensé pendant sa formation. L'instructeur était un spécialiste des déserts. C'était le moment de voir si sa méthode fonctionnait vraiment.

Melody vérifia en premier lieu que, oui, elle avait bien ce qu'il lui fallait sur elle : la fine couverture de survie dans la poche intérieure de ce qui avait été le haut de son sac à dos était là, sous ses vêtements. À quatre pattes, elle fit deux petits mètres pour sortir de l'ombre, elle avait besoin d'une zone ensoleillée. Sous la pellicule de gravillons et de débris végétaux, la terre était brûlante et dure, et Melody comprit qu'elle ne pourrait pas creuser le sol avec ses mains. Alors elle prit une grosse pierre et commença à gratter la croûte séchée. Peu à peu, le sol s'amollissait. Vingt minutes plus tard, elle avait les ongles incrustés de terre et une belle niche profonde d'une trentaine de centimètres. Elle retira le bouchon de la petite bouteille de soda, but la dernière gorgée et posa la bouteille au centre du trou. Puis elle déplia la couverture de survie sur la cavité, l'étala, face dorée au soleil, la fixant au sol avec des pierres et de la terre. Dernière étape : il fallait déposer un caillou au centre de la toile tendue, de façon à réaliser une petite dépression dans le fin film de polyéthylène métallisé, formant un cône renversé dont le sommet se retrouverait au-dessus de la bouteille.

Elle espérait que la nature ferait le reste : grâce à la chaleur du désert, l'humidité allait remonter des profondeurs et s'évaporer pour condenser sur la couverture de survie. Les microgouttelettes allaient s'agglomérer en gouttelettes, et les gouttelettes en gouttes, jusqu'à ce que ces dernières, trop grosses et alourdies sous l'effet de la gravité, glissent le long de la toile brillante, le long du cône, jusqu'à sa pointe positionnée exactement au-dessus du goulot de la bouteille, et où, trop lourdes et en bout de course, elles finiraient par retomber. En théorie, ce soir, la bouteille plastique serait remplie d'eau de condensation. La végétation était un bon indicateur de la présence d'eau dans les profondeurs. Melody avait donc bon espoir.

Elle retourna en silence vers l'abri-sous-roche. Elle grimaça, prit sa jambe blessée à deux mains et se décida à faire une chose qu'elle aurait déjà dû faire depuis longtemps. Elle sortit un legging et s'en enveloppa le genou, comprimant la douleur, avant de repositionner ses vêtements pour se faire un oreiller de fortune. Elle mit son sac sous la tête et s'allongea sur le sol en fermant les yeux pour attendre le soir. Ce serait cette nuit que tout allait se jouer.

McCoy se prit la tête à deux mains, appuyé sur ses coudes. Il restait seul au bureau et l'écran de son ordinateur était passé en veille depuis longtemps. Deux heures qu'il cherchait désespérément un moyen de localiser la belle K5 avec certitude et de lui envoyer un message. Mais un analyste de données a besoin de données à analyser et il n'avait rien à se mettre sous la dent. Le canyon de Chelly en Arizona, c'était bien beau, et puis après ?

Dix-huit heures à l'horloge murale, il n'était peut-être pas trop tard. Il repoussa sa chaise à roulettes et partit au labo. Shipo avait souvent des projets perso sur lesquels elle travaillait en soirée, elle se trouvait peut-être encore là. Il prit l'ascenseur, inséra son badge magnétique dans le lecteur et appuya de deux pressions rapides sur le bouton rez-de-chaussée. La cabine descendit en silence, atteignit le niveau de la rue sans s'arrêter, dépassa le niveau -1, le parking souterrain et continua de s'enfoncer sous terre. L'ascenseur s'immobilisa et la porte s'ouvrit sur un étage fantôme.

Puisqu'elle devait travailler sans voir la lumière du jour, Shipolivskaya avait exigé de la couleur et le grand plateau de béton avait été refait façon Mondrian, une composition rouge, jaune, bleu, blanc et noir qui brillait sous les néons. À chaque fois qu'il sortait de l'ascenseur, McCoy ne pouvait s'empêcher de comparer le sol à une marelle colorée.

Au fond de l'atelier, la lumière du bureau jetait une lueur blanche. Shipo était là. McCoy traversa le plateau en suivant une ligne noire, il avait toujours des scrupules à salir les belles cases blanches, et frappa à la porte vitrée. Shipolivskaya, surprise, leva les yeux du faux passeport suisse qu'elle préparait pour K7 et ouvrit la porte :

« Salut Arnold...

— Salut Shipo. Désolé de te déranger aussi tard. Je viens te voir parce que j'ai un petit souci... »

Non ! pensa Shipo, étonnée. *La rumeur se répand pour les Iron Man. J'aurais cru les mecs plus discrets.*

« Ah, je vois... Toi aussi tu veux un Iron Man ? questionna-t-elle en le toisant de la tête aux pieds. Tu es jeune et pas trop mal foutu pourtant...

— Un *Iron Man* ? Mais de quoi parles-tu ?

— Tu sais bien, un de ces boxers *Iron Man* à dentelle tungstène et diffuseur de...

— Sans blague ? C'est à ça que tu travailles, le soir ? »

Arnold McCoy se mit à rire.

« Faudra que tu m'en montres un, un jour. Non, de ce côté-là, tout va bien ! Tu veux voir par toi-même ? »

Shipolivskaya balada sa main légère sur le torse du jeune homme et lâcha avec un doux sourire :

« Continue de rêver, McCoy. Tu voulais quoi ?

— Je viens te voir à propos de l'agente K5, confia-t-il avec un air sérieux.

— Melody ? Elle a des problèmes ? »

McCoy repensa à la scène du port et à Melody qu'un inconnu étranglait, traînait et enfermait dans un conteneur.

« Oui, elle a des problèmes. Je cherche à la localiser exactement. Aux dernières nouvelles, il est probable qu'elle soit quelque part dans un canyon désertique des États-Unis. Probable, mais pas sûr. Il faudrait que je lui fasse savoir que je suis là, qu'elle a du soutien. Je viens te voir parce que... Eh bien, j'ai vu que vous étiez copines toutes les deux et que vous aviez vos petits secrets de femme, comme vous êtes les deux seules femmes du service, et je me dis que, peut-être, tu saurais quelque chose qui pourrait m'aider. T'aurais pas une idée pour la trouver, toi ?

— La trouver à distance ? Je ne vois pas... Je ne lui ai pas mis de traceur GPS ou d'émetteur caché, si c'est à ça que tu penses.

— Je ne pense à rien, je prends tout ! Je cherche des infos, j'ai le cerveau qui tourne à vide.

— Ce que je peux te dire, c'est que dans son équipement elle a un legging ultrarésistant auquel deux ou trois personnes pourraient se suspendre, un T-shirt chauffant et durcissant et... des éléments phosphorescents », expliqua-t-elle en songeant au XtremLace orange.

S'il ne connaît pas les XtremLace, je ne vais pas lui parler du petit secret de Melody. Shipolivskaya continua :

« Évidemment, la phosphorescence, la chaleur, ça peut servir à la trouver, mais il faut être sur place et à proximité. Là, à des milliers de kilomètres, je n'ai pas de solution. Dis donc, tu en fais une tête ! On dirait que quelque chose ne va pas ?

— Ça ne va pas, non. Elle a des ennuis. Je suis hyper inquiet, je ne le sens pas. Je ne le sens pas, je ne le sens pas...

— À ce point-là ?

— Oui, à ce point-là. Tu viens avec moi ?

— On va où ?

— On va la chercher, puisqu'il faut être sur place et à proximité. Alors, tu viens ? Faut qu'on file, on a du chemin à faire. L'Arizona, ce n'est pas la porte à côté. Prends le matos dont tu as besoin. Je remonte prendre mon Mac et on se retrouve au zéro. Après, faut que j'appelle Charly. »

Chapitre 23

Melody se réveilla au crépuscule sous les stridulations des grillons célébrant la nuit à venir : *Tuuuuuuut Bip, Tuuuuuuut Bip, Tuuuuuuut Bip...* Si elle avait été en ville, elle aurait parié pour une alarme de voiture retentissante. Les grillons imposaient leur chant assourdissant sans aucune considération pour les autres bestioles peuplant les herbes. La fraîcheur et l'obscurité protectrice incitaient les petits rongeurs timides à sortir de leur terrier et le crotale à l'affût partait en chasse. Assise sur le sol, Melody observait des petites chauves-souris enchaîner les virages en battant l'air de leurs ailes silencieuses et ouatées. Le sable sous elle s'était refroidi et gardait la trace humide de son corps endormi, effets du delta de température, de l'air chaud de la journée et de la condensation. Elle se rappela une nuit dans l'Atacama sur l'Altiplano bolivien où la température avait chuté dans la soirée, passant de +20 °C à -20 °C en quelques heures. Elle ne pensait pas qu'une telle amplitude thermique soit possible ici, mais l'air semblait déjà plus frais. Il était plus prudent de se préparer.

Elle enfila le T-shirt noir à longues manches à la structure modifiée par Shipo, changea de XtremLace et déroula le bandage autour de son genou. De ce côté-là, la situation s'arrangeait. Il avait dégonflé. Elle massa doucement la zone sensible. L'obscurité ne lui permettait pas de s'en assurer, mais l'hématome, à la lumière du jour, devait présenter une belle auréole allant du jaune au violet. Elle fléchit le genou une dizaine de fois, chauffant le muscle, à l'écoute de sa douleur, et testa ses appuis en sautillant sur sa jambe blessée. Pas top. Elle s'était connue en de meilleures conditions, toutefois elle pensait pouvoir courir si nécessaire. En revanche, il était certain qu'elle ne ferait pas un marathon. Puis elle balaya le sol du pied, effaçant tout signe de sa présence. Il serait maintenant impossible de deviner qu'un être humain avait dormi là.

Elle avait soif et se rappela son piège à eau. Elle fit les quelques mètres qui la séparaient du trou creusé plus tôt dans l'après-midi. Elle enleva la pierre qu'elle avait posée au centre de la couverture de survie et dégagea les côtés, soigneusement, pour ne pas faire bruisser le film métallisé et risquer de renverser la bouteille qu'elle découvrit pleine à ras bord. L'eau avait même débordé, ruisselant sur les flancs de plastique. Avec un bâtonnet, elle retira le petit scarabée glouton qui flottait au niveau du goulot et but une gorgée. *Magnifique*, songea Melody, soulagée. *L'avantage de la technique, c'est que l'eau obtenue est limpide, claire et fraîche.* Quand elle serait de retour, il faudrait qu'elle se souvienne d'aller remercier son vieil instructeur. Ces types qui avaient baroudé un peu partout autour du monde avaient toujours des tonnes de trucs dont elle s'était demandé, en classe, s'ils fonctionnaient vraiment. Celui-là venait de lui sauver la mise. Elle replia avec soin la couverture de survie, compacta les soixante grammes de la pellicule métallisée en un petit rectangle plat, déposa les trente-trois centilitres d'eau à intérieur du sac qu'elle arrima solidement sur son dos pour qu'il ne se balance pas à chaque mouvement. Enfin, elle rajusta l'élastique de sa queue-de-cheval.

Les arbustes et taillis avaient perdu leurs couleurs et s'étaient teintés de noir. Les branchages se découpaient en ombres chinoises sur le fond clair de la nuit du désert parsemée d'étoiles. À travers l'enchevêtrement des branches, Melody distingua la lumière d'un feu et le murmure des voix. Par la fenêtre baissée du pick-up Toyota, s'échappaient des airs de country et il lui sembla reconnaître la voix rauque de Willie Nelson. Elle s'approcha en silence, protégée par la nuit et le crépitement du bois mort dans les flammes. Une branche craqua sous ses pieds. Elle stoppa net, en alerte. Elle crut voir Henrik se raidir, elle se crispa, puis il sourit, blaguant avec les trois Navajos. Un des hommes tendait les mains vers les flammes pour capturer un peu de chaleur et un deuxième, assis sur une pierre plate, s'était roulé un joint à en juger par l'odeur de l'herbe qui flottait jusqu'à elle.

Les trois types s'étaient changés, en pantalon chino et chemise de coton pour se protéger des moustiques. Hayato et la femme, Ortie-Sauvage, en tunique beige et pantalon de rando, écoutaient sans rien dire, rassasiés de sexe et apaisés par les flammes. Hayato avait enfilé un T-shirt noir et moulant et laissait apparaître son bras tatoué d'un serpent. La queue sortait de son encolure, montant à mi-cou, et la gueule ouverte du reptile montrant les crocs ornait le dos de sa main droite. Le feu s'était assagi et l'odeur des côtelettes qui grillaient sur les braises emplissait l'air. Melody entendit son estomac gargouiller. Mais elle mangerait plus tard. L'occasion était trop belle, ils étaient tous réunis.

Elle recula dans la nuit, laissant la lumière du campement se dissoudre dans les arbustes. Elle marchait lentement, scrutant le sol à la recherche des zones plus claires, épargnées par les branches mortes, attentive au moindre craquement. Elle traversa la piste dégagée, à découvert, souple et silencieuse, telle une panthère en chasse, traînant la patte, avant de trouver refuge derrière un acacia. Autour du feu, surveillant les grillades, Henrik, Hayato, Ortie-Sauvage et les trois autres avaient pris place sur un tronc et des blocs de schistes.

Melody longea le flanc du canyon sur un peu moins de quarante mètres avant d'atteindre la masse plus sombre du conteneur. La paroi de métal était déjà froide malgré une journée brûlante. Elle se faufila à l'arrière du bloc d'acier pour le contourner, dissimulée aux regards, puis s'allongea et rampa vers l'entrée. Elle tendit la main, à ras du sol, et entrebâilla la porte qui s'ouvrit en silence. Manifestement, l'isolement du canyon semblait une sécurité suffisante et les trafiquants ne craignaient pas d'être dérangés.

À quatre pattes, Melody s'engouffra à l'intérieur. L'odeur caractéristique du cannabis la saisit à la gorge. À l'évidence, elle venait de pénétrer dans un laboratoire clandestin. Probablement un atelier de spice, du cannabis de synthèse. Elle se releva, s'empara de l'un des masques protecteurs accrochés au mur et inspira l'air par le filtre NRBC. Protection nucléaire, radiologique, biologique et chimique. Les trafiquants employaient les grands moyens et ne prenaient aucun risque. Les cartons de résine et feuilles de cannabis venues de Tokyo s'empilaient du sol au plafond sur plusieurs mètres de profondeur. Sur une paillasse en céramique blanche, un alambic et un cristallisoir, des erlenmeyers et des béchers, un ballon à fond rond et des pipettes. Des gants de latex et des lunettes de protection. Deux becs Bunsen, des plaques électriques chauffantes, une balance électronique, des filtres métalliques et un évier en inox venaient compléter la verroterie. Des vaporisateurs aussi. Une armoire de bois gris à porte vitrée révélait des fioles plastiques pleines d'une poudre blanche.

Au fond de la pièce, Melody remarqua d'autres cartons reconditionnés sur lesquels avaient été collés des codes-barres orange et verts. Sur le plan de travail, elle prit un des cutters rangés avec d'autres dans un récipient de verre, un ancien pot de beurre de cacahuètes et découpa le carton autour d'une étiquette orange. Elle en profita pour collecter un échantillon de la substance brune qu'il contenait et en fit une boulette qu'elle déposa dans un sachet de plastique. Elle recommença l'opération sur un autre carton, étiquette verte cette fois. Elle stocka ses prélèvements dans son sac puis continua de fouiller. Elle ne trouva plus rien d'intéressant, et il lui sembla qu'elle avait fait le tour. Le cannabis arrivait du Japon, était modifié par des Navajos aux États-Unis avec des composés chimiques, quels qu'ils soient, puis remballé et réexpédié elle ne savait où. Elle espérait que les codes-barres apporteraient quelques informations utiles. Elle reposa le masque sur son râtelier. De nouveau, l'odeur âcre et douceâtre la prit à la gorge. Elle passa la porte sur la pointe des pieds et retrouva la nuit.

« Bonsoir, Fortuna, ou Melody, je ne sais toujours pas quel est ton vrai prénom », s'éleva la voix de Henrik dans la nuit.

Dès les premiers mots, Melody avait pivoté sur sa jambe valide, un geste réflexe vers sa droite, rapide, sous l'effet de la surprise. Prête à l'action. L'extrémité rougeoyante d'une cigarette luisait dans l'obscurité, et Henrik, s'avançant vers elle, sortit de l'ombre. Il tenait négligemment son arme dans sa main droite, le même Glock 17 qu'elle avait déjà aperçu sur l'aire d'autoroute de Seligman. Elle tourna la tête, cherchant à voir s'il était seul.

« Tu sais, j'ai eu une fille autrefois. Avant que sa mère ne l'emmène... Qu'est-ce que je pouvais espérer, avec ma vie sur les mers ? Ma fille est une vraie tête de mule. Quand elle a quelque chose en tête, elle va jusqu'au bout. Un jour, elle a découvert que notre voisin battait son chien. Elle nous a fait tout un discours, mais comme nous ne réagissions pas, elle s'est introduite un soir dans le cabanon du jardin des voisins, a kidnappé le chien et l'a planqué dans notre garage. Elle ne laisse jamais tomber les missions qu'elle s'est données. Tu me fais penser à elle, Fortuna. Je me suis dit, une fille suffisamment maligne pour repérer le *Forever Claudette*, dépenser trois mille dollars pour une place de dernière minute, prête à se taper onze jours de mer sur une caisse en fer, elle ne va pas abandonner comme ça. Une fille capable de cisailler la paroi du conteneur et de sauter en marche, chapeau ! C'est ce que j'appelle du talent. D'ailleurs, je me demande bien comment tu as réalisé cet exploit. Une fille capable de tout ça, j'ai pensé qu'elle n'allait pas juste rentrer chez elle et prendre un bon bain chaud pour soigner ses bobos. Non, elle allait continuer à nous courir après. »

Henrik la regardait, mais Melody l'écoutait à peine. *Parle, Henrik, parle. Fais-moi gagner du temps.* Elle avait scruté les taillis et les ombres, prêté l'oreille aux bruits de la nuit. Les grillons mâles s'étaient tus, attendant que les femelles répondent à l'appel. Melody n'entendait rien, que le souffle léger de Henrik et sa voix, calme et sereine, presque amusée. Elle comprit que le capitaine vivait l'aventure de sa vie, à l'exception des attaques de pirates peut-être, mais elle se demanda s'il avait conscience que, en quittant la mer, il avait monté de gamme et intégré que les enjeux n'étaient plus les mêmes. S'il perdait la mise, probable qu'il perdrait la vie.

La bonne nouvelle était qu'elle ne voyait personne d'autre. Un peu trop sûr de lui-même, le capitaine. Il se tenait bien trop près d'elle et se reposait trop sur son arme. Elle évaluait ses chances. *Tu vois, Henrik, une arme ne fait pas tout*, observa-t-elle en glissant vers lui de quelques centimètres, reportant son poids sur sa jambe gauche. Un déplacement peu idéal, compte tenu de l'état de son genou, mais elle était tellement meilleure pour frapper du pied droit.

« Tu ne dis rien, Fortuna ? Tu sais, je t'attendais. Près du feu, tout à l'heure, j'ai entendu une branche craquer. Je parie que c'était toi. Malheureusement, je ne peux pas te laisser faire, j'ai une île qui m'att... »

Melody vit les doigts de Henrik se contracter sur la crosse du Glock et réagit par réflexe. Elle fit deux tout petits pas rapides, dansant, appui droit, appui gauche et bascula son buste en arrière, enclenchant une rotation, élevant sa jambe au-dessus de la hanche. Tout son corps pivota, accéléra, son pied droit lancé vint frapper le pistolet, déviant l'arme qui pointait sur son bassin. Le coup de feu partit : une explosion sonore dans le canyon. Le sifflement de la balle, le *klang* retentissant lorsqu'elle vint ricocher contre la paroi métallique du conteneur, le *tchoc* lorsqu'elle se ficha dans la terre. Sous la violence du coup, Henrik hurla de douleur, pivota lui aussi, laissa échapper l'arme avant de trébucher. Melody shoota dans le pistolet, l'envoyant valdinguer dans la nuit, éloignant le danger, et décocha un second kick de karaté dans l'abdomen de Henrik qui s'écroula en gémissant, se tenant le ventre à deux mains, recroquevillé au sol, haletant.

Elle perçut les clameurs venant du campement. Des bruits de course. Des pas qui se rapprochaient et le craquement des branches.

La musique s'était tue et toute la zone autour du feu de camp s'était illuminée sous les phares du Toyota et du Range Rover. Melody s'enfuit dans le canyon à travers les ombres. Derrière elle, elle entendit un des Navajos crier :

« C'est Henrik ! »

Puis, quelques secondes plus tard :

« C'est la fille ! L'espionne du camion, elle est là !

— On va la choper, ne la laissez pas s'échapper cette fois ! Les 4x4 ! rugit Ortie-Sauvage tandis qu'un des hommes montait à ces côtés. Celle-là, je vais me la faire. »

Les portières du pick-up claquèrent. L'engin se mit à rouler et à rebondir sur la piste. Derrière, conduisant le vieux Range Rover, Hayato agrippait le volant. Ses deux compagnons s'accrochaient où ils pouvaient, ceintures, poignée, pour ne pas se cogner. La tôle grinçait sous les cahots, le moteur grognait et les couinements du métal enflaient entre les parois du canyon. Les phares, à pleine puissance, illuminaient la nuit et repoussaient les ombres vers les falaises.

Melody s'était d'abord élancée sur la piste dégagée, terrain facile, sans réfléchir, pour s'éloigner au plus vite, avant de comprendre que c'était de la folie. Très vite, les moteurs s'étaient mis à gronder dans son dos. Se retournant, elle avait vu les lumières gagner du terrain derrière elle. Elle quitta la piste et s'engouffra entre les arbres, fuyant dans l'obscurité, trébuchant sur le sol inégal. Elle courait dans la gorge rocailleuse aux parois encaissées, les mains agrippées aux courroies de son sac. Mécanique bien rodée, son corps répondait, adoptait son rythme, se faufilait entre les arbustes. Elle bondissait au-dessus des roches, esquivait les branches basses. Les rameaux des taillis cinglaient ses bras. Les véhicules se rapprochaient, elle accéléra. Elle ne pourrait pas tenir bien longtemps, avec sa patte folle. En dehors des deux donuts, elle n'avait rien mangé depuis la veille. Elle devait vite trouver un endroit, se cacher. Elle se concentrait sur les ombres plus profondes dans la paroi, à la recherche de failles ou de grottes, restant à l'écoute de son genou et de la douleur qui pulsait sous la rotule.

Les phares du pick-up passèrent sur elle, la plongeant dans la lumière.

« Je l'ai ! » hurla Ortie-Sauvage.

Elle agrippa le rare Glock 18C, qu'elle avait payé à prix d'or à Ciudad Juárez, mit le sélecteur de tir en mode automatique, bascula l'arme dans sa main gauche et sortit son bras par la vitre baissée. Elle appuya sur la gâchette. Le pistolet lâcha une rafale et les premières explosions retentirent. La chair tendre d'un cactus explosa, projetant des fragments pleins d'épines, et une balle siffla à son oreille ; Melody plongea au sol derrière un tronc. La détonation l'enveloppa. Les grondements sourds ricochaient sur les parois du canyon et roulaient dans la nuit. À genoux, Melody reprenait son souffle, cernée par les échos. Brèves et sèches, des petites rafales d'armes automatiques claquèrent de nouveau, passant au-dessus de sa tête. Les Navajos du Range Rover qui prenaient le relais. Les coups de feu cascadèrent jusqu'à elle, écorchant les falaises. Elle se mit à ramper, évitant les vagues de lumière créées par les phares. Il fallait qu'elle rejoigne la nuit.

Chapitre 24

Au même moment, à Gênes, Gina ignorait tout de la fuite de Melody, de la scène torride qui s'était jouée dans l'appartement et de Tonio expédié à la cave. Pour le moment, elle gérait le projet « brise-glace » et avait quitté l'appartement en compagnie de Sofia et Claudia, avec quelques pochoirs et un fauteuil roulant.

Depuis les événements des jours passés, les boutiques MA & L s'étaient toutes équipées de caméras de surveillance, ce qui obligeait Claudia, la plus grande des trois, à grimper sur la chaise roulante pour asperger de peinture noire ces malotrus d'objectifs qui voulaient les empêcher de casser rond à chaque cible. Ensuite, Gina fracassait la vitrine à grands coups de marteau en regardant les jolies brisures lézarder le verre jusqu'à ce qu'il explose et que tout s'effondre en pluie de cristal sur le trottoir. Les éclats tranchants brillaient comme des diamants dans la lumière des réverbères. De son côté, Sofia taguait le mur d'une banane, d'une pêche, d'un ananas ou d'une Kassia d'un bon trait de pinceau. Puis elles quittaient les lieux du crime en trottinant à la vitesse d'une poussette sur des pavés.

« J'espère qu'elles s'en sortent, les filles, » murmura Gina.

Les filles – Silvana, Ornella et Anna – venaient de vandaliser leur troisième boutique et s'apprêtaient tranquillement à partir vers la suivante quand un coup de sifflet retentit. Ornella se retourna :

« Un policier ! Un policier ! Mais qu'est-ce qu'on fait ?

L'homme en uniforme fonça vers elles et pila devant Anna. Son regard balaya les trois femmes, les éliminant d'office des suspects et se reporta sur le bout de la rue à la recherche du vandale. Voyant ses yeux interrogateurs, Silvana indiqua :

— Un prêtre, c'est un prêtre ! indiqua Silvana.

— Il est parti par là, dépêchez-vous, renchérit Anna en pointant son doigt vers la ruelle voisine. Vite, vite !

— Merci, mesdames ! haleta l'homme, essoufflé, avant de disparaître en courant dans la venelle. »

Dès qu'il eut passé le coin de la rue, les trois femmes se regardèrent en souriant.

« Pourquoi un prêtre ? demanda Ornella.

— Parce qu'« il court, il court, le curé » », chantonnèrent Silvana et Anna.

Ornella fit les gros yeux.

« Ooooohhh. Et le respect, alors ?

— On ne peut plus rigoler ? enchaîna Anna. Allez, viens, la tournée n'est pas finie, encore deux ! Monica manque quelque chose quand même ! »

Monica avait facilement trouvé le 6, Vico di Santa Maria. Elle connaissait la vieille ville par cœur et avait avancé en rêvant, la main sur la clé de l'appartement que Jazz lui avait confiée. La seule chose inhabituelle avait été ce policier qui, en dérapant sur une plaque d'égout, lui avait demandé si elle avait vu passer un prêtre. Elle avait juste haussé les épaules.

Maintenant, elle faisait une pause dans l'escalier. Elle avait vaillamment gravi les quatre premiers étages. Plus que deux à monter. En plus, elle devait hisser tout là-haut ce foutu caddie à roulette ! Quelle idée d'habiter au sixième ! Elle n'avait plus vingt ans, même si, pour son âge, elle se considérait encore en pleine forme. Une demi-heure de vélo elliptique chaque jour la maintenait alerte et soignait sa silhouette. Enfin, elle arriva devant la porte que Jazz lui avait décrite, la porte blindée d'un joli marron chêne. En entrant, la première chose qu'elle vit fut les grands sacs de marques sur le parquet au milieu de la pièce et la grande robe verte étalée au sol. Elle se baissa pour la ramasser et la plia sommairement avant de retourner dans le salon la déposer sur le canapé.

« Il fait froid là-dedans », grommela Monica en frissonnant.

Elle alla fermer la fenêtre de la salle de bains et revint dans le salon.

Son regard se porta sur le Rothko, *La Lamentation du Christ* et le Klein qui recouvraient presque la totalité du mur.

« Magnifique », murmura-t-elle pour elle-même.

Elle s'approcha et caressa de l'index les deux toiles modernes. Le Klein était lisse et beaucoup moins rugueux que le Rothko. Serait-il possible que ce soient des vrais ? En tout cas, quelle bonne idée que de mettre ce bleu intense en regard de ce rouge saisissant ! Elle se recula, le contraste de style et d'époque avec le Mantegna qu'ils encadraient était plus qu'étonnant : une merveille. Il faudrait qu'elle pense à discuter d'art avec Jazz. Elle quitta les tableaux avec regret et se remit à explorer l'appartement. Elle se faisait l'effet d'une cambrioleuse un peu voyeuse. Elle ouvrit en grand l'armoire anglaise et fourra des vêtements pour Jazz au fond du caddie, puis revint vers les sacs aux logos prestigieux.

« Elle a été gâtée, Kassia, dis donc », remarqua-t-elle en déversant leur contenu dans le caddie.

Elle jeta un dernier regard à la pièce et s'en alla.

« Voilà, mission accomplie, glissa-t-elle en claquant la porte.

— Quelle mission ? »

Monica sursauta. Elle se retourna et se retrouva nez à nez sur le palier avec un inconnu.

« Euh... Mais, rien du tout, je me parlais à moi-même. Allez, pardon, pardon...

— Vous êtes qui ? voulut savoir l'homme planté devant l'escalier qui ne témoignait aucune envie de se pousser.

— Mais, quel curieux ! Cela ne vous regarde pas ! C'est plutôt à vous de me dire qui vous êtes, vous m'empêchez de passer.

— J'appartiens au conseil syndical », répondit Luigi dont l'esprit vif avait l'habitude de jongler avec les mensonges.

Des deux fils Cortisone, Luigi avait toujours été la tête pensante. Il faut dire que depuis tout petit, il réfléchissait avant d'agir. Un jour, Flavia avait blagué en faisant remarquer que, s'il avait mis tant de temps à sortir quand elle avait accouché, c'est qu'il était en train d'observer pour savoir si le monde en valait la peine ou s'il ne valait pas mieux rester bien au chaud avec maman. Quelques bonnes contractions l'avaient expulsé de son refuge, l'air lui avait décollé les poumons, il était sorti un peu bousculé en hurlant de colère, de peur et de douleur. Il n'aimait pas qu'on lui force la main. Aujourd'hui, s'il avait son mot à dire, il n'était pas si sûr que le monde en vaille la peine. Et dans ce monde en déliquescence, s'il y en avait un qui restait lucide, c'était son père : le vol du flingue dans la cité, l'incident avec cette Kassia et la fille nue que personne n'avait jamais vue qui avait déboulé dans la rue, d'après un des gosses, plus ces vieilles dames qui ne respectaient plus leur grand âge, cela faisait beaucoup de signes. Il y avait quelque chose de pourri dans cette bonne vieille ville de Gênes. Alors, beaucoup de signes, oui, mais des signes de quoi ?

Luigi avait jugé d'aller voir par lui-même cet appartement que tout le monde avait toujours cru vide et où, selon toute probabilité, logeait la mystérieuse inconnue qui se baladait toute nue. Et voilà que, à peine arrivé, il tombait sur une petite dame avec un caddie. Tout à fait charmante, mais pas une jeunette, et pas à poil. Cet appartement inoccupé voyait décidément passer beaucoup de monde. Un sujet à creuser, comme disaient les croque-morts :

« Je ne vous ai jamais rencontrée ? Vous venez d'emménager ici ? reprit-il.

— Oh non, je viens juste chercher des affaires pour... ma nièce et son mari.

— Ils habitent ici ?

— Bien sûr ! »

Monica commençait à s'inquiéter du tour que prenait la conversation. C'est qu'il insistait, le conseil syndical !

« Alors pourquoi ils ne viennent pas directement chez eux ?

— Mais, de quoi je me mêle ! Ce ne sont pas vos oignons ! Si vous voulez tout savoir, ils sont partis un peu précipitamment, voilà ! Je peux y aller maintenant ? Ils m'attendent.

Mais alors... tout se connecte, grommela Luigi en son for intérieur. *Voyons, jusqu'à présent j'avais Kassia, une autre fille en peignoir, le type au pistolet et des mamies. La Kassia, Tonio et moi on la sort du cadre. Reste une fille, un type et les vieilles dames, et là justement j'ai une vieille qui me parle d'une fille et d'un type ! Il est là le lien, et l'appartement au milieu... Mais qu'est-ce que ça veut dire, tout ça ?*

Luigi était à deux doigts de saisir son arme quand, regardant Monica, il comprit qu'il pouvait faire bien plus simple. Mieux valait ne pas sortir l'artillerie pour une grand-mère. Si jamais quelqu'un l'apprenait, tous les petits truands de la ville riraient sous cape et il avait besoin d'eux pour revendre la came. La revente constituait un vrai boulot, il fallait veiller à la motivation des équipes et à la crédibilité du manager.

« Tenez, donnez-moi ça, je vais vous le descendre. »

Et Luigi lui arracha presque le caddie de la main.

« Il est lourd, remarqua-t-il en dévalant les escaliers.

— Mais... attendez ! » cria Monica en essayant de le suivre tant bien que mal en se tenant à la rampe.

Quelques secondes plus tard, quand Monica arriva dans l'entrée, Luigi lui prit le bras fermement :

« Écoutez, laissez-le là, près des boîtes aux lettres. Personne ne vous le prendra. Vous n'en avez pas besoin et le caddie ne logera pas dans le coffre, de toute façon.

— Dans quel coffre ?

— Nous partons tous les deux. Je vous demande de me suivre, commanda Luigi en assurant sa prise sur le bras de Monica. Il faut absolument que vous rencontriez quelqu'un. Absolument ! C'est en rapport avec l'immeuble et ceux qui y habitent. Les autres, ils veulent exproprier les habitants.

Il chuchota en jetant des coups d'œil exagérés de tous les côtés. C'est un complot, mais nous, au conseil syndical, nous ne nous laisserons pas faire.

— Un complot ?

— Chut... Pas si fort, voyons ! »

Il la tira dans la rue :

« Allez, venez !

— Au voleur, au voleur ! » hurla Monica.

Luigi s'arrêta, tout surpris :

« Vous voulez bien vous taire ? Nous allons nous faire remarquer ! Je vole quoi, là ?

— C'est moi qu'il vole, c'est moi qu'il vole ! » cria Monica de plus belle.

Luigi se prit la tête entre les mains, puis jeta un coup d'œil rapide dans la rue. Il n'aperçut rien d'anormal et ne voulait surtout pas que cela change en ameutant tout le quartier.

« Madame, je ne vous vole pas ! Venez avec moi, je ne voudrais pas vous faire de mal, assura-t-il en raffermissant sa prise sur son bras. S'il vous plaît, je vous demande de me suivre.

— Et où est-ce que l'on va ? le défia Monica en essayant de dégager son bras.

— Je vous invite à rejoindre le président du conseil syndical, c'est un passionné d'art. Nous nous rendons chez lui et nous allons lui faire une petite surprise. Il possède une vieille demeure Renaissance toute proche du port.

— Un passionné d'art ? Splendide ! J'adore l'art moi aussi. Qui est-ce ?

— Ah, je vous laisse la surprise. C'est un mécène.

— Un contre-complot et en plus une visite culturelle ? Avec un mécène ? À cette heure-là de la soirée ? Mais c'est *magnifico, romantico* ! *Andiamo, signor.* »

Il lui libéra le bras en se demandant vraiment pourquoi il faisait toute cette comédie alors qu'il lui aurait suffi de sortir son pistolet.

« Finalement, pourquoi n'irions-nous pas là-bas en marchant doucement, j'ai envie de quelque chose de plus... *romantico*, proposa Luigi, tout sourire. Tant pis pour la voiture. »

Ils empruntèrent l'étroit *vico* del Fumo pour déboucher sur une placette dominée par le dôme de la petite église San Giorgio.

« Vous connaissez cette église ? demanda Monica alors qu'il passait devant la façade en vague décorée de stuc blanc et de vert pastel. Les fresques à l'intérieur s'écaillent. Il n'aurait pas envie de les faire restaurer, votre mécène ?

— S'il devait faire restaurer tout ce qui s'appelle San Giorgio ! Mais vous pourrez l'interroger vous-même très bientôt. »

Monica suivait l'homme, excitée et un peu inquiète. Il était poli et amical, mais l'emmenait avec conviction vers... elle ne savait où. Il la guidait en douceur, mais d'un bras ferme, et Monica comprenait bien que si elle tentait de partir, la situation pourrait mal tourner. En même temps, avait-elle vraiment envie de s'enfuir ? Rencontrer un passionné d'art fortuné, c'était peut-être une occasion rare à ne pas rater, comme il ne s'en présentait d'habitude que dans les livres ? C'était peut-être une nouvelle histoire qui commençait.

« Vous ne m'emmenez pas vers le centre-ville ? C'est là-bas que sont les palais et...

— Il y a aussi des palais sur le port, comme le Palazzo San Giorgio, et le centre-ville est trop encombré, trop de petites rues. L'homme d'affaires que je veux vous faire rencontrer préfère la liberté que lui donne une demeure un peu à l'écart du centre.

— Mais c'est dans toutes ces petites rues que se cache l'art, et c'est bien ce qui fait le charme de Gênes, vous ne pensez pas ? »

Luigi pensait surtout que cette ville se dessinait comme un plat de spaghetti et que le corridor de ruelles étroites était une bénédiction pour distribuer la drogue. Lorsque les carabiniers passaient, s'ils osaient avec tous les pots-de-vin qu'on leur versait, il était facile de disparaître dans le labyrinthe des petites rues pavées. D'un autre côté, on ne voyait rien venir à plus de vingt mètres dans l'entrelacement des venelles et il fallait toujours poster un guetteur pour donner l'alerte en cas de visite impromptue des quelques policiers qui plaçaient la morale avant l'argent.

Monica et Luigi avançaient dans les ruelles et, sortant de la vieille ville, se retrouvèrent nez à nez avec le pont aérien, laissant derrière eux les odeurs de lessive, de pain chaud et d'olive.

« Je le déteste, ce bloc de béton, râla Monica. Il faudrait pendre les imbéciles qui ont décidé de faire une autoroute surélevée entre la mer et la vieille ville. On ne voit même pas la mer !

— Elle est bien pratique pour relier les docks et l'aéroport à la ville, expliqua Luigi. Nos camions de livraison passent tous les jours dessus. *Et Grimaldi l'a financé en partie avec l'argent de la famille.*

— L'argent et le commerce, hein, il n'y a que ça qui compte.

— Suivez-moi donc, vous verrez que l'art compte aussi beaucoup pour certains. »

Ils débouchèrent bientôt dans la lumière des projecteurs éclairant la promenade plantée, les jetées et la mer. Un vent frais soufflait sur le port, qui n'avait plus rien d'antique tant il était devenu un lieu branché avec sa grande roue, son ascenseur de verre panoramique et le Banano Tsunami, le bar à cocktail du bout de la jetée, dont les effluves de burger-frites flottaient jusqu'à eux dans l'air iodé.

« Venez, nous y sommes presque, celui que j'ai envie de vous faire rencontrer habite encore un peu plus loin, annonça Luigi. Heureusement ! Je trouve que l'art ne fait pas du tout bon ménage avec les odeurs de frites et les touristes qui hurlent jusqu'au matin en dansant sur le ponton. »

Monica regarda autour d'elle. La zone fréquentée par les visiteurs se situait maintenant loin derrière et les lumières se faisaient plus rares. En s'éloignant des attractions et de la foire aux touristes, débarqués des paquebots de croisière, la façade maritime basculait vite dans le clair-obscur et l'industriel. Les belles demeures familiales se faisaient moins fréquentes et s'estompaient dans la pénombre. Un peu plus loin, une masse sombre se dressait devant eux et barrait l'horizon. À l'écart des anciennes demeures bourgeoises et du Palazzo San Giorgio où Marco Polo, emprisonné, avait dicté ses mémoires à Rusticcello, Monica devinait les contours d'une bâtisse isolée et massive dominant la mer. Comme les fortins qui surmontaient Gênes sur les collines et beaucoup d'autres demeures de prestige dans la ville, le bâtiment était fait de grès beige noirci par les embruns et la pollution.

« C'est là que nous allons ? demanda Monica. Dans la zone portuaire ? Le manoir me paraît énorme. Qui habite dedans ?

— Attendez, vous allez le rencontrer, un grand mécène qui a fait beaucoup pour la ville, répondit Luigi en souriant, en pensant que celui qui en profitait surtout, dans cette ville, était le maire Vito Grimaldi.

— Vous faites terriblement durer le suspense, vous savez ! Je suis un peu inquiète, pour tout vous dire...

— Vraiment ? Vous ne devriez pas. Vous allez avoir la chance d'admirer des œuvres exceptionnelles en bonne compagnie. Mais je reconnais que la situation est plutôt inhabituelle. Pour moi aussi, vous savez. »

Par-delà les hauts murs fortifiés, la silhouette rectangulaire d'un donjon moyenâgeux se détachait sur un ciel gris et couvert. À la renaissance, de larges fenêtres avaient été ouvertes dans les murs pour permettre à la lumière du jour d'éclairer l'escalier de pierre qui grimpait jusqu'aux créneaux. La forme oblongue d'un canon rouillé, enchâssé sur son socle de roche au sommet de la tour sombre, veillait sur la mer depuis les fameuses guerres avec Venise qui avaient mené à la capture de Marco Polo huit siècles auparavant. Aujourd'hui, il ne servait plus que de perchoir aux mouettes criardes dont les déjections acides attaquaient le métal. Le fût du canon se décomposait en courtes lamelles brunes qui jonchaient le sol, s'effritaient et créaient à chaque pluie de longues coulures maronnasses sur les flancs de l'édifice.

« Ce n'est pas l'ancienne capitainerie, là, au bout ? demanda Monica en hésitant.

— Si, vous connaissez ?

— Mais alors... Vous êtes...

— Luigi Cortisone, pour vous servir. Venez, continuons, nous y sommes presque. Don Cortisone va être ravi de faire votre connaissance, madame.

— C'est lui le mécène ?

— Disons que... Don Cortisone est un businessman qui aime investir dans l'art. »

Luigi affermit encore un peu sa prise sur son bras. Ils franchirent la large passerelle de bois au-dessus de la douve qui, à chaque forte marée, était envahie par les flots et transformait le repaire des Cortisone en îlot. Une vieille porte de métal, ancienne et piquée de brun à la peinture effritée, tachée de guano, leur barrait l'entrée. Monica regarda Luigi tourner son visage face à la caméra de surveillance, une excroissance noire de plastique et d'acier plaquée sur le mur en hauteur. L'homme posa son index sur le boîtier électronique de la serrure à reconnaissance digitale. Les vérins coulissèrent dans la gâche et la lourde porte s'entrebâilla avec un petit *clic* à peine audible. Luigi la poussa et la masse de métal pivota sur ses gonds, s'ouvrant sans un bruit sur la cour intérieure. Le battant en acier galvanisé était épais de plusieurs centimètres et le panneau interne recouvert de peinture gris mat.

« Mais c'est une porte blindée !

— Oui, tout à fait. Nous avons fait attention à l'esthétique de la façade, mais nous sommes vigilants sur la sécurité. Les affaires sont dures et nous n'avons pas que des amis. Don Cortisone subit des campagnes de dénigrement très cruelles. Venez, je vais vous conduire à lui. »

Monica porta sa main à sa bouche. *C'est une vraie forteresse ! Quelle andouille je suis ! C'est ce qui s'appelle se jeter dans la gueule du loup*, songea-t-elle en constatant qu'elle se trouvait sous un large porche d'entrée, tout près d'un escalier de pierre aux marches inégales et usées par les siècles qui s'enfonçait sur la gauche dans les profondeurs. Une loge avait été installée en face, côté droit. Un guichet de contrôle, comprit-elle en voyant l'écran d'un ordinateur à travers un petit rectangle de verre. Peut-être pour la caméra ou la serrure électronique.

Elle quitta l'abri du porche et avança avec prudence sur les pavés disparates. Le long des murs, vissées dans la pierre à intervalles réguliers, des ampoules diffusaient une lumière jaune créant un effet de sfumato. Monica regardait de tous côtés. Brusquement, elle avait froid et une boule d'angoisse lui crispa le ventre. La brise de nuit avait laissé les odeurs de burger au port et charriait maintenant celles des algues et de la vase. La tour crénelée montait vers le ciel et s'ouvrait sous une marquise par une petite arche sur la cour. La légère marquise, de verre et de métal, dénotait sur le mur massif et avait dû être rajoutée à la Renaissance. Elle remarqua que les coulures de rouille du canon, pourrissant au sommet de la tour, descendaient jusqu'à mi-hauteur et que, à tout niveau, l'humidité noircissait les pierres. Le contraste était grand avec le grès beige clair du bâtiment d'habitation. De toute évidence, il avait été restauré et Don Cortisone en prenait soin. Collé au donjon, un grand bâtiment rectangulaire à deux étages, percé de fenêtres gothiques en ogive, occupait tout l'espace en face d'elle. Entre les hautes fenêtres, deux niches abritaient la Vierge Marie et un saint éventré près d'un cabestan, sous un éclair. *Morbide*, pensa-t-elle en reconnaissant Saint-Elme, le protecteur des marins. Mais pas dénué de logique, pour un ancien bâtiment dédié aux affaires maritimes. Un escalier fonctionnel, trois mètres de large, aucun rôle d'apparat, était accolé sur sa longueur à un bon tiers de la façade et menait par une trentaine de marches basses, pratiques pour le transport d'objets lourds, à une porte en bois cloutée de pointes d'acier à grosse tête.

« Ce n'est pas très Renaissance tout ça », ne put-elle s'empêcher de murmurer.

Luigi ne jugea pas utile de commenter. L'architecture, ce n'était pas son rayon.

Alors qu'elle s'apprêtait à le suivre sur les marches, Monica stoppa net. Elle se retourna et leva les yeux. Dans le contre-jour d'une des hautes fenêtres en ogive, une silhouette trapue l'observait.

Chapitre 25

Le Gulfstream G650 filait à Mach 0,9, à douze mille mètres d'altitude, dans la limite basse de la stratosphère. Les deux turboréacteurs Rolls-Royce ronronnaient et propulsaient le jet de quarante-cinq tonnes à près de trois cent huit mètres par seconde, juste sous la vitesse du son. Il survolait la Terre dans la nuit de l'Atlantique Nord.

Dans le taxi qui les avait conduits moins d'une heure auparavant au petit aéroport, McCoy avait appelé un vieil ami :

« Fais chauffer les moteurs, Charly.

— C'est sérieux à ce point-là, McCoy ? J'allais attaquer la fiesta avec deux créatures de rêve.

— Oui, j'ai un mauvais feeling. Les réservoirs sont pleins ?

— Comme d'habitude, le coucou est toujours prêt à décoller. Niveau d'urgence ?

— Maximum, faut qu'on trace.

— OK, tu me raconteras. »

McCoy avait entendu Charly frapper dans ses mains et rugir :

« Bon, les filles, on remet ça à une autre fois, allez, ouste ! McCoy, je t'emmène où cette fois ?

— Arizona, États-Unis d'Amérique. Prépare le plan de vol, je viens avec Shipo.

— Shipo ?

— Une collègue. Tu verras, elle vaut le détour.

— Alors, j'amène à boire. Quand vous arriverez, la passerelle sera baissée, vous vous installerez, OK ?

— Bien reçu, Charly, et merci infiniment. Je décroche, à toute ! »

Arnold McCoy avait coupé la communication et s'était étiré.

« J'adore Charly. Toujours prêt à aider, et sans poser de question.

— Comme ça, je vaux le détour ? avait riposté Shipo en lui enfonçant son coude dans les côtes.

— Oui. À tout point de vue. »

McCoy s'était tourné vers elle et l'avait regardée dans les yeux sans broncher.

« Et Charly aussi vaut le détour. Il n'est pas facile à amadouer, mais lui et moi, c'est une vieille histoire. Il ne m'a jamais fait faux bond. Je te raconterai. »

Quelques minutes plus tard, le taxi avait stoppé devant le jet privé dont les moteurs vrombissaient déjà, stationné sur la piste du petit aéroport dans la banlieue est de Glasgow. Shipo et lui avaient gravi les marches de la passerelle, qui s'était aussitôt refermée derrière eux, et McCoy s'était effacé pour laisser passer Shipo la première. On ne rentrait qu'une seule fois pour la première fois dans un Gulfstream G650 et Arnold avait tenu à ce que Shipo savoure l'instant. Il avait souri en la voyant immobile, en arrêt, devant le bar en acajou et les larges fauteuils de cuir blanc.

« Vas-y, entre, installe-toi, avait-il proposé en la poussant délicatement dans le dos. Nous devons partir. Cela fait toujours un choc, même pour moi qui suis déjà venu deux fois.

— *Bienvenue mademoiselle Shipo, McCoy !* clama une voix dans le haut-parleur. *Asseyez-vous et attachez vos ceintures, nous sommes parés à décoller.* »

Shipolivskaya et Arnold McCoy s'étaient tous deux enfoncés dans les fauteuils, le luxueux jet avait aussitôt accéléré, les plaquant confortablement contre les sièges. L'avion s'était stabilisé à sa vitesse de croisière quand la porte de la cabine de pilotage s'était ouverte pour laisser entrer un géant roux et frisé, à la barbe rousse en bataille.

L'homme portait un polo vert qui dévoilait les taches de rousseur de ses avant-bras, un jean noir et des boots de cuir. *Il est bâti comme une montagne et ne dépareillerait pas en Viking porteur d'une hache à double tranchant*, constata Shipo. Des ridules au coin des yeux et un peu d'embonpoint lui donnaient un air joyeux.

« Je te présente Charles Peters, Charly pour les intimes, annonça McCoy.

— Charly, voici Mlle Shipolivskaya.

— Tout le monde m'appelle Shipo. Faites comme tout le monde, précisa-t-elle en se levant. Vous êtes le pilote ?

— Exactement. Mais le vrai pilote, c'est l'ordinateur de bord.

— Juste par curiosité, il est à qui cet avion ? Je suis très impressionnée. Comment avez-vous fait pour l'affréter aussi vite ?

— Je vais vous dire un secret, mademoiselle Shipo... »

Charly se pencha vers elle et gronda de sa voix grave :

« Cet avion... C'est le mien. C'est plus facile comme ça ! »

Charly explosa de rire.

« Charly a fait fortune grâce au whisky. Il est l'heureux propriétaire de la distillerie Endorfyn, expliqua McCoy. Oui, je sais, c'est au pays de Galles, mais personne n'est parfait ! Ce n'est pas un mauvais bougre... »

De derrière le bar, Charly gueula :

« Toujours la même vanne, McCoy ! Viens donc goûter ça ! En général, tu ne dis pas non, même si c'est du gallois. Il y a un verre pour vous aussi, Shipo ! Si vous ne connaissez pas le whisky Endorfyn, vous allez découvrir un nouveau monde. »

Il leur servit un liquide d'une belle couleur ambrée. Shipo y trempa ses lèvres : le Endorfyn Fairywood était boisé, doux et vanillé. Assis dans le canapé devant la table basse, Charly faisait face aux deux agents :

« Alors, dites-moi ! McCoy est un type formidable, j'espère que vous le savez, mademoiselle Shipolivskaya ? Ce que je fais ce soir, je ne le ferais pour personne d'autre. Mais comme je vous prête un avion à soixante-cinq millions de dollars, j'aime bien savoir pourquoi ! C'est le deal, pas vrai McCoy ?

— C'est le deal, Charly. Pas de problème. Je t'explique : les SOCISS ont une agente que nous pensons en difficulté en Arizona, dans un canyon, le canyon de Chelly, pour être précis. En pleine réserve Navajo. Et en plein désert. T'aimerais pas, Charly, c'est un coin qui donne soif. Nous savons déjà par un autre canal que les natifs traficotent par là-bas, drogue et compagnie. Nous avons perdu le contact, mais j'ai repéré sa trace à proximité et j'ai un mauvais pressentiment, je ne le sens pas. À mon avis, elle est dans les ennuis jusqu'au cou.

— Un mauvais pressentiment ? Tu ne le sens pas ? Je t'aime bien, McCoy, mais à seize mille dollars l'heure de vol et avec la soirée que tu me fais rater, j'espère que tu sais ce que tu fais.

— Charly, je ne le sens pas, je te dis. Cette agente, cette fille, est un diamant. Elle fait référence dans le métier. Si elle ne donne pas signe de vie, c'est que ça chauffe vraiment. »

McCoy lui raconta l'épisode du port et l'agression, et Charly hocha la tête, compréhensif.

« Il y a quand même quelque chose qui me chagrine, ajouta Charly. Tu sais que mon jet ne peut pas se poser dans le canyon ? À la limite dans le désert, mais après ?

— Nous atterrissons à Phoenix et tu nous commandes un hélico. T'es toujours opérationnel sur hélico ?

— Pas de remise à niveau depuis longtemps, mais ça va me revenir. Piloter un hélico, c'est comme mon whisky : quand on y a goûté, ça ne s'oublie pas. Pas vrai, Shipo ?

— Excellent ! Un nectar », confirma Shipo en claquant son verre sur la table.

Elle saisit la bouteille dorée et se resservit.

« Qu'est-ce que je disais ! Bon, tu sais quoi, un hélicoptère c'est bien beau, mais ça ne se trouve pas comme une mouche sur le derrière d'une vache. Faut que je passe un appel radio. Dernière chose, McCoy, il est large comment ton canyon ?

— Deux cents à quatre cents mètres, à la louche.

— D'accord, ça passe comme une lettre à la poste.

— Reposez-vous un peu en attendant, nous arriverons en pleine nuit. Vous pouvez aller vous allonger sur le lit dans la chambre à l'arrière. »

Charles Peters, PDG des distilleries Endorfyn et pilote émérite, disparut dans la cabine de pilotage. McCoy ouvrit sa mallette et alluma son ordinateur, se connecta au réseau WiFi du jet, puis au serveur administratif des SOCISS. Il sélectionna le menu *Déclaration d'activités* et imputa la journée du lendemain sur *Congé sans solde* pour Shipolivskaya et lui-même.

Shipo termina son whisky et alla s'allonger sur le grand plaid blanc qui recouvrait le lit. Quelques minutes plus tard, quand Arnold la rejoignit, elle se redressa et déclara de sa voix douce :

« Il n'y a qu'un seul lit. On peut partager si tu veux. »

Il s'allongea contre elle et s'emboîta contre son corps, ses genoux au creux des siens et sa poitrine contre son dos. Son bras l'enlaça et sa main vint se poser sur son ventre. Shipo murmura :

« On partage le lit et pas plus, Arnold. Enlève ta main s'il te plaît.

— Bien sûr, souffla McCoy. »

Il se recula et bascula sur le dos. Les yeux grands ouverts dans le noir, ses pensées inquiètes dérivèrent vers la belle K5. Comment allaient-ils faire pour la retrouver ?

Chapitre 26

Melody avait rejoint l'ombre protectrice de la falaise. Elle récupérait à l'abri d'un bloc rocheux, installé là pour l'éternité par un éboulement ancien. La montée d'adrénaline qu'avaient déclenchée les coups de feu se dissipait lentement dans ses veines. Elle avait aperçu les deux 4x4 et faisait le point. 21 h 30 par nuit claire. Un canyon dans le désert. Aucune sortie vers le plateau : les parois étaient trop hautes et trop raides. Un peu de couvert végétal, un peu d'eau, rien à manger. L'estomac dans les talons et un genou douloureux. Et deux véhicules ennemis qui patrouillaient à présent au pas, côte à côte, pour élargir le cône de lumière qui la traquait. Pas de doute, elle avait connu des jours meilleurs.

Les 4x4 avaient certainement dû s'arrêter un instant pendant qu'elle était au sol : la femme et deux des hommes se dressaient, debout à l'arrière du pick-up que conduisait maintenant Hayato. Tous armés de Glock. Et le Range Rover à leur côté, tel un croiseur en soutien d'un destroyer.

Melody, aux ordres que donnait la femme, l'avait identifiée comme le leader du groupe. Ortie-Sauvage était donc devenue sa cible prioritaire. La Navajo serait la première à chuter. Elle espérait pour elle que Hayato avait assuré et qu'elle avait bien joui : ça ne se reproduirait peut-être pas.

Il fallait qu'elle bouge, maintenant, car les faisceaux des phares n'allaient pas tarder à noyer toute la gorge dans la lumière. Bientôt, elle n'aurait plus de solution de repli. Revenir vers le campement ? Henrik l'y attendait, faible combattant, mais malin et qui, cette fois, tirerait au lieu de parler. Melody s'enfonça plus avant dans le canyon. Elle marchait vite, trottinait, s'arrêtait, cherchant son chemin, évitant les racines. Soudain, le son d'un moteur deux-temps pétarada, couvrant le ronflement des véhicules. Le bourdonnement aigu de la petite moto cascadait le long des murs de roches, comme une vague à l'approche, emplissant tout l'espace. Elle se retourna. Hors-piste, sur le chemin, pas loin derrière et slalomant entre les arbres, un phare rond et jaune apparaissait, disparaissait, éjectant la caillasse contre les rocs et les troncs. Dans son dos, sur la vieille Yamaha 125 YZ, pleine de boue, Henrik hurla :

« Tu croyais que tu pouvais te débarrasser du vieil Henrik comme ça ! Va crever, Fortuna ! »

Melody se mit à courir, mais son genou la lançait et elle trébucha dans les éboulis de pierres. Hayato accéléra, obliqua vers la gauche, elle tomba dans une flaque de lumière. Pour la deuxième fois, elle entendit un « Je l'ai ! » Les balles crépitèrent autour d'elle. Melody s'écrasa au sol.

Aux commandes du Bell 206B JetRanger, un hélicoptère monoturbine polyvalent qui survolait le désert, Charly s'écria dans le micro :

« Vous voyez les éclairs comme moi ? Ça se canarde là-dessous ! Vous voyez les phares ?

— Deux véhicules, oui. Et... oui, je crois que je distingue une moto aussi, ajouta McCoy d'une voix hésitante.

— Confirmé ! lança Shipo, dont l'œil collé à la caméra thermique voyait les moteurs chauds illuminer son écran de halos rouges.

— Et ça pullule en bas, enchaîna-t-elle en comptant les silhouettes rougeoyantes. Six personnes au moins : trois à l'arrière d'un pick-up, le pilote de la moto et a priori deux chauffeurs pour les véhicules. Non, attendez, j'ai une personne de plus ! Un peu à l'écart le long de la falaise. Elle court.

— Tu crois que c'est Melody ? hurla Arnold dans le micro.

— Identification impossible, Arnold. Je n'ai qu'une silhouette. »

Melody fuyait aussi vite que son genou le lui permettait et commençait à boiter. Elle entendit un coup de frein, le crissement des pneus. Une rafale. Une balle frôla sa tête.

« Le coureur se sauve, on lui tire dessus et il boite ! déclara Shipo dans l'hélico.

— Décidez-vous ! Je fais quoi ? Je descends ? interrogea Charly.

— Nous ne savons même pas si c'est elle, Charly ! Pas de risque inutile, lança McCoy. »

Il cria vers sa collègue :

« Alors, K5 ou pas, Shipo ? Tu me disais que tu pourrais le savoir si tu l'avais en visuel ! »

Au sol, Melody tituba, se rattrapa à une branche, releva un pan de son T-shirt et plia la petite plaque métallique dissimulée dans la longue étiquette *Laver à 30 °C*. Le métal plié libéra une minuscule onde de choc, suffisante pour cristalliser les molécules toutes proches de la solution sursaturée d'acétate de sodium qui imprégnait les fibres. Par contagion, de molécule en molécule, tout son T-shirt se cristallisa, dégageant de l'énergie sous forme d'une chaleur superflue. Melody haleta, passa sa main sur son front, épongeant la sueur. Au moins, maintenant, elle avait une carapace qui pourrait peut-être la protéger. Mieux valait crever de chaud que mourir sous les balles.

Sur l'écran de la caméra infrarouge, Shipo vit une vague orange virer au rouge, se répandant de la taille vers le buste et la tête de l'inconnu en fuite. Elle reconnut immédiatement la signature thermique :

« C'est elle ! C'est elle ! C'est Melody ! »

Charly poussa sur le manche. L'hélicoptère Bell piqua au cœur du canyon, le hurlement du rotor tournant à toute vitesse fit résonner les parois, soulevant un nuage de poussière. Ortie-Sauvage et les deux hommes se protégèrent les yeux ; l'hélico rasa les véhicules ; Henrik dérapa et tomba au sol sous le souffle. McCoy ouvrit la porte latérale et déroula une échelle de corde qui flotta dans la nuit. Charly redressa le Bell, remonta et plongea pour un second passage. Melody courait droit devant elle, pleine piste, au milieu du canyon. Charly la dépassa, descendit à quinze mètres, plafonna, vol stationnaire et inclina le nez de l'engin. Melody plissa les yeux, vit un ogre roux lui faire signe et repéra enfin l'échelle de corde. Elle s'élança bon gré, mal gré en boitillant, ne cherchant pas à comprendre. L'inconnu lui offrait une porte de sortie, elle prenait !

Derrière elle, les coups de feu se ravivèrent dans l'obscurité. Autour d'elle, les balles vrombissaient tels des bourdons en chasse. Soudain, son bras partit brusquement en avant, elle pivota sous le choc de l'impact et la douleur d'un coup de poignard lui transperça le biceps. Elle hurla, trébucha et se remit dans l'axe, accéléra de nouveau et bondit sur l'échelle de corde. McCoy, accroché à la portière ouverte sur la nuit illuminée, la vit resserrer ses doigts désespérés sur les barreaux. Ses jambes tendues battaient l'air. Il la regarda fléchir le bras, réaliser un début de traction, au bout de l'effort, et poser le genou sur l'échelon le plus bas. Elle était en position stable.

« Go ! Go ! Go ! hurla-t-il. On décroche. »

Charly poussa les gaz et le Bell 206B JetRanger s'envola vers les ténèbres. Melody, suspendue dans les airs, cala son genou sur le barreau. Elle se crispa sur l'échelle, n'osant plus bouger. Un liquide chaud dégoulinait le long de son bras droit. McCoy se pencha, la vit qui haletait en fermant les yeux, tétanisée.

« Charly, Shipo, j'y vais ! »

McCoy tourna le dos au vide, descendit une jambe, puis l'autre. Debout sur le patin gauche, il fléchit une jambe, se cramponna, chercha un peu du pied avant de trouver le premier barreau de l'échelle de corde. Le poids de Melody tendait le cordage et rigidifiait la structure. Malgré tout, sous la pression du jeune homme, l'échelon de résine jaune disparut sous le ventre de l'hélico et le corps tendu de McCoy bascula en arrière vers le vide. Le vent froid et la vitesse lui ébouriffaient les cheveux et les pans de sa chemise flottaient autour de sa taille. Il saisit le premier barreau d'une main, son pied tâtonna, cherchant un appui. Il descendait dans la nuit. Douze mètres plus bas, il tendit la main et hurla :

« Agente K5 ! Melody ! C'est McCoy, Arnold McCoy. Il fait meilleur là-haut ! Allez, on remonte ! »

Melody ouvrit les yeux. Une grimace étonnée s'afficha sur son visage. Elle se souleva, tira sur ses bras et gravit lentement les barreaux. Charly s'était mis en vol stationnaire, composant avec le vent nocturne qui faisait osciller l'échelle et la vrillait autour de son axe. McCoy et Melody se balançaient deux cent cinquante mètres au-dessus du plateau désertique. Enfin, McCoy bascula sur le ventre dans l'hélico. Il se retourna avec souplesse, saisit d'un geste vif et précautionneux les épaules du T-shirt durci de K5 et la hissa vers lui. Elle s'affala sur ses jambes et le sol d'acier. Il se dégagea doucement et claqua la portière. Le vent cessa de mugir. Melody se redressa lentement, en appui sur ses bras, à quatre pattes dans la carlingue. Elle se mit debout, chancela et aperçut Shipo. Un immense sourire lui traversa le visage. Elle fit encore un pas et s'effondra dans les bras de la jeune femme, enfouissant sa tête au creux de son épaule.

« Merci, McCoy », murmura-t-elle sans se retourner.

Les mots s'envolèrent dans le bruit du rotor. À genoux sur le sol de métal froid, Arnold McCoy eut un faible sourire en voyant les deux femmes enlacées, réprimant un pincement au cœur. Il avait toujours eu un faible pour K5 ; c'est lui qui avait pris tous les risques, c'est lui que la belle Melody aurait dû prendre dans ses bras.

Dans le cockpit, Charly chantonnait tandis que le Bell 206B JetRanger, mission accomplie, fonçait vers Phoenix.

Dans son bureau du cinquième étage, McCoy contemplait son écran d'un air éteint. Il tenait une sacrée gueule de bois. Sur le vol de retour avec Charly, ils avaient éclusé du whisky jusqu'à plus soif, célébrant la victoire, vidant une première bouteille d'Endorfyn, puis, avec plus de modération, en avaient entamé une autre, un subtil grand cru mature et doré que Charly avait exhumé de derrière le bar. Peu après, Charly avait dit stop et regagné la cabine de pilotage afin de reprendre les commandes. Une fois seul, taraudé par l'alcool, McCoy avait pris conscience de son désir lancinant pour Melody et s'était dirigé sans réfléchir vers la chambre au fond du jet où se reposaient les filles.

Il avait tant pensé à K5. Cette brune canon et toujours en mission sur laquelle il veillait depuis son écran dans ses déplacements à travers le monde. Une putain de Lara Croft, oui ! L'élan de Melody vers Shipo dans l'hélico lui avait miné le moral car, enfin, merde, qui avait affrété un jet de luxe pour traverser la moitié de la planète avant de risquer sa peau pour la sauver ?

Il avait songé qu'elle aurait pu au moins lui claquer la bise quand il avait perçu le rire léger de Shipo, suivi d'un feulement langoureux. McCoy avait cessé tout mouvement avant d'appuyer sa main sur la porte, qui s'était entrouverte sans même un chuintement. Assise en bordure de lit et renversée en arrière, en appui sur son bras valide, Melody avait ôté son T-shirt rigidifié inconfortable pour ne plus conserver qu'un soutien-gorge de dentelle noire. Elle regardait tendrement la tête de Shipo plongée entre ses cuisses, agenouillée sur le sol à côté de son legging et de la petite culotte de dentelle assortie à son haut.

McCoy était resté bloqué sur les seins provocateurs si bien mis en valeur par la dentelle et avait senti son sexe durcir dans son boxer. La gorge serrée, il s'était appuyé au chambranle.

Devant son écran en veille, la scène ne cessait de tourner en boucle dans sa tête... Il revit Shipo relever la tête et Melody refermer aussitôt ses cuisses. Shipo avait protesté en fronçant les sourcils et déclaré d'un ton sérieux :

« Détends-toi, tu en as besoin ! Laisse-toi aller et laisse-moi faire. »

Son regard s'était adouci en observant la belle espionne et elle avait lâché, amusée :

« Agente K5 ! Rappelez-vous comme c'était bon la dernière fois. »

Shipo avait passé sa langue sur ses lèvres et Melody lui avait souri.

« Alors action ! » avait lancé Shipo.

Elle avait attrapé les fesses de Melody et l'avait attirée vers elle. Melody avait lâché prise, fermé les yeux et écarté les jambes. McCoy avait aperçu sa vulve déjà brillante sous une fine toison, et dans son pantalon sa queue dure avait jailli hors du boxer tandis que la bouche de Shipo était venue recouvrir la fente humide. Melody avait de nouveau feulé et commencé à onduler. McCoy avait plongé sa main dans son jean en observant les vagues de plaisir successives creuser le ventre de son agente préférée.

La langue de Shipo avait léché, goûté le sexe offert, avait navigué dans la faille moite acidulée et tourné autour du clitoris saillant. Melody s'était laissée tomber sur le dos en gémissant et s'était cambrée pour enlever son soutien-gorge. McCoy l'avait vue caresser ses seins ronds et écarteler encore un peu plus ses jambes avant que sa main ne plonge pour enfouir la tête de Shipo entre ses cuisses. McCoy avait resserré sa prise sur son sexe.

Melody s'était de nouveau cambrée, avait bombé la poitrine, et Shipo en avait profité pour dégager sa main droite de sous une fesse douce et lisse et attraper dans son sac un magnifique phallus de bois doré de la nouvelle gamme ethnique de MA & L. Elle en avait inséré avec délicatesse l'extrémité courbée dans la fente entrouverte et avait replongé sa tête entre les cuisses en enfonçant le gode. McCoy avait fait coulisser ses doigts sur son sexe en rythme.

Melody s'était redressée en creusant son ventre, avait laissé tomber sa tête, alors que Shipo venait agacer un mamelon sombre et la splendide K5 avait joui en un long râle de panthère, agitant ses jambes avec frénésie avant de s'affaisser sur le lit et de repousser avec force la tête de Shipo d'entre ses cuisses. McCoy avait vu Shipo retirer le sextoy luisant en pensant que sa queue chaude et vivante aurait bien mieux fait l'affaire.

Puis Shipo s'était déshabillée pour rejoindre la jeune femme haletante sur le lit et de l'enlacer, plaquant sa poitrine lourde contre son dos. McCoy avait étouffé un gémissement de frustration et remballé son érection douloureuse avant de revenir vers le bar. Il s'était laissé tomber dans le canapé de cuir blanc et s'était attelé à vider consciencieusement la bouteille entamée avant de s'effondrer.

Résultat : Shipo et Melody, toutes deux relaxées et détendues, avaient dû l'aider à descendre la passerelle à l'arrivée, et elles avaient dû insister pour qu'un chauffeur de taxi accepte de le raccompagner chez lui dans la banlieue de Glasgow. La honte... Il avait pris une douche glacée, s'était changé et à 16 heures, il se trouvait déjà devant son écran à bosser.

La porte s'ouvrit dans son dos.

« Vous en faites une tête, McCoy ! Trop célébré la victoire, à ce que je vois, constata Frank Forth. Il faudra un jour que vous me présentiez à Charles Peters, je serai curieux de voir sa cave. Les résultats sont tombés.

— Quels résultats ?

— Les échantillons relevés par K5 dans ce foutu canyon. Nous avons du cannabis de très bonne qualité, belle teneur naturelle en THC, résine au top, mais ça ne leur suffisait pas. Ils ont vaporisé du cannabis de synthèse par-dessus afin d'enrichir encore un peu leur produit avec cette saloperie. Ils doivent pouvoir s'en vanter et la vendre au double du marché. Et ce n'est pas le pire. Les analyses sur le deuxième prélèvement de K5 montrent que, cette fois, ce n'est pas avec du THC de synthèse, mais avec de la cocaïne qu'ils ont modifié leur résine de base. D'après le labo, ce n'est pas de la vaporisation. Vu les doses de cocaïne relevées, nos chimistes disent qu'ils l'ont probablement injectée à la seringue.

— K5 a fait un super boulot.

— L'agente K5 s'est montré redoutablement efficace, comme toujours. Le top des SOCISS.

— Je sais, soupira McCoy.

— Et, McCoy, vous connaissez le plus beau ?

— ...

— Nos spécialistes ont décodé les codes-barres. Facile, aucune crypto, rien. Ce sont tout simplement un code produit et une adresse : une belle maison appartenant à un certain Giovanni Cortisone, à Gênes, en Italie. Ça ne vous rappelle rien ?

— Nom de nom ! s'exclama Arnold. Ce n'est pas l'enquête de K6 ?

— Exactement, tout se recoupe. Ce Cortisone, c'est un sacré morceau. Il contr...

— Il contrôle le cannabis du Maroc et en fait même venir du Japon via la réserve Navajo, siffla McCoy. Il sait que l'Afrique du Nord est dans le collimateur de l'Europe, alors il délocalise en Asie.

— Vous avez tout compris, McCoy. Notre super héroïne va stopper ça. J'ai réservé un vol pour K5, elle part demain matin à Gênes.

— Déjà ? s'étonna McCoy en se levant. En tant qu'officier traitant, je m'oppose à ce qu'elle reparte aussi tôt. Elle n'a pas encore récupéré. Vous la mettez en danger. Et sa blessure au bras ?

— Une belle entaille, McCoy, mais ça reste une entaille. Pas de nerf de touché, pas de perte de mobilité. Rien à signaler, en réalité. Ne me regardez pas comme ça, agent McCoy ! C'est K5, elle-même, qui a voulu repartir. Elle veut être sur place quand les cartons de drogue arriveront en Italie.

— Autre chose, Monsieur. Elle ne va pas faire doublon avec K6 ? demanda McCoy en se rasseyant.

— Peut-être que la venue de K5 lui fera du bien. Je le trouve un peu mou sur les résultats en ce moment, K6. Niveau avancement, ce n'est pas terrible, si vous voulez mon avis. Un peu de renfort féminin devrait booster son ego. Vous, en revanche, c'est du bon travail. J'ai refusé votre congé sans solde, McCoy. Comme celui de Shipolivskaya. Vous deux n'étiez pas au bureau, mais vous avez fait plus que votre part. Aller sauver K5 à l'autre bout du monde, c'est du boulot ! »

Frank Forth lui tourna le dos et s'arrêta, la main sur la poignée de la porte :

« Et, McCoy, n'espérez pas trop des filles comme K5. Elles traversent nos vies comme des comètes, elles sont difficiles à stopper. »

Le directeur des SOCISS referma doucement la porte vitrée du bureau et s'en alla dans les couloirs feutrés.

Chapitre 27

Pourquoi est-ce que Luigi lui amenait cette dame à cette heure de la soirée ? Depuis le salon, Giovanni Cortisone observait son fils et la nouvelle venue à travers la fenêtre en ogive. Il les vit tous deux traverser la cour pavée, lui impatient et elle avec prudence. C'est vrai que l'humidité rendait les pavés de la cour glissants. La femme devait avoir dans les soixante ans et tournait la tête de tous côtés, manifestement, peu rassurée. Qu'est-ce que son fils avait bien pu lui dire pour qu'elle le suive jusqu'ici ?

Il quitta la grande salle et se dirigea d'un pas lent vers l'entrée. Monica atteignait le palier en haut de l'escalier de pierre quand la porte s'ouvrit devant elle.

« Bienvenue au manoir Cortisone, madame. Entrez, je vous en prie », la salua Don Cortisone en s'effaçant.

C'est donc lui, Don Cortisone ? pensa Monica. Elle voyait un petit homme grassouillet aux cheveux dégarnis, grisonnant sur les tempes. Un homme insignifiant et sans rien de remarquable. Il n'avait l'air ni cruel ni bien dangereux. Une ride sur le front lui donnait un air soucieux, mais les pattes d'oies au coin de ses yeux les rendaient rieurs et elle le devina bon vivant. Elle le vit jeter un regard interrogateur à Luigi.

« Madame aime l'art, j'ai pensé qu'elle apprécierait de te rencontrer. Et je crois qu'elle a des choses à nous dire.

— Luigi, aide-notre invitée à déposer ses affaires, voyons ! Venez, nous discuterons mieux au salon. »

La lourde porte cloutée se referma sur Monica. Elle s'avança avec son hôte sur les dalles en losange du couloir. Au plafond, les lampes marocaines ajourées laissaient filtrer une lumière douce. Sur les murs, des angelots souriants et joufflus, en papier mâché gris-vert, la suivaient de leurs yeux en amande. Après la fraîcheur du soir, la chaleur de l'entrée la réconfortait. Une agréable odeur de poisson grillé et de badiane flottait dans l'air. Tandis que Monica s'enfonçait au cœur de la grande bâtisse, Luigi fouillait les poches de son manteau, suspendu à l'entrée à une patère de bois noir à tête de lion. Il se saisit du portable qu'il y trouva, enleva la batterie qu'il rangea dans sa poche, puis remit le téléphone à sa place. Alors que Monica traversait l'antichambre menant au salon, elle s'écria :

« Attendez ! C'est un vrai ? Je veux dire… Il est authentique ? »

Don Cortisone se retourna et sourit en voyant les yeux écarquillés de la femme.

« Extraordinaire reproduction, n'est-ce pas ?

— Le Caravage, je ne me trompe pas ? Avec ces clairs-obscurs…

— Exactement. *Les Joueurs d'échecs*, de Michelangelo Merisi da Caravaggio, peint vers 1604, peu avant sa mort sur la presqu'île de Porto Ercole. Vous connaissez ?

— Porto Ercole ? Pas du tout. Le Caravage ? Bien sûr. Mais ce tableau en particulier, non. J'adore les traits des personnages, on dirait presque des caricatures. Et j'aime beaucoup les échecs.

— Une spécialiste, à ce que je vois… Mais nous ne nous sommes pas présentés. Don Giovanni Cortisone, pour vous servir.

— Monica Bellaciao. Don Giovanni… Vous n'ignorez rien de l'histoire, bien sûr ? Un curieux personnage, ce Don Giovanni. Il rencontre la statue du commandeur, refuse de se repentir pour ses péchés et finit très mal », déclara Monica en regardant son hôte.

L'homme la jaugea des pieds à la tête et Monica se demanda si elle n'avait pas été trop loin.

« Respectez votre nom. La révolte et la résistance sont honorables, mais ne soyez pas aveuglément partisane et résistez aux rumeurs, Monica Bellaciao[17]. Bella ciao... Ça vous va bien. J'espère que vous n'allez pas nous faire faux bond.

— Ai-je le choix ?

— Certainement. Vous pouvez partir à tout moment. J'espère que vous choisirez de rester. Ne demeurons pas debout, allons au salon, ce sera plus agréable.

— Je préfère...

— Ne vous décidez donc pas à la hâte sur des on-dit. Croyez-moi, vous regretteriez d'avoir manqué le salon. »

Giovanni Cortisone traversa la petite pièce et poussa la porte en chêne. Monica se retourna une dernière fois sur les joueurs du Caravage. Il y avait dans cette toile quelque chose qui la gênait, mais quoi ? Elle suivit son hôte, mit les pieds dans le salon et les mots restèrent dans sa gorge devant la magnificence de la pièce. Le mur qui donnait sur la cour était percé de trois fenêtres en arceau, elle les avait déjà vues depuis les pavés à l'extérieur, mais ici elle ne pouvait que remarquer la colonnade de pierre sculptée comme une tresse qui séparait les carreaux en deux, imitant un cordage. Elle leva la tête. Le grand salon était surmonté d'une impressionnante charpente en bois, un assemblage de poutres et de lattes vernies, qui recouvrait la salle telle la coque d'un navire chaviré. La lumière provenait de bougies électriques fichées dans deux jougs de bœuf et une roue de chariot en bois suspendus au plafond.

« Un esprit terre et mer, n'est-ce pas ? commenta Don Cortisone.

— Oui, comme ce bâtiment. Je peux vous poser une question ?

— Bien sûr.

— Pourquoi est-ce que je suis ici ?

— Eh bien, parce que... »

---

[17] « Bella ciao » est un chant de révolte des partisans italiens opposés aux fascistes et nazis.

Sur la console, la pendule de bronze dorée sonna vingt et une heures.

« Je suis désolé, je ne vous ai pas demandé. Il est tard. Vous avez mangé ?

— Pas encore. Je ne serais pas contre.

— Je vais vous chercher ça. Faites comme chez vous, regardez les toiles. »

Giovanni Cortisone quitta la grande salle, emprunta dans l'antichambre une porte dérobée qui menait par un petit passage étroit à un escalier de pierre. Il descendit les marches creusées par l'usure, suivant l'ancien raccourci moyenâgeux des serviteurs du maître, et arriva à la cuisine. Luigi, debout devant un vaste îlot central en inox, s'y découpait du salami.

« Tu tombes bien, toi ! Bon, Luigi, explique-moi. Pourquoi tu l'as ramenée ici ? Elle est charmante et je peux discuter d'art avec elle, Monica me change de ta mère, mais j'imagine que tu as d'autres raisons que de me fournir de la compagnie.

— La fille inconnue qu'un gamin a repérée enveloppée dans un peignoir, Vico di Santa Rosa. J'y suis allé pour voir, tu voulais qu'on vérifie que ce n'était pas cette Kassia. Au passage, je te le redis, je n'y crois pas. Kassia, Tonio et moi, nous l'avons larguée en mer, il n'y a pas à tortiller. Bref, j'y suis allé, à cet appart, vide normalement, et voilà que je tombe sur cette vieille...

— Monica Bellaciao.

— Oui, je tombe sur la Bellaciao qui...

— Tu tombes sur Monica Bellaciao...

— OK, c'est bon ! Elle me dit qu'elle récupère des fringues pour sa nièce et son mari qui ont dû partir en vitesse.

— Et alors ?

— Alors ? Je trouve ça étrange : nous cherchons partout les vieilles du musée, tu te souviens, plus une inconnue et le type qui a envoyé trois jeunes au tapis pour un pistolet, et là, dans un appartement supposé vide, j'ai une... J'ai Monica Bellaciao qui me parle d'une nièce et de son mari. Une dame âgée, une femme et un homme. Tu vois le rapport ? Je me suis dit que comme coïncidence, ça se posait là. Je te l'ai ramenée, nous pouvons l'interroger. Et elle semble de bonne compagnie, non ? Qu'avons-nous à perdre ?

— Compris. Elle a faim. Apporte-lui du poisson, les légumes et la sauce à la badiane. Fais un effort de présentation, tu veux bien ? »

Comme Giovanni Cortisone disparaissait dans le passage, Luigi cria :

« Hé ! Ne lui dis pas que nous avons financé l'autoroute du port, surtout ! »

Don Cortisone ouvrit doucement la porte donnant sur le salon et s'avança dans la salle. Monica venait de reposer une petite photo de mariage sépia, affichant un Giovanni Cortisone souriant au bras d'une belle jeune femme dans un champ fleuri. Elle avait retourné la carte, lu la date 7 juillet, et observait maintenant le petit Pollock au fond de la pièce, une constellation de taches vermillon sur fond blanc, tout près du billard et de la cheminée.

« J'aime bien sa folie. »

Monica sursauta :

« Sa folie ? Celle de Pollock ?

— Vous ne croyez pas qu'il faut un brin de folie pour projeter de cette façon de la peinture sur une toile ?

— C'est une idée d'artiste...

— Et elle vient d'où, l'idée, d'après vous ? Ça me touche profondément, ces impacts rouges. La goutte de peinture visqueuse qui explose, s'étale et se répand, s'infiltre et suinte entre les fibres de la toile de lin, puis sèche et noircit, collante... Ces filaments de peinture qui éclatent et viennent s'écraser... comme des entrailles emmêlées, dégoulinantes... »

Monica fit une moue de dégoût et se retourna sur le petit homme. Il souriait au tableau. L'œil de Don Cortisone brillait d'une lueur fiévreuse et excitée.

« Vous allez bien ?

— Le repas est là, je le pose ici sur la table », annonça Luigi à l'autre bout de la pièce.

Luigi s'en alla aussitôt. Giovanni Cortisone frissonna, reprit pied, puis saisit son invitée par le coude et la guida vers le plateau-repas.

« Il faut que nous discutions, Monica. »

Elle releva la tête d'un mouvement vif, notant qu'il l'avait abandonné son nom de famille pour son prénom.

« Luigi m'a expliqué, pour l'appartement.

— Pour l'appartement ? Mais qu'est-ce qu'il a dit ? Qu'est-ce qu'il y a à expliquer ?

— Vous veniez chercher des affaires.

— Eh bien... oui. Des affaires pour ma nièce et son mari, comme je le lui ai déclaré. Pourquoi est-ce que vous me posez toutes ces questions ? »

Monica s'agita. *Attention maintenant, ma grande !* pensa-t-elle, les sens en alerte. *Il doit se douter de quelque chose, il ne s'agirait pas de trop parler. Changeons de sujet, soyons subtile.*

« Il est bon ce poisson, et la sauce... un délice !

— Merci, Monica, répondit Cortisone, mais si tu me disais pourquoi ta nièce et son mari ne pouvaient pas venir chercher leurs affaires ?

— C'est de l'anis étoilé ?

— Et ensuite ? »

Monica soupira :

« Je ne comprends vraiment pas quel est le problème. Ils ont failli rater leur train pour Milan, voilà tout, et ils sont partis à toute vitesse en oubliant des vêtements.

— Alors, ils ont failli rater leur train...

— Oui, et vous savez quoi ? chuchota-t-elle. Je crois qu'ils avaient du retard parce que... Enfin, vu la robe au sol, vous voyez... À mon avis, ils faisaient des galipettes, si vous me suivez.

— Ah, l'amour, l'amour, ça fait faire des folies, pas vrai ?

— Vous en avez fait des folies, vous ? »

Giovanni Cortisone sourit.

« Levez-vous, Monica, venez voir. Vous avez vu ce tableau ?

— Le portrait de Lucrèce Borgia par le Veneto ? »

Don Cortisone la fixa des yeux, stupéfait :

« Vous êtes incroyable ! Vous connaissez ce peintre ?

— Vous savez quoi ? J'aime bien les tableaux un peu... sensuels, répliqua-t-elle un peu vite en songeant qu'avec une allusion pareille, l'homme allait cesser son interrogatoire.

— Je la trouve très belle, Lucrèce, commenta simplement Giovanni.

— Oui, elle est belle et très sexy aussi. Je veux dire que c'était osé pour l'époque.

— Elle me rappelle Flavia, quand nous nous sommes rencontrés.

— Flavia ?

— Ma femme. Nous ne nous parlons plus beaucoup.

— Pourquoi ?

— Disons qu'avec le temps elle a pris ses distances. Elle ne comprend pas toutes les contraintes liées à mes affaires. Et elle ne connaît rien à l'art. Je ne peux pas discuter avec elle comme je le fais avec toi, Monica. Reste dormir ici, ce soir. Nous avons des chambres pour les invités. »

Monica sentit ses joues et son front s'enflammer en songeant qu'elle y avait été peut-être un peu trop fort. *Ce n'est pas possible, il me drague ou quoi ?* pensa-t-elle, affolée.

« Don Cortisone, je crois qu'il vaut mieux que je rentre chez moi. Merci, mais...

— Il fait froid dehors. Il fait sombre dehors. Nous sommes à l'écart de la ville, tout près du port. Des marins ivres doivent rôder, comme chaque soir, Monica. S'il t'arrivait quelque chose ? Je le regretterai éternellement. Tu partiras demain. »

Il lui prit la main et comme ils traversaient l'antichambre, Monica s'arrêta et dégagea sa main devant *Les Joueurs d'échecs*. *Je ne sais pas ce que c'est, mais il y a un problème dans ce tableau*, nota-t-elle pour la seconde fois.

« Il sera toujours là demain. D'ailleurs, Monica Bellaciao, je te l'offre, ce tableau ! »

Monica s'immobilisa avant d'éclater de rire :

« Vous êtes fou ! Pas besoin de me l'offrir, je reste. »

Son visage s'assombrit.

« J'ai vécu un sale moment avec un marin ivre, il y a bien longtemps. Je reste. »

Giovanni Cortisone la conduisit dans une petite chambre simple et élégante.

« Tu trouveras des serviettes dans la salle de bains, un peignoir de soie et des affaires de toilette et tu as un oreiller de plus dans l'armoire, si tu le souhaites. À demain, bonne nuit, Monica. »

Il referma la porte. Allongée sur le lit, Monica réfléchissait. Ce tableau... Est-ce que c'était la gestuelle efféminée du joueur de gauche, la pâleur de celui de droite ? Les joueurs, les échecs, une partie en cours... Brusquement, elle bondit de son lit. Mon Dieu, ce serait tout de même trop bizarre ! Elle se précipita vers la porte pour retourner étudier le tableau une fois de plus, appuya sur la poignée, en vain. La porte était verrouillée.

Chapitre 28

« Ça va, les jeunes ? Les Mammas sont de retour, ça a été un vrai massacre ! Alors, vous êtes tout beaux tout propres ? » cria Gina en poussant la porte de l'appartement.

Jazz sortit de la chambre d'ami, habillé comme s'il revenait directement du Palazzo Rosso, suivi de Kassia enroulée d'un drap.

« Mais, vous ne vous êtes pas changés ? Monica n'est pas encore là ?

— Non, vous êtes les premières, répondit Jazz. Tout s'est bien passé ? Pas de problème ?

— Non, aucun problème. Ils avaient mis des caméras, mais nous les avons peintes aussi. Sofia est trop douée pour le pochoir, pas vrai, Sofia ?

— Oui, j'ai trouvé le truc, expliqua Sofia en rougissant. Mais ce n'est pas normal, Monica devrait être là maintenant.

— Coucou tout le monde, nous sommes là nous aussi ! crièrent Silvana, Anna et Ornella en entrant à leur tour. Il y a du neuf ?

— Vous n'avez pas croisé Monica par hasard ? demanda Kassia.

— Non. Elle n'est pas avec vous ?

— Attendez, je l'appelle. »

Claudia sortit son portable, alla dans ses contacts et appuya sur le petit combiné vert. Elle mit l'appareil en mode haut-parleur et le posa sur la grande table en bois.

Bonjour. Vous êtes bien sur le répondeur de Monica Bellaciao, vous pouvez me laisser un message et je vous rappellerai prontissimo. Bella ciao, bella ciao, bella ciao, ciao, ciao... Biiip, c'est à vous !

« Nous tombons directement sur sa messagerie, constata Jazz. Soit elle n'a plus de batterie, soit son portable est éteint. Écoutez, mesdames, je vais sortir et retourner à l'appartement, voir si je trouve Monica et récupérer nos affaires au passage. Vous savez par où elle est passée ? Un chemin plutôt qu'un autre ?

— Non, elle adore les petites rues, elle est forcément passée par la vieille ville, et puis c'est le chemin le plus court, expliqua Gina. En cas de doute, tu n'as qu'à choisir le *vico* le plus étroit.

— Bien noté : les ruelles étroites et la vieille ville. J'y vais tout de suite. »

Jazz s'approcha de Kassia et se pencha sur son oreille :

« Tu as bien pris les clés de la cave ? Tu ne les as pas remises derrière la porte ?

— Non, je les ai dans la poche.

— Tu peux me les donner ? C'est plus prudent. Tu seras moins embêtée si l'une d'elles souhaite descendre à la cave. Surtout, tu ne leur dis pas pour Tonio Cortisone. Elles auraient trop peur.

— Évidemment ! Bonne idée pour les clés. Sinon je ne vois pas comment je pourrais empêcher Anna d'aller dans sa cave, et si je dois mentir, avec Gina dans les parages, ce n'est pas gagné, elle me connaît trop bien.

— À tout à l'heure, je vais essayer de trouver Monica. »

La porte se referma sur ses pas dans l'escalier et Jazz s'enfonça dans la nuit de Gênes. Un voile de brume venu du large picotait son visage et les lumières des réverbères dans la via Luccoli se dissolvaient dans des auréoles jaunes. Le halo autour des lumières blanches des ampoules à économie d'énergie les transformait en fleurs de pissenlit et les ampoules colorées sur la devanture des bars et des restaurants décoraient la rue telles des guirlandes de Noël. La nuit était humide et ouateuse. Tout de noir vêtu dans ses affaires de sport, Jazz passait inaperçu. Les bars se remplissaient de groupes d'hommes parlant fort avec des accents étrangers. Des marins en escale. Quelques touristes aussi, avec leurs inamovibles portables dans une main et une bière ou un verre de vin dans l'autre. Les ruelles de la vieille ville ne sont pas si vides qu'elles semblent l'être. *Les affaires tournent pour Don Cortisone*, s'avisa-t-il en remarquant les cigarettes rougeoyantes d'hommes enfoncés dans des encoignures de porte, guettant la sortie des bars et des restaurants.

En passant via San Lorenzo, il découvrit l'œuvre de Gina, à moins que ce ne soit Silvana, Ornella et Anna qui aient tagué le mur d'une banane à haute teneur phallique. La vitrine de la boutique des plaisirs MA & L avait été totalement détruite et les éclats de verre jonchaient le sol comme des confettis. *Elles se sont acharnées, dis donc…* Des passants s'étaient servis, les sextoys en exposition avaient disparu. Un jeune en survêt de sport sortit de l'ombre :

« Ils ont déjà tout pris, reste plus grand-chose. »

Jazz se retourna :

« Qui donc ?

— Une femme d'affaires. Et trois touristes japonaises débiles qui gloussaient. Et un jeune couple.

— Et pas toi ?

— Qu'est-ce que j'en ferais ? Tu veux te détendre ? Shit, ecsta, coke, ça t'intéresse ?

— Plus tard. Je vais chercher un truc, je repasse.

— T'inquiète, je suis là toute la nuit.

— Au fait, t'as pas vu une dame ? Un peu âgée, mais en forme, élégante, brune, tirant un caddie à fleurs ?

— En dehors de celles qu'ont piqué les godes ? Non, aucune dame, mec. Désolé. »

Le jeune revendeur disparut dans l'ombre et Jazz repartit vers l'appartement. Il slaloma dans les ruelles, repéra d'autres dealers et d'autres points de vente. Monica n'était nulle part.

Vico di Santa Rosa, il poussa la porte du 6 et découvrit aussitôt le caddie posé contre le mur dans l'entrée. L'inquiétude grimpa d'un cran. Le caddie débordait, rempli des vêtements demandés. Qu'est-ce qui avait forcé Monica à tout abandonner ici ? Il monta en courant, avalant les marches trois par trois, pour trouver la porte du sixième étage verrouillée. Il tourna la clé dans la serrure bien huilée puis poussa le battant qui s'ouvrit sans un bruit. Jazz se figea cinq secondes et écouta la nuit, en alerte. Il pénétra silencieusement dans le petit salon, tout semblait normal. La robe verte avait été pliée sur le canapé. Il donna un violent coup d'épaule sur la porte de la chambre qui pivota sur ses gonds et s'arrêta en frappant le mur. Personne derrière. La chambre était vide. Et personne non plus dans la salle de bains. Jazz souffla, tout était en ordre, rien à signaler. Il verrouilla la porte d'entrée et appuya sur l'interrupteur. Le salon s'illumina, cosy, semblable à lui-même. Jazz ferma les yeux et convoqua ses souvenirs, le scanner, les sacs, la position du tapis, le calepin sur la table, Kassia nue sur le canapé... Il rouvrit les yeux et refit un tour dans chacune des pièces : tout persistait fidèle à ses souvenirs, à l'exception de la robe qui n'était plus éparpillée au sol et de la fenêtre de la salle de bains qui avait été fermée. Deux petits changements, mais très probablement dus à Monica. Elle avait redescendu l'escalier et, là, elle avait fait une mauvaise rencontre. D'où le caddie abandonné. Puis elle avait littéralement disparu. Volatilisée.

Il se déplaça vers la table indienne et appuya sur la case vert bronze à l'angle. Il dégagea le tapis persan, accéda à la trappe dissimulée. Dans la cache, il retira un poignard, une torche, des piles et quelques fils électriques. Enfin, il se saisit d'un bloc de pâte à modeler blanc cassé, emballé dans du film transparent. *Je risque de ne pas revenir de sitôt*, pensa-t-il. *La planque est grillée.* Il jeta un dernier regard vers les tableaux du mur, trois merveilleuses copies par un faussaire qu'il avait mis hors d'état de nuire et qui travaillait maintenant sous contrôle judiciaire dans l'atelier de restauration du British Museum. Il lui avait évité la prison, inutile de gâcher tant de talent. Le gars avait éprouvé tellement de reconnaissance qu'il lui avait offert ces tableaux.

Jazz baissa les yeux, rien sur le buffet... Les caméras ! Il arracha presque la porte basse, alluma l'écran de contrôle et rembobina à petite vitesse. Voilà, il se voyait devant l'entrée, dans la rue en bas de l'immeuble. Il rembobina, plus vite. *My goodness !* C'était Monica, là ! Elle partait tranquillement avec un homme qui lui tenait le bras par le coude, comme deux amis. Ils discutaient... La vue en plongée, à cette heure de la soirée, demeurait floue et très sombre, mais il sembla bien à Jazz que deux secondes plus tôt, elle criait. L'homme se figea sur l'écran, il devait la menacer, car Monica se laissait emmener sans se débattre. Jazz remonta encore dans le temps. Il vit Monica sortir de l'appartement. Trois secondes plus tôt, l'image montrait un homme devant la porte. Jazz s'assit sur le canapé, ferma les yeux et souffla profondément. Il n'y avait aucun doute possible ; l'homme, c'était Luigi Cortisone.

Si Monica avait été emmenée au manoir, son salut dépendrait de l'humeur aléatoire de Don Cortisone. Il avait suffisamment étudié son profil psychologique dans le dossier des SOCISS pour savoir que le parrain pouvait passer en quelques secondes d'une onctuosité polie et charmante à une démence sanguinaire. Un point le rassurait, cependant : avec l'âge, il avait appris à déléguer ses crimes, notamment à Tonio. Tonio, qu'il savait enfermé dans la cave d'Anna. Luigi restait le moins mauvais des deux frères, mais il n'était pas moins dangereux pour autant. Qu'avait-il bien pu dire à Monica pour qu'elle le suive sans broncher ? Elle avait pris un risque inconsidéré ; il devenait urgent d'agir.

Jazz retourna vers la caméra, en sortit la carte mémoire qu'il mit dans la minuscule poche de son legging de sport, saisit son sac au vol et s'élança sur le palier. Il referma consciencieusement la porte à clé et dévala les escaliers.

« Mince, la robe verte de Cavalli ! »

Il n'hésita qu'une seconde. Kassia l'avait fait passer dans le rouge quand elle l'avait portée... et quand elle ne l'avait plus portée... Il sourit pour lui-même, regrimpa au sixième, plongé dans ses souvenirs.

Quelques secondes plus tard, de retour dans l'entrée de l'immeuble, il fourra la robe dans le caddie, l'attrapa par l'anse et s'éloigna à pas rapides. La brume s'était transformée en bruine et les roues de plastique du caddie glissaient sur les pavés luisants. Via San Lorenzo, les éclats de verre jonchaient toujours le sol et la vitrine explosée invitait les rôdeurs à l'exploration. Il apercevait la caisse au fond du magasin, éteinte et tentatrice. Il s'infiltra à travers la vitrine et s'enfonça parmi les rayonnages blanc cassé. Le comptoir sous la caisse contenait encore une panoplie de boîtes orange, il s'empara d'une des plus petites et rejoignit la rue. Toujours aucun flic dans les parages. *Avec tout ce que Cortisone finance dans cette ville, ils pourraient faire un peu plus de zèle quand il s'agit d'affiliés de la Famille*, remarqua Jazz. Il n'avait aucune preuve, mais il n'avait pas beaucoup de doute quant à l'appartenance de MA & L à la galaxie mafieuse. L'éviction de Kassia, le vol des brevets et la soudaine volte-face de la marque à propos du projet « plaisirs ethniques », cela faisait trop de coïncidences. Il ne s'arrêta plus et se rendit aussi vite que possible vers l'appartement de la piazza Lupini.

En bas des escaliers, il laissa le caddie dans l'entrée et descendit à la cave. Tonio, qui avait fini de ronger un bout de saucisson, somnolait contre le mur du fond. La porte s'ouvrit avec un grincement, la lumière jaillit et il cligna des yeux, ébloui. Il eut à peine le temps de distinguer la silhouette de l'homme. Jazz frappa vite, un coup sec et violent. Il entendit le petit *clac* des dents se heurtant et Tonio s'écroula en hurlant, se tenant la mâchoire.

« Voilà, de la part de Monica, enfoiré », annonça Jazz froidement.

Et la porte claqua, replongeant l'otage dans l'obscurité.

« Ah, ça fait du bien ! souffla Jazz. Salopard de Cortisone ! »

Il remonta de la cave, souleva le caddie et gravit les marches deux à deux, tout en souplesse. Prêt au combat. Il entra chez Anna sans frapper et posa le caddie sur le carrelage de l'entrée.

« Monica, c'est toi ? cria Silvana.

— Non, c'est Jazz. Je n'ai pas trouvé Monica, mais j'ai trouvé le caddie en bas de l'immeuble. Kassia, tu peux enfin te changer, il est rempli d'affaires à toi. Je vous parle à toutes dès que Kassia est prête. »

Les Mammas s'assirent autour de la table. Gina se mit à taper du plat de la main sur le plateau de bois, bientôt imitée par toutes ses copines :

« Kassia ! Kassia ! Kassia !

— Quelques secondes les filles, je me change !

— Kassia ! Kassia ! Kassia...

— Quelle impatience, j'arrive ! répondit-elle en sortant de la chambre avec un beau jean tout neuf et un fin pull de cachemire. Vous m'avez laissé une place au moins ?

— Tout le monde est bien installé ? J'ai quelque chose d'important à vous dire, annonça Jazz. Voilà : Monica est partie avec Luigi Cortisone.

— Elle a été kidnappée, elle aussi ! Oh mon Dieu ! s'écria Ornella.

— Non. Elle est partie tranquillement avec lui, ils discutaient tous les deux et Luigi lui tenait le bras. Tout est enregistré là, rectifia Jazz en agitant la petite carte mémoire entre ses doigts.

— Mais pourquoi est-ce qu'elle a fait ça ? Elle est folle ! s'exclama Gina. Tonio va la tuer ! Il va la mettre toute nue et la jeter à la mer comme Kassia. Jazz, allez la chercher, masque et tuba, vite !

— D'abord, j'ai une question à vous poser : est-ce que Monica pourrait avoir un lien avec la mafia des Cortisone ? »

Il y eut un grand silence puis les protestations explosèrent dans la petite pièce. Gina se leva, étala bien à plat ses mains sur la table et intima d'une voix impérieuse :

« Les filles, silence ! Jazz ne peut pas savoir !

— Je ne peux pas savoir quoi ?

— Que le frère de Monica s'est fait assassiner par la Camorra, à Naples. Il dirigeait une usine de recyclage et a refusé de participer au trafic de déchets. Monica était très proche de son frère. Il n'y a aucune chance qu'elle soit en relation avec la mafia, c'est bien clair ?

— Il ne pouvait pas le deviner, intervint Kassia un peu sèchement, alors pas d'énervement ! Bon, tu viens ? Nous partons sauver Monica maintenant.

— Non, pas tout de suite. Il fait nuit noire et la demeure de Cortisone n'est pas un château de cartes que l'on peut faire écrouler comme ça. Nous allons faire autre chose : boire un coup, trinquer à Monica et lui faire confiance. Puis, chacune réfléchit et demain nous avisons tous ensemble. J'ai déjà quelques idées en tête, je vous raconterai. Bonne nuit, les filles. Tu me rejoins, Kassia ? »

Lorsqu'elle entra dans la chambre, Jazz était allongé dans le lit, les bras croisés et les mains sous la tête en train de fixer le plafond en pensant à la meilleure façon de s'introduire dans la capitainerie. Kassia déboutonna son jean, sentant le regard de Jazz lui transpercer le dos. Elle baissa son pantalon, dévoilant les lobes de ses fesses propulsés par son tanga blanc et entendit Jazz se redresser dans le lit. Elle se retourna pour voir le drap frémir sur son bas-ventre et afficha une moue hésitante :

« Je vais péter les plombs, faut que je lâche la pression », annonça-t-elle en passant son pull de cashmere par-dessus sa tête.

Elle ne portait rien dessous. Il s'étrangla, elle vit sa pomme d'Adam tressauter et ses yeux bloquer sur sa poitrine nue. Le drap se souleva un peu plus. Kassia s'étira en bâillant, ses seins se cabrèrent et les yeux de Jazz se mirent à briller.

Elle tressaillit et un frisson électrique lui parcourut le dos :

« Je suis tendue comme une corde de guitare, fais-moi un massage, Jazz.

— J'ai quelque chose pour toi. Viens, approche. »

Elle s'avança. Debout près du lit, ses tétons rosés surplombaient Jazz qui tressaillit. Il prit une longue inspiration avant d'expirer, résista à l'envie de poser ses mains sur sa poitrine et fouilla sous l'oreiller pour lui tendre la petite boîte orange volée dans la boutique MA & L. Kassia fronça les sourcils :

« T'as eu ça où ? Tu ne l'as pas achetée, j'espère !

— Dans le magasin détruit par les Mammas. Je me suis servi. Tu ne m'as pas dit que tu me montrerais ? »

Jazz attrapa ses fesses avec un sourire carnassier, l'attira à lui et l'embrassa sur le nombril et sur le ventre, puis sa bouche descendit. Comme elle ouvrait le paquet orange, Kassia sentit un doigt s'infiltrer sous sa dentelle blanche et elle s'exclama :

« C'est mon modèle *Petite Flèche* ! »

Le doigt explorait sa chaleur de plus en plus moite, son souffle s'accéléra, elle ondula et pressa son pubis contre la main. Elle se pencha pour empoigner le pilier raidi et dur sous le chapiteau du drap et tenta d'accrocher le regard de Jazz rivé à ses seins suspendus devant son visage. Elle lui releva le menton et vrilla ses yeux dans les siens en susurrant :

« OK. Je vais te montrer, mais à une seule condition : tu me montres aussi.

— Quoi ! Avec ce truc ?

— Mais non, cré... Ah... Aaaah... Enlève ton doooigt... Mais non, haleta Kassia, je me fais jouir et toi, tu te fais jouir devant moi. »

Jazz garda le silence et finit par acquiescer. Kassia tira sur le drap d'un coup sec et resta en arrêt, le cœur battant, devant sa magnifique queue dressée.

« Jazz... Retire-moi cette culotte. »

Elle s'allongea sur le lit, face à lui, le regarda se branler doucement en faisant naviguer le dildo le long de sa fente humide, puis elle l'enfonça en elle et quand la petite flèche vint électriser son clitoris, elle ferma les yeux et gémit en pensant que son modèle avait du génie.

**

« L'heure est grave, mes sœurs, lâcha Silvana en rompant le silence du petit déjeuner. Les jours qui arrivent vont être durs et il faut que nous soyons fortes dans l'épreuve.

D'un air sinistre, elle étala la pâte chocolat-noisette sur son pain.

— Silvana... »

Kassia posa sa main sur son épaule.

« Ne t'en fais pas, Jazz va nous trouver quelque chose. »

Les Mammas s'étaient réveillées à l'aube, déprimées. La nuit avait été courte et angoissante. Casser des vitrines s'était révélé drôle et accessible. Elles s'étaient jetées dans l'action comme des étudiants dans une blague potache en se sentant utiles. Mais l'enlèvement de Monica avait changé la donne. On ne jouait plus. Attablées en silence, on n'entendait que le bruit du café dans le percolateur et celui des couteaux retombant sur la table après avoir étalé la confiture de figue.

« Je trouve que tu swingues un peu trop apocalyptique, Silvana, lâcha Jazz en souriant. J'ai quelques idées, mais d'abord, avant de parler de ce que nous pouvons faire, je termine mon café. Vous savez que vous êtes des stars ? Je suis allé chercher le journal ce matin... »

Jazz se leva et propulsa le journal au milieu de la table. Le *Corriere della Sera* titrait à sa une : *Les boutiques MA & L de nouveau vandalisées ! Qui se cache derrière le gang des Tutti Frutti ?*

Kassia attrapa le journal et commença à lire :

« Cette nuit, à Gênes, les sept boutiques de jouets intimes MA & L ont été saccagées. Les premiers constats font également état de pillages. Malgré les caméras de surveillance installées depuis une attaque similaire, il y a quelques jours à Milan, cela n'a pas dissuadé les malfaiteurs. Cette fois, ils ont signé leur passage de dessins au pochoir. Ainsi, les enquêteurs ont pu relever les motifs de pêche, ananas, banane, kiwi, cerises, citron et Kassias. Vito Grimaldi, le maire de Gênes, déclare que ces actions n'ont aucun rapport avec la mafia et ajoute ne posséder aucune information sur ce groupuscule de gauche que l'on surnomme déjà *Le gang des Tutti Frutti*. »

« Le gang des Tutti Frutti ? J'adore ! s'exclama Gina.

— Au fait, hier soir, intervint Jazz, je suis passé devant le sex-shop via San Lorenzo. Qui a dessiné la banane ?

— C'est moi, répondit Ornella.

— Très suggestive !

— Attendez, ce n'est pas fini ! s'exclama Kassia. À la question du journaliste « Comment savez-vous que cela n'a rien à voir avec la mafia » Le maire n'a rien répondu et est parti.

— Je ne suis pas du tout surprise, il est pourri, Grimaldi, nous le savons tous, commenta Claudia.

— Et l'article se termine par « Mais qui peut en vouloir autant aux deux fondateurs de la marque, les très médiatiques Michelangelo et Léonardo ? » Eh bien, c'est moi ! conclut Kassia. Comment va-t-on faire pour Monica ? Le gang des Tutti Frutti ne peut pas laisser une des leurs aux mains des méchants sans réagir. Si nous faisions un tour de table ? Chacun donne une idée. Qui commence ? Jazz ?

— D'abord, libérer Monica, où qu'elle soit, et ensuite récupérer la compta.

— Plus précisément : Jazz doit mettre la main sur la comptabilité secrète de Cosa Nostra. Et mon objectif, à moi, est de récupérer mon brevet et mes dessins et de faire valoir mes droits, expliqua Kassia.

— Exactement. Avec les livres de comptes, la brigade financière pourra tracer les flux d'argent, établir des connexions entre les livraisons des drogues dont nous avons eu connaissance et les rentrées de cash les semaines suivantes.

— Facile à dire ! Vous voulez faire comment ? interrogea Sofia.

« — Il faut réussir à entrer dans la capitainerie. Monica et Luigi sont partis à pied. Ils n'ont pas pu aller très loin, la nuit tombait et le port n'est qu'à quelques minutes de marche du *vico* di Santa Rosa.

— Je connais bien la capitainerie, affirma Anna. C'est une maison fortifiée du temps des guerres entre Gênes et Venise. La mer d'un côté, le fossé de l'autre et un petit pont pour aller jusqu'à la porte d'entrée. Ce n'est pas possible d'y pénétrer sans y être invité. »

Jazz se leva et alla chercher son sac dans la chambre. En se rasseyant, il repoussa son mug de café et plaça le sac devant lui. Il y plongea la main.

« Nous allons nous inviter nous-même, alors. J'ai quelque chose qui peut nous aider, ajouta-t-il en posant un bloc d'argile blanc devant lui.

— De la pâte à modeler ? Tu veux faire une maquette de la capitainerie ? questionna Claudia.

— Ce n'est pas de la pâte à modeler, c'est du C-4, un explosif génial. Il est possible de lui faire prendre n'importe quelle forme, regardez. »

Jazz déballa la pâte, l'étira, la roula entre ses paumes pour en faire un cylindre. Il le posa sur la table et le trancha avec le couteau à pain :

« Qui veut des rondelles de saucisson au C-4 ? On peut en faire des petites boules aussi. Ce truc est incroyable, je peux le lancer contre un mur, le chauffer, le couper en petits bouts, il n'explose pas. Je peux le mettre où je veux, dans une serrure pour faire sauter la porte, dans la faille d'un mur, dans un objet, dans un colis... »

Les Mammas et Kassia le regardaient, effrayées et fascinées par ses explications.

« Mais comment le fais-tu exploser, alors ? demanda Kassia, intriguée.

— Pour qu'il explose, il faut ça. »

Il sortit un petit tube relié à deux fils électriques et à un minuscule boîtier électronique.

« C'est un détonateur que tu plantes dans le C-4. Ce petit boîtier, c'est la même chose qu'un téléphone. On a enlevé tout ce qui ne sert à rien, l'écran, les touches... Mais tu peux l'appeler comme un téléphone, il a un numéro et il accepte toujours l'appel. Ça génère un courant électrique qui passe dans les fils et qui chauffe une résistance. La chaleur fait exploser un premier composant chimique, qui en fait exploser un deuxième dans le tube, et enfin le C-4 explose.

— Qu'est-ce que tu veux faire exploser ? La capitainerie ?

— Je ne sais pas encore. Le mur extérieur peut-être, ou la porte...

— Mais comment est-ce que tu pourras récupérer les documents de Kassia si tu fais tout sauter ? Une explosion, ce n'est pas très discret, remarqua Gina. Moi j'ai l'impression qu'il faut, au contraire, être super discret pour fouiller chez les Cortisone sans se faire voir.

— Exact, Gina. Pour le moment, je ne sais pas. Et une explosion mal contrôlée pourrait mettre en danger Monica. Tiens, Kassia, je crois que ce serait une bonne idée de rentrer les numéros à composer dans tes contacts, mets bien des noms que tu reconnaîtras, ne les appelle pas par erreur. Ce serait dommage de faire sauter l'appartement d'Anna. Et aussi, une autre chose à faire serait d'aller jeter un coup d'œil de plus près à la maison sur le port. Un peu de repérage ne fait jamais de mal. Et puis... »

Il regarda Kassia :

« Je compte sur Kassia pour trouver quelque chose. Avec son talent créatif...

— Moi ? Mais je n'y connais rien en explosion et en espionnage ! »

Jazz se leva et alla poser un baiser sur ses lèvres :

« Je suis sûr que tu vas trouver, chérie ! »

Chapitre 29

Mimosa, la vieille domestique qui ne parlait à l'époque que le patois sicilien, avait essuyé les fesses de Giovanni quand il portait encore des couches. Fidèle, elle l'avait suivi lorsqu'il le lui avait demandé, quittant le soleil de plomb de la vieille île pour les fraîcheurs de la côte nordique. Dans la cuisine du château, comme elle appelait la vieille bâtisse, elle sortit du four les brioches *col tuppo* bien dorées, en plaça deux dans une assiette avec de la chantilly, prépara le cappuccino, les quartiers d'orange et le *cornetto* garni de crème vanillée. Elle disposa le tout sur un beau plateau de bois d'olivier sombre et nervuré et s'essuya les mains sur son tablier. Elle le détacha, le déposa sur le dossier de la chaise, lissa sa longue jupe noire et alla voir l'invitée.

Elle avançait à tout petits pas fragiles dans ses espadrilles de chanvre. Cette année, elles étaient d'un beau jaune vif qui lui rappelait les citronniers du jardin de son enfance. Giovanni lui en offrait toujours une nouvelle paire aux étrennes. L'an dernier, l'année de la tempête, il les avait choisies mauves. Il était devenu un grand monsieur, Giovanni, on l'appelait Don Cortisone maintenant, mais malgré cela, *le petit*, comme elle l'appelait, n'oubliait jamais sa vieille Mimosa.

Elle se baissa, se fléchit, bien droite sur ses jambes grêles et déposa le plateau le long du mur. Elle frappa à la porte trois petits coups secs. Monica s'assit en sursaut et repoussa la couette. Elle referma le peignoir de soie beige et fleurie avec lequel elle avait dormi et se dirigeait vers la porte quand tout lui revint en mémoire. Elle cria :

« Je suis enfermée ! »

Mimosa se fit la réflexion que, "*Ah, c'était encore une de celles-là.*" Une de celles qui passaient, qui restaient quelques jours et à qui Giovanni faisait visiter ses caves et qui, ensuite, disparaissaient sans qu'elle ne les revoie jamais. La vieille femme souleva les épaules, fataliste. Giovanni était un homme, il avait des besoins, il fallait bien qu'il s'amuse. À quoi bon essayer de changer la nature des hommes ?

La vieille femme attrapa le trousseau de clés à sa ceinture et entrebâilla la porte. Elle se baissa, souleva le lourd plateau. Monica, aux aguets, regarda la fente de lumière ; ramassée sur elle-même, oreiller en main comme un bouclier, elle s'apprêtait à charger. Mimosa poussa le battant à l'aide du plateau et s'arrêta sur le seuil en ouvrant de grands yeux. Monica se trouva toute bête. Elle n'allait tout de même pas renverser une vieille dame qui lui apportait un petit déjeuner ! Elle se redressa, et l'oreiller tomba sur les dalles. Mimosa déposa le plateau sur la console sous le miroir au cadre doré et souhaita *buon appetito* avant de ressortir. Elle veilla à ne pas refermer la porte. Monica prit une grande gorgée de cappuccino debout devant le miroir, s'habilla, croqua dans les brioches chaudes et le croissant à la crème puis rejoignit le couloir. Elle le suivit, retraçant ses pas de la veille, et arriva de nouveau dans l'antichambre.

Elle s'assit sur le fauteuil club. Le faussaire qui avait reproduit *Les Joueurs d'échecs* était un génie. Avec un tel talent et une telle maîtrise de la technique, pourquoi est-ce qu'il avait choisi de copier plutôt que de créer ? Un vrai gâchis. Mais c'est l'échiquier qui l'intéressait. L'idée qui avait surgi la veille dans sa tête la tracassait : le commanditaire de l'œuvre devait être un brin dérangé si elle avait vu juste. Sur la toile, la fin de partie s'annonçait passionnante et, pourtant, quelque chose sonnait faux. Le roi noir, en C2, n'était qu'à un coup du mat. Le roi blanc se trouvait dans une sale posture, assailli par le fou et les bonds du cavalier noir. Il pouvait encore fuir vers B3, mais allait bientôt se retrouver dans un cul-de-sac, acculé pour l'hallali. Le jeune homme à chemise rouge qui jouait les Noirs devait être vraiment très bon ou alors... Plus Monica observait la scène, moins elle comprenait.

Comment le roi noir avait-il pu traverser tout l'échiquier et franchir le barrage des deux tours et l'embuscade traîtresse des cavaliers ? Elle essaya de remonter la séquence de coups. Elle ne voyait qu'une possibilité : au début de l'action, quand la guerre avait été déclarée entre Noirs et Blancs, le roi noir s'était mis à l'abri par un petit roque, il avait bondi vers la sécurité en G8, puis avait tiré une diagonale improbable, massacrant fous et fantassins ennemis avec son cavalier et son propre fou. Le jeune joueur avait triché, il n'aurait pas pu prendre la reine avec son roi et pourtant elle avait disparu. Très certainement ce qui expliquait son geste sûr et l'hésitation de son adversaire, plus âgé, levant la main en l'air, se décidant quelle pièce jouer. Pour quelle raison le faussaire avait-il peint cette partie fantôme ? Il avait triché lui aussi, mais personne ne trichait sans raison. Qu'avait-il voulu dire ?

Monica se mit à recenser les coups passés : G8 – F7 – E6 – ?? – ?? – D3 – C2. Si Don Cortisone était le commanditaire, alors... il devait être le roi noir, la pièce de prestige, le gagnant. Monica se leva, sous le choc, et se rassit sonnée. Les initiales ! Tout s'imbriquait trop bien. Giovanni Cortisone avait retracé sa carrière dans ce tableau. Il avait commencé comme Giovanni, sur la case G, en huitième ligne : G8. Il avait épousé sa femme un 7 juillet, d'après la vieille photo du salon. Des noces avec Flavia le septième jour du septième mois : F7. Ensuite venait E6, suivi de deux coups incertains. Monica se demanda qui pouvait être E6. Quelqu'un du clan Cortisone, sûrement, dans cette partie du plateau. Elle ignorait les déplacements exacts du roi, mais la partie impliquait la violence, la plupart des pièces avaient été prises avec l'aide du fou et du cavalier, les survivants. Est-ce que le fou représentait Tonio et le cavalier Luigi ? Et la reine blanche avait été prise. Que lui était-il arrivé ? Enfin, avec les colonnes D et C, il devenait Don Cortisone et s'approchait de la victoire et de la première ligne. Monica se leva du fauteuil. Si son interprétation était juste, Don Cortisone était un fou meurtrier et un mégalomane. Il avait fait disparaître une femme et elle devait absolument fuir.

Dans le grand salon, Don Cortisone, planté devant le portrait de Lucrèce, entendit un fauteuil racler le sol dans l'antichambre et se dirigea vers la pièce voisine. Monica s'apprêtait à rejoindre le couloir quand elle perçut une voix dans son dos :

« Je vois que, décidément, ce tableau vous fascine, ma chère. »

Elle se retourna. Dans l'encadrement de la porte menant au salon, Giovanni Cortisone la regardait en souriant d'un air intrigué.

« Vous avez bien dormi ? Est-ce que Mimosa vous a apporté un petit déjeuner ?

— Elle s'appelle Mimosa ? C'est une vieille dame exquise. Ce petit déjeuner, les deux petites brioches rondes...

— Les brioches *col tuppo* ? Elle les fait elle-même.

— Oui, je les ai trouvées absolument délicieuses. Un vrai bonheur. J'espère qu'elle voudra bien m'expliquer comment elle les fait. »

Dans le couloir secret qui menait à la cuisine, Mimosa sourit derrière la porte dérobée.

« Les *col tuppo* sont une spécialité sicilienne. Monica, j'ai quelques affaires à traiter ce matin. Cet après-midi, je me consacre entièrement à toi et je t'emmène visiter les caves de ce bâtiment historique. Tu verras, la visite en vaut la peine, toi qui aimes l'art et l'histoire tu n'en reviendras pas. Maintenant, si tu veux bien m'excuser... »

Le sourire s'éteignit brusquement sur le visage de Mimosa comme une chandelle soufflée par un coup de vent. Sa main se mit à trembler et elle s'appuya contre le mur. Encore une gentille dame qu'elle ne reverrait plus.

***

Tonio n'était pas rentré. Un pli soucieux barrait le front de Don Cortisone. Après avoir trié des papiers une bonne partie de la matinée, il avait fait les cent pas en tournant en rond dans son vaste bureau. Il s'arrêta devant les fenêtres ouvragées et son regard balaya la cour pavée qui luisait au soleil. Disparaître ainsi ne ressemblait pas à son fils. Tonio n'avait pas la subtilité de Luigi, mais il n'en demeurait pas moins un très bon exécutant, un garçon sur qui il pouvait compter. Il lui avait confié une tâche facile. Ce n'était pas bien sorcier de vérifier si la fille de l'appartement, avec ces vieilles dames, était ou n'était pas la même que celle qu'il disait avoir jetée à l'eau. Son fils avait peut-être trouvé une fille ou bu un peu trop, mais ce n'était pas son style de ne pas prévenir et de ne pas rapporter l'information qu'il lui avait demandée. Qu'est-ce qui avait pu se passer ?

D'autre part, l'incursion de cellules mafieuses calabraises à Gênes constituait un problème. Les petites sentinelles l'avaient déjà alerté à plusieurs reprises, signalant l'implantation dans les quartiers d'hommes inconnus qui revendaient à quelques mètres de ses hommes. À la rigueur, il aurait pu accepter la situation si Salvatore avait daigné décrocher son téléphone depuis son fief de Catanzaro pour l'appeler et s'il avait bien voulu payer le *pizzo*, la taxe. À chaque fois qu'il y pensait, il n'en revenait pas. Il était gonflé, le Salvatore ! Si le Calabrais croyait pouvoir venir simplement comme ça, poster des hommes à lui et lui enlever la moitié de ses revenus, il ne le connaissait pas bien. Giovanni grimaça. Dans ce boulot, on avait beau avoir fait ses preuves toute sa vie, il ne fallait jamais rien lâcher. Le responsable, c'était le fric. Tout ce pognon, forcément, ça attirait les jeunes. Et les vieux n'en avaient jamais assez. De plus en plus souvent, il se demandait à quoi bon ? Il avait plus d'argent qu'il ne pouvait en utiliser. Des millions et des millions, et pour quel résultat ? Il vivait dans une belle forteresse et, à chaque fois qu'il sortait, il s'attendait à ce qu'on lui plante un couteau dans le dos. Aucun moyen de partir. S'il se retirait du business, il ne donnait pas cher de sa peau. Cosa Nostra, c'était pour la vie.

Il quitta les fenêtres et alla admirer le Pollock. Les traînées rouges sur la toile l'avaient toujours aidé quand il fallait passer à l'action. Les vitrines de MA & L! Par deux fois! Giovanni serra le poing et s'agita en essuyant son front d'un geste fébrile. Il se retourna vers le billard, sa paume vint s'écraser contre le tapis vert avec un claquement sourd. Ces enfoirés de Calabrais avaient quand même saccagé ses magasins. Aucun intérêt point de vue business, il ne s'agissait à l'évidence que de provocation. Salvatore abusait. Il s'amusait à le tester, vraiment? Lui n'avait que trop tardé. Tonio disparu, c'était peut-être aussi un sale coup de la 'Ndrangheta. La concurrence sauvage c'était la 'Ndrangheta. Les sex-shops en miettes, c'était la 'Ndrangheta. Normalement, pour ce genre de boulot, il aurait appelé Tonio.

Giovanni décrocha le téléphone et appela Luigi :

« Luigi, première chose : Tonio a disparu, tu es au courant de quelque chose ?

— *Tonio a disparu ? Première nouvelle... Il a disparu où ?*

— Si je le savais, il ne serait pas disparu ! Je l'ai envoyé se renseigner chez ces vieilles dames, tu sais, celles dont ce gamin, Nicolo, nous a parlé. Il n'est pas rentré.

— *Encore, ces vieilles ! Tu te rends compte qu'elles interviennent un peu partout ? Elles sont toujours là en périphérie de nos emmerdes.*

— OK, je note. Mais je passe à l'action. Tu me fais disparaître un des revendeurs de came de la 'Ndrangheta. Aujourd'hui.

— *En pleine journée ?*

— En pleine journée, oui. Tu te débrouilles. Si t'as besoin de bagnoles, va te servir au garage. »

Giovanni Cortisone raccrocha. Avec Luigi et les deux brutes qu'il utilisait comme chauffeur, il n'aurait pas de mauvaise surprise. Ce serait efficace, sanglant et Salvatore comprendrait. Il se retourna.

Flavia se tenait là, silencieuse et immobile, le contemplant, bouche bée. Elle sembla retrouver son souffle et avertit :

« Giovanni, c'est fini. Ton business, la violence, ce... ce taré de Corti le Dingue, tant que toutes ces histoires restaient loin de moi... Mais là, j'entends que Tonio a disparu. C'est trop, Giovanni. Adieu. Je pars. Ne cherche pas à me voir, s'il te plaît. »

Giovanni se figea, sidéré. Il reprit ses esprits et cria « Flavia ! » pour qu'elle revienne. Mais la porte du salon s'était refermée doucement et Flavia déjà n'était plus là.

**

La cuisine de la capitainerie était emplie de l'odeur du café, du pain grillé et du jambon tranché. Monica sirotait le *ristretto* que venait de lui préparer Mimosa. Elles avaient déjeuné toutes les deux à la grande table rustique en chêne. Mimosa avait déposé des assiettes blanches et des couverts sur la table et amené une bouteille d'eau pétillante. Du frigo gris qui montait jusqu'au plafond, elle avait sorti un beau plateau de charcuterie et la salade croquante de céleri, poivron, oignon, tomate et concombre que, dans la maison, on appelait depuis toujours la salade de Mimosa. Toutes les deux avaient pris place sur les chaises de bois polies par les ans. Monica avait beaucoup parlé, de ses copines, d'art, d'échec, de ses deux fils et de ses hommes, tous partis maintenant, et de sa vie à la maison. Mimosa avait écouté, acquiesçant de la tête. Don Cortisone les avait trouvées là, toutes les deux, attablées comme deux vieilles amies.

« Je suis tout à toi, Monica. Je te fais visiter ? Le bâtiment est très ancien. Les étages en sous-sol sont étonnants, tu verras.

— J'arrive, Giovanni », minauda Monica.

Elle se leva de sa chaise avec légèreté. Mimosa s'appuya sur le plateau de bois pour se redresser et Monica alla l'aider. Alors qu'elle s'éloignait, Mimosa lui attrapa la main et la serra bien fort entre ses doigts. Monica observa ces doigts si menus, la peau fine et plissée, très blanche, presque transparente, traversée de petites veinules bleues, puis elle se pencha vers Mimosa et l'embrassa doucement sur la joue.

« Je vais m'en sortir, ne t'en fais pas », murmura-t-elle.

Puis elle s'en alla retrouver Giovanni :

« Don Cortisone, vous me les montrez, ces beautés architecturales ? »

Ils sortirent par la grande porte de bois et de métal à doubles battants pour déboucher dans un large couloir aux dalles de grès beige. Dans les communs, les bâtisseurs n'avaient pas apporté le même soin que dans les parties nobles. Le sol était usé et noirci par les pas et les murs bruts gardaient la marque des ciseaux des tailleurs de pierre. Giovanni expliquait :

« Regarde ici, l'ouvrier a signé de son nom. Là-bas, tu retrouves le blason de San Giorgio. Le reste du rez-de-chaussée est occupé par un grand entrepôt. Le plus intéressant n'est pas ici, mais sous nos pieds. Viens. »

Il l'entraîna vers un large escalier qui descendait dans les profondeurs de la demeure et ouvrait dans le palier un gouffre obscur. Giovanni Cortisone appuya sur l'interrupteur et une ampoule suspendue à un fil diffusa une lumière jaune. Monica scruta les marches qui s'enfonçaient vers le sous-sol et pensa : *Voilà, le moment est venu.* Elle se retourna, jetant un regard angoissé vers le couloir et la cuisine. Mimosa se dressait immobile, là-bas, toute gracile dans sa jupe noire et ses espadrilles jaunes. Monica ne trouva aucun moyen de s'esquiver alors elle sourit et suivit Cortisone dans l'escalier. Elle compta les marches en respirant doucement, car dans les romans policiers qu'elle lisait, les espions comptaient toujours les marches – elle en nota quinze –, et franchit une grande dalle de granit gravée de l'inscription Zena avant d'aboutir sur le sol de terre battue.

« Zena, c'est aussi un ouvrier ?

— Tu ne sais pas ? C'est le nom de Gênes en patois ligurien. »

Giovanni Cortisone lui prit fermement la main et l'entraîna dans une galerie plus étroite. Une rangée de bulbes lumineux, très espacés, éclairaient le passage. Un fil électrique gainé de plastique noir courait entre chaque point de lumière et, dans l'intervalle, les ombres renaissaient sur de grosses pierres grises qui finissaient par disparaître dans l'obscurité. De larges dalles plates peu ajustées avaient progressivement remplacé la terre et Monica avançait lentement en faisant claquer ses talons sur le granit.

« Monica, nous sommes ici dans les soubassements antiques. Tu sais que Gênes était déjà un port commercial du temps des Romains ? Je te le dis parce que je vois que tu observes les murs. Ce sont des petits tronçons des anciens remparts protégeant la ville antique. Regarde par terre, nous sommes sur les pavés de la via Augusta.

— Pour un homme d'affaires, Don Cortisone, je suis surprise de découvrir tout ce que vous savez en histoire.

— L'histoire m'intéresse. C'est bien utile, parfois. Mais je peux être franc maintenant avec toi, Monica. Ce n'est pas pour l'histoire que j'ai acheté cet endroit. Je l'ai acheté, car la maison est imprenable. La mer d'un côté, un pont-levis de l'autre, bâtie sur le roc et sur les fortifications romaines. On ne peut pas faire plus solide. Viens, il faut que je te montre une grande salle encore. »

Giovanni la traîna vers une large porte de fer enchâssée dans la roche. Il la poussa puissamment, d'un geste théâtral, et le battant claqua d'un bruit sourd contre le granit.

« C'est une ancienne prison. Lors de la répression des Romains contre les premiers chrétiens, c'est là qu'on les enchaînait, commenta Giovanni en montrant les maillons de fer brillants vissés au granit. J'ai changé les anneaux, bien sûr, il me fallait quelque chose d'un peu plus récent.

— Et les traces rouges sur la roche... » murmura Monica en frissonnant.

Giovanni ricana :

« Je suis sûr que Luigi t'a expliqué que j'avais beaucoup d'ennemis, qui n'hésiteraient pas à m'attacher à ce mur. Parfois, je prends les devants... comme avec toi, Monica. »

Giovanni la gifla. La tête de Monica valdingua sur le côté, elle hurla et posa sa main sur sa joue rougie.

« Alors, selon toi, tu venais chercher des affaires pour ta nièce et son mari qui sont partis un peu vite pour ne pas rater leur train pour Milan ? Tu m'expliques comment tu leur aurais rapporté leurs affaires ? Et s'il n'y avait eu que ça. Tu aurais dû vérifier si des trains partaient pour Milan. Il faut avouer que tu n'as pas eu de chance. Tu sais quoi ? Aucun train ne roulait ce soir-là, à cause d'un incident d'exploitation.

— Vous me faites mal, lâchez-moi ! Vous êtes fou.

— Pas plus fou que Pollock. Seulement, contrairement à lui, je n'utilise pas que de la peinture. Je reste fidèle au monochrome. Rouge, bien sûr. Je ne vais pas t'enchaîner à ce mur, j'ai pensé à autre chose pour toi. T'es encore bonne, tu pourras peut-être me servir. Faut que je te garde en bon état, observa-t-il en lui caressant la fesse avant de la pincer. Ne t'en fais pas, les réjouissances vont arriver, ce n'est que partie remise. »

Don Cortisone la saisit par le bras gauche et le replia dans son dos, remontant sa main vers les omoplates. Elle bascula vers l'avant et il la poussa violemment dans le corridor de pierre.

Monica, affolée, regardait de tous les côtés. Parvenue à une fourche, elle eut le temps d'apercevoir à droite un amoncellement de meubles empilés, mais il l'entraîna du côté gauche et s'arrêta devant une énorme porte blindée. Une roue métallique jaillissait de l'acier en son centre telle une barre de navire à quatre branches. Juste au-dessus s'insérait un boîtier électronique que Monica fixait avec de grands yeux. Huit cases sur huit, alternance de beige et de noir : un échiquier.

« Je me doutais que le système d'ouverture te plairait. »

Cortisone la propulsa avec force contre le mur, Monica heurta la roche, gémit de douleur et tomba au sol. Giovanni en profita pour pianoter la combinaison sur l'échiquier, prit la roue à deux mains et la tourna vers la gauche jusqu'à ce qu'elle arrive en butée. La lourde porte d'acier pivota sur ses gonds sans un bruit. Il saisit Monica par l'avant-bras, l'arracha au sol et la jeta dans la chambre forte. Elle s'effondra sur le sol de terre en pleurant. La porte se referma dans son dos et elle entendit le doux chuintement des pistons d'acier rentrer dans leur logement.

Elle hurla « Giovanni ! » et regarda autour d'elle. Des armoires de métal et des boîtes en carton, classées par année, reposaient sur des étagères industrielles. À l'extérieur de la chambre forte, Don Cortisone sourit. Il ne lui restait plus qu'à offrir deux jours de congé à Mimosa, comme d'habitude, et un week-end à Rome à Luigi pour être tranquille dans la capitainerie. Seul. Avec Monica.

Chapitre 30

Jazz avait passé une bonne partie de la journée sur le port à étudier la forteresse Cortisone aux jumelles en prétextant observer les oiseaux comme un ornithologue amateur. Il avait déjeuné debout, dans la rue, à la table haute d'une minuscule *trattoria* de quelques tranches de mortadelles et de pizza. Après l'expresso bien serré, il avait filé jusqu'au métro San Giorgio, pris le bus 13 avant de changer pour le bus 31. Une demi-heure plus tard, il avait rejoint le petit village de pêcheurs de Boccadasse. Il y avait vu plus de touristes posant devant les maisons colorées que de locaux et plus de restaurants que de barques de pêche. Les familles de pêcheurs se réorientaient vers la restauration et le commerce de babioles. C'était, hélas, la rançon du pittoresque. Là, sur la plage de galets, il avait loué pour une demi-heure un scooter des mers et avait mis les gaz vers le vieux port.

Vue du large, la demeure de Cortisone semblait encore plus imprenable. Les vagues venaient frapper les murs lisses et sans faille. Aucune aspérité où s'accrocher. Sans compter que, au sommet, une avancée de tuiles sur la mer créait un surplomb et barrait la route. Jazz eut un rictus de déception. Il ne voyait aucun moyen d'attaquer la forteresse du parrain de ce côté-ci. Il faudrait trouver autre chose.

Il repartit plein gaz, tracassé, et se rua vers la grève sous les yeux du loueur affolé et des touristes attendant leur tour, prêts à s'amuser dans les vagues. Son enquête n'avançait pas, il ne faisait pas de progrès et Jazz se demanda ce qu'en pensait le directeur. Franck Forth était un type bien, mais très axé sur les résultats. Son budget n'était pas illimité et il n'avait aucune envie de se faire rappeler à Glasgow. Il devait donner un coup de pied dans la fourmilière, accélérer et provoquer des réactions. Ce serait pour ce soir. En attendant, il ne voyait rien d'autre à faire. Il allait rentrer et passer l'après-midi avec ces dames et, peut-être, faire une partie d'échecs avec Kassia, Monica ayant laissé l'échiquier sur la table. Il soupira en croisant les doigts pour qu'elle s'en sorte.

Une sieste et quelques parties plus tard, Jazz se leva de sa chaise, traversa l'appartement, regarda par la fenêtre et vérifia sa montre. En ce début de soirée, le ciel s'était obscurci et les réverbères s'étaient éclairés depuis peu.

« C'est l'heure. J'y vais, Kassia.

— Tu fais attention, Jazz, répondit la jeune femme en le retenant par la main.

— Promis, je ne vais pas être très long, je reviens dans une heure. »

Il prit le même chemin que la veille au soir. Les cafés et les bars des ruelles pavées allumaient leurs lampions, les serveurs sortaient les tables hautes dans la rue et les barmen montaient le son des enceintes connectées. Des familles en visite cherchaient un endroit sympa et pratique pour les enfants, proposant pâtes et pizzas, sans file d'attente. Des groupes de jeunes se baladaient, jaugeaient les établissements aux musiques qui s'en échappaient et rigolaient bruyamment. La ville changeait de rythme et de profil et adoptait la dynamique de la nuit.

Via San Lorenzo, une grande bâche plastique avait été tendue sur la façade de MA & L. Jazz trouva une porte cochère, non loin, et se mit à l'affût. Vingt-deux minutes plus tard, un grand type au visage mat et à la peau sombre, genre culturiste sur le retour ou boxeur déchu, s'appuya sur le mur de briques. *Pas un mauvais coin*, approuva Jazz. À quelques mètres d'un bar branché et d'un vendeur de pizzas à emporter. Deux jeunes s'approchèrent presque aussitôt, échangèrent quelques mots et un billet contre un sachet avant de repartir tranquillement. Sept minutes plus tard, un jeune homme en train de boire des bières avec ses amis devant les néons du bar, sur les hautes tables de verre noir au style nordique, délaissa sa pinte, s'éloigna, salua le dealer comme une vieille connaissance et sortit un billet vert. Le revendeur l'attrapa de la main droite et lui tendit des doses de l'autre main, mécanique bien huilée, puis s'adossa de nouveau contre le mur, en attente. Le client rejoignit ses potes et sa bière avec plusieurs sachets au creux de la main. *Et voilà, une belle petite transaction à cent euros !* remarqua Jazz. Le revendeur semblait à l'aise, habitué. Il était droitier, bon à savoir. Le petit groupe d'amis quitta le bar. Jazz observa la rue : pas un chat. *Allez, c'est le moment de rentrer en piste.* Jazz sautilla et sortit de l'ombre :

« Salut. Il est où, le jeune gars qu'était là hier ? En survêt et basket ?

— En quoi ça te regarde ? Maintenant, tu fais affaire avec moi. Tu veux quoi ? Shit, ecsta, coke ?

— T'es de quelle 'Ndrina ? »

Le boxeur se figea, alerté, sachant dans l'instant qu'un gars connaissant la structure de la 'Ndrangheta n'était pas un client. Lui, il appartenait à la 'Ndrina de San Marco Argentano, une cellule mafieuse et familiale d'une dizaine de personnes dans la province de Cosenza. Spécialité : banque parallèle et prêts à taux usuraire garantis. Il réfréna sa première impulsion de lui filer une belle dérouillée et demanda :

« Qui veut le savoir ? »

Jazz avait sa confirmation, le boxeur ne niait pas. La 'Ndrangheta sortait de sa zone d'influence historique, la Calabre, et lançait des opérations de conquête au Nord.

« Je suis le business manager. Viens, il faut qu'on discute tous les deux. Ne restons pas ici, allons plutôt dans le *vico*, juste là. T'aimes la discrétion, moi aussi. »

En ce début de soirée, la rue était encore vide et des clients tranquilles buvaient des coups dans le bar d'à côté.

« Une minute, t'as une minute, pas plus », avertit l'homme.

Jazz s'engagea dans l'allée étroite, le dealer lui emboîta le pas, souple et serein. La ruelle sentait l'humidité et les ordures, et la lumière de la rue principale se dissolvait dans la pénombre. Quelques mètres plus loin, un chien efflanqué explorait deux poubelles. Jazz s'approcha, le chien détala, puis Jazz décida que cela suffisait : ils s'étaient enfoncés loin dans l'allée et personne ne viendrait s'immiscer dans ce qui allait suivre. Il pivota vers l'homme, un léger sourire aux lèvres et annonça, bien campé sur ses deux pieds :

« La place appartient à Cosa Nostra ici, je reprends le contrôle. Tu vois, c'est simple. Tu files ta came et tu retournes dans le sud. Va faire ton rapport au capo, en bon petit soldat que tu es. Allez, ne fais pas cette gueule, tu t'attendais à quoi ? Tu pensais pouvoir venir t'installer tranquillement sans rien demander, tu croyais qu'on n'allait rien faire ?

— T'as rien fait à part parler, t'es un marrant, toi. Dégage !

— Je vois. Encore un bon petit soldat de la 'Ndrangheta plein de muscles et rien dans le crâne, se moqua Jazz. Cramé par le soleil, pas vrai ? Regarde, t'as les oreilles qui fument, grand lapin ! Elle est finie, ta 'Ndrina, t'es déjà un fantôme. *Out ! Ciao !* Liquidés, les Calabrais ! Va dire à ceux qui t'envoient que s'ils veulent s'installer ici, il faut payer. Et tu sais quoi ? C'est toi le message.

— Tu vas crever, mec. »

Le dealer hocha la tête d'un air blasé et s'avança vers Jazz en se redressant et bombant les pectoraux. Jazz rigola :

« T'as raison, gonfle la graisse, gros ballon. Fais gaffe, tu vas t'envoler ! »

Stable, ancré au sol, Jazz observa le géant s'approcher. Plus ils étaient grands et costaux, moins ils avaient appris à se battre. Leur taille leur avait toujours permis de s'imposer et servi de bouclier. Une arme dissuasive. Les autres se couchaient sans combattre. De ses expériences passées, Jazz avait conclu qu'un bon jeu de jambes et un peu d'astuces suffisaient à remporter la mise. Après tout, il tenait son nom de son swing et de sa façon agile de se mouvoir. Il inspira et vérifia ses appuis, ses pieds bien à plat sur le béton.

Le musclé balayait l'air de ses bras en avançant. Jazz surveillait le bras droit de son adversaire. Il le vit basculer sur son flanc gauche, faire un pas vif et le coup de poing partit. Jazz esquiva d'un pas léger et balança un coup sec sous les côtes. Son avant-bras vibra de l'impact sur les abdos durs, le type souffla à peine. Déjà la brute armait son prochain coup. Le dealer détendit son bras, Jazz pivota, le coup effleura son épaule, il se baissa et le poing gauche frôla son oreille. *Grand et costaud, mais rapide aussi, le type !* nota Jazz qui bondit, se colla contre son adversaire et lui décocha trois coups de genoux en rafale dans l'abdomen. Le boxeur se plia en deux, haleta, et Jazz en profita pour s'écarter.

« Alors champion, tu t'essouffles ? Sois raisonnable, donne-moi tes petits sachets et retourne au soleil. »

Le dealer ne répondit rien et revint à la charge. Il fonça sur Jazz, tenta un uppercut, rata sa cible. Jazz swinguait sur ses jambes, il était déjà dans son dos, il lui asséna un coup de pied dans les reins et l'homme fut propulsé vers l'avant, roulant à terre, la tête rentrée. Le dealer se redressa avec un rictus :

« Toi tu vas morfler... »

Il s'élança vers Jazz, stoppa son élan, s'inclina et balança un kick vers le visage de son adversaire. Jazz sauta, attrapa le pied au vol et retomba au sol. Fléchissant sur ses jambes, il força sur la cheville de l'ennemi, tordit l'articulation, la jambe suivit, enclencha une rotation, puis tout le corps pivota – c'était mécanique. Le boxeur s'écroula comme une masse.

Depuis l'entrée de la ruelle, un jeune dealer en survêtement et baskets observait le combat en s'avisant qu'il ne pouvait même pas laisser Alfredo cinq minutes pour un paquet de clopes sans qu'il quitte le point de vente et se castagne avec un mec. Il s'approcha à pas de loup dans le dos de Jazz, lui sauta dessus et lui crocheta la gorge avec une clé de bras.

Jazz se cambra, surpris. Il se débattit, propulsa deux grands coups de coude vers l'arrière, sans succès. La force du coup provenait de la vitesse et de la masse. Il ne pouvait pas jouer sur la masse de ses coudes, et question vitesse, sans recul, ce n'était pas très efficace. Mais il lui restait deux trucs encore à essayer. Le premier : coup de boule en arrière. L'os occipital vint frapper l'adversaire inconnu ; cri de douleur ; les cartilages du nez probablement. Puis second truc, à enchaîner aussitôt : s'affaisser comme une poupée de chiffon. Quatre-vingts kilogrammes qui s'effondrent sans préavis, pas facile à retenir, surtout quand on vient de se faire exploser le nez. Le truc avait failli marcher. L'homme dans son dos avait relâché sa prise, Jazz avait chuté. Presque sorti d'affaire. Mais il était au sol et le boxeur était de retour, sauvage et fou. Jazz, assis, tourna sur lui-même, contracta les abdos, encaissa un coup, deux coups. Jusqu'à ce qu'un talon violent vienne lui fracasser le foie ; la douleur aiguë tel un coup de poignard lui vrilla le ventre. Le jeune dealer se baissa, vif, et lui balança son coude dans la tempe. Les yeux de Jazz roulèrent dans leur orbite et tout devint noir.

Le grand dealer traîna le corps inconscient, le colla contre le mur alors que le chien délaissait les ordures pour venir renifler Jazz avant de retourner à ses poubelles. Le jeune alluma son portable et appela Salvatore à Catanzaro :

« Patron, c'est Carlito. On a un colis : un type de Cosa Nostra qui s'est cru malin et qui a essayé de nous éjecter de notre secteur, Alfredo et moi. Il est dans les vapes, j'en fais quoi ?

— *Vous le portez entre vous deux comme s'il s'agissait d'un ami qui a trop bu et vous l'emmenez au squat. Vous l'enfermez à l'intérieur. Je vous rappelle plus tard.* »

Salvatore raccrocha et alla se servir un verre. Ainsi, Cortisone avait remarqué que ses hommes s'installaient en ville et avaient décidé de passer à l'action. Sa tentative de ce soir confinait au ridicule. À sa place, lui aurait frappé bien plus fort. À trop le sous-estimer, Cortisone venait de perdre un homme et il allait le payer.

Les touristes qui cherchaient à quitter l'autoroute surélevée, qui dénaturait Gênes en s'insérant entre vieille ville et front de mer, se faisaient souvent piéger. Ils empruntaient la bretelle E25 dans l'espoir d'arriver en ville près des remparts et aboutissaient dans la zone portuaire, entre les bureaux des compagnies de ferry, les ateliers de mécanique automobiles et le centre de contrôle technique, les services du port et les sociétés de transport international. Une zone de travaux brouillonne et glauque qui abritait également en son cœur le Park Torre Sud, un parking de cinq étages pour stationnements longue durée que l'on gagnait en empruntant une rampe d'accès montante, une tour en colimaçon laide et blanche desservant les différents niveaux.

Sur le troisième niveau, dans la travée G, allée 2 et place 37, Alfredo avait garé son fourgon utilitaire vert bouteille. Il avait ouvert les portes arrière, constaté que le prisonnier était revenu à lui, un peu groggy, allongé à même la tôle froide. Il était monté et avait saisi l'homme par les cheveux pour lui soulever la tête. Alfredo avait simplement demandé « Ton nom ? » Jazz avait murmuré « Tonio Cortisone », se disant qu'il aurait plus de valeur ainsi que dans la peau d'un homme de main quelconque. Alfredo l'avait lâché ; la tête du faux Tonio Cortisone avait frappé le métal avec un *bong*, et pour bien faire, le dealer lui avait redonné un bon coup de coude dans la tempe. Jazz avait de nouveau perdu connaissance. Alfredo était ensuite reparti tranquillement en se frottant les mains rejoindre Carlito. Ce dernier, en apprenant l'identité du prisonnier, avait aussitôt rappelé Salvatore.

« Patron, c'est encore Carlito. Alfredo a fait parler le type. Il dit qu'il est Tonio Cortisone.

— …

— Patron ?

— OK, Carlito, très belle prise. Surtout, gardez-le-moi bien au chaud. »

Salvatore essayait de conserver son calme, mais il jubilait. Il détenait à présent un atout maître. Carlito raccrocha en jubilant. Le boss était content d'eux. Maintenant, Alfredo et lui devaient vite retourner en ville : les bars allaient se vider de leur clientèle éméchée, il ne fallait pas rater ce créneau, le plus profitable de la nuit.

Dans le grand appartement du deuxième étage de l'immeuble de la piazza Arsenio Lupini, Kassia se réveilla en sursaut. Elle chercha le cadran lumineux du réveil. Les chiffres verts fluorescents affichaient 2 h 27. Elle roula sur le côté et tâta de la main le matelas froid. Jazz n'était pas rentré. Inquiète, elle resta les yeux ouverts à fixer le plafond, se demandant ce qu'elle devait faire, puis malgré elle le sommeil la reprit.

Quelques immeubles plus loin, Luigi fumait une cigarette et surveillait la rue. Deux de ses hommes venaient de prendre en tenaille un des revendeurs de Salvatore et le tabassaient consciencieusement avant de passer aux choses sérieuses. Son père lui avait bien ordonné d'opérer en pleine journée, mais il avait préféré adapter les consignes et attendre la nuit. Trop risqué ; il se justifierait plus tard. L'impudence d'un assassinat au cœur de l'après-midi n'aurait abouti qu'à provoquer l'opinion et les quelques incorruptibles qui survivaient encore dans la police. S'il avait pu décider, il aurait joué le coup autrement : il ne voyait rien de bon à déchaîner la violence.

Le lendemain matin, dans la vieille maison familiale de son fief de Catanzaro, au cœur de la Calabre, Salvatore jeta *La Repubblica* sur la table basse d'un geste rageur et se leva en furie. Il détestait que la presse se mêle de ses affaires. Le journal national avait vu grand et titrait en grosses lettres noires : *Vendetta : le retour des heures sombres* et illustrait sa une du visage amoché de Gianluca. L'homme avait l'œil droit fermé et violacé, le nez brisé et la pommette gauche fendue. Gianluca, originaire d'un des petits villages qui surplombait la mer Tyrrhénienne, était monté au nord pour développer le marché des nouvelles drogues de synthèse et, voilà, qu'on le retrouvait de bon matin pendu sous le pont de l'autoroute, à deux pas de la plage et des sites touristiques ! La procureure antimafia de Gênes, Evangelista Carminorosso, s'était saisie de l'affaire à grand bruit et avait contacté Fausto Blanco, son homologue de Catanzaro. Elle promettait une enquête impitoyable pour lessiver le crime de Gênes et annonçait des rafles à venir, ainsi qu'une tolérance zéro face aux petits revendeurs de la vieille ville. Salvatore maudit Cortisone. Cet abruti avait riposté à son implantation progressive à Gênes, mais encore une fois, il avait perdu toute mesure. La vendetta était un héritage du passé et était surtout contre-productive. Le business avait besoin de discrétion pour que les profits soient bons.

Salvatore se dirigea vers son bureau. Dans le carton près du convecteur électrique sous la fenêtre, il prit un portable prépayé au hasard parmi des dizaines d'autres et sortit son agenda du premier tiroir de son bureau. Il feuilleta les pages, retrouva le numéro et appela Giovanni Cortisone.

Le parrain était assis dans son salon avec Luigi et ses deux hommes à tout faire, deux brutes fidèles et sans scrupule motivées par l'argent et la reconnaissance du chef. Ce dernier point consistait l'unique raison de leur présence ici d'aussi bon matin. Les inviter et les remercier était le moins qu'il puisse faire après leur exploit de la nuit. *C'est un faible sacrifice à sa tranquillité face au gain de les avoir en permanence sous la main*, songea Giovanni. Il savourait une des petites brioches toutes chaudes de Mimosa quand son portable se mit à vibrer sur la table basse. Il tourna à peine la tête et d'un signe de main demanda à ses hommes de le laisser. Une fois seul, il appuya sur le bouton vert de l'écran tactile.

« Don Cortisone...

— *Giovanni ? C'est Salvatore. Tu ne m'en voudras pas de te déranger de si bon matin, après tes exploits d'hier ? T'as vu la une de* La Repubblica *? Les journaux ne parlent que de nous ! Le retour de la vendetta, etc., etc.*

— Ne me fais pas la morale, Salvatore ! Qui vient s'installer chez moi, tranquille, comme une fleur ? Rappelle-moi, je t'ai invité ? T'as oublié la politesse ?

— *Et toi, le business ! Avec tes conneries, chacun de nous deux va avoir un proc sur le dos. T'apprends rien, pas vrai ? Cosa Nostra a perdu les trois quarts de son influence en dix ans avec ce genre d'ânerie et toi tu continues ! Remarque, tu me rends bien service, à ce rythme-là, dans deux ans je vais contrôler 100 % du marché et toi tu cultiveras des oliviers en Sicile. Par la racine.*

— C'est pour m'engueuler que tu appelles ? Bon allez, *ciao* Salvatore, et reste à ta place.

— *Tu as eu des nouvelles de Tonio récemment ?* »

Ses épaules s'affaissèrent et son agacement retomba d'un bloc, le laissant inerte et glacé. Si Tonio avait été suffisamment idiot pour se faire capturer, il lui mettrait une bonne trempe. Mais d'abord, il fallait le récupérer.

Salvatore continua :

« *Hier, un imbécile a essayé de déloger mes hommes d'un point de vente. Belle provocation. Il s'est pris une raclée, ce crétin. Devine comment il s'appelle ?*

— ...

— *Tu ne dis rien ? Bon, il a repris connaissance deux minutes, juste le temps de dire qu'il était Tonio avant que l'un de mes gars le rendorme. Ton fils est aussi idiot que toi, Giovanni. Voici ce que je te propose : dans l'intérêt du business, je te rends Tonio, intact. Je ne te promets pas qu'il n'aura pas quelques égratignures, mais il pourra encore marcher, je suppose. En tout cas, plus que mon homme qui fait la une des journaux. En échange de ma grande clémence, je te demande un accès au port de Gênes et la libre circulation de mes marchandises.*

— Jamais ! T'es malade, Salvatore ! Et mes taxes, le *pizzo* ? Autant mettre la clé sous la porte.

— *À toi de voir, Don...* Cortisone, répliqua Salvatore en insistant ironiquement sur le "Don". *Mon offre expire demain. Sinon, dans le Sud, nous avons aussi des ponts.* »

Il raccrocha sèchement. Giovanni resta inerte, le téléphone à la main, face à la moue moqueuse et au regard en coin de Lucrèce Borgia.

Chapitre 31

Renversée sur un énorme pouf rouge en forme de poire qui épousait son corps comme un cocon, Melody tendait son visage au soleil en fermant les yeux. Elle écoutait le cri des mouettes, ceux des enfants qui se rendaient à l'aquarium, et respirait à pleins poumons l'air iodé. Sa main reposait sur le tissu en serrant un grand cappuccino surmonté d'une montagne de chantilly. Les courbatures dans ses jambes et son genou bandé la lançaient encore et son bras porterait bientôt une belle balafre, mais qu'est-ce que cela faisait du bien d'être vivante et à des milliers de kilomètres de l'Arizona ! Elle avait toujours rêvé de visiter l'Italie, le Colisée et la fontaine de Trevi, et de déguster les douceurs méditerranéennes. Gênes n'avait pas la grandeur de Rome, mais la confusion des ruelles pentues et les vieilles Vespas avaient un charme fou.

Dans l'avion en provenance de Londres, elle avait étudié le dossier, découvert Giovanni Cortisone, la capitainerie fortifiée et les rivalités entre mafias. Plus tard, elle avait cherché à joindre Jazz via le réseau ultra-sécurisé des SOCISS, mais celui-ci ne répondait pas. À Glasgow, K6 avait la réputation d'être un excellent agent qui, lorsqu'il s'emparait d'une affaire, aimait bien mener sa barque tout seul. Melody le suspectait de l'avoir volontairement ignorée pour ne pas s'encombrer d'une collègue et pour conserver tout le mérite une fois que cette histoire serait bouclée. Elle fronça les sourcils et un pli dur s'inscrivit sur son front : Jazz et elle avaient passé de bons moments ensemble à l'époque de leur formation à Glasgow. Affamés, après l'entraînement, ils se goinfraient de fish'n chips et terminaient la soirée dans les pubs en écoutant du rock. Tous les deux avaient souvent fini dans le même lit. Elle se souvenait encore de son visage au-dessus d'elle, de ses épaules larges, de ses pectoraux et de son ventre barré par les abdos. De son regard qui se voilait de comètes quand il jouissait. Et de son beau cul puissant qu'elle aimait saisir à pleine main pour l'enfoncer en elle jusqu'à la garde avant que ses coups de reins ne lui donnent des orgasmes mémorables. Sa main glissa vers son bas-ventre déjà tendre et s'infiltra sous sa ceinture. Si Jazz refaisait surface, peut-être que...

Quand même, ce silence de Jazz était étonnant et l'empêchait d'agir. Elle ne voulait surtout pas empiéter sur l'enquête en cours et faire tout capoter en intervenant de façon irréfléchie. Elle rouvrit les yeux, but une grande gorgée de son cappuccino, la chantilly avait fondu, et tourna son regard vers la zone portuaire et les grues bleues s'activant nonchalamment au-dessus des porte-conteneurs. Les énormes navires stationnaient en mer et faisaient la queue pour accoster. Loin derrière, elle apercevait la tour surplombant la demeure du fameux Cortisone et elle pouvait même voir le dernier étage du parking où elle avait garé sa voiture de location.

Deux étages sous la petite Alfa Romeo de Melody, l'utilitaire vert bouteille stationné en G237 tanguait sur ses essieux en grinçant. À l'intérieur, Jazz se jetait de gauche à droite pour tester le véhicule sans trop y croire. Il s'était réveillé glacé, une heure auparavant, en grimaçant de douleur. Les camionnettes étaient des boîtes de conserve qui se transformaient en frigo dès que la température chutait. Il avait frissonné en retirant son T-shirt et avait examiné les hématomes jaunes qui viraient déjà au violet sur ses côtes et ses flancs. Il avait l'impression d'être passé sous un rouleau compresseur : chaque respiration lui arrachait un rictus, il avait soif et l'esprit brumeux, probablement les coups sur la tempe, et il s'en voulait à mort. En l'occurrence, l'expression était trop bien choisie. Il s'était fait avoir comme un bleu. Il avait présumé que le jeune type s'était fait expulser par le grand balèze alors que les deux étaient de mèche. Une erreur comme celle-là, c'était le genre à le faire plonger en

Méditerranée des parpaings aux pieds. Il fallait qu'il sorte de cette bagnole.

Il passa l'heure suivante à s'esquinter les doigts sur la serrure de métal, puis, avec le peu d'élan que lui permettaient les trois mètres de longueur du plateau arrière, il se précipita sur les barres maintenant les portes en position. Elles tremblèrent sous ses coups d'épaule, et l'une d'elles plia même légèrement, mais elles ne sautèrent pas. Ses coups de pied explosifs de karatéka restèrent sans effet, alors il s'assit contre la plaque de contreplaqué qui recouvrait le flanc gauche du camion et ferma les yeux. Quand il n'y avait plus rien à faire, il fallait s'économiser. La suite ne serait que plus explosive, il n'en doutait pas.

Pendant que Jazz rongeait son frein dans le camion, Kassia se levait la boule au ventre, folle d'inquiétude. Jazz n'était pas rentré. Elle se rendit compte qu'elle l'avait considéré comme invincible, presque surhumain, toujours là au bon moment. Il l'avait sauvée des eaux et avait su lui fournir un pistolet en un rien de temps, l'avait fait marcher sur les toits et l'avait sauvée du piège du velux. Et pour l'amour, il était parfait, il la faisait décoller à chaque fois. Elle s'habilla vite et sortit de la chambre. Dans le salon, elle se précipita sur Gina :

« Tu n'as pas vu Jazz ? Il n'est pas rentré de la nuit ! »

Gina posa sa main sur Kassia et tenta de la calmer :

« Ne t'en fais pas, Jazz est un professionnel, il va revenir. Pas vrai qu'il va revenir, hein, Anna ?

— Bien sûr, c'est un pro, Jazz, assura Anna d'un air peu convaincu. Il a dû avoir un imprévu.

— Et il n'y a pas que Jazz qui a disparu, ajouta Gina d'un air sombre. Quelqu'un a des nouvelles de Monica ? Non, personne ! Et elle n'est pas une pro comme Jazz. Qu'est-ce qu'ils vont lui faire les Cortisone ?

— Moi, je ne peux pas rester là à ne rien faire, s'écria Kassia. Je sors ! »

Elle mit ses bottines et partit en claquant la porte.

Une heure et demie plus tard, Kassia revenait tout excitée. Elle s'installa à la grande table et déversa le contenu d'un grand sac en papier brun.

« Regardez ce que j'ai trouvé ! J'ai eu une idée. Je marchais dans Vico dei Garibaldi quand j'ai vu ce magasin, *il Torneso*, et je me suis dit que... Jazz n'est pas rentré ? Je vais le pulvériser, ce Cortisone, et je vais venger Jazz. Je suis une battante, je ne me laisse pas abattre, et j'ai pensé que... Mais où sont Claudia, Anna et Sofia ?

— Calme-toi un peu, Kassia ! commanda Gina. Tu vas faire tourner le lait. Elles sont parties faire les courses, elles avaient besoin de prendre l'air elles aussi.

— Ah d'accord, d'accord... Mon idée, la voici ! déclara-t-elle en montrant le bazar sur la table.

— Euh, c'est quoi tout ça ? demanda Ornella. Bon, d'accord, je vois bien des pinceaux et de la peinture, mais ce pavé, là ? insista-t-elle en pointant son doigt vers un gros bloc rectangulaire.

— Ça, c'est un pain d'un kilo d'argile naturelle extrablanche autodurcissante ! » s'exclama Kassia d'un air triomphant.

Ornella et Gina se regardèrent, interloquées :

« Et alors ? Tu te mets à la poterie ? Très bon pour les nerfs, il paraît, mais tu es sûre que...

— Et alors ? Je vais modeler une bite énorme façon MA & L, le modèle Totem que Cortisone m'a volé, et je vais la peindre pour la rendre bien réelle, comme un vrai modèle plus vrai que nature. Évidemment, je vais y coller des couilles, de belles grosses couilles bien creuses ! Pour faire des couilles farcies ! Et vous savez ce que je vais mettre comme farce ? Je vais y fourrer le détonateur de Jazz et son truc, là, le C-4. Et je la fais délivrer à Cortisone par coursier, et qu'il aille se faire mettre ! Si Jazz ne revient pas dans deux jours, je compose le numéro du détonateur, et *vlabadaboum*, éjaculation ! Je vais l'envoyer au septième ciel, moi, le Cortisone ! »

Ornella la regardait, les yeux exorbités, et Silvana fut prise d'un fou rire :

« Tu lui prépares un orgasme explosif !

— Tu lui prépares un attentat, plutôt ! Si tu le tuais ? s'écria Gina, affolée.

— Et ce n'est pas un attentat, peut-être, de me piquer mon Jazz ? Et ma copine Monica ? Et de me voler mon idée géniale qui rend riche et célèbre tout le monde sauf moi ? Avec tout cet argent, j'aurais pu créer ma société et vivre tranquillement, financer des associations et aider des pauvres ou des enfants malades, construire des puits au Mali ou une école Montessori en Inde, ou créer une réserve naturelle pour sauver les marmottes des Dolomites ! Et j'aimerais tellement pouvoir vous aider, vous, mes amies.

— Oh là, là *mamma mia* ! s'exclama Silvana en se prenant la tête à deux mains.

— Elle est amoureuse, souffla Gina à Ornella, et on lui a pris son homme. Don Cortisone a du souci à se faire. »

Chapitre 32

Giovanni était assis par terre sur son Lotto, comme il l'appelait. Un vieux tapis rouge et jaune élimé qui lui avait coûté une fortune, mais qu'il adorait néanmoins. Il se prit la tête entre les mains. Il pensa à Flavia et à ses longs cheveux fins et dorés – sa Lucrèce à lui – et à leur bonheur lorsqu'ils avaient appris la naissance de leur fille Elena. Une bulle de bonheur qui avait explosé en plein vol. C'était la grande époque où il posait les bases de son empire et marquait son territoire, grappillant sur la part des autres, grignotant celle de la très puissante Agata Stromboli. Une époque enivrante et folle. Une époque de panique où Stromboli avait fait monter les enchères au plus haut en kidnappant Elena. Son geste l'avait rendu fou furieux. Avec ses hommes, il avait donné l'assaut au bastion ennemi sur les hauteurs de Milan et la reine blanche avait disparu à jamais. Ça, il s'en était chargé lui-même. Elle avait souffert, la garce, il s'était fait plaisir. Mais la suite avait mal tourné. Il avait compris trop tard qu'un éclat de béton s'était détaché du mur sous l'impact des balles et avait atteint Elena à la tempe gauche. Une minuscule écharde de pierre, mais cela avait suffi : morte sur le coup, un vingt et un juin, pour le solstice d'été. La case E6 sur son Caravage. Plus rien n'avait jamais été pareil. Son couple avait failli se disloquer. Flavia s'était recroquevillée dans sa douleur et avait pleuré pendant des jours.

Puis était arrivé leur premier fils. Ils lui avaient donné le nom de son grand-père à elle, Antonio, un rude gaillard qui avait passé sa vie dans l'arrière-pays napolitain, puis Antonio s'était mué en Tonio et le diminutif était resté. Le petit garçon avait très vite révélé son caractère fonceur : il se jetait dans les jeux, les exercices d'escalade de chaises et de canapés sans hésiter et terminait souvent ses exploits en pleurs dans les bras de Flavia. Enfant, Tonio avait passé ses journées à jouer dehors dans la cour de la grande maison familiale. Il arrachait les pattes des insectes et s'amusait à piéger les rongeurs pour les mettre devant le chat Biscotto et riait en observant les courses-poursuites. Il ne riait jamais autant que quand le gros matou noir et blanc plantait ses griffes pour la première fois dans l'arrière-train des souris.

Plus tard, le jeune Tonio avait dévalé les ruelles avec les autres gamins. Ils allaient jouer du côté de la cascade et dans les trous d'eau de la Gorge du Dragon. Tonio en revenait souvent amoché, pas tant à cause des glissades sur la pierre rêche que par des bagarres avec les autres. *Un vrai petit mâle alpha*, se disait fièrement Giovanni quand il prenait la peine de s'intéresser à son fils. Il laissait l'éducation de Tonio à Flavia. Les mioches, c'est l'affaire des femmes, non ? Lui traçait sa voie. En pleine ascension au sein de Cosa Nostra, il gagnait en influence, en pouvoir, et consacrait toute son énergie à grimper les échelons par la manipulation et la violence.

À l'adolescence, les ennuis avaient commencé. Tonio avait brusquement pris trente centimètres et s'était épaissi, avait pris du muscle et de la testostérone. Malgré sa réputation de mafieux, les autres parents avaient osé venir voir Giovanni pour se plaindre de la violence de son fils ; les adolescentes changeaient également de trottoir quand elles apercevaient la haute silhouette du garçon. Deux familles l'avaient même menacé de représailles à la suite de l'agression – du viol ? – de leur fille.

À cette époque, il était déjà le numéro deux de Cosa Nostra, juste derrière son père Luciano, et le petit maître tout récent de la ville depuis qu'il avait fait disparaître son plus sérieux rival, un lointain cousin, dans une fosse dans la montagne. Il se souvenait encore comme le tuer avait été jouissif. Les jours suivants, son humeur joyeuse avait surpris et il avait pris conscience que la tension perpétuelle qui l'habitait pouvait s'évanouir. Son corps vivait un état de relâchement inédit. Un soulagement ineffable et une révélation. Corti le Dingue venait de frapper pour la première fois, même si personne ne l'appelait encore comme ça.

Les déchaînements de violence, il les avait côtoyés et savait ce que c'était. Il avait pris les menaces des familles au sérieux. Dans le village de Cortisone, dont il portait le nom, on appliquait la loi du secret et l'omerta. On réglait ses comptes en silence. Il avait dédommagé avec largesse les plaignants qui avaient pu éloigner leurs filles en les envoyant étudier à Rome ou à Bologne. Mais les frasques de Tonio commençaient à lui nuire. Il reconnaissait en Tonio le même grain de... folie, il fallait bien l'admettre, qui l'avait parfois animé lui aussi.

Lorsque Corti avait resurgi et qu'il avait dû s'exiler à Gênes, la situation s'était simplifiée : ils étaient bien plus anonymes que dans leur petit village natal. Au fil des années, Tonio s'était révélé un bon exécutant, plutôt rusé, mais il n'avait jamais réussi à se départir totalement de ses impulsions et de son caractère fonceur. Heureusement que Luigi avait plus de modération. À eux deux, ils constituaient un bon binôme.

Giovanni tapa du poing sur le sol.

« Crétin de Tonio ! s'écria-t-il. Aller se mettre dans les pattes de Salvatore de cette façon ! »

S'il ne faisait rien et temporisait, et laissait donc le parrain mariner, le plus probable est qu'il verrait arriver une oreille, un doigt ou un orteil par la poste. Flavia ne le lui pardonnerait jamais et sa dernière chance de la reconquérir disparaîtrait à jamais. Sa famille constaterait qu'on ne pouvait pas compter sur lui. Pire, le message qu'il enverrait à ses hommes, c'est qu'on ne pouvait pas s'en remettre à lui en cas de coup dur.

Giovanni bondit sur ses jambes et se mit à tourner autour de son salon comme un fauve en cage. Il ne pouvait tout de même pas accepter la demande de Salvatore ! Ou alors la 'Ndrangheta mettrait un pied dans la porte et deviendrait indélogeable par la suite. Si ce n'avait pas été le Calabrais, il aurait envoyé un commando assaillir les ravisseurs. Mais outre le fait que la ferme de son homologue du Sud s'était transformée avec le temps en bastion fortifié, suivant en cela sa prise de pouvoir progressive, il ne souhaitait pas non plus commencer une guerre avec la 'Ndrangheta. Comme l'avait indiqué Salvatore, ce n'était pas bon pour le business et il ne se faisait pas d'illusion : Cosa Nostra ne faisait pas le poids face à la puissance de l'organisation sudiste.

Il se redressa, contempla le Pollock qui l'apaisait toujours et rappela Catanzaro :

« Ah, Giovanni, content de t'entendre ! s'exclama Salvatore. Tu m'apportes une bonne nouvelle ?

— Tu me rends Tonio en un seul morceau, je te laisse accéder au port et tu fais ce que tu veux avec tes marchandises, mais à une seule condition.

— Tu te crois en mesure de poser des conditions, toi ?

— Je te donne accès au port pour un an à compter du jour où je récupère Tonio vivant, continua Don Cortisone. Au-delà d'un an, tu paies le *pizzo* comme tout le monde. Et ça ne concerne que ta 'Ndrine et pas toutes les 'Ndrina de la 'Ndrangheta[18]. Est-ce bien clair ?

— Qu'est-ce que tu dirais si je te renvoyais ton fils en morceaux, Giovanni ?

— Je dirais que c'est ton choix de commencer une guerre, Salvatore. Tu veux que mes hommes campent devant ta jolie ferme fortifiée de Catanzaro ? Que je fasse exploser tes beaux murs de pierre ? Que tu ne puisses plus sortir ? Que Corti le Dingue vienne baiser le cul de ta jolie femme et publie la vidéo sur le Net avant de

---

[18] Une 'Ndrine, des 'Ndrina : cellules mafieuses cloisonnées par famille et région.

déposer sa tête devant la cathédrale de Syracuse ? Peut-être que je devrais le faire de toute façon, histoire de rappeler qui dirige Cosa Nostra. Encore une chose : as-tu vraiment envie que la gentille procureure antimafia vienne de très près s'intéresser à la 'Ndrangheta ? Détruise toute la politique de discrétion que tu as mise en place depuis des années ? Vois-tu, Salvatore, une grosse organisation a ses inconvénients. As-tu la puissance de feu pour te protéger de tous côtés ? Vas-y, rends-moi Tonio en morceaux, bluffa Giovanni, et tu vas tout perdre.

— Tu perdras tout, toi aussi, Giovanni. Vois-tu, l'avantage d'une grosse organisation, comme tu dis, est qu'elle pourra toujours trouver quelques volontaires qui ont envie de se faire bien voir pour aller te massacrer.

— Je ne me fais pas d'illusion, Salvatore, mais si je t'accorde la gratuité sur le port indéfiniment, je perds 70 % de mes revenus. Je suis prêt à les perdre sur un an, mais si tu veux plus, plus longtemps, je perds tout, de toute façon, et dans ce cas-là, quitte à tout perdre, autant avoir le plaisir de te voir mordre la poussière avec moi. »

Salvatore soupira et dut se rendre à l'évidence, ce fourbe de Giovanni Cortisone n'était pas devenu le parrain par hasard et ses arguments tenaient la route. Son côté pragmatique de chef d'entreprise lui soufflait qu'« un tien vaut mieux que deux tu l'auras » et qu'une seule année faste valait mieux qu'une longue guerre qui verrait la destruction de ce qu'il avait mis plusieurs années à construire. Il poursuivit :

« *Un an sans pizzo ? L'accès au port de tous mes navires ? Et la possibilité d'utiliser les grues pour décharger, avec un espace de stockage pour mes conteneurs et la libre circulation de mes poids lourds dans la zone portuaire, puis dans toute la région, avec accès à la Suisse, c'est ce que tu me proposes ?*

— Exactement. Si je récupère Tonio dans les deux jours, répliqua Giovanni.

— Tu l'auras demain, ton Tonio. Une fourgonnette verte te le laissera sur tes foutus docks dans la matinée.

— Tu seras attendu. »

Don Cortisone raccrocha, jeta le portable sur le fauteuil et serra le poing. Soulagé. Tonio serait là demain. L'année à venir sera moins rentable, mais il aurait plus de temps pour renforcer sa vente au détail et ses flux vers l'Europe du Nord et pour finaliser les accords avec les Albanais et les Serbes. Il ouvrit le coffre afghan en bois sombre reconverti en minibar et en sortit une bonne bouteille de vieux rhum ambré. Il avait besoin de quelque chose de plus fort que son vin cuit habituel. Il se servit un petit verre, qu'il avala cul sec, passa dans l'antichambre et cria dans l'escalier de service menant à la cuisine :

« Luigi, tu peux venir ? »

Quelques secondes plus tard, il le vit arriver de la cuisine avec un sandwich à la main.

« Comment s'appelle-t-il ce gamin futé qui nous a signalé les petites vieilles du musée ?

— Nicolo ? La sentinelle ?

— C'est ça, Nicolo. T'as un moyen de le contacter ? J'aimerais qu'il passe. »

Luigi chercha parmi ses dizaines de contacts dans son répertoire *Sentinelles*, trouva le numéro et appela la mère de Nicolo. Il raccrocha et se tourna vers Giovanni :

« Le môme passera dès qu'il peut. Il paraît qu'il est à l'école en ce moment, il sera là dans un peu plus d'une heure. La mère s'est inquiétée. Elle n'a rien à nous refuser, mais elle se demande bien ce qu'on lui veut, à son fils. Moi aussi, d'ailleurs.

— C'est en rapport avec les Mammas vues au musée. J'aimerais avoir son avis sur un point. »

En traversant la ville sur son vélo vert tout écaillé, Nicolo se demandait pourquoi Don Cortisone souhaitait le voir. Il avait déjà dit tout ce qu'il savait, il n'avait rien caché, il ne voyait pas ce qu'il pouvait faire de plus. Ce devait être important pour que sa mère vienne l'attendre à la sortie de l'école. Il souriait. Il se rengorgea à l'idée que le Don fasse appel à lui ; c'était un honneur et il avait hâte de pouvoir aider, de quelque manière que ce soit. Il pédalait à toute vitesse, dévalant les ruelles en pente vers la mer, prenait les sens interdits et sautait sur les trottoirs. Il passa sous le pont de l'autoroute, longea la plage, traversa une zone d'entrepôts et freina en dérapant sur la passerelle en bois qui menait à la maison du chef. Tout essoufflé, il posa son vélo contre le mur, personne n'oserait le lui voler ici, et tambourina à la grande porte de métal. Pourvu que ce ne soit pas Tonio qui lui ouvre ; ce type était aussi frappé qu'un *café fredo* et Nicolo s'en méfiait comme de la peste. La porte s'entrebâilla et Nicolo sourit, soulagé, en apercevant Luigi :

« Salut ! Je suis Nicolo, vous avez téléphoné à ma mère ? Voilà, je suis là. Faut que je fasse quoi ?

— Calme-toi, gamin. Don Cortisone souhaite te rencontrer. Suis-moi. »

Nicolo traversa la cour pavée et monta l'escalier de pierre derrière Luigi. Don Cortisone l'accueillit en haut des marches.

« Tu voudrais me rendre un service, Nicolo ?

— Évidemment, M'sieur Cortisone. Vous nous aidez drôlement, ma mère et moi.

— Alors viens avec moi, Nicolo. »

Don Cortisone longea le couloir de l'entrée, ignora la porte du salon et s'engagea dans l'escalier qui descendait au sous-sol.

« On va où là, M'sieur ?

— Je voudrais te montrer quelqu'un, Nicolo. Je voudrais que tu me dises si tu as déjà vu cette personne. »

Ils marchaient dans la galerie sous la lumière jaune des ampoules. Nicolo ouvrait de grands yeux en traînant des pieds dans la poussière. Il passait la main sur les pierres sèches et râpeuses et buta lorsque la terre battue céda la place à de gros pavés romains.

« T'as étudié l'Empire romain et les douze Césars, Nicolo ? La via Appia, etc. ?

— Oui, M'sieur Cortisone.

— Eh bien, tu marches dessus.

— La via Appia ?

— Non, la via Augusta, expliqua Giovanni en empruntant le coude menant à la chambre forte.

— Elle ne tient pas la route votre histoire ! C'est n'importe quoi ! Les via romaines, elles étaient en ville. »

Don Cortisone se retourna et regarda l'enfant, surpris. Ce gamin osait le contredire ? L'agacement retomba soudain et le visage canaille de Nicolo lui arracha un sourire. Il lui rappelait Tonio au même âge. Après tout, Nicolo avait raison et sa question était futée.

« Entre l'époque romaine et maintenant, la mer est montée, Nicolo. Il s'est passé deux mille ans. La ville s'est retirée dans les terres d'une trentaine de mètres et la voie Augusta, qui se situait en périphérie de la ville antique, s'est retrouvée en tout bord de mer. Au Moyen-Âge, on a construit ce bâtiment par-dessus. D'ailleurs, de grands morceaux de la voie romaine ont été démantelés pour servir de base aux fondations des palais génois, conclut Cortisone en arrivant à la chambre forte.

— Ouah, la porte ! Un vrai coffre-fort de banque ! s'écria Nicolo en voyant le mur de métal et la roue qui en commandait l'ouverture.

— Tourne-toi, je vais faire le code, ordonna sèchement Don Cortisone. Je vais ouvrir la porte et je veux que tu regardes bien la femme qui... travaille à l'intérieur. Je veux que tu me dises si tu la connais. Après, nous la laisserons à ses activités. Elle fait un travail secret pour moi, il ne faut pas trop la déranger ou elle va se tromper. T'as compris ?

— Très clair, M'sieur Cortisone ! J'dérange pas ! J'regarde ! »

Nicolo tourna le dos à son guide. Giovanni déplaça ses doigts sur l'échiquier, puis fit pivoter la roue.

« Nicolo, c'est bon », le prévint Don Cortisone tandis que la porte s'ouvrait.

À l'intérieur de sa prison d'acier, parmi les étagères de cartons bien rangées et la paperasse, Monica somnolait, assise sur le sol contre la paroi du fond. Elle sursauta en entendant la voix de Giovanni et se mit avec peine sur ses pieds. Nicolo s'avança sur le seuil, regarda à l'intérieur et reconnut tout de suite la femme fatiguée qui les fixait avec de grands yeux étonnés. Aussitôt, Don Cortisone referma la porte. Dans la galerie souterraine, à l'instant où les vérins bien huilés s'inséraient dans leurs logements et où le panneau d'acier se verrouillait sans un bruit et où, Nicolo eut le temps d'entendre :

« Giovanni, attends, s'il te plaît...

— Alors, Nicolo, est-ce que tu la connais ?

— Bien sûr, M'sieur, je l'ai déjà vue plusieurs fois. La première fois, c'était au musée avec ce groupe de vieilles dames, et puis plus tard, je l'ai revue dans la rue, et puis encore après quand elles m'ont demandé de ramener les fauteuils roulants.

— Tu es sûr ?

— Certain ! C'est bien pour voir les choses que je suis une sentinelle et dans votre équipe, pas vrai ? Je fais attention, j'observe, quoi !

— Viens, Nicolo, remontons au soleil. »

Don Cortisone revint sur ses pas. Ainsi Monica faisait partie du groupe de femmes qui avaient fait un esclandre au musée, qui avaient loué des fauteuils roulants alors qu'elles étaient valides et qui abritaient une jolie fille qui, décidément, ressemblait beaucoup trop à cette Kassia. Monica avait la clé de l'appartement inconnu censé être inoccupé et d'où, pourtant, une fille en peignoir avait débarqué dans la rue pour piquer un magazine, et elle avait menti pour le train pour Milan. C'était aussi en allant chez ces vieilles femmes que Tonio n'était pas revenu et que, ensuite, Salvatore l'avait appelé. Est-ce que ces petites mamies avaient un lien avec la 'Ndrangheta ? Cela ne lui semblait pas possible et Giovanni ne comprenait pas. Un beau plat de spaghetti, ça, c'était certain. Tout était relié, mais il n'arrivait pas à voir le lien.

Nicolo suivait Don Cortisone en silence. Il avait bien reconnu la dame, il aurait pu le jurer. C'était même elle qui lui avait demandé dans la rue si tout allait bien et s'il n'avait besoin de rien. Elle lui avait semblé gentille, cette dame. Don Cortisone lui avait dit qu'elle travaillait en secret, mais lui avait plutôt eu l'impression qu'ils l'avaient réveillée. Drôle de travail ! Cette pièce coffre-fort, elle ressemblait à une prison...

En haut de l'escalier qui remontait à l'étage d'habitation, Giovanni Cortisone fit un virage à cent quatre-vingts degrés dans le couloir et guida Nicolo vers la cuisine. La vieille Mimosa traînait ses espadrilles sur le carrelage tout en donnant des coups de balayette sur le plan de travail pour en retirer les miettes.

« Mimosa, tu peux servir à boire et à manger à Nicolo ? »

Puis Don Cortisone se tourna vers le garçon.

« Merci, Nicolo, tu m'es très utile. Tu es une de mes meilleures, peut-être même la meilleure, de mes sentinelles. »

Nicolo se trémoussa, gêné et fier, et se redressa, bien droit.

« Vous pouvez compter sur moi, Don Cortisone. Vous aidez beaucoup ma mère depuis l'accident de mon père. »

Giovanni le regarda. Nicolo avait du potentiel et il ferait une bonne recrue. Ce serait bien de le faire monter en puissance.

« Nicolo, que dirais-tu de participer un peu plus à mes activités ? Si tu veux, rendez-vous demain matin à 10 heures à l'entrée du port. Luigi te retrouvera là-bas. »

Chapitre 33

Kassia fouillait dans la pochette transparente à zip où Gina rangeait ses médicaments. Elle ne trouvait pas. Où est-ce que Tata Mortadelle avait mis ses pilules ? Il est vrai qu'à débarquer ici à huit, même le très grand et bel appartement d'Anna était un peu en fouillis. Elle sortit de la chambre, évita le matelas étalé sur le sol et alla voir Gina dans la cuisine. Elle la prit par le bras :

« Tata, tu n'aurais pas des somnifères à me passer ? Avec l'absence de Jazz, je stresse et j'ai peur de ne pas pouvoir dormir. »

Gina la regarda, Kassia avait l'air si sérieuse et inquiète. Elle la prit par la main et se pencha vers elle :

« Ils sont dans le tiroir du haut de la commode de la chambre, murmura Gina à son oreille. J'en ai plein. Fais attention, un seul, pas plus, d'accord ? »

Dans la chambre, elle fouilla parmi les chaussettes en vrac et trouva un sac plastique rempli de médicaments. Elle ouvrit les boîtes de Noctasleep, Dodoprofon et Sleepingbeauty – trois hypnotiques –, songea que ce serait peut-être bien d'ajouter un peu de Relaxozen, un anxiolytique et prit quatre gélules dans chacune des boîtes. Elle referma le meuble calmement et retourna vers la cuisine sur la pointe des pieds. Heureusement, Gina n'était plus là.

Elle sortit une large assiette de faïence et quatre bouteilles d'eau d'un litre. Elle ouvrit la première qu'elle posa au centre de l'assiette et commença à briser délicatement les gélules au-dessus du goulot. D'abord la poudre grise de Noctasleep, puis les poudres blanches de Dodoprofon et Sleepingbeauty et enfin le comprimé de Relaxozen. Les poudres se répandaient dans l'eau telle une poignée de sable en mer et le comprimé se délita aussitôt. Kassia referma le bouchon de plastique vert. Elle secoua la bouteille comme ces boules de verre contenant un paysage de Noël jusqu'à ce que le liquide redevienne parfaitement clair. Elle avait son premier cocktail de sommeil. Plus que trois bouteilles.

Un quart d'heure plus tard, elle avait préparé ses boissons soporifiques qui reposaient dissimulées dans un sac plastique de supermarché. Elle préleva du pain dans le sac à pain en tissu coincé entre l'évier et le frigo et des piles A4 dans le bric-à-brac du tiroir à tire-bouchons, râpes et économes, avant de retourner dans sa chambre.

Elle tira son sac à dos de sous le lit, en sortit le Walter P22Q et la lampe frontale, y mit l'eau, le pain et les piles, ferma les yeux et souffla profondément. Elle les rouvrit brusquement, décidée, et saisit la crosse du pistolet à deux mains. Elle se logeait bien entre ses doigts, calée au creux de sa paume. Elle aligna son œil avec la mire et vérifia la sécurité. Kassia glissa l'arme dans le haut du sac et referma la boucle clip. Elle traversa l'appartement d'un pas assuré, la clé du cadenas reprise dans les affaires de Jazz dans sa paume, traversa le palier et descendit à la cave.

« Eh ! La brute épaisse ! Toujours dans ta grotte ? »

Derrière la porte, Tonio grogna. Elle posa son sac sur le sol de béton gris et en sortit le pistolet. Et enleva la sécurité. Comme Jazz le lui avait dit et répété : à quoi bon pointer une arme sur quelqu'un si on n'est pas prêt à s'en servir ?

« Tonio Cortisone, je vais ouvrir, j'ai quelques questions à te poser et un peu de nourriture à te donner. J'aurai mon pistolet braqué sur toi, et comme tu l'entends, je suis un poil nerveuse, alors tu restes bien au fond contre le mur et tu ne bouges pas. Tu t'assieds au sol.

— ...

— Tu ne dis rien, enfoiré ? T'as compris, t'as compris ? »

L'index de Kassia se crispa sur la détente. Elle pressa un peu trop fort, la balle partit en un énorme claquement sec explosa dans l'espace étroit de la cave. Kassia cria et sauta en arrière. La balle ricocha sur le sol, des éclats de béton jaillirent et elle finit sa course fichée dans le bois épais de la porte. Au troisième étage, Gina dressa la tête en se demandant d'où provenait ce bruit sourd. Dans la cave, Tonio se cala contre le mur du fond et s'assit au sol.

« C'est bon, c'est bon, calmez-vous, je suis contre le mur, assis par terre », lâcha Tonio d'une voix lasse.

Kassia posa le pistolet au sol, inséra la clé dans le cadenas, tourna un quart de tour et la tige de métal gris sortit de son logement. En hâte, elle plaqua le cadenas par terre et récupéra son arme, se campa, bien stable, sur ses deux jambes en position de tir, comme Jazz le lui avait appris, et ouvrit la porte d'un coup sec. Tonio, ébloui, ferma les yeux. La silhouette armée de Kassia se dessinait dans le contre-jour. Il était épuisé et avait mal au dos à force de dormir sur le sol.

« Parle-moi de la capitainerie, Tonio. Monica et Jazz ont disparu. Où est-ce que Don Cortisone pourrait les retenir prisonniers ? »

Tonio réfléchit quelques secondes et se dit : à quoi bon mentir ? De toute façon, la baraque fortifiée était imprenable, son père s'en était occupé.

« Au sous-sol. Il y a une pièce en bas, murs de pierre, très ancienne prison, soupira-t-il. S'ils sont là-bas, ils sont sûrement dans cette pièce.

— Parle-moi du sous-sol. Comment je peux y aller ? »

Tonio sourit. Il avait toujours les yeux fermés, la lumière lui faisait mal.

« Tu ne peux pas y aller. Il faut passer par la cour, un petit escalier qui descend après le porche d'entrée ; ou à l'intérieur, par un grand escalier de pierre. Faut passer par la maison et tu n'y arriveras jamais si on ne te laisse pas rentrer d'abord.

— Aucun moyen ? observa Kassia d'une voix désespérée.

— Je t'ai tout dit. T'as de la nourriture à me donner ?

— Ne bouge pas ! Je te mets tout là. »

Kassia recula, jeta vers lui la lampe frontale, il était inhumain de laisser quelqu'un plongé dans l'obscurité en permanence, et déposa à l'entrée le pain, les piles et les bouteilles d'eau. Elle referma la porte, rangea le pistolet et remonta vers l'appartement. *Dors bien, Tonio,* pensa-t-elle en songeant aux bouteilles bourrées de somnifères. Il fallait qu'elle réfléchisse au moyen d'entrer dans la capitainerie, et au moins, elle n'aurait pas à se soucier du fils Cortisone. À partir de maintenant, il serait la plupart du temps dans les vapes. Elle montait les escaliers quand un sourire se dessina sur ses lèvres. Le sous-sol de la capitainerie ? Elle avait sa petite idée sur la façon d'y entrer.

Dans l'appartement, Kassia se hâta vers la cuisine et alla vérifier le four. Ce devait être sec. Plus de cinq heures que sa création d'argile séchait à basse température, à 60° degrés. Elle se redressa et sourit. Son membre viril, superbe et magnifiquement coloré, gisait sur la plaque de métal noir. Elle avait éprouvé de grandes difficultés à réaliser les bourses pour leur donner l'aspect d'un tombé naturel et trouver les bonnes nuances de beige et de brun pour créer l'illusion d'un gode en bois avait nécessité de longues minutes. Mais le résultat était splendide. Elle caressa la surface lisse, brillante et nervurée en songeant que Jazz ne la verrait peut-être jamais alors qu'elle avait pris son sexe pour modèle. Dire que cette verge sublime allait être bientôt détruite... Un beau gâchis. Elle s'en moquait, Elle allait libérer Jazz ! Tant pis pour les babioles. Elle sortit la pièce d'argile du four de la cuisine et la mit à refroidir sur la planche à pain. Quelques minutes plus tard, elle insérait avec prudence le C-4 dans le pénis géant, tassait encore un peu de pâte explosive et le petit détonateur électronique à l'intérieur des deux couilles joufflues, puis les boucha en fixant sa sculpture avec précaution sur son socle. Elle regarda l'objet, le souleva. Il était lourd, mais rien d'anormal, et la bombe à l'intérieur demeurait indécelable. Elle enveloppa la verge de plâtre de papier bulle, la mit dans un carton et appela un coursier :

« C'est un petit cadeau pour Don Cortisone, sur le port, à la capitainerie. Une jolie petite surprise. »

Chapitre 34

Nicolo regarda sa montre bas de gamme achetée dans la rue à la sortie du métro Piazza Ferrari. Il était arrivé bien en avance, mais Don Cortisone avait dit « Si tu veux, rendez-vous demain matin à 10 heures à l'entrée du port » et il n'avait surtout pas voulu être en retard. Il tournait en rond devant la barrière depuis vingt-sept minutes. Il faisait les cent pas et commençait à croire qu'on l'avait oublié quand la camionnette blanche vint se garer devant l'entrée. Il était 10 h 13 lorsque Luigi baissa sa vitre :

« Paraît qu'il faut que je t'emmène.

— T'es en retard, Luigi !

— Monsieur Cortisone, tu veux !

— Y a qu'un M'sieur Cortisone, et c'est Don Cortisone !

— Monte à côté et ferme-la un peu ! »

Nicolo ouvrit la portière, s'installa sur le siège de cuir beige et Luigi redémarra d'un coup sec. Nicolo se taisait, fasciné par les îlots de conteneurs, les alignements de pompes à essence, les utilitaires avec leur gyrophare orange et les silhouettes des grues bleues qui se dressaient un peu plus loin. Le port était une ville dans la ville, avec ses avenues et ses rues adjacentes, dessinées par les cubes de tôle. Luigi, qui s'orientait dans les allées comme s'il y travaillait depuis toujours, stoppa et coupa le moteur. Il avait garé la camionnette dans une clairière au milieu des blocs de métal coloré. Il ouvrit la portière et annonça :

« On attend ici.

— On attend quoi ?

— Tu verras. Tu t'installes dans un coin et tu ne dis rien. »

Alors, Nicolo resta silencieux et ne perdit pas une miette de ce qui se passait autour de lui. À vrai dire, pas grand-chose : cinq mouettes qui volaient en rond, l'odeur de l'essence et de la mer, des crissements métalliques – les grues peut-être – et le chuintement des treuils et des énormes câbles d'acier coulissant pour soulever les gros rectangles de fer massifs dans les airs. Un coup de klaxon et le cri des dockers portés par le vent. Il pensa à son père qui avait travaillé ici avant son accident. Il regarda les conteneurs qui l'entouraient, s'imagina le décrochage du câble et la masse d'acier se précipitant sur lui. Ils étaient tous numérotés de la même façon, ces sales trucs. Un code bizarre, DCGI et des numéros, comme celui qui avait écrasé son père. Il se souvenait du méchant infirmier, du petit carré jaune de papier et du numéro du conteneur fatal, DCGI-200666-33G1.

« Luigi, c'est quoi ces marques ? Là-bas, j'ai vu plein de AMGI ou de DMCO, et ici tous les conteneurs autour de nous sont des DCGI.

— Le code du proprio. Ici il n'y a que des DCGI parce que c'est notre zone de marchandises. DCGI pour Don Cortisone – Genova – Italy », répondit Luigi en replongeant dans le jeu sur son portable.

Nicolo sentit son cœur s'arrêter. Cela voulait dire que son père avait failli mourir sous un conteneur de Don Cortisone. C'était donc comme ça que Don Cortisone avait su, pour son père ! C'était pour ça qu'ils étaient venus aussi vite, avec les billets, pour l'accident. Et ça voulait dire que Don Cortisone ne les aidait pas par générosité. Peut-être qu'il se sentait coupable ? Peut-être qu'il les aidait pour qu'il n'y ait pas d'enquête, pour les acheter, pour les faire taire, parce que ses parents étaient pauvres ? Don Cortisone, Don Cortisone... était un traître, un salaud. C'était un monstre ! Et lui qui faisait le guetteur pour cet homme ! *Don Cortisone m'utilise comme un pion.* Nicolo se figea dans l'air frais. Il n'entendait plus ni les mouettes ni les grues. Son doigt vint essuyer une larme qui perlait au coin de son œil. Puis son corps se remit en mouvement et Nicolo arpenta le béton en se tirant les cheveux à deux mains. Il avait été un pantin, une marionnette qu'on manipule. La déception lui pinçait le cœur et le sentiment d'avoir été l'andouille le plus naïf du monde le terrassa. Il poussa un grand cri de rage et de désespoir.

« Qu'est-ce t'as ? Tu ne te sens pas bien ? On dirait que t'as vu un fantôme ! » rigola Luigi. Il ne répondit pas. Est-ce que sa mère savait, pour Don Cortisone ? La colère l'envahit. Comment sa mère pouvait-elle s'être laissée berner de cette façon ? Comment pouvait-il avoir été aussi bête pour se faire embarquer ainsi dans cette arnaque ? Tout son corps se contracta et Nicolo serra les dents. Son poing balaya l'air alors que son cœur s'accélérait. Ce salopard de Don Cortisone, il allait voir de quel bois il se chauffait celui-là !

Juste à côté du port, dans la tour parking, Alfredo ouvrit la porte du fourgon à la volée. Carlito eut à peine le temps de tirer la seringue hypodermique dans l'épaule de Jazz avant que celui-ci ne le percute et s'effondre dans ses bras. *C'est raté, Tonio*, pensa Carlito en lui mettant une cagoule noire sur la tête. *T'en fais pas, tu seras bientôt libre.* Il repoussa le corps inconscient sur le plancher et le ligota avec une attache de jardinier en plastique blanc. Puis il claqua la porte.

Melody avait décidé de prendre de la hauteur. Du haut de La Lanterna, le phare du douzième siècle qui dominait le port et la ville, elle observait Gênes aux jumelles. Splendide point de vue. Le panonceau, tout en bas, à l'entrée du site, au niveau des fortifications, ne mentait peut-être pas en proclamant *Soixante-seize mètres de hauteur, plus haut phare d'Italie, plus haut phare de la Méditerranée, cinquième plus haut phare du monde.* Un peu plus tôt, elle avait pu repérer, de là-haut, la camionnette blanche quitter la capitainerie.

Elle avait tourné la molette pour zoomer sur le seul conducteur et reconnu un des fils Cortisone, Luigi, d'après les photos du dossier qu'elle avait étudié, avant que le véhicule ne se perde derrière les immeubles. Elle avait ensuite pivoté vers la mer où une file de cargos attendaient sagement de pouvoir se mettre à quai. Elle avait lentement balayé les cargaisons du regard ; grossissement au maximum. Elle n'en aurait pas mis sa tête à couper, mais il lui semblait bien que sur le *Diamonds are Forever*, certains conteneurs étaient marqués du code des Cortisone, DCGI. Elle reporta les jumelles sur le port et, tiens, la camionnette blanche de ce matin était garée là, au milieu des cubes de métal. Elle distinguait Luigi, penché sur un éclat brillant qui devait être son portable, et un enfant, appuyé contre une paroi d'acier. Une camionnette vert bouteille approchait dans le couloir de circulation tracé entre les blocs métalliques. Elle ralentit, tourna sur la droite et vint se garer à côté de la camionnette blanche. Elle vit Luigi ranger son portable dans sa veste et, intriguée, attendit de voir la suite.

Sur le port, Luigi se redressa, passa machinalement la main dans son dos pour s'assurer de la présence rassurante de son arme et s'adressa aux deux hommes qui venaient de le rejoindre :

« Il est où, Tonio ?

— À l'arrière, ne t'en fais pas, je te le rends ton frérot. »

Carlito contourna le véhicule et ouvrit grand la porte de l'utilitaire. Alfredo s'approcha, se pencha à l'intérieur, saisit l'homme inconscient par la cheville et le traîna sur la tôle. Il chuta lourdement au sol et sa tête heurta le béton. Luigi se crispa et faillit sortir son flingue. Personne ne traitait un Cortisone de cette façon ! À quelques mètres de là, à l'orée d'une travée, Nicolo regardait la scène, effaré.

« Ta ta ta ta ! »

Carlito se pencha et arracha la cagoule de l'homme d'un geste théâtral :

« Voilà ! »

Luigi découvrit le visage de l'inconnu au sol et fixa les deux émissaires de la 'Ndrangheta :

« C'est qui ce type ? Où est Tonio ?

— Ce n'est pas Tonio Cortisone ?

— Non, crétins, ce n'est pas Tonio ! rugit Luigi en agitant soudain son flingue vers eux. Allez, barrez-vous, barrez-vous, avant que je vous descende !

Alfredo et Carlito observèrent l'homme à terre, puis échangèrent un regard entendu.

« L'enfoiré... L'enfoiré... Qu'est-ce que je fais ? Je le bute ? » s'exclama Alfredo.

Les deux hommes se tournèrent vers Luigi.

« Votre affaire. Mais pas ici, pas dans notre zone de stockage. Embarquez-le. Liquidez-le ailleurs.

— Attendez ! Luigi ! M'sieur Cortisone... Ce type-là, c'est celui qu'on cherche partout. C'est le gars que cherche Don Cortisone ! cria Nicolo en sortant de sa cachette.

— Vous occupez pas, le môme est avec moi », précisa Luigi en voyant sursauter les deux hommes.

Il se tourna vers Nicolo.

« Tu es sûr ? Regarde-le bien. C'est lui qui aurait assommé nos gars et piqué le flingue ?

— J'peux pas le jurer... mais il lui ressemble drôlement !

— Bon, je l'embarque, mettez-le dans la camionnette, Don Cortisone décidera de ce qu'il veut en faire.

— Et pour l'accord avec M. Salvatore ? demanda Carlito.

— Pas mes oignons, rétorqua Luigi. Ne rêvez pas trop, vous n'avez pas tenu votre part du contrat. Nous appelons Salvatore ou c'est vous qui le faites ?

— C'est bon, c'est bon, je m'en occupe », répondit Alfredo précipitamment.

Du haut du phare, Melody avait vu Luigi sourire. Elle avait posé son sac à ses pieds et avait tout observé au téléobjectif. Elle avait tiré le portrait des deux inconnus, photographié toute la scène, l'homme cagoulé qu'on avait sorti brutalement de la camionnette et qui s'était écrasé au sol et la brusque agitation de Luigi qui avait dégainé son arme. Qu'est-ce qu'il se passait ?

Elle avait repris ses jumelles, mis le grossissement au maximum, dirigé les objectifs vers le visage de la victime ligotée et...

« *Oh my god* ! s'écria-t-elle en faisant se retourner tous les touristes vers elle. *Oh my God*, c'est Jazz ! »

Ses traits s'étaient affirmés en quelques années et il s'était laissé pousser les cheveux, mais pas de doute possible, l'agent K6 était tombé aux mains de l'ennemi. Pas étonnant qu'il ne réponde pas à ses appels. Elle dézooma, élargit vite le champ, agita le bras pour chasser une mouette intrépide et visualisa toute la scène. Les deux hommes, qui avaient amené Jazz, le transportaient par les pieds et les mains vers la camionnette blanche pendant que le gamin maintenait ouverte la porte arrière. Melody se demandait à quoi rimait ce transfert. K6 était dans les ennuis jusqu'au cou et il n'était même pas conscient, qu'est-ce qu'ils lui avaient fait ? La porte claqua, se refermant sur Jazz, et Melody vit Luigi et l'enfant monter à l'avant. Les deux fourgons quittèrent le port, l'un derrière l'autre.

À l'arrière du fourgon, la tête de Jazz, toujours inconscient, ballottait au gré des à-coups du véhicule. Il roulait vers la capitainerie à la rencontre de Don Cortisone.

Chapitre 35

Nicolo, au sommet de la colline, s'appuyait contre les grosses pierres brunes d'une tour rectangulaire et massive surplombant la ville. La Torre Specola était la plus proche des fortifications construites au dix-neuvième siècle sur les hauteurs de Gênes.

Un peu plus tôt, Luigi l'avait déposé à l'entrée de la zone portuaire et Nicolo était descendu en hâte de la camionnette sans un signe pour son chauffeur. Il avait couru vers son vélo attaché à un réverbère. Sa main avait tremblé et il avait laissé échapper la clé, et enfin, au second essai, il avait réussi à l'insérer et détacher l'antivol. Il avait enfourché son vélo et pédalé à toute vitesse vers le centre-ville, tassé sur sa selle, les épaules rentrées et la tête perdue dans ses pensées.

Luigi... Luigi avait carrément dit OK pour que les deux types tuent cet homme. C'est la façon dont il l'avait fait qui choquait le plus Nicolo. Comme si cela n'avait pas d'importance. La seule chose dont il se souciait était qu'il le tue ailleurs. Comme s'il avait l'habitude de tuer et que tuer faisait partie de la vie, comme manger, boire et dormir. Comme si c'était banal et naturel. Nicolo se méfiait de Tonio, mais il avait toujours cru Luigi plus raisonnable, il lui faisait confiance. Mais là, maintenant, il avait peur.

Il avait franchi trois kilomètres sans réfléchir, oubliant le port derrière lui, longeant la mer, qui avait soudain pris une sale couleur grise, et avait tourné machinalement vers le centre dans les petites rues. Il s'était retrouvé sans trop le vouloir tout près du funiculaire Zecca-Righi, alors il avait attaché son vélo à une barrière sur le trottoir et sauté dans une cabine pour s'élever vers les hauteurs de Gênes. Au terminus, il avait marché, presque couru, vers l'observatoire astronomique et la Torre Specola.

Maintenant, Nicolo, immobile, respirait l'air frais des collines et contemplait la ville en pente et la coulée d'habitations qui se déversaient dans la mer. Le port, poste-frontière entre les éléments, semblait tourner au ralenti avec le mouvement de balancier de ses grues lentes et les cargos endormis. D'ici, il ne laissait rien transparaître de la folie mécanique et des cris de l'acier qui l'habitaient. Le paysage, le vent et l'odeur des pins avaient fait disparaître les picotements qui l'agitaient, mais dès qu'il repensait aux Cortisone une boule dure venait plomber son ventre et son visage se fermait. Qu'allait-il faire ? Hors de question qu'il continue à faire la sentinelle pour Don Cortisone, ce sale menteur ! D'ailleurs, il avait sûrement encore menti à propos de la vieille dame, elle ne travaillait pas dans le coffre-fort, elle avait plutôt l'air enfermée là-dedans. Elle lui avait paru gentille, cette dame, et lui qui avait révélé au Don qu'il l'avait vue avec les autres au musée. Nicolo espérait qu'il ne lui avait pas fait de tort en racontant ça. Si Luigi la tuait ? Ou Don Cortisone ? En vérité, les Cortisone ne se préoccupaient pas du tout des autres, ils les utilisaient, rien de plus. Comme ils l'avaient utilisé lui et les autres sentinelles. Non, il ne pourrait jamais se pardonner s'il arrivait quelque chose à la dame à cause de lui.

Nicolo jeta un dernier coup d'œil à la mer, respira un grand coup et se mit à courir vers le terminus du funiculaire. Parvenu tout en bas, il détacha le cadenas de son vélo et pédala aussi vite que possible vers la piazza Lupini. Il retrouva l'immeuble facilement, fit le code CC1492 et monta au deuxième étage en avalant les marches deux à deux. Il tambourina à la porte comme une brute. À l'intérieur de l'appartement, tout le monde sursauta. Kassia regarda Anna :

« Tu attends quelqu'un ?

— Non, non, et à cette heure, ce ne peut pas être la poste.

— Ce n'est pas normal, cette façon de cogner à la porte. Laisse, j'y vais. »

Kassia se dirigea vers sa chambre et ressortit avec son pistolet à la main. Gina cria :

« Kassia ! T'es folle, qu'est-ce que tu fais ?

— Si c'est encore l'assurance habitation, je flingue. Salauds de pseudo-assureurs qui veulent tout le temps nous kidnapper ! »

Elle s'avança vers la porte d'entrée et l'ouvrit à la volée, le pistolet à la main.

« Mais vous êtes tous malades ! hurla Nicolo. C'est quoi cette ville de fous ? »

Nicolo se mit à pleurer. Kassia écarquilla les yeux en le reconnaissant et planqua sa main dans son dos, un peu honteuse. Elle glissa le pistolet dans sa ceinture au creux de ses reins.

« Qu'est-ce que tu veux ? Qu'est-ce qu'il se passe ?

— La dame. La dame...

— Bon, calme-toi, ça va aller, souffla Kassia. Respire bien fort. De quelle dame parles-tu ?

— Une de celles qui étaient avec elles », répondit Nicolo en pointant son doigt dans le dos de Kassia.

Dans l'encadrement de la porte, Anna, Claudia, Gina, Ornella, Sofia et Silvana regardaient la scène, interloquées.

« Tu veux dire Monica ?

— Je ne sais pas comment elle s'appelle. Mais je l'ai vue chez Don Cortisone. Il m'a dit qu'elle travaillait, mais elle était enfermée et avait l'air prisonnière.

— Viens, rentre. Nicolo, c'est bien ça ? » dit Gina qui se souvenait très bien de la rencontre avec ce gamin futé.

Assises à la table, toutes écoutaient Nicolo.

« Alors, il m'a emmené au sous-sol et c'est là, en bas, dans le coffre-fort, que je l'ai vue.

— Dans le coffre-fort ? s'exclama Claudia.

— Il a une grande pièce coffre-fort qui s'ouvre avec un code sur un échiquier, en faisant tourner une grande roue.

— Et comment tu le connais, Cortisone ?

— Je suis une de ses sentinelles.

— Une sentinelle, tu dis ?

— Oui, Don Cortisone a plein de garçons comme moi qui regardent partout. On n'a rien à faire, juste regarder et faire attention à ce qui se passe dans les rues, à ce qu'on voit quand on va à l'école. Tous les samedis, il nous réunit et on doit raconter ce qu'on a vu. Il n'y a pas très longtemps, il nous a demandé de vous chercher, vous, précisa Nicolo en désignant Kassia.

— Moi ?

— La fille qui se balade à poil pour piquer les magazines dans la rue, c'est pas vous ? »

À l'unisson, les Mammas tournèrent la tête vers Kassia, surprises.

« Dis donc, Kassia, c'est quoi cette histoire ? gronda Sofia en voyant le visage coupable de la jeune femme.

— Je n'étais pas nue d'abord, j'étais en peignoir !

— Les sentinelles devaient chercher un homme aussi, environ un mètre quatre-vingt, sportif, cheveux foncés. Je l'ai vu ce matin sur le port, complètement dans les vapes, en tenue de sport. Luigi Cortisone l'a emmené à la capitainerie. »

Nicolo leur expliqua toute l'histoire. Quand il termina, toutes se taisaient. Kassia sortit la tête de ses mains et se redressa, les yeux humides et déterminés.

« Pourquoi tu nous racontes tout ça, Nicolo ?

— Les Cortisone, c'est des sales traîtres et des menteurs, je les déteste !

— Tu veux m'aider à sauver Monica et l'homme que tu as vu ce matin ? Il s'appelle Jazz et je vais le libérer. J'ai une idée, mais c'est peut-être un peu dangereux. Qu'est-ce que t'en dis ?

— J'en dis que mon père est dans un fauteuil roulant à cause de Don Cortisone, alors tope là, M'dame. Je suis partant, j'veux bien aider. »

Anna se frotta la tempe, inquiète.

« Tu ne peux pas embarquer ce gamin dans tes histoires, Kassia ! Et s'il lui arrive quelque chose ? remarqua doucement Gina.

— Vous dites n'importe quoi, vous ! Je suis déjà dans l'histoire. Et puis, sans moi, vous allez vous perdre dans le sous-sol.

— On se retrouve demain matin vers 10 heures, en bas de l'immeuble, c'est bon pour toi, Nicolo ? Si tu as une lampe de poche, prends-la. Nous partons chercher Monica et sauver Jazz. Ça va chauffer ! »

Sur le port, dans la grande demeure battue par le vent et les vagues, Giovanni Cortisone venait de renvoyer le jeune coursier avec un petit pourboire. Il déballait le colis, assis à son bureau Boulle, et tranchait le scotch avec un couteau de chasse à lame d'acier sablé très pointue, large et courte. La lame acérée éventra le carton et le papier à bulle, laissant apparaître le gland marron foncé à l'extrémité d'un sexe en terre cuite. Giovanni écarquilla les yeux et secoua la tête, sans comprendre. Il observa les veines brunes courir le long de la verge beige clair puis la releva pour qu'elle se tienne sur son socle. La queue pointait vers le plafond comme une fusée et reposait sur de belles couilles plissées. *Très joli modelage*, nota-t-il, intrigué, en se demandant toutefois si quelqu'un n'était pas en train de se foutre de sa gueule ou lui signifier d'aller se faire voir chez les Grecs. L'aspect bois était magnifiquement bien rendu, le membre sculpté semblait lourd et inspirait confiance, il ne se briserait pas facilement. Il retourna le carton à la recherche de l'adresse de l'expéditeur, mais le cartouche prévu à cet effet était vide. Peut-être un cadeau des deux vendeurs de jouets obscènes ? Michelangelo et Leonardo devenaient incontournables, prenant une ampleur inégalée avec leurs sextoys ethniques, et lui en profitait dans l'ombre pour blanchir l'argent du cannabis japonais. Un bon deal gagnant-gagnant.

Il abandonna la verge d'argile sur son bureau, se leva, s'étira et boxa l'air. Allons voir ce type à la cave, pensa-t-il. Machinalement, il reprit le couteau de chasse et descendit au sous-sol. *Clic... clic... clic.* Le bruit de la lame contre la roche cliquetait au fur et à mesure qu'il avançait, tout guilleret, dans la galerie souterraine. Des mois qu'il n'y avait pas eu d'action et voilà qu'il avait Monica et cet inconnu. Son sourire disparut quand il pensa à Tonio. Qu'est-ce que ce gars avait fait de son fils ?

Il poussa la lourde porte en fer rouillé et entra dans la salle. L'homme était nu et avachi contre la paroi de granit, maintenu, les bras en croix, les poignets liés aux anneaux par une chaîne en métal. Son corps, affaissé, reposait sur une épaisse couche de sable prélevé sur la plage, transbordé à grands trajets de brouettes par des ouvriers bien longtemps auparavant. Il avait les jambes semi-fléchies et ses pieds avaient creusé le sol. Giovanni tapota la porte avec le couteau. Jazz ouvrit les yeux et releva la tête :

« Alors, voici enfin le fameux Don Cortisone, grimaça-t-il. C'est marrant, je vous voyais plus grand et moins rondouillet.

— Faut reconnaître que t'as du cran, mais bientôt tu feras moins le malin », rétorqua Giovanni en s'approchant.

Il appuya le tranchant de la lame sur la poitrine de son prisonnier. Une goutte de sang perla. Puis la lame du couteau descendit en travers de son corps, dépassa son nombril et ses poils frisés pour aller soupeser ses couilles. Jazz serra les dents à la sensation de l'acier froid sur sa peau fine, puis suivit des yeux la pointe aiguisée tourner autour de son sexe.

« Va falloir t'enlever ça, tu te sentiras plus léger, reprit Giovanni en donnant un petit coup sec sur sa verge avec le plat de la lame. De toute façon, elle ne va plus te servir. »

Une lueur affolée traversa les yeux de Jazz, Giovanni Cortisone laissa tomber son couteau, lui attrapa une couille qu'il écrasa dans sa paume avant de siffler à son oreille :

« Mais, pas tout de suite. J'ai besoin de me défouler d'abord, tu feras un bon punching-ball. »

Il recula de deux pas :

« Ils t'ont déjà bien amoché, les gars de Salvatore, remarqua-t-il en observant les zébrures jaunes et violacées sur ses flancs et l'hématome sur sa tempe. T'as qu'à y penser comme si c'était le bon vieux temps. Tu comprends qu'ils ne savent pas s'y prendre et que ce ne sont que des amateurs, quand même ? Tu verras demain ce qu'est un vrai pro.

— Si tu me coupes les couilles, quelqu'un viendra pour te les faire bouffer, et si tu me tues, tu ne sauras jamais où est Tonio. »

Le visage de Giovanni s'assombrit.

« Oh si, tu parleras. Personne n'a jamais résisté très longtemps à Corti le Dingue. Rien que pour Tonio, je te réserve un petit traitement de faveur. Pour toi, je vais devoir être spectaculaire. Tu comprends, j'ai un message à envoyer à ceux qui voudraient s'en prendre à ma famille. Allez, je te laisse t'attendrir un peu, bout de viande ! À demain ! »

Giovanni Cortisone se pencha, récupéra son couteau et sortit de la prison de pierre et d'acier. Il savourait l'instant. Comme toujours, le désir allait monter ; c'était la vertu de la patience, et demain ce serait hum... si bon.

Chapitre 36

Elle n'avait pas réussi à dormir. La nuit avait été longue et Kassia n'avait fait que penser à Jazz et aux murs de pierre qui la séparait de lui. À l'aube, elle avait foncé dans la salle de bains et prit une douche interminable, puis elle avait enfilé sa tenue de guerrière, le T-shirt noir à la larme rose dans le dos, qui épousait son buste, et son legging grenat qui lui collait au corps. Une tenue parfaite pour l'action. Elle avait lacé ses tennis roses, sautillé sur place, avant de filer à la cuisine sans dire un mot pour avaler cul sec deux *ristrettos*. Dans l'appartement, les Mammas étaient restées sans réaction. Impressionnées, elles l'avaient regardée vérifier le contenu de son sac à dos sans oser rompre le silence.

Kassia, résolue, s'était assurée que le Walter P22Q avec des munitions supplémentaires, le couteau de pêche à longue lame, dix mètres de cordelette blanche tressée d'un diamètre de quatre millimètres, la deuxième lampe frontale et ses piles étaient bien calés au fond. Dans un petit sac de congélation, elle avait emballé avec précaution ce qu'il lui restait de la pâte blanche de l'explosif et avait rangé, bien à l'écart, les détonateurs dans la poche-filet interne de son sac à dos. Enfin, elle y avait déposé les deux portables que Jazz avait achetés à son intention.

À présent, elle zippait la fermeture du sac d'un geste non sans tâter la poche latérale : le briquet était bien enfoncé. Gina ne reconnaissait pas sa nièce, elle ne l'avait jamais vue aussi déterminée. Elle chercha à accrocher ses yeux, mais en ce jour le regard de Kassia restait insondable.

« Elle est passée en mode tigresse, chuchota Gina à Anna.

— Les filles, j'y vais. Si je ne suis pas rentrée dans quatre heures, vous appelez la police.

— Oh mon Dieu ! s'écria Silvana. Pourquoi tu ne l'appelles pas tout de suite ?

— Nous en avons déjà parlé, Silvana. Sans preuve, ils ne vont rien faire. Et plus de la moitié des *carabiniers* de la ville sont corrompus. S'ils débarquent en fanfare, Jazz risque d'y passer. Ils vont l'éliminer immédiatement ou le faire disparaître. Non, c'est à moi d'aller récupérer mon Jazz, annonça-t-elle, déterminée, en avançant vers la porte d'entrée.

— Kassia, je t'accompagne, décida Anna en prenant sa veste. Si Nicolo n'est pas là, nous discuterons un peu en attendant, pas question que je te laisse seule sur le trottoir dans ton état !

— Je ne suis pas malade ! Je vais récupérer ce qui m'appartient : une copine et mon mec ! »

Elles descendirent les deux étages vers la rue. Kassia ne disait rien, plongée dans ses pensées. En voyant la porte verrouillée qui menait à la cave, elle s'arrêta quelques secondes, prêta l'oreille, mais aucun son ne monta jusqu'à elle. Tonio devait dormir, drogué. Kassia sortit et constata avec un sourire que Nicolo l'attendait déjà. Il avait attaché son vélo et s'était assis sur la barrière, les jambes ballantes.

« Salut !

— Bonjour Nicolo. Toujours prêt pour aller chez les Cortisone ?

— Ouais. On va l'avoir ce sale menteur !

— Anna, j'y vais, ne t'inquiète pas trop », la rassura Kassia en lui faisant la bise.

Anna les regarda s'éloigner tous les deux en hochant la tête. Elle soupira puis fouilla dans sa poche de veste à la recherche de son vieux portable. D'un coup de pouce, elle ouvrit le clapet du téléphone et composa un numéro.

Giovanni Cortisone piétinait en contemplant le Pollock dans son salon. L'excitation montait en lui et tout son corps fourmillait.

Comme à chaque fois qu'il s'était autorisé à libérer ses instincts brutaux, il avait mal dormi et était resté tendu dans l'attente du lendemain. Le portable se mit à danser sur la table basse, la vibration le sortit de ses songes.

« Oui ? grommela-t-il.

— *Giovanni, c'est Anna.*

— Anna ?

— *Anna Traviata.*

— Anna, Anna, ma chère, Anna… Ça fait si longtemps. Quelle surprise ! Que me vaut cet appel en cette belle matinée ? J'ai un programme chargé aujourd'hui, annonça-t-il en se tournant vers le Pollock.

— *J'ai une information pour toi. Je crois qu'elle vaut bien un appel matinal.*

— Vraiment ?

— *Oui. Mais j'ai une condition.*

— Aaahhh… Nous y voilà. Tout dépend de ce que tu as à me dire, vois-tu Anna.

— *Je veux que tu annules ma dette et que, toi et moi, nous soyons quittes. Dès maintenant. Ça fait suffisamment longtemps que je te rembourse cet appartement.*

— Tu me devais combien de temps ?

— *Encore deux ans. Ce que j'ai à te dire vaut bien deux ans. Ça fait quinze ans que tu me saignes tous les mois, je crois que je t'ai assez enrichi, j'ai dû payer le prix de l'appartement deux fois au moins,* hoqueta Anna au téléphone.

— Calme-toi, Anna, calme-toi. Qu'est-ce que tu veux me dire ?

— *Promets, d'abord !*

Deux ans, ce n'est plus très long. Si l'info est bonne, je ne perds pas grand-chose, songea Giovanni en notant que le business avait tellement augmenté depuis quinze ans qu'il avait même complètement oublié ce prêt.

« D'accord, c'est promis. Maintenant, parle ! Que veux-tu me dire de si important ?

— *Je crois que tu recherches une fille qui s'appelle Kassia, pas vrai ?*

— Tu commences à m'intéresser. Continue.

— *Eh bien, cette fille est partie chez toi pour te faire la peau. Tu n'as pas un prisonnier en ce moment ? En tout cas, elle, elle croit que si, et comme elle y tient beaucoup à ce type, elle est partie le récupérer. Elle est très motivée et dangereuse.*

— Et comment compte-t-elle entrer chez moi, cette jeune fille ? demanda Giovanni, amusé. Je n'habite pas exactement dans un moulin.

— *En fait, je ne sais pas, Giovanni. Mais tu devrais te méfier d'une fille amoureuse en colère. Je sais qu'elle a une idée derrière la tête, mais elle n'a rien voulu dire. En plus, elle est armée,* ajouta précipitamment Anna.

— Je vois. À prendre au sérieux. Autre chose ?

— *Euh non, c'est tout. Ce n'est déjà pas si mal, non ?*

— Pas trop mal, je reconnais. Merci.

— *Ma dette est annulée ?*

— Je viens de te le promettre, je l'annule, ta dette, l'appartement est à toi. Et... »

Anna referma le clapet d'un coup sec et nerveux. Elle s'appuya contre le mur de l'immeuble et ferma les yeux. Quelque chose céda dans sa poitrine et elle se mit à pleurer sans même s'en apercevoir.

Dans la vieille maison, Don Cortisone appela Luigi :

« Luigi, nous avons de la visite. Devine qui ? Cette fille, cette Kassia, il paraît qu'elle ne m'aime pas trop ! Vérifie les caméras, que tout fonctionne. Active même les thermiques. Et mets les hommes en alerte, vite.

— Kassia, ce n'est pas possible, il doit y avoir une erreur.

— Ferme-la un peu ! Depuis que vous l'avez jetée à la mer avec Tonio, je n'ai jamais autant entendu parler d'elle. Elle est vivante, ouvre les yeux ! Et donc, nous nous préparons et je fais surveiller la maison. Toujours pas de nouvelle de Tonio ?

— Non, rien du tout. »

Luigi souffla, énervé, et partit en pensant que son père perdait les pédales.

Giovanni Cortisone regarda une dernière fois le Pollock en serrant la mâchoire. Il allait devoir attendre encore un peu. Il se résigna et remarqua que tout cela serait bien meilleur s'il rajoutait de la compagnie à ce gars en bas. Surtout si la fille était amoureuse. Une demoiselle en détresse ; même les plus résistants finissaient par craquer.

Kassia et Nicolo traversaient la ville. Ils s'étaient dirigés vers le métro et la piazza De Ferrari. Nicolo avait voulu savoir où Kassia l'emmenait, mais elle lui avait demandé de patienter, elle n'était pas si sûre de son idée. En attendant, si elle avait vu juste, il lui fallait absolument une église. Un instant, Kassia avait pris la main de Nicolo, mais le garçon s'était dégagé d'un geste brusque :

« Eh ! J'ai douze ans ! râla-t-il. On y va ensemble bousiller Cortisone, mais on ne se tient pas la main !

— D'accord, d'accord, ça marche. Viens par là. »

Elle lui indiqua l'église toute proche. Kassia bifurqua vers le porche et entra dans la nef.

« Qu'est-ce qu'on fait là ? demanda Nicolo.

— On pique une grosse bougie. Toi, tu surveilles que personne n'approche et moi je prends un cierge.

— Pourquoi ?

« —Tu verras bien, je t'expliquerai plus tard. Tu veux bien surveiller, s'il te plaît ? »

À cette heure de la matinée, les lieux étaient presque vides. Kassia s'avança vers une des niches, souffla la flamme d'une belle chandelle votive, la saisit et s'enfuit de l'église, faisant attention à ne pas faire crisser ses semelles de tennis sur les dalles de marbre. La vieille dame priant devant l'autel n'avait rien vu.

« C'est pas bien, M'dame, fit remarquer Nicolo en la voyant ressortir.

— Je sais. Je ne suis pas très fière. Mais où trouver une bougie à cette heure ? Et puis, je me dis que c'est l'église San Leonardo. Sais-tu qui est San Leonardo, Nicolo ? C'est le saint patron des prisonniers et des évasions. Il est sympa ce saint. Je suppose qu'il ne nous en voudra pas trop.

— C'est vrai ? Y a un saint pour ça ? Trop cool ! On va libérer la dame et le type ?

— Monica et Jazz, oui, précisa-t-elle en regardant Nicolo. Notre mission est de les libérer, ce serait bien de les appeler par leur prénom, tu ne crois pas ?

— Ils n'ont jamais travaillé avec Don Cortisone, vous êtes sûre de sûre ? répondit le garçon en se grattant la tête.

— Évidemment !

— Alors, je suis votre homme ! Monica et Jazz. Drôle de nom, Jazz !

— Je t'expliquerai un jour, ou il t'expliquera lui-même. Tu devrais lui plaire, je pense. »

Ils traversèrent la Grand-Place faisant face au palais ducal, Kassia s'assombrit devant l'ironie du nom, si mal venue, du Museo del Jazz, puis ils entrèrent dans le métro et ressortirent à l'ouest de la ville dans le quartier populaire de Sampierdarena. Quelques minutes plus tard, Kassia et Nicolo faisaient face à une petite église sans nom au plan en croix, s'inscrivant parfaitement dans un carré de trente mètres de côté, au toit octogonal, surmonté d'un petit chapiteau de tôle bleu pâle. L'église donnait sur une étroite ruelle pavée aux murs ocre et rose pastel, tagués de graffitis d'amoureux transis et de messages obscènes. Elle occupait, d'après la carte que Kassia avait consultée, le quart sud-ouest d'un jardin carré lui aussi, enchâssé entre les vieux immeubles reconvertis en galeries commerciales, et signalé par la présence de hauts arbres dont les faîtes dépassaient au sommet des murs. Y pénétrer semblait impossible. Comme toute la façade, la porte d'entrée vert bronze de l'église, en haut de quatre marches de marbre, était protégée par un muret surmonté d'une grille de fer forgé hérissée de pointes.

« Nous devons nous introduire à l'intérieur, expliqua Kassia. Derrière ces murs se niche un petit cimetière et, normalement, d'après le vieux plan que j'ai consulté avec Jazz au musée Palazzo Rosso…

— Vous êtes allés au Palazzo Rosso ?

— Bien sûr ! Pourquoi crois-tu que les Mammas y aient mis autant le bazar, ce jour-là ? Jazz et moi étions cachés dans le musée et les Mammas se sont fait remarquer pour que nous puissions sortir discrètement. Et donc, d'après la vieille carte que j'ai vue au musée, nous devrions trouver un vieux colombier au milieu des tombes. Depuis ce colombier, la carte indiquait des pointillés qui menaient droit au manoir de Don Cortisone.

— Tu penses à un tunnel ? C'est bien ça, ton plan ? Parce que t'as vu une vieille carte dans un musée ? »

Le visage de Kassia se ferma et elle le regarda sévèrement :

« Tu as une meilleure idée, toi ? Moi, je crois qu'il est fort possible qu'un tunnel relie le colombier à la maison de Cortisone. Le mieux est d'aller voir, non ?

— C'est comme dans les histoires de pirates alors, lâcha Nicolo avec un grand sourire.

— Si tu veux. Au fait, Nicolo, tu sais où l'on est ?

— À Sampierdarena. On a suivi la côte à l'intérieur de la ville.

— Exactement. Nous sommes à deux cent cinquante mètres du port.

— Ça va faire un sacré tunnel !

— Bon, maintenant que nous savons quoi chercher, comment fait-on ? » soupira Kassia.

Ils tournaient depuis quelques minutes autour des murs et se demandaient comment entrer dans le jardin quand Nicolo proposa :

« Si on grimpait là ? Avec cette grille, c'est facile d'aller en haut. »

Kassia scruta la grille bleue qui condamnait une longue allée coincée entre le mur d'enceinte du jardin et le bloc massif d'une école primaire.

« Vas-y, toi, Nicolo, montre-moi. Je te suis. »

Elle l'observa prendre son élan, s'agripper aux barreaux et monter sur la boîte aux lettres à l'angle de la grille et du mur. En quelques secondes, le garçon avait réussi à s'asseoir à califourchon tout en haut de la façade.

« À ton tour, essaye. Dépêche-toi, il n'y a personne. »

Elle saisit les barreaux métalliques, froids et écaillés, sauta et tira sur ses bras. En quelques secondes, elle avait rejoint Nicolo. *C'est le métier qui rentre*, conclut-elle. Au sommet, ils se déplacèrent d'un petit mètre à califourchon et se laissèrent glisser tous deux sur le toit d'un cabanon avant de sauter au milieu des tombes. Le colombier se trouvait droit devant eux parmi les arbres, une petite tour ronde en pierre recouverte d'un toit conique de tuiles rouges. L'édifice était cerné d'un grillage où un panonceau avertissait *Attention, chute de tuiles*. Une porte de bois rongée s'articulait sur des gonds rouillés scellés dans la pierre. Ils sautèrent prudemment le grillage et entrebâillèrent la porte qui s'ouvrit en grinçant puis se glissèrent à l'intérieur. La petite salle ronde, sèche et sentant la poussière, était éclairée dans la pénombre par deux lucarnes en hauteur. Le sol, recouvert de terre, de paille et d'une épaisse couche de déjections de chauves-souris, s'enfonçait sous leurs pieds.

« Je ne vois pas de porte, ou d'entrée de tunnel, ou de sortie, ou un passage, constata Nicolo, tout dépité.

— Attends, tu t'attendais à un trou dans le sol avec une flèche clignotante *C'est par ici* ? » blagua Kassia.

Elle comprenait la réaction de Nicolo et s'efforçait de sourire. Raide et tendue, elle tournait sur elle-même en serrant le poing à la recherche d'un indice. Ce n'était pas comme s'ils pouvaient explorer des recoins, fouiner un peu partout et espérer une trouvaille. La pièce était nue, franche, d'une banalité absolue et le regard en englobait la totalité. On ne pouvait pas faire plus innocent.

« La pièce est vide ! Je ne vois rien ! Je n'y crois pas ! Ce n'est pas possible, je ne vois aucune cachette, alcôve ou bric-à-brac de jardinier qui pourrait cacher un passage ! Dans un pigeonnier à l'abandon ! Tu comprends ça, toi ? s'exclama-t-elle en regardant du côté de Nicolo.

Elle ajouta en repérant les poutres abîmées de la charpente

Et c'est sûr qu'un tunnel, a priori, ce n'est pas par le haut. La seule voie d'accès, c'est la porte dans notre dos. Si un tunnel existe, c'est forcément sous nos pieds.

— On pourrait taper pour voir si le sol sonne creux », suggéra Nicolo qui avait lu ça dans une histoire de pirates.

Kassia et lui se mirent à taper du pied et sauter en rond comme des grenouilles dans un ruisseau. Nicolo vit Kassia qui sautait à pieds joints et se mit à rigoler. La poussière se soulevait sous leurs bonds, le sol résonnait d'un bruit mat et plein. Kassia tentait de discerner des différences de sonorités, mais n'entendait rien de particulier.

« Attends, Nicolo, nous devrions creuser, déblayer cette paille et nettoyer le sol. Nous verrons peut-être quelque chose. »

Kassia ressortit du pigeonnier et se dirigea vers le cabanon de jardin. Comme elle le supposait, quelques outils étaient entreposés là pour l'entretien. Elle se saisit d'une large pelle de métal et d'une binette serfouette à long manche et s'en alla retrouver Nicolo.

« Tiens, attrape, lança-t-elle en inclinant le manche de la binette vers le garçon.

— Dans la vie, il y a ceux qui ont un pistolet et ceux qui creusent. Nous, on creuse, cita approximativement Nicolo d'un air renfrogné.

— Nous creusons, mais au moins, nous n'avons pas de pistolet sur la tempe[19], répliqua-t-elle en pensant à l'arme qu'elle avait cachée au fond de son sac. J'ai bien peur que pour Jazz et Monica, ce ne soit pas pareil. »

Elle enfonça la pelle dans l'épaisse couche de guano de chauve-souris. Tous les deux s'activaient en silence, soulevant la terre et les déjections. Elle avait posé son sac sur le côté et un beau monticule prenait forme à ses côtés.

« J'en ai marre, souffla le garçon.

— J'ai quand même une nouvelle pour toi, Nicolo. Tu sais combien coûte un kilo de crottes de chauve-souris ?

— Ça coûte rien que des courbatures, râla Nicolo en regardant la pile qu'ils venaient d'ériger.

— Ça coûte quinze euros le kilo. C'est un engrais très recherché. Je crois qu'il y en a au moins pour mille euros dans ce pigeonnier. »

Nicolo s'arrêta net :

« Mille euros ? On n'a pas encore tout creusé ! Je pourrais les vendre ? »

Il balança un grand coup de binette dans le sol, enthousiaste. *Tchonc* ! L'onde de choc lui remonta dans le bras et le manche lui échappa. Nicolo cria de douleur.

« Aïe ! J'ai tapé dans quelque chose.

— Viens, raclons ensemble ! » s'exclama Kassia, excitée.

---

[19] « Le bon, la Brute et le Truand », film de Sergio Leone

Quand les premières lettres apparurent, Nicolo se jeta à quatre pattes pour balayer la terre avec ses mains. En quelques instants frénétiques, ils avaient fait surgir un petit rectangle de pierre. Un quart d'heure plus tard, Kassia et Nicolo avaient dégagé deux mètres carrés de sol et contemplaient trois belles dalles funéraires de pierre blanche gravées. Deux des dalles, ceinturées d'une frise de rameaux entrelacés, étaient recouvertes d'inscriptions latines. La dalle de gauche, très simple, ne portait qu'une seule gravure, un cercle entourant des traits parallèles.

« Ce sont des tombes, s'étonna Kassia. Elle est curieuse celle avec le cercle.

— Je vois bien que ce sont des tombes ! Je ne comprends rien à ces deux-là, répliqua Nicolo en montrant les épitaphes, mais celle-là, c'est facile. C'est celle d'Orphée. Et d'abord, ce n'est pas un cercle, c'est une lyre. »

Kassia le dévisagea, impressionnée :

« Nicolo, pourquoi dis-tu que c'est celle d'Orphée ?

— En fait, je ne suis pas sûr. Mais dans le livre sur la mythologie grecque que je dois lire pour l'école, la lyre est le symbole d'Orphée. Et puis... Tiens, regarde, une lyre c'est comme ça. »

Nicolo se pencha et, de l'index, dessina l'instrument dans la poussière.

« Une lyre est ouverte en haut, ça fait une sorte de U avec les cordes au milieu. Et là, les cordes sont dans un rond. Je me dis que c'est peut-être une lyre un peu trop fermée, ou même un O comme pour Orphée. »

Kassia fit deux pas, prit le garçon dans ses bras et l'embrassa sur la tête. Nicolo se débattit et la repoussa :

« Mais t'es folle ! Qu'est-ce que tu fais ?

— Nicolo, tu es génial ! Je suis prête à parier qu'on va entendre la différence ! »

Kassia prit la pelle, la retourna et frappa du bout du manche sur les dalles gravées. Elles rendirent un son plein, lourd et grave. Puis elle frappa la lyre en plein centre. Le son n'était pas du tout le même, bien plus léger et profond, et mettait quelques secondes à s'éteindre.

« Oh mon Dieu ! Nicolo, il est là le passage ! jubila Kassia. Il est là, sous cette pierre !

— Mais comment tu le savais ?

— Mais grâce à toi. Je le sais grâce à toi, à cause d'Orphée. Tu ne te souviens pas qu'il va chercher Eurydice aux Enfers ? Ce n'est pas un bon symbole pour l'entrée cachée d'un tunnel ? continua-t-elle en martelant gaiement la pierre qui résonnait. Et puis, il n'y a rien d'écrit sur cette dalle. Allez, on la déplace ! »

Ils insérèrent la pelle et la serfouette sur le flanc de la pierre. Kassia fit levier avec la pelle et Nicolo, debout sur les tombes gravées, tirait aussi fort qu'il pouvait sur son outil. La pierre trembla et commença à s'élever.

« Regarde, c'est génial, elle bouge ! » s'exclama Kassia tout en poussant sur le manche.

Elle inséra la pelle plus avant.

« Un, deux, trois... Soulève ! Fais attention qu'elle ne t'écrase pas les pieds. »

La dalle se mit lentement sur la tranche et bascula soudain vers Nicolo, retombant avec fracas sur les deux sépultures voisines. Le garçon l'esquiva d'un bond et chuta sur les fesses dans le tas de guano en faisant naître un nuage de poussière. Il toussa et secoua la poudre grise de ses cheveux en regardant, les yeux écarquillés, le trou béant qui venait de s'ouvrir et l'escalier de bois brut qui s'enfonçait sous terre. Kassia, devant l'air ahuri de Nicolo, explosa de rire. Il était tellement captivé par l'ouverture dans le sol qu'il en oublia de protester. Elle fouilla dans son sac, en sortit la lampe et alluma la grande bougie volée à l'église.

« Tiens, lève-toi et prends ça, demanda-t-elle à Nicolo en lui tendant la lampe. Moi je prends la bougie et je marche devant. Allez, tout va bien se passer, tu vas voir. »

Chapitre 37

Nicolo hésitait en observant le trou noir et béant découpé dans la terre. Kassia jeta un regard en coin vers le garçon, espérant qu'il parvienne à vaincre son appréhension, et se demanda, après des centaines d'années, ce qu'ils allaient trouver à l'intérieur. Ce matin, elle avait pensé à l'air vicié. Un tunnel clos depuis des siècles ? Cela pourrait se révéler dangereux, d'où son idée, à la dernière minute, de prendre une bougie. Si la flamme tenait, alors ils n'auraient pas à s'inquiéter de l'oxygène. Dans certains endroits, elle savait que les mineurs emportaient avec eux des canaris en cage. Les oiseaux étaient les premiers à tomber en présence de gaz délétère. Elle avait jugé qu'elle pouvait se passer de canaris et que le risque de gaz toxiques était minime, le tunnel ne devant pas s'enfoncer aussi profondément qu'une mine.

« Nicolo, tu es prêt à affronter les rats, les scorpions, les souris, les araignées, les serpents, les trésors et les squelettes de pirates ?

— Euh, oui…

— Sérieusement, pourquoi souhaitais-tu tant m'accompagner ?

— Pour mon père. Pour ma mère aussi. Parce que… j'ai trop l'impression de m'être fait avoir.

— Pour tes parents. C'est bien, répondit Kassia en hochant la tête sans trop savoir de quoi il parlait. On y va ? »

Nicolo se leva, se retourna vers le tas de guano, murmura « Au moins mille euros » et se dirigea résolument vers les marches : « On y va ! »

Kassia s'engagea la première, prudemment, tendant la chandelle devant elle. Les marches, une succession de onze madriers de bois noirs et humides, vermoulus et rongés, glissaient sous les pieds. Elle appuyait sa main sur la paroi de terre grasse et argileuse, suivie comme par son ombre, à une longueur de bras, par Nicolo. Quand elle posa enfin son pied sur le sol, elle laissa une belle empreinte dans la terre molle. Ils échangèrent un regard et jetèrent un dernier coup d'œil vers le rectangle de lumière, là-haut, au-dessus d'eux. Ils firent quelques pas prudents, s'enfoncèrent dans la galerie obscure et Nicolo glissa sa main dans celle de Kassia. Devant eux, la flamme du cierge projetait un halo jaune et tremblant. Nicolo leva la tête et alluma sa lampe frontale. Le toit de la galerie, constitué d'épaisses poutres, avait résisté au temps et inspirait confiance. Puis Nicolo dirigea le jet lumineux droit devant eux et Kassia siffla d'étonnement. Très vite, au bout d'une dizaine de mètres, la galerie s'élargissait et le sol meuble disparaissait sous les premières dalles de pierre grise. Kassia s'approcha, entraîna Nicolo et expira longuement. Ses épaules se relâchèrent et la tension dans sa nuque s'apaisa. Les pierres plates étaient étroitement jointes et deux colonnes de roche soutenant un linteau de granit formaient une arche.

« *Toi qui entres ici, abandonne toute espérance* », ne put s'empêcher de murmurer Kassia.

Ils franchirent le porche de granit et continuèrent facilement sur la voie pavée. *Pas étonnant que le tunnel soit indiqué sur cette vieille carte,* songea-t-elle. *C'est un sacré passage construit par des maîtres.*

« Tu sais quoi, Nicolo ? Je pense que nous sommes sur une ancienne voie romaine. À un moment, elle s'est retrouvée ensevelie, ou elle a été enterrée, je ne sais pas. En tout cas, ce passage était suffisamment important et connu pour que quelqu'un pense à le mentionner sur une carte. C'est Jazz qui l'a découvert. »

Son visage s'assombrit. Comment allait Jazz ? Et Monica ? Elle espérait qu'ils n'arriveraient pas trop tard.

« Pas besoin de s'extasier, ce n'est que la via Augusta ! remarqua Nicolo d'un air d'évidence en haussant les épaules.

— La via Augusta ? Comment tu sais ça, toi ?

— Quand Don Cortisone m'a emmené au sous-sol, chez lui, on a pris un couloir, bien plus grand qu'ici, mais on a aussi marché sur un morceau de voie romaine, la via Augusta, il m'a dit. C'est la même, forcément !

— Excellent ! Si tu as raison, ça veut dire que nous sommes sur la bonne piste. Je crois qu'il faudrait que nous ne parlions pas trop fort, Nicolo, ce serait trop bête d'arriver directement chez Don Cortisone et de se faire repérer parce que nous faisons du bruit. »

Ils se turent. Nicolo, la frontale sur la tête, éclairait à quelques mètres devant les pieds de Kassia. La flamme de la bougie vacillait, mais résistait, vive et lumineuse. Ils avançaient sans un mot dans l'air immobile, n'osant troubler le silence. Les arches de pierre se succédaient à intervalle régulier, la galerie descendait en ligne droite, suivant une pente douce et constante. L'atmosphère humide de l'entrée avait laissé la place à un air étonnamment sec, exhalant l'odeur de la poussière et des espaces confinés. Ils progressèrent ainsi, lentement, pendant une dizaine de minutes. Les ténèbres s'ouvraient devant eux, les ombres se refermaient dans leur dos. Nicolo resserra ses doigts sur ceux de la jeune femme. Soudain, Kassia murmura :

« Flûte de crotte de bique ! La poisse !

— Quoi ? Qu'est-ce qu'il se passe ?

— Nous sommes bloqués par une grille. »

Ils faisaient face à de solides barreaux rouillés enchâssés dans la galerie et verrouillés au mur droit à un anneau d'acier luisant, planté dans un bloc de ciment gris clair.

« C'est pas du romain, ça, vous avez vu le cadenas ? chuchota Nicolo en retirant sa main de celle de Kassia. C'est quoi le bazar derrière la grille ?

— Je crois que ce sont des meubles. Et des vieilles planches. Du bazar justement. Nous devons être arrivés à la capitainerie, ce doit être la cave de Don Cortisone ou un débarras. »

Nicolo secoua le cadenas et tira de toutes ses forces avant de saisir les barreaux les plus hauts et de s'y suspendre de tout son poids.

« La grille ne bouge pas du tout, Nicolo.

— Alors, on a fait tout ça pour rien ?

— J'ai une solution, ne t'en fais pas. Aux grands maux les grands remèdes, déclara Kassia en sortant le sachet de C-4.

— C'est quoi cette pâte à modeler ?

— Ah ah, surprise ! Je vais tout faire sauter. Le C-4 est un explosif que m'a donné Jazz, répondit-elle en en détachant prudemment un morceau.

— Vous allez faire péter la grille ? Mais tout va nous tomber dessus ! Et on va se faire repérer tout de suite ! s'écria Nicolo.

— Chut, Nicolo, chut ! C'est toi qui vas nous faire repérer. Regarde, je vais mettre un tout petit bout de cette pâte à modeler blanche dans la serrure du cadenas. Ensuite, je plante dedans ce petit tube, le détonateur. Là, comme ça, chuchota-t-elle, concentrée. Enfin, je téléphone au tout petit boîtier noir que tu vois là. Et le C-4 explose. »

Elle sortit son portable de son sac et rechercha le contact, *Mlle Boum*. Le numéro s'afficha sur l'écran.

« Mais d'abord, je vais faire sauter le totem !

— Quel totem ?

— Je t'expliquerai. »

Elle appuya sur *Mlle Boum*. Dans l'instant, il ne se passa rien. Puis, une énorme explosion sourde fit trembler le bâtiment. La terre leur dégringola sur la tête. Kassia saisit Nicolo par la main et ils coururent s'abriter sous la dernière arche de pierre.

Deux étages plus haut, la verge de terre cuite, posée sur le bureau, fut instantanément pulvérisée et disparut à jamais. Le bureau Boulle se plia, le bronze doré se tordit, s'arracha sous la chaleur, et le plateau explosa en échardes d'ébène, de laiton et d'écailles de tortue, criblant les toiles et les fauteuils. Sous l'onde de choc, toutes les vitres du grand salon volèrent en éclats et les fragments de verre retombèrent sur les pavés de la cour en crépitant comme la grêle. Giovanni Cortisone, assis dans un fauteuil club, hurla quand un tesson de métal brûlant vint se loger dans le gras de son biceps droit. Ses oreilles bourdonnaient ; il ne percevait plus aucun son plus rien. Il tituba vers la commode effondrée et s'empara d'un petit pistolet-mitrailleur dans le tiroir du haut en lambeau. La 'Ndrangheta l'attaquait ! Il regarda par les fenêtres éventrées. Mais où étaient les assaillants ? Il ne voyait que ses hommes, réunis dans la cour. La seconde explosion, étouffée, qui remonta du sous-sol, Don Cortisone ne l'entendit pas.

Après *Mlle Boum*, Kassia venait d'appuyer sur le second numéro, celui de *Mister Boum*. L'anse du cadenas jaillit de la masse du métal avec un petit *pop*. Kassia arracha ce qu'il en restait et le jeta au sol, ouvrit la grille, souffla la bougie et la tendit à Nicolo.

« Attends un peu, Nicolo, attends que j'aie dégagé tout ça. Je t'appelle dès que je suis de l'autre côté. »

Elle se fraya un chemin à travers les meubles entassés, repoussant les planches, et pénétra dans la lumière d'un couloir. Son cœur battait à toute vitesse.

Elle se trouvait dans une belle galerie étroite, bien creusée et entretenue. Il faisait beaucoup plus chaud et sec ici. Elle courut quelques mètres devant elle, jusqu'à atteindre une fourche. La grande allée continuait de s'enfoncer au loin sous la maison. Sur sa droite, une porte blindée était enchâssée dans la paroi. Elle la reconnut tout de suite, avec sa grande manette circulaire : Nicolo l'avait très bien décrite ; c'était l'entrée de la prison où Cortisone avait enfermé Monica ! Elle fonça vers la chambre forte... et pénétra dans le champ de la caméra thermique.

Dans sa guérite sous le porche d'entrée, le gardien avait posé son arme sur ses genoux. Il serait prêt. Il ne cessait de scruter depuis quelques minutes tous ses écrans : la maison avait explosé, la cour était jonchée d'éclats de verre, mais où étaient les attaquants ? Les tueurs de la 'Ndrangheta ? Soudain, une figure verte se matérialisa devant ses yeux. Le gardien fixait, ébahi, la silhouette d'une femme dans le souterrain, tout près de la chambre forte. Comment avait-elle pu arriver là ? Il tendit la main vers le bouton-poussoir rouge et appuya furieusement sur le champignon de plastique. Le son aigrelet de l'alarme retentit aussitôt. Puis il sortit d'un bond de sa cabine et cria : « La chambre forte, au sous-sol ! »

Les hommes de Don Cortisone foncèrent bille en tête vers le petit escalier de service qui descendait dans les souterrains. Enfin ! Enfin, les ennemis se montraient ! Rien de pire que de se battre contre des invisibles. Soulagés de passer à l'action, ils dévalèrent les marches. Mieux valait courir que réfléchir et trembler.

Debout à la fenêtre, sauvage dans sa chemise déchirée, le bras ensanglanté, Giovanni Cortisone hurla, agitant son arme : « Stop ! C'est un piège ! C'est un ordre ! » Il tira une rafale vers le ciel qui n'eut aucun effet. Si ses hommes se précipitaient comme ça sans rien calculer, ils allaient se faire allumer comme des faisans par les Calabrais ! Il se dirigea vers le grand escalier intérieur, suivi de près par Luigi. Il descendit prudemment les marches, parcourut en silence quelque trente mètres de galerie sans rencontrer âme qui vive et tomba nez à nez avec une jeune femme. Il s'arrêta brusquement devant cette fille canon et pointa vers elle son fusil-mitrailleur :

« Merde, alors ! C'est toi Kassia ? »

Kassia s'était figée, paralysée, fixant l'arme automatique. Derrière Don Cortisone, les hommes de main s'amassaient dans le souterrain et elle reconnut Luigi.

« Sainte mère de tous les dieux ! s'exclama le fils Cortisone. C'est la Kassia ! La prochaine fois que je te balance à la baille, je penserai à te mettre du plomb dans la poitrine d'abord pour plus que tu ramènes tes épines. Tu flotteras moins bien !

— Tu ne lui mettras rien du tout ! riposta Giovanni. Elle est pour moi.

— Au secours ! hurla Kassia. À l'aide ! Les monstrueux Cortisone sont là en famille avec leurs hommes. Mon Dieu, que vont-ils faire d'une pauvre femme comme moi ! À l'aide, sauvez-moi ! »

Don Cortisone se retourna vers Luigi et ses hommes :

« Elle est folle, cette fille ! Allez me l'accrocher à côté de l'autre type ; les deux anneaux qui restent. Je m'en occuperai un peu plus tard. Si c'est toi qui m'as détruit mon beau bureau et mes vitres en verre ancien, tu vas morfler, menaça-t-il tout doucement en fixant Kassia dans les yeux. Et tu devrais mieux choisir tes amies. Elle a été de bon conseil, la petite Anna. C'est quand même grâce à elle que j'ai allumé les caméras thermiques en plein jour.

— Anna ? La petite Anna ? répliqua Kassia qui ne pouvait croire ce qu'elle venait d'entendre. J'en connais une, d'Anna, et ça doit faire cinquante ans que plus personne ne l'appelle ma petite Anna !

— C'est la même ! Vu le paquet de fric qu'elle me doit, je me permets de l'appeler "la petite". »

Kassia se laissa emmener sans réagir. Anéantie. Anna, son amie ? Anna qui les logeait toutes ? Anna avait prévenu Don Cortisone ? Elle l'avait trahie ? Et elle risquait de mourir à cause d'elle ? Mais quelle... Non, ce n'était pas possible, il devait y avoir autre chose. Ou alors Anna possédait encore quelque part une clé de la cave, elle s'y était rendue, les somnifères n'avaient pas bien fonctionné et Tonio l'avait capturée.

« Allez, avance ! » lui intima un des hommes de main de Cortisone en la poussant entre les épaules.

Kassia buta sur le sol et se retourna, le jaugeant du regard en silence. Le garde détailla sa poitrine que le tissu épousait parfaitement. *OK, je me trouve dans le pétrin jusqu'au cou.*

« Eh oui, ma jolie. Si tu ne voulais pas perdre, fallait pas jouer. Allez, avance. Remarque, moi j'aurai bien envie de jouer un peu. Pas de raison que ce soit toujours les mêmes qu'en profite. »

Il claqua sa main sur sa fesse moulée dans son vêtement de sport et la propulsa vers l'avant.

« Eh ! Pas touche ! » rugit Kassia.

Ses cheveux roux volèrent et le garde ricana en pointant son arme :

« T'es encore plus belle quand t'enrages, tigresse ! Bouge ! »

Kassia s'enfonça dans le tunnel, dépassa une vieille porte en fer et aboutit dans une impasse devant un caisson métallique et un panneau électrique plein de boutons. L'homme lui saisit le bras, qu'il tordit dans son dos, et elle bascula le buste vers le sol, La masse lourde du gars vint se coller à elle. Un souffle chaud à son oreille lui susurra : « On va s'amuser tous les deux. » Elle rua et crut lui écraser les orteils, mais le gars lui baissa son legging d'un coup sec et recula d'un bond. Un vent frais s'engouffra entre ses cuisses, ses chevilles s'empêtrèrent dans son legging et sa culotte et elle chuta pesamment sur une dalle froide. Le garde mata son cul blanc, fouilla des yeux sa ligne sombre, sa fine toison rousse et s'exclama en ligotant ses poignets :

« Putain, il n'y a pas que ses cheveux ! T'es flamboyante, ma belle ! »

Elle racla sa gorge et lui cracha au visage. L'homme s'essuya la joue d'un revers de la main puis nettoya sa paume en malaxant ses seins à travers le T-shirt noir.

« Ça, tu vas le payer ma jolie. »

Il inséra ses liens au crochet suspendu au plafond puis la souleva grâce au palan. Il plaqua ses doigts sur son pubis et la poussa. Kassia commença à penduler, à moitié nue, les pieds à ras du sol. Son cœur battait à tout rompre. Son gardien posa son flingue et dézippa sa braguette. Une boule de terreur explosa dans sa poitrine. Elle hurla. L'homme se précipita vers elle et remonta violemment son T-shirt sur son visage. Il lui enfonça le tissu dans la gorge. Kassia gémit quand la main déchira son soutien-gorge.

« Ta gueule, sinon je te les arrache ! siffla-t-il en lui pinçant les mamelons.

Le garde entreprit de se masturber en contemplant le corps nu.

« Putain, t'es trop bonne », ajouta-t-il en fixant les seins clairs et la taille fine qui s'évasait sur un joli cul rond.

Il se colla à elle et posa ses mains sur ses hanches. Kassia se mit à geindre, se cambra et gigota lorsque le sexe dur effleura sa fesse. L'homme s'apprêtait à la violer quand Luigi déboucha du souterrain.

« Bordel, mais qu'est-ce que tu fous ? T'es devenu dingue ou quoi ? L'explosion et l'attaque des Calabrais, ça ne te suffit pas ? gueula-t-il. T'as oublié toutes les règles ? Tu fais chier, Emilio ».

Luigi soupira, passa sa main dans son dos, la ressortit avec son Beretta et lui logea deux balles dans la poitrine. Emilio heurta le sol avec un bruit mat. Kassia hurla en s'étouffant dans son T-shirt.

« Journée de merde, grommela Luigi. Faut tout faire soi-même. »

Il tira le corps, s'approcha de la paroi et le bascula dans un puits. L'eau clapota au fond du trou. Puis il délaça les chaussures de Kassia, libéra ses chevilles et la décrocha avant de la débarrasser de ses liens et de lui arracher son haut. Kassia le regarda, paniquée. Luigi siffla entre ses dents, la gorge sèche :

« C'est vrai que t'as un corps affolant. T'inquiète, je ne vais pas te toucher. Ramasse tes fringues. »

Il lui désigna le tunnel du canon de son arme et éructa :

« Bouge ton petit cul avant que je ne change d'avis ! Fonce, je n'ai pas que ça à foutre ! »

Nicolo s'était assis dans l'obscurité du tunnel après l'alerte. Il respirait doucement. Il ne pouvait croire que Kassia puisse avoir été capturée : elle était si forte, elle avait pourtant tout prévu ! Qu'est-ce qu'il allait bien pouvoir faire ? Il entendit un hurlement et deux détonations sourdes, sauta sur ses pieds, ramassa tristement la bougie et le sac de Kassia, puis ralluma la frontale et s'éloigna dans la galerie d'un pas lent. De retour dans le vieux colombier silencieux, il se laissa tomber près du sac de guano et sortit une barre de chocolat de sa poche.

« Ah les filles ! souffla-t-il. Avec elles, ça commence bien, puis ça finit toujours en eau de cacahuète. »

Il soupira. Kassia s'était fait avoir, à lui de jouer maintenant !

Chapitre 38

Les prises d'otage représentaient toujours les situations les plus complexes. Tous les agents qui avaient précédé la lignée des K, de l'agent A1, le légendaire fondateur historique des SOCISS, jusqu'à l'agent J13, le malchanceux, dont on rigolait encore le soir dans les bars autour d'une pinte, avaient vu leur rang s'éclaircir lourdement lorsqu'ils étaient tombés captifs aux mains de l'ennemi. Même dans sa série à elle, la série des K, ses prédécesseurs avaient connu un sort funeste.

Melody, l'agente K5, occupait la première position des agents K survivants et elle ne tenait pas du tout à être la suivante sur la liste des disparus en mission. Il fallait qu'elle fasse quelque chose pour K6. Il fallait qu'elle redescende de ce foutu phare. Presque deux heures qu'elle était là à observer et à réfléchir. Bien que son esprit ait été détourné un moment de son objectif lorsqu'une jeune femme s'était penchée pour regarder le sol, laissant le soleil transpercer sa robe et deviner sa jambe tendue vers l'arrière ainsi que ses fesses nues dans son string, elle avait tout de même ignoré plusieurs convois de touristes en route pour la redescente et un des gardiens commençait à la fixer d'un air suspicieux.

Elle reprit ses jumelles une dernière fois, délaissa le port et ses conteneurs pour se remettre à scanner méticuleusement les murs d'enceinte de la forteresse de Cortisone. Le mot forteresse n'était pas usurpé ; avec ces hautes parois, cette tour carrée et le canon rouillé au sommet. Côté ville, le large fossé, ou plutôt la douve asséchée qui tombait à pic au pied du mur, constituait un sacré obstacle. Pas insurmontable, elle avait fait plus haut avec son grappin, mais jamais aussi exposée aux regards. Côté mer, encore pire. Elle voyait les vagues battre les murs. Peut-être que si elle approchait en bateau... Elle élargit le périmètre et observa la mer, passa sur le cargo *Diamonds are Forever*. Un palan puisait des caisses métalliques dans un conteneur avant de les déposer sur un gros Zodiac. Cette fois, elle l'avait parfaitement dans l'axe. Melody discernait distinctement les quatre lettres DCGI peintes en noir sur la porte. La cargaison était destinée à Don Cortisone ! Le hors-bord tanguait le long du flanc de l'énorme navire et s'enfonçait sous le poids des caisses qui s'empilaient. L'homme accroché à la barre leva la main et vira à bâbord. Elle le suivit aux jumelles, filant droit sur la capitainerie, puis Melody prit les devants, examinant les pontons, cherchant le prochain point d'accostage. Elle revint en arrière à la recherche du *speedboat*. Elle le retrouva au mouillage, le pilote avait jeté l'ancre à une quinzaine de mètres du haut mur de pierre et descendait les caisses, une à une, au bout d'une corde. Il coulait la cargaison !

Elle zooma une fois de plus, essayant de percer les mystères de l'eau. La mer agitée demeurait opaque, trouble et elle ne distingua rien. Ce qui était certain, c'est que les caisses de drogue – elle n'avait aucun doute sur leur contenu – ne pouvaient rester bien longtemps immergées. D'une façon ou d'une autre, elles étaient récupérées pour entrer chez Cortisone. Sous l'eau. Elle remballa les jumelles, trépigna dans la file d'attente devant l'ascenseur et sortit en courant au pied des fortifications avant de se jeter sur son portable pour appeler un taxi. Quand le chauffeur arriva, elle lui demanda simplement de la conduire à une boutique de plongée, il en connaissait sûrement, et de l'attendre à la porte. Elle en ressortit avec combinaison néoprène, détendeur, gilet, manomètre, ceinture de plomb et une petite bouteille d'air comprimé de dix litres. Entre le point de mouillage du hors-bord et le mur de la forteresse, il n'y avait qu'une courte distance. Elle n'imaginait pas descendre à plus de vingt mètres de profondeur, car elle ne ferait pas long feu sous l'eau. Elle aurait de quoi tenir une petite demi-heure.

Dans le taxi, elle voulut savoir où elle pourrait louer un petit bateau à moteur pour une courte virée en mer et le chauffeur la conduisit au port de plaisance.

L'avant du *Funny Life* tapait sur les vagues. Melody, assise à l'arrière de la grosse barque de pêche à coque d'aluminium, les cheveux au vent, longeait la côte et le port marchand. En toute autre circonstance, elle aurait savouré l'instant : l'Italie, la *dolce vita*, la mer Adriatique et le vent iodé. Mais elle s'inquiétait pour Jazz et l'enjeu de cette balade en mer lui gâchait le moment. Ce foutu Jazz, il s'était mis dans un sale pétrin ! Maintenant, elle devait réparer les pots cassés en espérant que son collègue n'était pas trop abîmé. Elle bloqua la barre et laissa le moteur tourner à petit régime tandis qu'elle revêtait sa combinaison de plongée et son gilet. Elle dépassa le vieux phare et, bientôt, la tour de la maison Cortisone apparut parmi les installations portuaires. Heureusement qu'elle avait pris ses repères depuis le haut de la lanterne de Gênes, car sa vision limitée, à ras des vagues, compliquait tout.

Quand elle jugea être tout près de l'endroit où le trafiquant avait immergé les caisses une heure plus tôt, Melody jeta l'ancre, s'équipa, s'assit sur le rebord et se laissa basculer en arrière. Sa ceinture de plomb l'emmena aussitôt vers le fond. L'eau troublée par le vent en surface devint un peu plus claire ; elle n'entendait plus que les stridulations lointaines des petits moteurs et sa propre respiration.

Elle continua à s'enfoncer, palmant vers les profondeurs à la recherche de la cargaison du matin. Malgré sa torche, l'eau restait trouble et elle ne pouvait voir qu'à quelques mètres. Melody commença à quadriller le secteur, scrutant le fond de sable et de vase. Elle se maudit de ne pas avoir plus de visibilité, déjà dix minutes d'écoulées ! Elle tâtonnait, inquiète, quand son cœur s'emballa brusquement : une forme floue, un totem érigé surgissait du néant. En s'approchant, elle découvrit une colonne de pierre couverte de mousse et d'algues qui se balançaient comme des bras fantomatiques.

Une colonne identique, abattue, et un bloc massif reposaient sur le sol juste à côté. Mais ses yeux s'écarquillèrent sous son masque devant les pavés lisses et propres qui tapissaient le fond marin. Melody contempla l'assemblage des pierres massives qui dessinaient une allée sous-marine, une belle allée romaine pour Poséidon, et surtout une allée intacte. Les caisses de drogue devaient aboutir ici et être traînées le long de ces pavés. Sinon, les blocs rocheux auraient dû depuis longtemps être envahis d'algues ou ensevelis sous la vase.

Elle se remit à palmer avec force vers la côte, caressant les pierres plates de sa main, progressant de dalle en dalle. Elle croisa deux autres colonnes incrustées d'algues semblant veiller sur les lieux et monter la garde sur l'ancienne voie romaine submergée. Le chemin de granit aboutissait à une entrée dans le roc. Elle regarda derrière elle, une habitude de surface, même si ici elle ne risquait pas d'être suivie, vérifia sa montre – il lui restait dix minutes d'oxygène – et pénétra dans la cavité sous-marine. Melody cessa aussitôt de palmer pour se stabiliser entre deux eaux. Il ne s'agissait pas d'une grotte, mais de l'intérieur d'un simple cube aux parois de métal ouvert sur le fond marin. Au sol, sur le plancher métallique, les caisses débarquées du *Diamonds are Forever* s'entassaient là, bien rangées, les unes sur les autres. Elle donna deux coups de palmes, bascula sur l'avant et s'accrocha au sommet de la pile. La mer battait les plaques de métal et l'eau résonnait du bruit sourd des vagues s'écrasant sur les fondations de la vieille demeure. Melody restait concentrée, son corps ballottait dans le léger flux et reflux qui parvenait encore à troubler cet étrange caisson sous-marin. À moins de deux mètres de Melody, de l'autre côté de la paroi métallique, dans les profondeurs du manoir Cortisone, Luigi discutait avec l'homme en tenue de plongée qui venait de surgir d'un puits naturel dans la roche.

« Alors, Marcello, quoi de neuf ?

— Rien à signaler, la routine, Luigi, et même pas trop de courant pour une fois.

« — T'as bien les quatorze caisses ?

— Ouais, ouais, tout est là, comme prévu.

— Bien. C'est parti, je ferme le sas. »

Luigi appuya sur le bouton pressoir noir dans le tableau de contrôle. Melody ne remarqua rien. Lorsqu'elle se retourna, prête à décamper, un frisson glacé lui parcourut l'échine : au lieu de la pleine mer, un mur d'acier lui faisait maintenant face. Elle hurla dans son masque. Elle était enfermée dans un cube de métal rempli d'eau. Elle jeta un coup d'œil sur sa montre, il lui restait cinq minutes d'oxygène. Vite ! Elle tambourina sur la cloison, essayant de repousser le battant. Elle examina la jonction au niveau des arêtes de métal, aucun interstice, aucune faille. Elle tira une caisse, bien trop lourde pour servir de bélier, et la laissa échapper. Le métal heurta la cloison métallique à ses pieds. Sans autre effet qu'un *boum* assourdi. Rien à faire. Il fallait qu'elle cesse de s'agiter autant, l'oxygène allait lui manquer.

À l'intérieur, Marcello, qui terminait de ranger son matériel de plongée aux crochets fixés dans la roche, se retourna vers Luigi :

« T'as entendu ?

— Oui. J'allume la caméra. »

Melody, en suspension entre deux eaux, s'afficha sur le petit écran de contrôle.

« Tiens, tiens, nous avons de la visite ! C'est quoi ce cirque, aujourd'hui ? L'explosion ne suffisait pas ? Malin et idiot d'envoyer quelqu'un par la mer. C'est un peu trop subtil pour Salvatore un coup comme ça. Et où sont ses hommes ? commenta Luigi, énervé.

— En parlant d'hommes, notre plongeur est une plongeuse.

— Tu la connais ?

— Je n'en ai pas l'impression. Je connais presque toutes les plongeuses de la côte.

— Bon, j'ouvre le sas, décida Luigi en abaissant un interrupteur. Fais gaffe, moi, j'appelle Don. »

Sous l'eau, Melody s'était figée. Inerte. Elle flottait sur le ventre comme un poisson mort, aussi immobile que possible. Elle avait fermé les yeux et essayait de diminuer son rythme cardiaque. Il fallait absolument économiser l'oxygène et réguler sa respiration. Plus que deux minutes à sa montre. Finalement, la logique serait peut-être respectée et K5 achèverait sa vie en mission probablement avant K6. Elle se projetait une de ses images favorites, celle d'un champ de tournesols oscillant légèrement dans la brise. C'était son truc à elle. Visualiser les tournesols l'avait toujours aidé à se calmer. Mais cette fois, ça ne marchait pas. Dans sa tête, un chronomètre implacable avançait. Plus qu'une minute. Elle s'était souvent demandé comment tout cela se terminerait. Elle avait imaginé qu'elle se battrait jusqu'à la dernière seconde. Mais pas du tout. Elle patientait là, immobile.

Elle était surprise de sa passivité, étonnée d'avoir accepté aussi sereinement l'absence d'échappatoire. Son cerveau s'était métamorphosé en un cristal limpide et pur, acéré comme une lame de rasoir, un moteur de Ferrari alimenté à l'adrénaline, une mécanique implacable et factuelle qui analysait tout et qui ne concluait rien de bon. Elle connaissait parfaitement la suite : la minute d'apnée, la tension qui monterait doucement dans ses poumons, d'abord supportable. Les trente secondes suivantes, encore tenables, une question de volonté essentiellement, puis les premiers spasmes, la résistance, la mâchoire verrouillée et la douleur finale dans la poitrine. Avant que le corps ne prenne le contrôle. Pour finir, l'inspiration réflexe, le barrage qui cède et l'inondation qui noierait ses poumons. Et le cerveau en détresse et les yeux dans l'obscurité... L'obscurité... Soudain, il lui sembla qu'il faisait moins sombre. Melody ouvrit les paupières. Un petit spot lumineux éclairait le caisson et l'eau baissait. L'eau baissait ! Et il y avait une bulle d'air au plafond !

L'eau s'évacuait par un siphon au sol, comme on vide une baignoire, et générait un léger courant qui agitait sa palme gauche. Son corps pesait une tonne, elle se hissa au ralenti sur la pile de caisses et colla sa tête à ras de la plaque de métal au-dessus d'elle. Elle cracha son détendeur et arracha son masque. Ses poumons se remplirent d'air en sifflant. Épuisée, la tête lui tourna. Elle essaya de se stabiliser, appuya ses mains sur le mur de métal et ferma de nouveau les yeux. Peu à peu, le niveau de l'eau atteignit sa poitrine puis sa taille. Elle pouvait maintenant prendre pied sur la plaque d'acier et respirer, alors elle détacha son gilet et sa bouteille vide et attendit l'inévitable. Elle se savait prise comme un poisson dans une nasse. La paroi de métal commença à vibrer et le panneau d'acier côté terre disparut dans la roche. Don Cortisone, Luigi et un type inconnu en maillot de bain se tenaient devant elle. Melody les regarda, essoufflée et désabusée. Les Cortisone braquaient droit sur elle un Beretta et un pistolet-mitrailleur.

« Putain, c'est qui encore, elle ? Merde, tout le monde rentre ici comme dans un moulin ! » éructa Don Cortisone en se retournant vers Luigi.

Melody observait son index blanchi, crispé sur la détente. Le chef des Cortisone avait l'air à cran.

« Je m'en occupe, papa, déclara Luigi. Remonte là-haut, t'as assez de choses à faire dans le salon avec l'explosion.

— Déshabille-toi, ordonna l'inconnu près de Luigi à Melody, alors que Don Cortisone s'éloignait en se prenant la tête à deux mains.

— Pardon ? sursauta Melody.

— À moins que tu ne souhaites macérer encore des heures et des heures dans ton néoprène ? »

Melody l'observa fixement et se décida enfin à tirer sur la cordelette pour descendre la fermeture éclair dans son dos. Elle devait arriver comme un chien dans un jeu de quilles. Giovanni Cortisone semblait à bout, il avait l'air tendu comme une corde à linge, prêt à craquer. La dernière personne qu'elle avait vue dans cet état était un collègue dans un bureau de Glasgow, juste avant un burn-out.

Quelques instants plus tard, elle finissait de se déshabiller et se tenait devant les deux hommes, en soutien-gorge et culotte de dentelle noire XtremLace. Luigi se retourna et commença à s'éloigner dans la galerie souterraine.

« Suis-le », indiqua l'inconnu en maillot d'un geste impérieux avec le canon de son arme.

Melody fit un dernier pas dans l'eau et prit pied sur la terre sèche et damée. Elle s'engagea dans la lumière jaune des lampes du plafond, observant les murs, s'appuyant sur la roche granitique. L'autre homme lui emboîta le pas, la suivant de près. Elle jaugea la distance : il était trop loin pour qu'elle tente une feinte et lui arrache son arme. Elle commença à onduler des hanches et à tortiller des fesses, mais l'homme derrière elle se contenta d'un « Merci pour le spectacle, c'est sympa, mais te casse pas » sans s'approcher d'un pas de plus. Luigi arriva à une grande porte de métal rouillé qu'il repoussa d'un coup de pied énervé :

« Rentre là-dedans ! Ouste ! »

Melody pénétra dans la pièce creusée dans la roche et se retrouva face à Jazz et une très jolie fille, tous deux complètement nus et enchaînés à la paroi. La fille redressa la tête et la fixa d'un air intrigué alors que Jazz semblait dormir. Elle remarqua aussitôt les hématomes violets qui recouvraient son corps.

« Je t'ai connu plus en forme, Jazz », lâcha-t-elle avec un sourire inquiet.

Jazz releva la tête :

« Nom de... Melody ? Désolé de te voir là, répondit-il en notant le flingue de Luigi pointé sur elle.

— Jazz et Melody, c'est une blague ? ironisa Kassia, énervée. Vous vous connaissez tous les deux ?

— Oh, juste un peu », expliqua Jazz en détaillant Melody.

Elle lui parut encore plus belle et féline que dans son souvenir. Il se rappela ses yeux brillants, ses petits seins fermes au creux de ses mains, dans l'appartement de Glasgow, et l'image de son sexe lisse venant s'empaler sur lui jaillit tel un flash dans sa mémoire.

« On se connaît un peu beaucoup, rectifia Melody qui jeta un regard appuyé vers la fille.

— Ça m'étonnerait ! En free-jazz, personne n'a jamais été capable de discerner une mélodie, répliqua Kassia. Eh, c'est normal qu'elle se balade en lingerie ? cria-t-elle à Luigi.

— Bon, fini les civilités. Toi, tu sors, on va ailleurs, intervint Luigi. Y a plus rien pour t'attacher ici, c'est jour d'affluence ! »

Il poussa Melody d'un coup sec dans les reins. Ils ressortirent dans la galerie et, du bas de l'escalier, il composa le numéro du portable de son père.

« Tu peux venir nous ouvrir la chambre forte ? Je voudrais enfermer la fille dedans avec la vieille, toutes les chaînes au mur sont prises dans l'ancienne prison.

— *Luigi, je te l'ai déjà dit ! Monica. Cette dame se prénomme Monica. J'arrive.*

— M'enfin, qu'est-ce qu'il a avec cette vieille ? grommela Luigi. Elle va y passer aussi de toute façon... »

Don Cortisone apparut en haut de l'escalier, exaspéré, le visage rouge de colère. Il doubla Luigi et Melody sans prononcer un mot. Ils le suivirent jusqu'à la chambre forte, Giovanni Cortisone ouvrit le panneau blindé, attrapa le bras de Melody, la tira vers lui avant de la repousser avec brusquerie à l'intérieur. Il claqua la porte d'un coup de pied et râla :

« Journée de malheur ! Demain, je vais tous les buter ! »

Chapitre 39

Nicolo avait besoin d'aide. Il avait décidé de tout dire aux Mammas. Mais d'abord, il était sorti de la vieille tour ronde pour aller voir ce que stockait le cabanon de jardin. Il trouva ce qu'il cherchait dans un pot de fleurs en terre, entre un sac d'engrais et le tuyau d'arrosage. Il prit le rouleau de grands sacs plastiques et une pelle à semis et retourna vite dans le pigeonnier. Pas question qu'il parte d'ici sans un peu de guano de chauve-souris ! Nicolo ouvrit un des sacs et commença à y transférer l'engrais naturel. Il espérait que Kassia ne s'était pas trompée, parce que franchement, ce truc ressemblait vraiment à de la terre sèche. Le sac se gonfla peu à peu et Nicolo comprit qu'il ne pourrait jamais tout prendre. Il se résigna à abandonner son chargement, il reviendrait, et jeta un dernier regard au gros tas de déjections grises qu'il n'avait pas pu emballer, courut dans le jardin, escalada de nouveau le cabanon, puis le mur, et redescendit dans la rue. Il se mit à trottiner jusqu'au métro et arriva trente-cinq minutes plus tard, au pas de course, à la piazza Lupini. Il composa le code, grimpa les deux étages lentement pour récupérer son souffle et sonna à l'appartement des vieilles dames. Ornella ouvrit la porte :

« Salut Nicolo ! Mais... tu n'es pas avec Kassia ?

— Non, non, je peux entrer ?

— Bien sûr, viens. Les filles, Nicolo est revenu. Il a quelque chose à nous dire.

— Kassia s'est fait capturer par Don Cortisone.

— Oh, malheur ! s'écria Gina tandis qu'Anna se prenait la tête entre les mains sans souffler mot.

— On a fait hyper attention, silencieux et tout, et pourtant ils étaient tous là très vite, expliqua Nicolo. Doit y avoir des caméras dans la maison. J'ai peut-être un plan pour la libérer, mais faut que vous m'aidiez.

— Mais vous avez fait quoi ? intervint Gina. C'était quoi le fameux plan de Kassia ?

— Nous sommes passés par un tunnel secret, je n'ai pas bien compris comment elle pouvait être si sûre qu'il était là, elle a parlé d'une carte, et après on est arrivés droit dans le sous-sol des Cortisone. Et là, manque de pot, ils l'ont repérée tout de suite.

— Mais tu veux que nous fassions quoi ? demanda Silvana d'un air prudent.

— Ben, j'avais pensé à quelque chose comme la dernière fois, quand vous avez mis le bazar devant le Palazzo Rosso. Vous pourriez peut-être faire pareil devant la maison des Cortisone. Pendant qu'ils seraient occupés avec vous, moi je pourrais aller libérer Kassia et même Monica.

— Mettre le bazar ? Avec les fauteuils roulants ? l'interrogea Ornella.

— C'est comme vous voulez, hein, c'est vous qui voyez, mais faut se décider vite, parce que les Cortisone, ils avaient l'air en rogne.

— Moi, je reste ici, je ne viens pas, déclara Anna.

— Anna, qu'est-ce qu'il t'arrive ? s'exclama Sofia.

— Je suis trop vieille pour jouer encore à ces bêtises ! Et... j'ai peur de Giovanni Cortisone. Vous ne savez pas ce qu'il est capable de faire. »

Anna se leva et alla d'un pas lent vers sa chambre avant de claquer la porte derrière elle. Gina regarda ses amies une à une :

« Il y en a d'autres comme elles ? Qui vient avec moi ? Eh, les filles ! Vous n'allez pas laisser tomber Kassia ? Rappelez-vous la devise : une pour toutes...

— Toutes pour une ! reprirent les autres en chœur.

« — Bon, alors, on fait quoi ? insista Silvana. Il nous faut quand même un plan, et qu'on réfléchisse, et...

— Pas besoin de plan, rétorqua Gina. Nous filons là-bas avec nos pochoirs, nous dessinons sur les murs des Kassias, et des citrons, et des kiwis, comme sur les boutiques de plaisirs, et nous crions toutes ensemble "Libérez Monica". De toute façon, que voulez-vous qu'il nous arrive, à nos âges ? Au pire, ils appellent les *carabiniers* et nous passons une demi-heure à discuter avec le commissaire en prenant un café.

— Génial ! s'exclama Nicolo, tout excité. Vous êtes au top ! Vous y serez quand ?

— Laisse-nous le temps de nous préparer, Nicolo ! Écoute, si je te dis... »

Gina regarda sa montre :

« Si je te dis à 17 heures là-bas, tu penses que ce ne sera pas trop tard ?

— Moi, je suis d'accord, mais soyez pas en retard, sinon je vais me faire prendre aussi, et ça va être la cata. Allez, à toute ! lança Nicolo en s'esquivant.

— Il prend de l'assurance, le garçon, remarqua Sofia. Bon, on se prépare ? »

Quand le garde dans sa guérite à l'entrée de la forteresse vit les silhouettes approcher en file indienne sur l'écran de la caméra numéro un, il en oublia toutes les autres. Sur le pont menant à la porte d'acier de la demeure du parrain, Gina en tête, suivie de Claudia, Sofia, Ornella et Silvana scandaient : « Pas de salade avec les Tutti Frutti ! » Un carton accroché au bout d'un manche à balai, Gina se baladait avec, au-dessus de sa tête, l'inscription au marqueur noir *Libérez la reine blanche*. En manque de manche à balai, Claudia avait eu l'idée de prendre le tube de l'aspirateur pour y suspendre son carton à elle :

Brigade de libération des fruits ! Libérez la Kassia ! Ces messages étaient encore une sage idée de Sofia.

Elle avait expliqué :

« Si nous y allons franco, nous représenterons une menace et nous risquons de nous faire arrêter avant même d'être arrivées, alors qu'avec des messages un peu ambigus, on nous prendra juste pour de vieilles folles. Il n'y a que Don Cortisone qui nous comprendra vraiment. »

Le garde avait regardé la cour parsemée de bris de verre et levé les yeux vers les fenêtres disparues du salon à l'étage. Pas un signe de Don Cortisone ou de Luigi. Il préférait ça. Le patron était tellement exaspéré depuis le matin qu'il n'avait pas le courage d'aller lui annoncer une bizarrerie de plus. Il pinça les lèvres en constatant que les vieilles avaient vraiment mal choisi leur jour pour venir mettre le boxon. Il sortit de son petit poste de surveillance et ouvrit la porte. Il observa trois secondes les cinq vieilles séniles et inspira profondément. Il expira lentement et, quand son corps se relâcha, il lança :

« Mesdames, mesdames, un peu de calme, s'il vous plaît. Je respecte le droit à manifester et je suis certain que vos aspirations sont légitimes, mais aujourd'hui le boss est très, très énervé après l'explosion et...

— Quelle explosion ? s'exclama Gina.

— Et *paf*, comme une pastèque bien mûre ! cria Silvana qui se planquait derrière Ornella.

— Je vous demande de partir, pas pour moi, mais pour vous, continua le garde. Si vous restez là trop longtemps, vous allez avoir de gros ennuis. »

Dissimulé dans le tunnel derrière la grille et les meubles entassés, Nicolo regarda le cadran de sa montre : 17 h 5. Il était temps d'y aller, les Mammas devaient être arrivées. Il souffla la chandelle et se faufila entre une commode en équilibre sur une table et une vieille armoire branlante. Il avança à petits pas rapides le long du mur et parvint très vite à un croisement. L'énorme porte d'acier gris et mat trônait là, avec sa grosse roue. Le coffre-fort où il avait vu Monica. Il s'approcha de la porte et se cramponna à la barre pour la faire tourner, mais elle restait intraitable entre ses mains. Il tambourina sur la paroi de métal :

« Il y a quelqu'un, là-dedans ? »

De l'autre côté, Melody se leva et colla son oreille contre l'acier.

« Youhou, y a quelqu'un ? réitéra Nicolo un peu plus fort.

— Oui ! cria Melody. Vous pouvez nous faire sortir ?

— Ça ne marche pas ! La roue ne tourne pas !

— Vous êtes qui ?

— Nicolo ! »

Monica se leva péniblement et cria :

« Le Nicolo des fauteuils roulants ? Nicolo, c'est Monica ici.

— Comment je fais pour ouvrir ?

— Aucune idée, Nicolo, jeta Melody.

— Moi, j'ai une idée, répondit Monica avec un faible sourire. Nicolo, tu vois l'échiquier au-dessus de la roue ? Tu sais jouer aux échecs ?

— Pas vraiment. Je sais déplacer les pièces, pas plus.

— Ça suffira ! Essaye d'appuyer sur les cases G8 – F7 – E6 – D5 – D4 – D3 – C2 et après tu tournes la roue. Dans cet ordre, hein, les cases ! »

Melody regardait Monica avec étonnement. La vieille femme semblait tellement sûre d'elle.

Nicolo appuya sur chacune des sept cases de l'échiquier : une petite diagonale de droite à gauche, deux cases vers le bas, puis à gauche. Il tenta de tourner la barre.

« Je n'y arrive pas, la roue ne tourne pas, elle est toujours bloquée !

« — Ah bon ? Alors... essaye plutôt : G8 – F7 – E6 – D5 – C4 – D3 – C2 »

Nicolo se disait que Monica était bizarre : comment pouvait-elle connaître la bonne combinaison ? Il pressa sur les cases avec son pouce et quand il eut appuyé sur C2, il prit la barre et s'apprêta à forcer, mais le cercle de métal luisant pivota sans aucun effort.

« Whaou ! Ça marche ! T'es trop forte, Monica, ça tourne tout seul, pousse la porte !

— Je le savais, murmura Monica en serrant le poing. J'aurais même dû trouver la solution au premier coup... »

L'épaisse porte d'acier s'ouvrit sur la galerie et Nicolo se retrouva face à Monica et une belle jeune femme en lingerie. Il lâcha un sifflement gêné et se trémoussa sur ses pieds.

« Salut ! Moi, c'est Melody. »

Melody ne vit pas le garçon rougir. Elle s'était immédiatement retournée vers Monica :

« Comment saviez-vous, pour le code ?

— Dans son salon, là-haut, Giovanni Cortisone a une merveilleuse reproduction des *Joueurs d'échecs* du Caravage, mais il a fait remanier la partie d'échecs. Sur le tableau, la position finale est étrange, ça m'a intriguée. La seule façon d'aboutir à cette fin de partie, c'est la combinaison. Je pense que Giovanni est complètement mégalo et qu'il a demandé à modifier l'œuvre pour retracer sa vie, de G comme Giovanni à F comme Flavia, sa femme, jusqu'aux colonnes D et C comme Don Cortisone. Ce code est un peu le symbole des grandes étapes de sa vie. Je ne pouvais pas déduire toutes les cases, mais il n'y avait pas cinquante possibilités non plus.

— Impressionnant ! Faut que je me dépêche, je dois aller libérer Jazz.

— Mouais, Jazz... Nous, faut qu'on aille chercher Kassia, rétorqua Nicolo en regardant Monica.

— Quoi ? Kassia est ici ?

— Elle s'est fait choper ce matin, on n'a pas beaucoup de temps, vite. Vos copines sont devant la porte, elles occupent le gardien, mais on doit pas traîner !

— Je sais où aller, je les ai vus, tous les deux. Suivez-moi ! »

Et Melody partit en courant dans la galerie. Nicolo lui collait au train et Monica suivait tant bien que mal.

« Excusez-moi, les jeunes, mais je ne cours plus aussi vite qu'avant », souffla-t-elle.

Melody poussa du pied la porte rouillée et entra comme une bombe dans le cachot creusé dans le roc. Kassia regarda Monica et Nicolo avec des yeux ronds, quand elle entendit la grande fille mince en dentelle déclarer hâtivement :

« Eh Jazz, tu n'en as pas marre d'être ici ? Allez, viens, on s'en va, je t'emmène.

— Re-salut, Mel. T'en as mis du temps, constata Jazz avec un sourire fatigué.

— La porte blindée... Pas facile à traverser, je ne suis pas un fantôme. C'est Monica et Nicolo qu'il faut remercier. Mais plus tard. D'abord, nous nous tirons d'ici. Et vite ! Kassia, c'est ça ? lança-t-elle en se retournant vers la femme nue ligotée au mur. Ravie de te rencontrer. Tu pars avec nous. »

Sur ce, Melody enleva prestement sa culotte de dentelle noire XtremLace.

« Eh, vous faites quoi ? protesta Kassia. Ce n'est pas un camp naturiste, ici !

— Toi, ne regarde pas, commanda Monica en posant sa main devant les yeux de Nicolo.

— Melody, ce n'est pas le moment, soupira Jazz en relevant la tête. Je ne suis pas hyper en forme, comme tu le vois. C'est une blague, Kassia, hein, ajouta-t-il en se tournant vers sa voisine avec un sourire.

— J'aime pas ta blague, Jazz !

— Tut tut, Jazz, t'occupe, c'est un nouveau truc », rétorqua Melody.

Elle délaça sa culotte de dentelle pour en extraire un fin fil d'acier noir de presque un demi-mètre de longueur.

« C'est un câble-scie à microdiamants industriels. Monica, enlevez votre main du visage de ce garçon, il en verra d'autres, à commencer par Kassia juste devant lui ! Aidez-moi, plutôt. Jazz, c'est à toi ces fringues, par terre ? Nous pouvons te piquer tes chaussettes ? Monica, vous enroulez la chaussette autour de votre main et vous prenez l'extrémité de ce câble. Allez, nous devons scier ces chaînes.

— Nicolo, tu veux bien arrêter de me mater ? s'agaça Kassia. Va donc surveiller que personne n'arrive. »

Melody et Monica essayaient de synchroniser leurs gestes. Elles avaient dû se coller à la roche et à Jazz et levaient les bras. Bougeant en cadence, elles sciaient la chaîne et entamaient l'anneau de métal. La poitrine de Melody effleura le corps de Jazz. Kassia aperçut le téton se dresser sous la dentelle sous l'effet du frottement, Melody balaya de nouveau un sein sur la joue du prisonnier et elle cria : « C'est pas bientôt fini, non ? ». Kassia enrageait. Qui était cette fille nue qui venait taquiner son mec ?

« Nous y sommes presque », haleta Melody.

Elle souffla sur le maillon, éjectant la poussière d'acier, et observa l'entaille.

« T'as vraiment une sale mine, Jazz. Tu peux tirer sur tes chaînes ? Avec ce que nous avons déjà réussi à scier, elles vont céder. Monica, ça va ? Nous n'avons pas fini, au tour de Kassia, maintenant. Nicolo, rien à signaler de ton côté ?

— Rien à signaler, chef ! »

Jazz bougea les pieds pour les enfoncer dans le sol, porta tout son poids sur ses jambes et se jeta faiblement vers l'avant. Les chaînes se brisèrent d'un coup et il se retrouva à quatre pattes sur le sable.

« Ah, ça fait du bien, souffla Jazz en se relevant et en se frottant les poignets. Melody, t'es toujours au top, même à moitié nue.

— Il y a un temps où tu aurais dit surtout à moitié nue, rigola Melody.

— Vous deux, oh, ça suffit ! » cria Kassia.

Jazz voulu répondre, mais un voile noir s'abattit sur ses yeux. Il chancela et s'assit sur le sol. Kassia s'écria :

« Jazz !

— Je vais bien, je vais bien, c'est juste que je n'ai rien mangé depuis deux jours. Et disons qu'ils ne m'ont pas loupé, ajouta-t-il en grimaçant après s'être touché les côtes. Je me rhabille et on se sauve. »

Monica soupira à son tour, le bras ankylosé :

« Ouf ! C'était compliqué. Mais voilà, c'est bon pour Kassia aussi. »

Un chaînon tomba sur le sable et Kassia s'écarta d'un bond. Voir le sein tendu de Melody à ras de son visage et sentir sa toison brune chatouiller sa cuisse n'avait rien fait pour la calmer. Melody s'exclama :

« *Yes !* Tu peux y aller, ma belle. Rhabille-toi, commanda-t-elle en désignant du doigt la pile de vêtements sur le sol.

— Je ne suis pas votre belle ! grogna Kassia. Mais, merci.

— Quelqu'un a une arme ? les héla Melody. Parce qu'ils ne vont pas nous laisser partir comme ça.

— Pas besoin, expliqua Nicolo en hâte, Kassia et moi, on connaît un chemin. Nous allons passer par le tunnel.

— Vous, Melody, vous ne pouvez pas rester toute nue, avec les fesses à l'air et tout et tout ! s'exclama Monica. Tenez, prenez ça. »

Monica lui tendit son long foulard de soie que la jeune femme noua autour de sa taille tel un paréo. Nicolo les pressait :

« Venez, allez, dépêchez-vous quand même ! »

Melody, Kassia et lui filèrent dans la galerie souterraine. Monica se hâtait aussi vite qu'elle pouvait et Jazz claudiquait, traînant sa jambe abîmée. Il souriait et serrait les dents. Nicolo les guidait dans le sous-sol à la lumière jaune des ampoules nues au plafond. Arrivé à la fourche, il se dirigea vite vers les meubles entassés, mais Monica cria :

« Attends, Nicolo, attends, j'ai quelque chose à prendre dans le coffre-fort ! »

Monica parcourut les quelques mètres jusqu'à la porte blindée et pénétra dans la chambre forte :

« Oh ! Mais que faites-vous ici, Mimosa ?

— Mon Dieu, vous êtes vivante ! Quelle bonne surprise », répondit la vieille femme en tremblant.

Mimosa avait appuyé sa main sur le mur et se tenait au fond de la pièce, toute fragile, dans ses espadrilles jaunes. Elle avait les yeux brillants d'émotion. Monica voulut la prendre délicatement dans ses bras, mais la vieille femme la repoussa :

« Vous devez partir, vite, vous ne pouvez pas rester ici, Giovanni est trop dangereux. J'étais venue chercher ça, expliqua-t-elle en montrant cinq grands cahiers à spirale. Prenez-les, c'est pour vous, ou plutôt pour lui. »

Monica s'empara des cahiers et se retourna vers Jazz dans l'encadrement de la porte, observant toute la scène. Il souriait, animé d'un fol espoir :

« Les livres de comptes, vraiment ? demanda-t-il.

— Les cinq dernières années, répondit Mimosa. Partez vite, maintenant. S'il vous plaît. Sauvez-vous avant que Giovanni ne vous retrouve.

— Et moi, je prends ce petit carton aussi, déclara Monica. Je crois que ça va faire plaisir à Kassia.

— Monica, il faut y aller, on trace. Il faut que nous sortions d'ici. Au revoir, madame, jeta-t-il à la vieille femme en quittant la pièce. Merci, merci infiniment. »

Ils rejoignirent Nicolo, Kassia et Melody et se dirigèrent vers l'entrée du tunnel. Mimosa passa ses vieilles mains fines sur son visage et repartit à petits pas vers sa chambre. Elle progressait tout doucement dans la galerie, se tenant au mur, et fixait les yeux vers le sol pour ne pas glisser sur les dalles romaines avec ses espadrilles. Elle remonta le grand escalier. Personne ne se souciait d'elle. Luigi la dépassa comme si elle était invisible, elle faisait depuis si longtemps partie du décor. Mimosa le regarda une dernière fois et haussa insensiblement ses maigres épaules. Elle continua dans le couloir et poussa la porte de sa chambre. Sa commode était un peu en désordre, mais rien de grave. Tout cela n'avait plus d'importance. Elle s'allongea sur son lit, épuisée, et fixa le plafond. Elle entendait du bruit au loin, dans la cour, ou devant le portique d'entrée, et les mouettes criaient, comme toujours.

Chapitre 40

Devant la porte blindée de la capitainerie, pas très loin, juste de l'autre côté des hauts murs, Gina regarda sa montre : quarante minutes qu'elle et ses amies embêtaient ce gentil garde. Elle espérait que tout se passait bien pour Nicolo. Elle se tourna vers ses copines :

« Les filles, nous pouvons repartir maintenant. C'est bon, je crois.

— C'est bon pour quoi ? voulut savoir le garde, surpris et soulagé.

— Ce ne sont pas vos affaires ! se récrièrent en chœur Gina et Claudia.

— Tenez, un cadeau pour vous ! Un souvenir. »

Claudia lui donna son carton *Brigade de libération des fruits ! Libérez la Kassia !* Gina, Claudia, Sofia, Ornella et Silvana s'éloignèrent en file indienne avec un manche à balai et un tube d'aspirateur.

Dans le souterrain de la forteresse Cortisone, Jazz s'était ancré dans le sol, en hyperventilation. Il fermait les yeux et respirait à petites bouffées rapides. À chaque inspiration, une douleur pointue vrillait sa poitrine, une côte fêlée probablement. Melody, surprise, regardait Kassia et Jazz enlacés. Kassia lui murmurait à l'oreille :

« Tu vas y arriver, Jazz, tu peux le faire. C'est bien plus simple qu'un tunnel sous-marin. Je suis avec toi. Nous devons seulement marcher deux cents mètres dans un couloir rectiligne et très large.

— Nous avons tous nos petites faiblesses, déclara Melody. Moi, ce sont les araignées, elles me hérissent. Complètement irrationnel. C'est mon côté Néandertal. Par contre, les autres bestioles, ça ne me fait rien. »

Melody, dès que Kassia se fut reculée, s'approcha à son tour de Jazz et lui murmura à l'autre oreille :

« Jazz, l'histoire du tunnel, c'est du passé. T'es plus fort que ces vieux souvenirs, tu sais. Rappelle-toi, nous deux, quand on était colocs à Glasgow. On s'est bien amusés. Allez, viens, on pourra recommencer. »

Jazz ouvrit les yeux et hocha la tête.

« On peut mettre de la lumière ? s'énerva Kassia en constatant que Melody avait encore collé son soutif sous le nez de Jazz. Nicolo, tu as toujours la bougie ? »

Nicolo farfouilla dans le petit sac à dos noir à la recherche du briquet et s'empressa d'allumer la grande chandelle volée à San Leonardo.

« Kassia, j'ai aussi la lampe frontale.

— Prends-la, Nicolo, et passe en tête. Tu nous guides, tu veux bien ? On bouge, allez, allez ! »

Nicolo gonfla la poitrine, se redressa et déclama avec un large sourire :

« Madame, mesdemoiselles et monsieur, suivez le guide et à votre bon cœur !

— Chut ! Tu es encore trop près pour faire tout ce boucan », pouffa Monica.

Jazz s'appuyait sur Kassia pour alléger sa douleur à la hanche. Il boitait à chaque pas et affichait un sourire crispé dans la lumière de la bougie. Kassia lui tenait la main et l'accompagnait, rassurante. De l'autre côté, sur son flanc droit, Melody le soutenait par le bras et l'escortait. Jazz tourna la tête à gauche, à droite, regardant les deux jolies filles. Il se redressa, gonfla la poitrine autant que possible en essayant d'ignorer le pincement douloureux de sa côte fêlée et fixa ses yeux sur le chemin droit devant lui. Elles avaient raison, il n'était pas si dangereux, ce tunnel. Il avait sauvé Melody d'un tueur psychopathe quelques années plus tôt dans une rue de Prague et Kassia de la noyade. Mais là, c'était elles qui assuraient. Peut-être qu'il devrait suivre le conseil que Shipo lui avait donné un jour, aller voir un hypnothérapeute pour se débarrasser de cette peur enfantine des espaces clos et obscurs qui constituait son talon d'Achille.

Dix minutes plus tard, le petit groupe sortait du vieux colombier au milieu des tombes. L'enfant de chœur en train d'arracher les herbes folles en laissa tomber sa binette. Monica profita du silence soudain pour lui demander comment rejoindre la rue et le jeune garçon, tout perturbé et ne sachant quoi penser, les fit traverser l'église déserte sans piper mot. Arrivée dans la rue, Monica tendit les dossiers à Melody :

« Tenez, c'est pour vous, tous les comptes sont là.

— C'est la fin des Cortisone », annonça Jazz.

Melody regarda tour à tour Monica, Nicolo et Kassia :

« Merci pour tout, vraiment, vous faites une superbe équipe tous les trois. Jazz n'aurait jamais réussi sans votre aide. Il faut qu'on vous quitte maintenant. Jazz et moi devons étudier ces cahiers, et surtout, Jazz doit récupérer. On reste en contact. Vous permettez que je garde votre foulard, Monica ? Je vais me faire arrêter sinon. Je viendrai vous le rapporter avec Jazz dès qu'il ira mieux.

— Mais... Il est hors de question que j'abandonne Jazz dans cet état ! s'écria Kassia. Sans moi, il ne serait pas là !

Et encore moins question que je le laisse partir seul avec toi, ragea-t-elle intérieurement.

— Elle peut venir, intervint Jazz. Je veux qu'elle vienne. Il n'y a plus rien de confidentiel pour elle de toute façon. »

Melody jaugea Kassia une nouvelle fois et fit la moue, dépitée. Si telle était la volonté de Jazz...

« OK. J'ai assez de place pour trois. J'ai eu droit à une large suite au Grand Hotel Savoia pour récupérer après mes aventures chez les Navajos...

— Vous êtes aussi allée chez les Navajos ! s'exclama Kassia.

— Tu connais les Navajos, toi aussi, Kassia ? répondit Melody toute surprise. Et tu t'en es sortie ? Bien joué ! Saleté de trafiquants, je peux te le dire...

— Saleté d'Ortie-Sauvage ! plutôt, rectifia Kassia en voyant s'éloigner Monica et Nicolo.

Le garçon se retourna une dernière fois vers eux :

« Je vais revenir, c'est sûr ! Mille euros de guano de chauve-souris, je vais pas laisser ce trésor à l'enfant de chœur ! »

Il partit en courant dans la ruelle et fila chez lui expliquer à sa mère qu'ils devraient dorénavant se passer des bienfaits de Don Cortisone.

Une fois Nicolo au loin, Melody prit les choses en main :

« Jazz, tu t'installes dans la seconde chambre et on placera le paravent japonais du salon devant le canapé-lit pour Kassia.

— Je ne crois pas, Melody, répliqua Jazz.

— On verra ! Je pense que c'est pourtant une bonne solution. Maintenant, on devrait y aller avant que quelqu'un ne remarque ma tenue. »

Si tu crois que je vais te laisser passer la nuit avec Kassia, mon gars...

Arrivés à l'hôtel, ils traversèrent discrètement le hall d'entrée, profitant du désordre occasionné par un groupe de touristes allemands, et montèrent jusqu'au troisième étage. Dans la luxueuse suite, Melody alla chercher trois flûtes et la bouteille de Don Pérignon dans le frigo bar :

« Trinquons à la chute de Don Cortisone.

— Et au retour des esquisses et du brevet de Kassia ! annonça Jazz en extrayant le carton à dessins des cahiers de comptabilité.

— Non ! Oh mon Dieu ! Pourquoi vous ne me l'avez pas dit plus tôt ? »

Kassia feuilleta frénétiquement les pages dans le carton, allant de dessin en dessin, et observa attentivement l'enregistrement du dépôt de marque. C'était bien elle : *IndianVibes by Kassia*. Elle regarda Jazz et se jeta dans ses bras. Il grimaça de douleur.

« Doucement, oh là, doucement, râla Melody. Et d'ailleurs, c'est quoi ce brevet ? »

D'une main leste, elle s'empara de la page devant elle et émit un sifflement de surprise.

« Oh ! Sympa, celui-là ! Très joli, un beau morceau ! »

Puis elle se mit à rire :

« C'est à ça que tu joues ? Tu dessines des sextoys ?

— Tu devrais jouer aussi, ça détend ! répliqua Kassia. Alors, on le boit ce champagne ? »

Kassia, Jazz et Melody entrechoquèrent leurs verres. Jazz, assis sur le canapé entre elles deux, mâchait consciencieusement les biscuits apéritifs. Il observait les filles tour à tour. Elles étaient belles, chacune dans leur style.

Jazz n'avait pas revu Melody depuis des années. Lorsqu'il était resté tétanisé de peur dans le tunnel, elle lui avait rappelé qu'ils avaient passé du bon temps tous les deux à l'époque de leur formation d'agent. C'était vrai. Il sourit. Cela lui faisait plaisir que, après tout ce temps, elle s'en souvienne encore avec délice. Melody n'avait pas tellement changé, toujours aussi fine. Son visage s'était durci, car le métier était éprouvant, mais elle avait été une liane et une panthère sexy et était demeurée une liane et une panthère sexy. Kassia avait plus de rondeurs et possédait un corps plus voluptueux.

Jazz s'agita sur le canapé et avala son champagne. Il ne s'était jamais retrouvé auparavant coincé ainsi entre deux maîtresses et deux époques. Entre les deux femmes, la situation était explosive. Melody débarquait par surprise avec leur ancienne histoire et Kassia restait sur la défensive. Il reprit une gorgée de champagne. Tout ça se tasserait de soi-même et, de toute façon, ce soir, il était crevé.

« Excusez-moi, les filles, mais je me sens épuisé. Deux jours accroché à la roche sans manger, ça use, se justifia-t-il en se frottant machinalement les poignets. Je crois que je vais prendre une douche brûlante puis aller m'allonger. »

Jazz se leva et quitta la pièce. Les deux filles se regardèrent en silence, butées, puis Melody desserra finalement les dents pour enterrer la hache de guerre.

« OK. Tant pis. Il est tout à toi, ne t'en fais pas. Jazz et moi, c'est de l'histoire ancienne, une histoire qui ne renaîtra pas. Tu l'as rencontré comment ? »

Kassia craqua, soulagée. Les muscles de ses épaules cédèrent et sa tête s'effondra sur sa poitrine. Quand elle la releva en inspirant profondément, un grand sourire illuminait son visage et elle expliqua comment elle avait rencontré Jazz dans la réserve indienne. Discuter de Jazz et des Navajos les rapprochaient et, lorsque les deux femmes se séparèrent pour la nuit, elles étaient presque amies, après une bonne heure de papotage.

Minuit moins deux. Kassia détacha son regard de l'écran lumineux du réveil et se leva précautionneusement du canapé-lit déplié. Un ressort grinça. Dans la chambre à côté, Melody murmura quelque chose d'incompréhensible et se retourna dans son lit. Kassia s'immobilisa, écouta, aux aguets, puis retira le T-shirt et le petit short qui lui servaient de pyjama avant d'enfiler le peignoir de coton blanc fourni par l'hôtel. Elle avança pieds nus vers la chambre de Jazz et s'y faufila sans un bruit. Le lit se situait face à elle.

Dans la chambre que les filles lui avaient attribuée d'office, allongé sur le dos pour soulager son flanc et ses côtes meurtries, Jazz se réveilla, instantanément en alerte. La silhouette féminine s'approcha et il murmura : « j'ai failli attendre ! Enlève donc ce peignoir » avant de sourire en refermant les yeux. Une main s'infiltra sous la couette. Les doigts glissèrent sur sa poitrine et son ventre. Curieuse, la main voleta plus bas, vérifia qu'il était nu avant de remonter et de se poser légèrement sur son nombril. Il se demanda quelques secondes laquelle des deux jeunes femmes lui rendait visite, puis il reconnut le pulpeux des lèvres qui se pressaient sur les siennes.

« Vas-y en douceur ce soir, Kassia, j'ai mal partout, tu sais. J'ai l'impression d'être passé sous un rouleau compresseur. »

Elle alluma la lumière tamisée de la lampe de chevet, laissa tomber au sol son peignoir et se glissa nue sous la couette. Elle s'allongea sur Jazz, balaya ses seins contre sa poitrine, puis s'écrasa contre lui avec précaution et l'embrassa. Il répondit à son baiser avec passion puis un petit gémissement de douleur lui échappa. Il ouvrit les yeux et grimaça.

« Oh, désolée, Jazz chéri, je suis un peu lourde c'est ça ? s'excusa-t-elle en écartant bras et jambes pour se mettre à quatre pattes au-dessus de lui.

— Je dois avoir une côte fêlée, c'est vraiment douloureux quand tu t'allonges.

— Oh mon pauvre... T'as besoin de consolation, murmura-t-elle en se penchant à son oreille.

— Toi aussi tu as passé un sale moment...

— Ne t'en fais pas, je vais me consoler toute seule... avec toi, chuchota-t-elle d'un air gourmand. Mets les mains sous ta nuque et laisse-toi faire. »

Kassia détaillait son homme, prisonnier, allongé sous elle entre ses bras et ses cuisses écartés. Elle agita sa crinière et lui sourit avec des yeux pétillants, mais il ne la vit pas, trop occupé à fixer des yeux les beaux seins clairs et ronds juste au-dessus de lui. Elle oscilla pour qu'ils se balancent et s'amusa de son regard enflammé. Puis elle baissa son visage, embrassa ses pectoraux, descendit le long de sa poitrine, poursuivit sa route, darda sa langue dans son nombril, descendit encore et posa ses lèvres sur son sexe à demi tendu. Elle l'attrapa et le prit dans sa bouche. Kassia fit coulisser ses lèves et le sentit durcir sous sa langue. Malgré la fatigue, il bandait comme un fou. Elle le libéra et lécha sa hampe raide, puis ses doigts se refermèrent autour de sa verge. Elle commença à jouer doucement avec lui, sa queue dans sa paume. Sa langue encercla son extrémité gonflée, Jazz gémit et elle sourit. Il ferma les yeux comme la porte s'ouvrait en silence.

Melody se tenait seins nus debout sur le parquet, sa culotte de dentelle orange XtremLace luisant faiblement dans l'atmosphère feutrée. Sur le lit, juste en face d'elle, Kassia était cambrée à quatre pattes au-dessus de Jazz et le suçait avec amour. Melody déglutit, la gorge sèche devant cette érection magnifique et ce cul parfait, rond, blanc et musclé dévoilant une fente pulpeuse et dorée sous la lumière tamisée. Elle plongea sa main sous la dentelle orange et commença à se caresser.

Kassia murmura d'une voix voilée de désir « j'ai terriblement envie de ta queue... Mon amour, regarde-moi, ça va te faire du bien. » Elle se leva, s'accroupit au-dessus de lui et écarta lentement ses cuisses avant de venir s'empaler sur sa barre dure sans le quitter du regard. Les pupilles de Jazz s'écarquillèrent, il vit la fente s'entrouvrir et son sexe disparaître dans le ventre blanc. Les fesses de Kassia vinrent s'écraser sur les cuisses de Jazz, puis, le sentant enfoui au plus profond, elle remonta et commença à danser sur lui.

La main excitée de Melody prit son envol dans la dentelle en contemplant Kassia coulisser sur Jazz. Très vite, leurs deux souffles s'accélérèrent, Jazz se cambra, poussa un long râle, Kassia creusa son ventre, s'arc-bouta de plaisir avec un cri rauque et s'affala en arrière.

Melody referma la porte. Jazz s'en sortait très bien sans elle. Elle regagna sa chambre et fit glisser sa culotte orange le long de ses longues jambes. Elle se laissa aller sur le lit, se caressa la poitrine, ses tétons bruns pointèrent, puis ses doigts plongèrent vers sa fente. Son index parcourut sa faille, la pénétra, s'insinua en elle et en ressortit humide avant d'aller tourner et tourner encore à la naissance du sexe, massant son bouton gonflé de plaisir. Elle haleta de plus en plus fort, s'imaginant la queue dure de Jazz la pénétrer sous les yeux de Kassia, puis elle jouit avec un long feulement de panthère, les yeux vides, cambrée sur le lit et les seins dressés. Les jambes de Melody papillonnèrent affolées, puis se soudèrent l'une à l'autre et elle se recroquevilla en chien de fusil. Sur le sol, la dentelle orange de l'XtremLace, à court de batterie, ne luisait plus.

Chapitre 41

Quand le room-service leur avait apporté le café et les croissants du matin, Jazz avait à peine levé la tête pour murmurer un merci en ajoutant pour lui-même « Incroyable... Ce dossier est incroyable ». Puis il avait croqué dans un croissant et s'était replongé dans les comptes. Melody l'avait rejoint. Ils étaient assis ensemble autour de la table ronde en acajou doré du salon et avaient étalé les cahiers devant eux. Les deux agents avaient feuilleté les carnets à spirale en s'extasiant à chaque page :

« Mais c'est fantastique, Jazz ! s'exclama Melody. Nous avons tout : les dates, les quantités, les prix, l'origine des chargements avec le nom des cargos...

— Moi, j'ai même les noms des contacts marocains, navajos et le nom des boutiques associées au trafic, celles qui sont rackettées et celles qui blanchissent aussi. Attends, je dois vérifier quelque chose. »

Il parcourut la colonne des noms écrits d'une écriture fine et appliquée à l'encre noire, tourna la page et trouva ce qu'il voulait :

« Kassia, viens voir, j'ai MA & L ! Regarde, tu as la preuve ici que Michelangelo et Leonardo sont liés à la mafia. C'est écrit noir sur blanc. Ils lessivent un paquet de fric, dis donc !

— C'est bien vrai ? Tu peux le prouver ? Génial ! »

Kassia bondit hors du fauteuil et saisit la veste que le concierge du palace avait fait chercher pour elle chez Anna. Elle attrapa son sac à main, son carton à dessin, vérifia que le dépôt de marque à son nom était bien glissé à l'intérieur et se prépara à sortir :

« Je vais porter plainte contre MA & L pour vol de propriété intellectuelle et je fais un tour chez les Mammas, j'ai encore une petite chose à régler. »

Quand elle arriva dans le grand appartement, elle trouva ses amies en train de faire leur sac et boucler les valises. Anna se tenait debout au milieu du salon et les regardait faire en silence.

« Qu'est-ce que vous faites ? Vous partez ?

— L'aventure est finie, tu as retrouvé tes papiers. Il fallait bien rentrer à Milan un jour ou l'autre et arrêter de squatter l'appartement de cette pauvre Anna, expliqua Gina.

— Et Anna nous a demandé de partir, chuchota Sofia, elle est étrange depuis quelques jours.

— Laissez tomber Anna, répliqua Kassia à voix haute en lui jetant un regard noir qui les surprit toutes. J'ai encore besoin de vous, les filles. Juste une dernière chose : Tonio Cortisone. Jazz l'a enfermé dans la cave. Il y a cinq jours.

— Cinq jours ! Dans ma cave ! Mais vous êtes fous ! hurla Anna. Il va tout détruire et, quand il sortira, Don Cortisone va m'envoyer ses tueurs ! Kassia, t'es malade ou quoi ?

— Il y avait tout ce qu'il faut dans ta cave, Anna ; de quoi manger et boire pour plusieurs jours. Il a dû se régaler. Et je lui ai donné des bouteilles d'eau droguées avec les somnifères de Gina pour qu'il se tienne tranquille. Maintenant, j'ai besoin de vous pour le sortir de là. Nous ne devrions pas avoir de problème avec ça, les rassura-t-elle en montrant le petit pistolet noir dans son sac à main. Qui descend avec moi à la cave ?

— Écoute, je viens, souffla Gina, mais c'est la dernière fois. C'est stressant la vie avec toi, Kassia ! Vous venez avec nous, les filles ?

— Tata Mortadelle, t'es super ! répondit Kassia en lui faisant la bise. Anna, je prends ton beau tapis. Laissez-moi cinq secondes encore, faut que j'appelle Jazz. Allô, chéri ? Tu peux demander au concierge de nous envoyer la camionnette de l'hôtel à la piazza Arsenio Lupini, j'ai un gros colis à faire déposer au port...

— Quand veux-tu ça ?

— Mais tout de suite, chéri ! Le Savoia est un palace, ils peuvent le faire tout de suite. »

Puis, sans attendre de réponse, Kassia raccrocha, poussa la table basse et se mit à rouler le tapis turc d'Anna. Ornella et Claudia le firent glisser sur les marches jusqu'à la cave. Devant la porte, tout était silencieux. Kassia sortit son arme et frappa contre le bois épais, mais Tonio ne répondit pas. Elle déverrouilla la porte, l'ouvrit d'un violent coup de pied telle Calamity Jane à l'entrée du saloon et pointa le Walter P22Q à l'intérieur. Tonio, allongé, dormait sur le sol, des bouteilles d'eau vides autour de lui, la lampe frontale au sol, agonisante.

« Nous l'enroulons dans le tapis, afin que personne ne le voie, et nous le portons jusqu'à la piazza », expliqua Kassia.

Claudia, Sofia, Ornella, Monica, Silvana et Gina hissèrent le tapis sur leurs épaules. Kassia les observait avec tendresse, trois vieilles dames de chaque côté portant Tonio Cortisone dans son tapis comme on porte les cercueils à l'entrée des églises.

« Drôle de cannelloni, lança Silvana.

— Ce ne serait pas plutôt un hot-dog ? corrigea Sofia.

— Pas du tout comestible ! renchérit Ornella.

— Un tantinet avarié, commenta Claudia.

— Et trop coriace, ajouta Gina.

— Retour en cuisine ! » conclut Monica.

Les Mammas furent prises d'un fou rire. Dans la rue, Silvana commença à chanter d'une voix aigrelette et un peu essoufflée par le poids sur son épaule : « He ho, hé ho, on débarrasse Tonio, hé ho, hé ho... » Kassia se mit à rigoler en regardant autour d'elle. Le chauffeur de l'hôtel était à la portière d'une estafette noire portant Grand Hôtel Savoia en lettres dorées au-dessus des cinq étoiles qui faisaient la fierté du palace. Il ouvrit la porte arrière du véhicule, les Mammas y déposèrent leur charge en soupirant :

« Ouf ! Il pèse son poids, celui-là...

— Oui, les tapis turcs sont toujours très épais, renchérit le chauffeur. À cause de la longueur des poils.

— Pas sûr que celui-là ait le poil long », rigola Sofia.

Le chauffeur en livrée la regarda, un peu intrigué, puis décida de passer à autre chose :

« Mademoiselle ? Mesdames ? Où souhaitez-vous que j'emporte ce tapis ?

— Au port. Je monte devant avec vous, répondit Kassia. Merci, les filles. On se voit bientôt à Milan, alors ! »

Kassia avait craint la sécurité à l'entrée du port, mais cela fut étonnamment facile. Le garde était captivé par un hélicoptère de la télé qui tournait au-dessus de la vieille capitainerie et à peine lut-il le nom du palace prestigieux qu'il leva aussitôt la barrière. À quai, le Diamonds are Forever avait enfin accosté et embarquait sa nouvelle cargaison. Kassia, à qui Melody avait tout raconté, demanda au chauffeur de l'hôtel de se garer tout près du cargo et lui fit son plus beau sourire. Puis elle interpella les trois jeunes dockers les plus proches.

« Je peux le mettre dans quel conteneur ? Celui-là, je peux ? questionna-t-elle en pointant du doigt pour désigner les caisses de vin et les cartons de jambon San Daniele à destination des delis new-yorkais.

— Pas de problème, mais il fuit un peu. Il n'est plus étanche, ce truc. C'est pour ça qu'on a mis la bouffe et pas la high-tech. Ça vous va, quand même ?

— Parfait ! Mettez-le là-dedans. »

Les dockers déposèrent le tapis à l'intérieur avant de refermer les portes métalliques.

Quand Romeo, le secrétaire de la procureure antimafia Evangelista Carminorosso, ouvrit l'épaisse enveloppe brune que le planton de garde à la porte venait de lui confier, il lut d'abord la lettre introductive que Jazz avait rédigée. Il en sortit ensuite un cahier sans pouvoir y croire, le feuilleta et fut frappé de stupeur : un inconnu lui apportait la tête de Cortisone sur un plateau. Ces pages étaient d'une valeur inestimable. Il débarqua dans le bureau de la patronne, brandissant les cahiers en criant :

« Evangelista, mi amor ! Tu vas enfin pouvoir coincer Giovanni Cortisone !

— Chut, Romeo, chut, répondit la patronne au téléphone avec Jazz. J'ai justement un indic qui m'en parle. Faut que je monte une opération en urgence avant que Cortisone ne disparaisse dans la nature. »

Une heure plus tard, malgré l'inertie des carabiniers du commissaire Placebo, Evangelista Carminorosso investissait la capitainerie avec vingt de ses meilleurs hommes. Ceux qu'elle avait recrutés elle-même et en qui elle avait toute confiance. Au-dessus de la forteresse, sur le port, un hélicoptère de la télévision survolait toute la scène. Carminorosso avait décidé de faire de cette opération un exemple. Au sein de la forteresse Cortisone, elle trouva peu de résistance. Luigi fut arrêté au milieu de caisses de cannabis et de cocaïne juste avant qu'il ne fuie par un sas sous-marin et Giovanni Cortisone, psalmodiant tout seul on ne savait quoi devant une toile de Pollock, ne réagit pas quand elle surgit, arme au poing, dans le salon dévasté par une explosion apparemment toute récente. Quand un de ses hommes était vint lui annoncer qu'ils avaient découvert le corps d'une vieille femme décédée dans un lit, Don Cortisone se mit à pleurer en silence en murmurant :

« Mimosa, Mimosa, Mimosa...

— Pourquoi pas aubépine ? s'étonna Carminorosso. Bizarre, bizarre... »

Elle avait sorti un petit carnet de sa poche et noté : mimosa, mimosa, pas aubépine ?

Laissant ses hommes mettre les menottes au parrain, la procureure regagna le sommet de la tour, agacée : Tonio Cortisone restait introuvable. Ce sale gosse était pourtant un des plus dangereux de la famille ; ne pas pouvoir l'arrêter ternissait un peu son succès. Si elle avait fait venir la télé, c'était pour célébrer une victoire totale et pas deux tiers de victoire seulement. Elle leva la tête vers les caméras de l'hélico, sourit, leva un poing vainqueur en tenant la pose quelques secondes pour être sûre que la camerawoman ait le temps de cadrer sur son visage, puis se tourna vers la mer. Un énorme porte-conteneurs appareillait. Le Diamonds are Forever quittait Gênes vers le large.

À bord, Tonio se trouvait à moins de deux cents mètres de la demeure familiale. Il venait de se réveiller dans la grosse caisse de métal posée sur le pont du cargo. Il se débattit pour se démailloter du tapis qui l'enserrait et éternua, irrité par la poussière soufflée par le mince filet d'air qui s'infiltrait par un joint usé. Il perçut alors le sifflement du navire qui quittait la ville et se jeta sur la paroi, martelant le métal en criant. Dans le bruit des machines, des remorqueurs et des sirènes, prisonnier entre les murs d'acier, personne ne l'entendit. Bien plus haut, sur le pont supérieur, le commandant revérifia une dernière fois sa feuille de route : cap sur la Méditerranée, Gibraltar, l'Atlantique et New York. Résigné et impuissant, Tonio ouvrit une caisse de vin, brisa le goulot d'une bouteille de Brunello di Montalcino et en lampa une grande gorgée qu'il apprécia en connaisseur, puis il mordit à pleines dents dans un jambon sec.

L'après-midi même, l'arrestation du parrain faisait la joie des chaînes de télévision qui avaient déprogrammé leurs émissions habituelles pour une édition spéciale :

« Ne se contentant pas d'organiser le trafic de drogue entre le Maroc, les États-Unis et même le Japon, Don Cortisone gérait également un important racket à Gênes et Milan. D'après une source bien informée, Michelangelo et Leonardo, les deux patrons très médiatiques des boutiques des plaisirs MA & L, seraient impliqués dans le lessivage de l'argent sale et devraient leurs récents succès à une ancienne employée congédiée abusivement. »

À l'heure où toute l'Italie se passionnait pour son sort et où Salvatore se frottait les mains en pensant à l'autoroute de cash qui s'ouvrait devant lui, Don Cortisone se moquait bien de tout ça. Il ne suivait pas ce qu'on disait de lui, il n'avait pas la télé. Il prononçait parfois encore machinalement le nom de sa vieille servante Mimosa. Il écrivait. Par crainte des complicités dans la prison dont les cellules étaient truffées de mafiosi, l'administration avait préféré le mettre à l'isolement dans le quartier haute sécurité de l'unité psychiatrique. Il ne partageait sa cellule qu'avec les ombres qui le hantaient.

Contrairement à Marco Polo, il n'avait pas de compagnon, aucun Rusticcello, et il avait dû lui-même prendre la plume. Façon de parler. On ne lui avait autorisé qu'un feutre à pointe épaisse, par crainte qu'il ne se suicide avec celle plus aiguisée d'un Bic. Giovanni Cortisone écrivait lentement sur des feuilles volantes : ni agrafe ni spirale pour se mutiler. Il rédigeait ses mémoires :

Je suis né dans un petit village de Sicile nommé Cortisone d'une fille-mère et d'un père inconnu, avant d'être adopté vers l'âge de trois ans par Luciano Cortisone. À l'époque, il était le maire du village. Évidemment, à l'ombre des ruelles, à l'heure de la sieste, les langues se déliaient. Et s'il était mon père ? Je ne l'ai jamais su. Je me demande parfois ce qu'aurait été ma vie si j'avais été recueilli par quelqu'un d'autre que le parrain local. Mimosa s'occupait déjà de moi...

Quand Kassia rentra à l'hôtel, elle ressentit immédiatement une impression de désolation. Elle appela : « Jazz ? Jazz, tu es là ? Melody ? Jazz ! »

Elle parcourut chaque pièce, l'angoisse montant, lui étreignant la poitrine, mais la grande suite au dernier étage restait désespérément vide. Elle saisit le combiné du téléphone, composa le zéro pour contacter la réception.

« Bonjour. Vous savez où sont les deux autres personnes qui occupent la suite Mademoiselle Sans-Gêne ?

— Je ne les ai pas vues, mais elles ont quitté la chambre, Mademoiselle. La jeune femme nous a prévenus. Elle m'a demandé de vous indiquer que la suite est payée pour trois jours encore et qu'elle est toute à vous.

— ...

— Mademoiselle ? Mademoiselle ? Vous êtes toujours là ?

— Oui je... Excusez-moi... Merci. »

Kassia reposa doucement le combiné et se laissa chuter sur le fauteuil. En apercevant l'enveloppe, tout son corps s'effondra comme une marionnette dont on aurait brutalement coupé les fils. Elle prit sa tête entre ses mains, les coudes sur les genoux, et resta sans bouger un long moment. Puis elle inspira profondément et se redressa. D'une main tremblante, elle écarta le stylo et s'empara de l'enveloppe blanche à en-tête de l'hôtel, mise en évidence sur la table, et déchiffra l'écriture de Jazz : À Kassia, la combattante. Elle hésita à l'ouvrir, elle avait tellement peur, et pourtant il fallait qu'elle lise. Elle se décida à déchirer le papier. Savoir ce qu'il avait eu envie de lui dire avant de partir ferait peut-être tomber l'angoisse. Elle déplia la feuille A4 et commença à lire l'écriture saccadée :

Ma très chère Kassia,

Je me souviens de la première fois que je t'ai vue, le jour de ton arrivée dans la réserve. Quel choc ! J'ai eu l'impression de renouer avec la beauté et la civilisation après ces longs moments avec Petite-Ortie-

Sauvage. J'avais envie de briller face à une jolie fille. Je crois que je n'aurais pas réussi : à côté de toi, tout le monde est terne. Tu n'imagines pas à quel point cela a été difficile de rester dans mon rôle d'abruti avec toi dans les parages.

J'ai tout de suite vu que tu étais enthousiaste et une battante, comme tu dis. Je me suis dit que c'était sans aucun doute ce qui te ferait réussir, mais également que cela allait te poser des problèmes. C'est la raison pour laquelle je t'ai suivie en Italie. La meilleure idée de ma vie. J'ai pu te sauver de la noyade. C'est aussi cela la vie d'un agent. De temps en temps, une étoile passe et traverse nos vies. Et l'on rêve qu'elle y reste plus longtemps.

Toi, Kassia, tu es une étoile qui fonce, et parce que tu fonces sans jamais douter de la victoire, tu mets parfois les pieds dans le plat. Mais je reconnais bien aisément que sans toi et tes Mammas (salue bien Anna), je serais peut-être encore accroché au mur dans les sous-sols de la mafia ou, pire, mangé par les poissons. Et Cortisone ne serait pas là où il le mérite. C'est quand même étrange la façon dont les énigmes se résolvent.

Les moments passés ensemble ont été des instants merveilleux, je ne pourrai jamais oublier notre fuite étonnante, la nuit au musée et le petit café qui a suivi sur les hauteurs de Gênes. La séance de cette nuit restera à jamais gravée dans ma mémoire, mais ma vie chaotique est peu compatible avec celle d'une jeune femme belle et créative comme toi.

La vie d'un agent de renseignements est faite de longues planifications et préparations, de beaucoup d'imprévus, de perte de contrôle et d'adrénaline. J'ai choisi cette vie d'aventurier passionnante et rude, excitante et périlleuse, et je n'en désire aucune autre au monde, malgré les dangers. Être un espion, c'est vivre caché et changer de peau trop souvent, au sacrifice de la sincérité. Alors, quand l'occasion d'être sincère se présente, je ne la gâche pas. Aujourd'hui, même si j'ai du mal à l'écrire, je dois te dire, Kassia, qu'il faut que je quitte Gênes, non sans un pincement au cœur et beaucoup de nostalgie. Une autre mission m'attend. Au fait, sais-tu que tu vas devenir célèbre ? Profite bien des portes qui vont s'ouvrir.

Blues McIntosh (Agent K6)

Kassia balança le stylo qui claqua contre la vitre, s'effondra contre le dossier du fauteuil et s'écria :

« Blues ! Blues McIntosh ? Mais c'est quoi ce délire ? Il se fout de ma gueule ? »

Elle bondit sur ses pieds et hurla :

« Merde ! Quel con ! Et il s'est barré avec Melody, le salopard ! »

Elle se sentit étouffer, fila dans la salle de bains pour se rafraîchir et chercha la serviette des yeux.

« Mais c'est pas vrai ! Ils l'ont planquée où ? »

Son regard balaya la salle d'eau et tomba sur l'inox brillant du robinet et la faïence étincelante. Qui avait nettoyé le lavabo ? Et pourquoi ? Un frisson lui descendit entre les omoplates et elle se mordit la lèvre. Elle se rua dans les autres pièces, fit claquer portes et tiroirs sans rien trouver et finit par repérer une serviette en boule tassée au fond du petit coffre de la penderie. Et les salissures sanglantes qui la souillaient. Son cœur s'affola. Elle plaqua sa main sur sa bouche, les yeux écarquillés, courut jusqu'au salon et s'empara de la lettre. À Kassia, la combattante, alors que Jazz savait bien qu'elle se disait une battante. Ce n'était pas Petite-Ortie-Sauvage mais Ortie-Sauvage et Petite-Fraise-des-Bois. Et quelle idée de vouloir saluer cette traîtresse d'Anna et de signer Blues ! Jazz ne se moquait pas d'elle, il voulait la prévenir, il était arrivé quelque chose de terrible ! Et cette phrase : De temps en temps une étoile passe et traverse nos vies. Et l'on rêve qu'elle y reste plus longtemps. C'était un message, il l'appelait à l'aide ! Elle s'écroula sur le canapé, se prit le visage à deux mains et posa ses coudes sur la table basse. Qu'est-ce qu'elle pouvait faire ?

Le téléphone sonna. Kassia sursauta, décomposée :

« Ce n'est pas le moment, là, je ne suis pas en état ».

La sonnerie insistait tellement qu'elle finit par lui taper sur les nerfs. Elle décrocha en criant :

« Allô !

— Oui, bonjour. Ici le magazine Godes et Décorations. Nous cherchons à joindre Kassia, une ancienne employée de MA & L. Vous ne sauriez pas où nous pourrions la contacter ?

— Je suis Kassia. Qu'est-ce que vous me voulez ?

— Vraiment ? La Kassia de MA & L, la géniale créatrice à l'origine des sextoys ethniques ? La dessinatrice des modèles Bison, Petite Flèche et du fabuleux Totem qui nous fait toutes monter au plafond ? Vous pouvez le prouver ?

— Oui, bien sûr, j'ai tous mes dessins devant moi ! »

Kassia ouvrit la chemise cartonnée. Entre deux esquisses, l'écriture en pattes de mouches de Jazz sur morceau de papier lui sauta aux yeux.

Kassia, tu ferais une espionne magnifique. Si un jour tu veux être une SOCISS, appelle le 8197 de n'importe où au Royaume-Uni et demande à parler au comte de Cagliostro. On te répondra : « Montecristo, vous voulez dire ? » et tu devras alors dire « Non, il est enfermé au château d'If, je veux un homme libre ». Ensuite, on te donnera des instructions.

Elle resta les yeux dans le vide. Quand Jazz avait-il écrit ces lignes ? La voix au téléphone insistait :

« Mademoiselle ! Kassia ! Vous êtes toujours là ? Vous m'entendez ? On dirait qu'on a été coupé... »

Kassia secoua les épaules et reprit d'une voix hésitante :

« Oui, oui, je suis toujours là.

— Mais, c'est merveilleux ! Mademoiselle, mademoiselle Kassia, vous savez que vous n'êtes pas facile à trouver, nous vous avons cherchée partout à Milan ! Comment se fait-il que vous soyez à

Gênes ? Un rapport avec l'arrestation de Giovanni Cortisone ? Parce que je ne sais pas si vous le savez, mais Evangelista Carminorosso, la procureure antimafia, a délivré un mandat d'arrêt contre vos anciens patrons pour association avec une organisation criminelle et vol de propriété intellectuelle. D'après elle, votre plainte va être traitée très vite et normalement vous devriez être créditée officiellement pour le succès de la ligne Désirs Indiens...

— La gamme s'appelle IndianVibes, en réalité.

— Très bien. Merci pour le scoop ! »

Kassia s'était levée et tournait en rond dans la suite, le portable à l'oreille.

« Mais comment savez-vous tout ça ? Vous êtes sûre ?

— Oui, ça fait peu de doute. Et pour tout vous dire, Evangelista est une de vos plus fidèles alliées. Elle a été conquise par le Bison et nous a confié attendre avec impatience la sortie du modèle Bouton d'Or actuellement en prévente. Kassia, je peux vous appeler Kassia ? Il faut que nous nous rencontrions très vite, pour une interview dans notre cahier central. Dans un premier temps. Pour coller à l'actu. Dans un deuxième temps, nous réfléchissons à un récit de votre vie. Qu'est-ce que vous en dîtes ?

— C'est-à-dire que... ça va un peu vite, tout ça. »

Elle repensa à la lettre que Jazz lui avait laissée et à ses messages cachés. Il avait peut-être raison en mentionnant des portes qui s'ouvrent. Il lui disait qu'elle allait réussir et devenir riche. S'il s'était encore plongé dans les ennuis, elle aurait besoin d'argent. C'était bien beau de vouloir toujours aller plus loin et de vouloir se battre, mais sans fric, on ne va pas loin. Elle devait saisir sa chance.

« Écoutez, pourquoi pas... L'histoire de ma vie ? Ça pourrait commencer comme ça : Dieu a ouvert les cieux et un déluge torrentiel m'a glacée jusqu'aux os. C'était la louche du curé, mon petit body de coton couleur Kassia ruisselait d'eau bénite, alors j'ai serré les poings et fixé le malotru en hurlant. Déjà, j'étais une battante.

À propos de l'auteur

Vous, lectrices et lecteurs qui parvenez jusqu'à ces lignes, je vous remercie du fond du cœur. J'espère que vous avez apprécié Kassia, Jazz, Melody, la verve de Nicolo et le grain de folie des Mammas.

Ce roman est né d'un défi et mon feuilleton loufoque hebdomadaire, que j'offrais à mes abonnés, s'est peu à peu transformé en suspense érotique et humoristique. C'est ainsi qu'est né *Jeux de dames*, ce cocktail d'humour et d'amour, de voyage et de suspense.

D'ailleurs, à 48 ans, je suis moi-même un cocktail ! Deux fois papa, moniteur de kayak, ingénieur, grand voyageur, photographe, amateur de pâtisseries et de musées, j'aime mixer tous ces ingrédients avec une joyeuse délectation dans mes romans. Puis un jour, inspiré par Mark Twain, j'ai décidé de quitter mon job pour devenir écrivain. Advienne que pourra !

Dans vingt ans, vous serez plus déçus par les choses que vous n'avez pas faites que par celles que vous avez faites. Alors sortez des sentiers battus. Mettez les voiles. Explorez. Rêvez. Découvrez. (Mark Twain)

Si vous avez envie de discuter, du roman ou de n'importe quel sujet, n'hésitez pas ! Vous pouvez me contacter à mon adresse didier@didierbertrand.com et je serais ravi de vous répondre.

Si j'ai réussi à vous embarquer dans cette histoire, j'espère que vous aurez envie de m'aider : je vous serais infiniment reconnaissant de me faire connaître votre avis sur le roman. Je suis toujours à l'écoute de commentaires constructifs ou suis simplement curieux de savoir si vous l'avez apprécié. Vos commentaires seront d'une grande aide pour me faire connaître et permettront à de nouveaux lecteurs de vibrer avec les aventures de Kassia.

Pour laisser un commentaire et arriver directement sur la page des avis, il suffit de scanner le QR code suivant :

Vous pouvez également me retrouver :
- sur Instagram : @didierbertrand_auteur
- sur mon site : https:\\didierbertrand.com

Merci
Didier